**Maggie Robinson**

Auteure de romance historique légère et sexy, elle écrit également de la romance historique érotique sous le pseudonyme de Margaret Rowe. Elle a été finaliste pour le prix Romantic Times. Elle vit dans le Maine.

# Dans les bras d'une héritière

Maggie
# ROBINSON

L'AGENCE DE MME EVENSONG – 1

# Dans les bras d'une héritière

*Traduit de l'anglais (États-Unis)*
*par Anne Busnel*

J'ai lu

POUR elle

Si vous souhaitez être informée en avant-première
de nos parutions et tout savoir sur vos auteures préférées,
retrouvez-nous ici :

**www.jailupourelle.com**

Abonnez-vous à notre newsletter
et rejoignez-nous sur Facebook !

*Titre original*
IN THE ARMS OF THE HEIRESS

*Éditeur original*
The Berkley Publishing Group published by the Penguin Group (USA) Inc.

# 1

*Début novembre 1903, Nice, France*

*Chère tante Grace,*

*C'est le cœur bien lourd que je vous écris pour vous annoncer que mon époux bien-aimé, Maximilian, est mort...*

— Vous n'allez quand même pas le tuer ? s'écria Kathleen, horrifiée, dans le dos de Louisa.

Sa femme de chambre avait la désagréable manie d'arriver sans crier gare. Contrariée, Louisa Stratton tamponna à l'aide d'un buvard le pâté d'encre qui ornait désormais sa feuille.

— Nous parlons de quelqu'un qui n'existe pas, lui rappela-t-elle.

Kathleen alla ouvrir la porte-fenêtre de la terrasse qui donnait sur la Méditerranée. La brise humide qui s'infiltra dans la chambre faillit emporter le papier. Le sud de la France était censé bénéficier d'un climat doux, or il faisait un froid de canard.

— Comment allez-vous le faire mourir, alors ? s'enquit Kathleen.

— Je ne sais pas encore. Avalanche ? Accident ferroviaire ?

Pourquoi ce cher Maximilian ne se serait-il pas adonné à l'alpinisme quand il ne visitait pas les musées, superbe dans ses culottes de peau moulant ses jambes puissantes ?

Louisa distinguait parfaitement les fines ridules au coin de ses yeux d'un bleu céruléen. À force de plisser les paupières en plein soleil, évidemment. Elle en suivait les sillons du bout du doigt lorsqu'il se penchait sur elle et...

Kathleen referma vivement la porte-fenêtre et objecta :

— La presse en aurait parlé, non ?

— Ah, zut ! Tu as raison, marmonna Louisa.

— Cela tombe sous le sens. Vous allez devoir trouver une mort moins sensationnelle. Un souffle au cœur, peut-être ? Ou un panaris mal soigné ?

— Oui, excellent ! s'exclama Louisa, ravie. Il cueillait des roses dans le jardin pour me les offrir et il s'est piqué. Une petite épine de rien du tout, mais si dangereuse. Tu sais comme Maximilian me gâte : un bouquet par jour, quelle que soit la saison. Il aurait dû penser à mettre des gants. Il avait de si belles mains ! Longues et douces, sans poils sur les phalanges. Oh, il était très doué de ses dix doigts ! ajouta-t-elle avec un sourire entendu.

Kathleen fit claquer sa langue d'un air réprobateur.

— Non, non, non, ce n'est pas possible. Maximilian Norwich est un homme important. C'est vous qui l'avez voulu ainsi, n'est-ce pas ? Et votre tante n'oublie jamais de lire la rubrique nécrologique. Elle ne comprendrait pas que vous n'ayez pas fait publier l'avis de décès.

— C'est juste que j'étais prostrée, l'esprit égaré par la douleur. De toute façon, elle a toujours été persuadée que j'étais à moitié folle.

En général, Louisa avait réponse à tout. Si Maximilian avait existé, elle aurait vraiment été anéantie, elle en était certaine. On ne perd pas de bonne grâce l'amour de sa vie. Effondrée, elle aurait gardé le lit des semaines durant, des mois peut-être. Voire des années. Elle aurait pleuré son cher époux encore plus longtemps que la reine Victoria n'avait pleuré feu le prince Albert. Sauf qu'elle aurait porté des robes de deuil bien plus seyantes.

Elle se voyait, dolente au fond de son lit, l'appétit coupé, environnée de montagnes de mouchoirs froissés, tandis que Kathleen s'arrachait les cheveux de désespoir et remportait les plateaux intacts.

Rongée de l'intérieur, paralysée par une stupeur mélancolique, Louisa ne répondait même pas à ses réprimandes. Le visage obstinément tourné vers le mur et les motifs du papier peint – flous, bien sûr, à cause des larmes qui lui embuaient les yeux –, elle aurait lutté contre le chant des perfides sirènes qui la poussaient à coudre des pierres dans l'ourlet de sa chemise de nuit pour aller se jeter dans la mer et rejoindre enfin l'être cher…

Bien entendu, Kathleen devinerait avant qu'elle ne le mette en œuvre son funeste projet, à cause de ses doigts rougis par les piqûres d'aiguille – Louisa était très mauvaise couturière, bien que tante Grace se soit évertuée à lui offrir l'éducation d'une vraie dame. On appellerait des médecins à son chevet. Kathleen aurait peut-être même l'idée de faire venir le célèbre Dr Freud de Vienne.

— Si vous le tuez, il faudra que vous alliez à Rosemont en grand deuil, remarqua Kathleen. Et, si je puis me permettre, vous n'ignorez pas que le noir vous donne une mine de déterrée.

— Tu te permets toujours tout.

L'impertinence était une seconde nature chez sa camériste. Après cinq années passées au service de Louisa, elle était devenue son amie. La meilleure. Et durant la folle année qui venait de s'écouler, grisées de liberté, elles avaient partagé des aventures échevelées – au propre comme au figuré – qui avaient encore renforcé leurs liens.

Toutefois ces derniers temps Kathleen devenait grincheuse. Il y avait un bon à rien là-dessous, Louisa l'aurait parié. Avant leur départ pour l'Europe continentale, cet Écossais, Robertson, qui venait d'être engagé à Rosemont en tant que chauffeur, lui avait fait les yeux doux. Certes, il était plutôt beau garçon, mais Louisa trouvait dommage de renoncer à une si précieuse indépendance pour quelques secousses au fond d'un lit.

Le sexe était très surfait, somme toute.

— Et votre tante veillera à ce que votre vie sociale soit réduite à néant, exactement comme avant, reprit Kathleen, impitoyable dans son rôle de mentor. Deux années d'isolement, vous imaginez ? Pas de visites. Pas de concerts. Pas de conférences. Je doute même qu'elle vous autorise à vous rendre à Londres en journée vous faire arracher une dent. Vous crèverez d'ennui en un rien de temps. En noir de la tête aux pieds, en prime !

— Indéniable, murmura Louisa.

Elle se mit à mordiller le bout de son stylo plaqué or, qui portait déjà les stigmates de réflexions intenses.

Tout aurait été plus simple si, d'entrée de jeu, elle n'avait pas été obligée de s'inventer un mari. Grace avait été scandalisée quand Louisa avait entrepris ce périple européen au volant de son automobile, avec Kathleen pour seule escorte. Sa tante les avait bombardées de télégrammes et de missives en poste restante dans lesquelles elle détaillait les mésaventures sordides qui guettaient deux jeunes femmes innocentes sur les routes périlleuses de la vieille Europe.

Louisa n'était pas innocente, ce que Grace savait pertinemment. Mais rien ne semblait pouvoir endiguer ce flot de mises en garde. Miraculeusement, les lettres avaient cessé d'arriver dès que Louisa avait annoncé avoir rencontré le charismatique Maximilian Norwich au musée du Louvre, devant un Rembrandt – un camaïeu de bruns particulièrement lugubre.

Puis, au terme d'une cour menée tambour battant, les noces avaient eu lieu.

Tante Grace lui avait adressé de tièdes félicitations. Louisa, écrivait-elle, devait rentrer immédiatement à la maison afin de présenter son époux à sa famille.

Cela faisait bien longtemps que Louisa ne se sentait plus chez elle à Rosemont. Néanmoins, après cette merveilleuse année d'aventures en célibataire, il fallait sans doute admettre qu'il était temps de retourner en Angleterre.

Kathleen boudait de plus en plus. Et à conduire sur les routes gelées, l'hiver, dans leur petite décapotable, elles attraperaient des engelures. En outre, Louisa connaissait depuis quelque temps des difficultés financières. Une mise au point s'imposait.

Sans compter que, à en croire les courriers de son cousin Hugh et du Dr Fentress, tante Grace n'allait pas bien. Sa santé déclinait même de manière alarmante, clamaient-ils. Louisa ne les lisait que d'un œil.

Grace était bien trop mauvaise pour passer l'arme à gauche. Depuis que Louisa, orpheline à quatre ans, vivait sous la coupe de sa tante, celle-ci n'avait même pas eu un rhume de cerveau.

En revanche, en vingt et un ans de cohabitation à Rosemont, elle n'avait pas manqué d'adresser de sévères remontrances à sa filleule chaque fois que celle-ci se rendait coupable du moindre manquement à l'étiquette.

Avec le temps, ces infractions aux règles de la bienséance avaient été crescendo... jusqu'aux conséquences les plus catastrophiques.

— Que dois-je faire, à ton avis, Kathleen ? Confesser la vérité ?

— Vous, dire la vérité ? Ah ah ! Je vais tomber dans les pommes ! s'esclaffa Kathleen.

— Voyons, cela ne t'arrivera jamais. Tu es la seule femme que je connaisse à garder la tête froide en cas de crise majeure. À part moi, bien sûr. Rien ne m'ébranle non plus.

Si Kathleen n'était pas tout à fait d'accord, elle eut le bon sens de n'en rien dire.

Il fallait avouer que depuis quelques mois Louisa avait eu sa part d'ennuis. Pour les surmonter, un mari ou deux n'auraient pas été de trop. En vérité, elle n'avait pas du tout l'intention de convoler.

En quel honneur l'aurait-elle fait ? Elle avait hérité d'une immense fortune, elle était indépendante, libre de toute entrave. Elle n'avait pas besoin d'un homme dans les jambes qui lui donnerait des ordres. Sa tante, qui l'avait cloîtrée comme une nonne pendant les vingt premières années de sa vie, lui avait amplement suffi.

Certes, Rosemont était un endroit magnifique, avec son parc peuplé de daims et de lapins, ses cinquante pièces, et toutes ses dorures.

Bien que roturier – comme M. Darcy[1] –, le père de Louisa, déjà riche, avait fait un mariage avantageux en épousant celle qui devait devenir la mère de Louisa, une Américaine encore plus fortunée que lui. Hélas tous deux avaient péri lors d'un naufrage !

À l'époque, Louisa n'était qu'un bébé et, si le portrait de ses parents n'avait été accroché dans la grande

---

1. Amoureux d'Elizabeth dans *Orgueil et Préjugés*, de Jane Austen. *(Toutes les notes sont de la traductrice.)*

galerie de Rosemont, elle aurait sans doute oublié jusqu'à leurs visages.

— Il faudra bien rentrer un jour ou l'autre, remarqua Kathleen. Rosemont ne vous manque donc pas ?

Pas vraiment, de fait.

Grace et Hugh étaient là-bas, ainsi que quelques autres parasites et parents pauvres dont Louisa ne parvenait pas à se débarrasser. Quand elle avait perdu ses parents, Grace était revenue habiter dans la demeure de son enfance pour endosser le rôle de tutrice, et tous les autres lui avaient emboîté le pas. Plutôt que de se quereller avec Grace et flanquer dehors toutes ces sangsues un an plus tôt, alors qu'elle venait d'entrer en possession de son héritage, Louisa avait trouvé plus facile de prendre la poudre d'escampette.

C'était néanmoins une lâcheté dans laquelle elle n'avait pas envie de se complaire. Oui, elle allait rentrer, et, oui, il lui faudrait avoir une explication avec tous ces gens. Du moins certains d'entre eux. Car, à dire vrai, elle ne voyait pas d'objection à ce qu'Isobel, la cousine farfelue de sa mère, continue de rôder dans les couloirs de Rosemont.

Les deux cousines avaient débarqué en Angleterre en quête d'un mari à la fin des années 1870, et seule la mère de Louisa avait décroché le gros lot. Enfin, façon de parler dans la mesure où elle s'était noyée cinq ans plus tard...

Une fois réglés ses problèmes d'argent, Louisa comptait bien faire comprendre à Grace et à Hugh que leur présence n'était pas désirée, éventuellement en leur signant un billet à ordre. Et à ce moment-là, elle ne serait pas seule, mais soutenue par son époux, un homme du monde rencontré au Louvre, dont elle était tombée éperdument amoureuse, et qui, depuis leur mariage, la comblait d'attentions et de caresses habiles dispensées de ses longues mains fines – du moins les voyait-elle ainsi dans ses rêves fiévreux.

Oui, Maximilian Norwich l'accompagnerait à Rosemont, même s'il fallait pour cela le payer.

Elle déchira la lettre.

— Kathleen, quel est le nom de cette agence de placement grâce à laquelle ton frère a obtenu ce poste, l'année dernière ? Evening, ou quelque chose comme cela ?

— Evensong, mademoiselle. L'agence Evensong, de Mount Street. Mme Evensong fait des miracles. C'est aussi par son entremise que le nouveau chauffeur de Rosemont a été engagé. Pourquoi cette question ? Vous n'avez pas l'intention de me renvoyer, j'espère ?

— Sûrement pas.

Louisa ne pouvait pas concevoir la vie sans Kathleen, quand bien même cette dernière était d'humeur un peu morose ces temps-ci.

— Tant mieux. Bien, pour la promenade prévue cet après-midi, voulez-vous que je vous bande les seins et que je prépare votre pantalon ? Ou préférez-vous porter votre corset et une robe ?

— Le pantalon, je pense. Il fait un froid de canard, répondit Louisa, avant de sortir une autre feuille de papier à lettres du tiroir du secrétaire.

# 2

*Mardi 1er décembre 1903*

Mary Evensong aurait aimé pouvoir retenir son souffle indéfiniment. Hélas, à un moment ou à un autre, il fallait bien respirer !

Elle prit un mouchoir parfumé dans son sac en tapisserie, le plaqua sur son nez. Le nouveau parfum de Penhaligon, *Bouquet de Blenheim*, était son préféré : citron, citron vert et lavande se mêlaient pour former une fragrance incomparable, destinée aux messieurs à l'origine.

Mary Evensong se promit de filer à la boutique de Jermyn Street en racheter un flacon... dès qu'elle aurait accompli cette mission révoltante.

Sur le divan, la masse informe et dépenaillée remua vaguement. Mary plissa les paupières derrière ses lunettes à verres fumés. Le capitaine Charles Cooper était bien grand pour un si petit sofa. Apparemment, il ne s'était pas changé et n'avait pas pris de bain depuis plusieurs jours.

Le bandeau qui dissimulait son œil gauche s'était déplacé et pendouillait sur son nez quelque peu cabossé. Ses cheveux bruns étaient tondus à ras.

Ses joues n'avaient pas vu le fil du rasoir depuis au moins deux jours. Au moins se rasait-il. En ce moment, Londres grouillait de barbes hirsutes. Cette nouvelle mode ne plaisait pas du tout à Mary, qui soupçonnait ceux qui l'adoptaient de chercher uniquement à cacher un menton fuyant ou des bajoues. Et c'était si désagréable d'embrasser une moustache ! Même si elle n'en avait guère eu l'occasion ces derniers temps.

Une forte odeur de transpiration et de gin bon marché flottait dans la pièce. Mary inspira à travers son mouchoir parfumé, imaginant des agrumes gorgés de jus sous le soleil espagnol, avant de déclarer d'un ton enjoué :

— Capitaine Cooper, réveillez-vous !

Au bout de quelques secondes, la réponse monta du divan :

— Naaan.

Eh bien, c'était plus facile que prévu, finalement. Elle avait eu peur de devoir le piquer du bout de son ombrelle avant d'obtenir une quelconque réaction.

— Je suis Mme Evensong, la directrice de l'agence Evensong, et j'ai une proposition à vous soumettre. M. George Alexander m'a rappelé que vous aviez récemment démissionné de l'armée et que vous cherchiez du travail.

— Naaan.

Le capitaine n'avait toujours pas ouvert les yeux.

— Je lui ai pourtant parlé en personne, je vous assure, s'entêta Mme Evensong.

L'avenir professionnel du capitaine Cooper n'était pas le seul sujet qu'ils avaient abordé. M. Alexander était un homme d'affaires qui savait diversifier ses intérêts. Il avait appâté Mme Evensong en lui parlant d'un investissement qui paraissait certes très profitable. En tout cas, elle avait l'intention de l'étudier de près.

Un grognement lui parvint.

— Je me fiche de savoir qui vous êtes, et je n'ai pas besoin de la charité de George. Il en a assez fait comme ça.

— Il ne s'agit nullement de charité, mais d'un emploi dûment rétribué, objecta Mary. M. Alexander n'a pas grand-chose à voir là-dedans, sinon qu'il a suggéré votre candidature.

Elle se garda de préciser que si le capitaine signait ce contrat, elle-même recevrait une double commission, une de la part de l'industriel et une de Mlle Louisa Stratton. Inutile d'entrer dans les détails puisque, dans son métier, les modalités changeaient presque au cas par cas. S'adapter était son maître mot, tant sur le plan professionnel que personnel.

— Une jeune dame souhaite vous engager à son service, et je vous assure que cela vaut la peine de vous arracher à ce sofa pour aller prendre un bon bain.

Charles Cooper se hissa sur le coude. D'une main tremblante, il tira le cache de tissu noir sur son œil bleu aveugle. Mary avait lu son dossier, ainsi que les lettres de recommandation. Elle avait discuté avec nombre de ses anciens supérieurs et instructeurs, assez pour se faire une opinion de celui qui, en cet instant, et en dépit de tous les commentaires élogieux, ressemblait à tout sauf à un héros de guerre.

Il avait plutôt l'air d'une épave humaine abrutie par l'alcool.

— Une jeune dame, dites-vous ? Il ne s'agit donc pas de vous.

Mary se raidit et secoua la tête d'un mouvement saccadé qui fit tanguer son énorme chapeau de velours noir.

— Voilà qui m'intéresse, madame Evensong. Je n'ai pas culbuté de femme depuis que je suis rentré d'Afrique du Sud. Où est-elle ? Je suis impatient de la voir.

— Si vous croyez me faire fuir par votre grossièreté, c'est que vous ne connaissez rien à mes méthodes de travail, rétorqua Mary, imperturbable. Je ne baisse jamais les bras face à une mission, capitaine.

— Je suis au-delà de tout espoir, madame Evensong. Alors dans notre intérêt à tous deux, fichez-moi le camp.

Une lassitude infinie perçait dans son ton. Mary repoussa du pied une chemise sale qui traînait sur le sol et prit place sur l'unique chaise disponible.

— Je ne vous ai pas priée de vous asseoir, ma petite dame !

— En effet, et vous devrez revoir vos manières avant de rencontrer ma cliente. Ce n'est pas n'importe qui. Vous sortez d'une grande école et vous avez été officier, vous avez sûrement appris à vous tenir correctement.

Mary croisa posément ses mains gantées dans son giron.

— Je viens de vous dire que je n'avais eu aucune fréquentation féminine dernièrement. Votre cliente apprécie peut-être d'être bousculée dans un lit ? Sinon je ne vois pas bien ce qui pourrait l'attirer chez un fils de contremaître tel que moi.

— Ma cliente est une jeune personne indépendante, qui n'a nul besoin de connaître vos origines. Cela dit, je doute qu'elle en soit véritablement choquée si elle venait à les découvrir, car c'est une femme aux vues très... modernes.

— Une communiste ?

— Je ne pense pas qu'elle se mêle de politique, sauf en ce qui concerne les droits des femmes.

— Une suffragette, alors ? Oh non, pitié ! gémit Cooper. Quoi qu'elle veuille, je ne suis pas son homme. Et je ne pourrai pas la conduire aux réunions de Mme Pankhurst[1]. Je suis à moitié aveugle, l'auriez-vous oublié ?

---

1. Emmeline Pankhurst (1858-1928), féministe britannique.

— Mlle Str... Cette jeune dame pilote elle-même son automobile, capitaine. Elle ne cherche pas un chauffeur.

Mary ne précisa pas qu'elle avait également lu plusieurs rapports de police, émis dans divers pays d'Europe, faisant état des multiples accrochages qui avaient jalonné le périple routier de Mlle Stratton. Cette dernière aurait bel et bien eu besoin d'un chauffeur. Il y en avait d'ailleurs un à Rosemont, un jeune Écossais très fiable et compétent, que Mary avait elle-même placé.

— Elle conduit ? Vraiment ? Bon, vous feriez mieux de m'expliquer ce qu'elle veut avant que ma logeuse commence à se demander pourquoi je reçois une rombière chez moi.

Mary se retint de rectifier l'inclinaison de sa perruque grise sur son front. Il n'y avait aucune raison pour que celle-ci soit de travers. Elle apportait toujours un soin méticuleux à sa toilette et s'attachait à chaque détail afin d'apparaître exactement comme la personne qu'on attendait.

— Votre logeuse ne se posera pas de questions, elle a été grassement payée pour m'ouvrir votre porte. À ce propos, en voyant l'état des lieux, elle a demandé à ce que vous fassiez votre valise au plus vite pour libérer la chambre.

Ce n'était pas vrai, mais Charles Cooper l'ignorait. Du coup, il serait plus enclin à considérer sa proposition avec sérieux. Mary avait toujours un plan de secours, au cas où les circonstances se révéleraient défavorables.

De fait, le capitaine Cooper semblait maintenant plus attentif. Il la fixait de son œil bleu injecté de sang.

— Allez-y, déballez votre sac, aboya-t-il du ton qu'il employait sans doute pour commander ses troupes, naguère, dans le Transvaal.

— C'est très simple, en vérité. Ma cliente a besoin qu'un homme d'allure distinguée soit son époux aux yeux des membres de sa famille, durant les fêtes de Noël qu'elle doit passer en Angleterre. À Rosemont, dans le Kent. C'est une magnifique propriété. Peut-être en avez-vous entendu parler ? Il y a un article la concernant dans le numéro de décembre 1900 du *Magazine illustré*.

— À l'époque, je n'avais pas vraiment le temps de feuilleter des magazines, répliqua le capitaine.

— Bien sûr. Je n'ignore pas que vous avez servi votre pays en Afrique, avec les honneurs. J'en parle simplement parce qu'il s'agit d'une demeure de renom, et que ce serait un privilège pour vous d'y résider durant un mois.

— Jusqu'à ce que la mort nous sépare ? Ou juste pour trente jours ? Pourquoi cette fille a-t-elle besoin d'un faux mari ?

— Elle entretient des relations compliquées avec sa famille. Et pour se faciliter la vie, elle a cru bon de s'inventer un époux.

Une mauvaise idée, un peu excessive, de l'avis de Mary. Il était trop tard pour le regretter. On ne réinventait pas le passé.

À moins d'être très futé. Et Mary l'était.

Au cours des années écoulées, elle avait ainsi sauvé la mise de plusieurs jeunes femmes infortunées, mal entourées ou mal conseillées.

Cooper frotta son menton ombré de barbe.

— Combien ?

— Je vous demande pardon ?

— Combien est-elle prête à lâcher ? Moi aussi, j'ai une famille, figurez-vous.

Mary Evensong était au courant. Deux frères aînés, leurs épouses respectives et leur nombreuse progéniture. La plupart travaillaient dans l'un des ateliers de poterie dont George Alexander était propriétaire.

Cooper aurait sans doute trimé là-bas lui aussi, si M. Alexander ne l'avait repéré parmi ses ouvriers et ne l'avait envoyé à l'âge de douze ans sur les bancs de l'école. Ce dernier avait décelé chez le jeune Charlie Cooper des qualités dignes d'intérêt. Aujourd'hui, Mary étudiait le capitaine en s'efforçant de faire de même, en dépit des réserves bien naturelles qu'elle avait éprouvées de prime abord. M. Alexander était un homme clairvoyant, aux intérêts éclectiques, et dont la fortune n'avait rien de négligeable.

Elle cita le montant sur lequel Mlle Stratton et elle s'étaient mises d'accord. Le teint du capitaine Cooper prit à peu près la couleur de la chemise qui traînait par terre.

— Pour un mois ? Vous êtes sérieuse ?

Cette fois, il consentit à se lever et se mit à arpenter la pièce, en proie à une grande agitation. Sans doute aurait-il eu fière allure dans son bel uniforme militaire. Malheureusement, Maximilian Norwich n'était pas un soldat, mais un esthète amateur d'art.

— Très sérieuse. L'agence Evensong existe depuis 1888. Pas une fois nous n'avons trahi notre parole, affirma Mary, qui mentait juste un petit peu. Bien sûr, il faudra vous acheter une garde-robe complète. On ne débarque pas dans un endroit comme Rosemont avec un col en celluloïd.

Mary récupéra dans son sac la carte professionnelle d'un tailleur qu'elle savait discret, la tendit au capitaine.

M. Smythe était capable de couper des vêtements d'une qualité irréprochable pour la moitié du prix exigé par la plupart de ses concurrents.

— Vous avez rendez-vous demain, à midi, ajouta-t-elle. Je vous accompagnerai. Et je veux votre parole : plus une goutte d'alcool. Jamais Maximilian Norwich ne se saoulerait au gin médiocre.

— Qui ça ?

— Je ne vous l'ai pas dit ? C'est le nom du mari imaginaire de ma cliente. Donc le vôtre, désormais.

Le visage buriné du capitaine Charles Cooper s'illumina d'un brusque sourire, découvrant une denture remarquablement blanche et régulière pour un homme de basse extraction.

— Madame Evensong, pour une somme pareille, je répondrais même au nom de « Toutou » si tel était le caprice de votre écervelée de cliente ! Mais « Max » me convient tout à fait.

Plutôt « Maximilian », corrigea Mary en silence. Mlle Stratton semblait avoir un faible pour ce prénom. Néanmoins, Mary se garda d'insister. Les jours à venir s'annonçaient chargés, mieux valait ne pas mettre Charles Cooper de mauvaise humeur.

Dans cette optique, elle serait peut-être avisée de l'aider à rassembler ses affaires et de lui offrir le gîte à Mount Street. Ainsi, ses employés et elle l'auraient à l'œil afin qu'il se présente sobre à son rendez-vous chez le tailleur.

Il semblait aussi avoir besoin d'un bon repas, or Mary avait à son service l'une des meilleures cuisinières de Londres – elle avait peut-être commencé sa formation sur le trottoir, mais cela ne regardait personne. En conséquence, elle proposa dans la foulée au capitaine Cooper de prendre ses quartiers dans les locaux de l'agence. Celui-ci ne formula aucune objection.

*Pour vous et depuis 1888, l'agence Evensong réalise l'impossible !* proclamaient les encarts publiés dans les journaux.

Une fois de plus, Mary avait tenu ses engagements.

# 3

*Mercredi 2 décembre 1903*

Ils avaient un grain, à parler de lui comme s'il ne pouvait pas les entendre. Il était borgne, pas sourd. Charles en avait par-dessus la tête que le petit chauve – M. Smythe – et son assistant lui plantent des aiguilles un peu partout dans le corps, depuis maintenant plus d'une heure. Il avait l'impression d'être attaqué par une colonie de fourmis !

— En avez-vous terminé, messieurs ?

Il avait adopté le ton suffisant du parfait gentleman. D'ailleurs s'il affirmait sortir tout droit de Harrow, personne n'irait le soupçonner d'avoir grandi dans une cité ouvrière.

Patron généreux et philanthrope, George Alexander l'avait arraché à sa famille miséreuse pour faire de lui un être civilisé. Certains auraient dit qu'il lui devait tout. Mais apparemment George avait misé sur le mauvais cheval, car aujourd'hui la vie de Charles ne valait pas tripette.

— C'est presque fini, capitaine Cooper. Vous avez été très patient, répondit le tailleur.

Charles était à moitié mort d'ennui et il avait une soif de tous les diables. Le gin lui était interdit. Peut-être pourrait-il convaincre cette vieille chouette d'Evensong de lui servir du vin au déjeuner. Enfin, s'ils déjeunaient un jour... Le petit déjeuner était déjà loin.

Son estomac gronda. L'assistant du tailleur releva la tête et lui adressa un sourire complice.

Ce matin-là, Mme Evensong avait dûment chapitré Charles sur les responsabilités qui lui incomberaient en tant qu'époux de Mlle Louisa Stratton. Elle lui avait même prêté une encyclopédie de l'art, car le fameux Maximilian – quel prénom à la noix ! – se passionnait pour la peinture.

Vu que Charles était incapable de distinguer un Rembrandt d'un Douanier Rousseau, il se doutait qu'il lui faudrait suivre quelques cours de rattrapage...

Ce serait comme au bon vieux temps, quand il était boursier et que son bulletin de notes faisait honte aux rejetons des meilleures familles anglaises. Personne ne pouvait le traiter d'idiot, et celui qui s'y serait risqué ne serait pas resté longtemps sur ses deux jambes. Il était aussi doué avec les poings qu'avec les chiffres.

Néanmoins il était taillé dans un bois plutôt brut. Le collège et l'armée avaient certes poli ses rugosités, mais, à vingt-sept ans, quelques échardes pointaient encore. Mlle Stratton serait-elle déçue quand elle ferait sa connaissance ? Il fallait espérer que non. Finalement, ce n'était pas son problème. On le payait une fortune pour être le caniche de cette fille de la haute, et pour une somme aussi généreuse, il était prêt à supporter à peu près n'importe quoi durant un mois.

Cette Louisa Stratton, il devait lui manquer une case. En tout cas, elle ne savait visiblement pas quoi faire de son argent. Il l'imaginait déjà : une petite princesse gâtée, dorlotée, qui aurait eu une crise cardiaque si elle avait vu les atrocités auxquelles il avait été confronté en Afrique.

Charles descendit du tabouret sur lequel il était juché, tendit les bras pour faire remonter ses manches et révéler ses élégants boutons de manchettes. Il avait porté l'uniforme pendant plus de dix ans et peinait à reconnaître l'homme qui lui faisait face dans le miroir. Ce costume lui allait bien, indéniablement. Et M. Smythe avait promis de lui fabriquer des cache-œil en soie. Ce serait beaucoup plus confortable que le bout de tissu grossier qu'on lui avait fourni au dispensaire.

Quand il ne portait pas cet accessoire, personne n'aurait pu deviner qu'il ne voyait quasiment rien de l'œil gauche. Mais les petits vaisseaux éclatés et les taches qui parasitaient sa vision finissaient par lui flanquer la migraine, alors il préférait porter ce cache, même si ses camarades d'armée se moquaient de lui et prétendaient qu'il voulait se donner des airs de pirate.

La rumeur voulait que cela émoustillât les dames. Charles ne s'était pas donné le mal de le vérifier. Il n'éprouvait plus de désir charnel depuis qu'il avait aidé à enterrer les centaines de cadavres de femmes et d'enfants boers décharnés, à la peau brûlée par le soleil.

Pour déporter les populations civiles, les troupes britanniques de Kitchener[1] avaient construit tout un réseau de camps dont les tentes semblaient jaillir du sol desséché comme autant de champignons. Mais les Sud-Africains coupaient les voies de communication, et le ravitaillement n'était pas assuré. Par mesure de rétorsion, les femmes et les enfants des fermiers boers

1. Lord Kitchener (1850-1916), maréchal britannique qui mit fin à la guerre des Boers (1902).

rebelles recevaient des rations encore plus réduites que les autres détenus. Ceux qui n'étaient pas morts de faim avaient été décimés par la rougeole, la typhoïde ou la dysenterie.

Parfois, face à tant d'horreur et de dévastation, Charles avait regretté de ne pas avoir perdu la vue pour de bon.

L'Afrique du Sud, sa terre craquelée sillonnée de sang sous le soleil caniculaire, c'était cela la vraie vie. L'Angleterre n'était qu'une scène de théâtre sur laquelle évoluaient des gens frivoles, qui étaient loin de se douter de quoi étaient capables leurs fameux « héros de guerre ».

Bientôt lui-même monterait sur les planches afin de tenir un rôle, dans le faisceau des projecteurs… avant que le rideau retombe définitivement sur sa vie.

Bon sang, il crevait de faim. Pas comme ces femmes boers squelettiques, mais à quoi bon ressasser le passé ? Maximilian Norwich ne se souciait pas de telles contingences dans son existence dorée d'esthète intellectuel. Il vivait dans un monde d'héritières écervelées, d'automobiles étincelantes, de flûtes de champagne, de coupes de caviar…

Bon sang de bois !

Charles venait de se prendre les pieds dans un rouleau de tissu, au moment où une pensée lui traversait l'esprit. La veille, bousculé par Mme Evensong qui voulait qu'il quitte au plus vite sa chambrette, histoire de lui redorer un peu le blason, il avait complètement oublié d'emporter son journal intime, caché sous les lattes du plancher.

Mme Jarvis, sa logeuse, devait déjà lui avoir trouvé un remplaçant, bien qu'il ait réglé son loyer jusqu'à fin décembre.

Charles ne regretterait ni la crasse ni les relents d'oignon et de friture, mais son journal intime allait beaucoup lui manquer. Il le destinait à ses frères. Quand ces derniers l'auraient lu, ils comprendraient peut-être enfin...

Il se tourna vers Mme Evensong. Celle-ci était abîmée dans la contemplation d'un gilet à motif bordeaux, transfigurée, comme si elle venait de découvrir le Saint-Graal.

Quelle drôle de petite bonne femme, celle-là.

— Je dois partir, annonça-t-il.

Elle releva vivement la tête, fronça les sourcils. Derrière les verres teintés de ses lunettes à monture métallique, il était difficile de discerner ses yeux, mais Charles aurait parié qu'ils brillaient d'intelligence.

— Pourquoi ? Où voulez-vous aller ? s'alarma-t-elle.

— J'ai oublié quelque chose dans mon ancien logement. Tranquillisez-vous, je ne vais pas filer au pub du coin. Je vous ai donné ma parole.

— Certes, et j'entends que vous la respectiez. Très bien, capitaine. Vous reviendrez ensuite à l'agence, n'est-ce pas ?

— Bien sûr. Serait-il possible que votre cuisinière me prépare un sandwich dans l'intervalle ?

— Oh, elle peut faire mieux que cela, croyez-moi ! En tout cas, ne traînez pas en chemin, Mlle Stratton doit passer en fin d'après-midi.

Bon sang. Il n'était pas tout à fait prêt à rencontrer sa « femme ». Au moins était-il présentable. Enfin, si l'habit faisait le moine.

M. Smythe l'aida à s'emmitoufler dans un manteau en tweed gris anthracite, puis lui tendit un chapeau haut de forme. Il avait été décidé que les vêtements sur mesure de Charles, ainsi que ses chapeaux, arboreraient son monogramme – ou plutôt, celui de Maximilian Norwich. Mme Evensong pensait à tout.

Sa nouvelle garde-robe serait prête le lendemain matin.

Il prit un fiacre avec l'argent que Mme Evensong lui avait avancé – pas assez pour aller s'encanailler en ville, mais suffisamment pour se rendre dans les faubourgs et en revenir.

Mme Jarvis feignit de ne pas le reconnaître.

Il dut faire tomber plusieurs pièces dans sa main crasseuse pour qu'elle l'autorise à entrer. Tel un fox-terrier, elle le talonna jusque dans son ancienne chambre. Que craignait-elle, cette vieille toupie ? Qu'il soit revenu voler la tringle à rideaux cassée ? Quoi qu'il en soit, elle ne le lâcha pas des yeux tandis qu'il délogeait une latte du plancher inégal pour récupérer son journal, un recueil à la couverture cartonnée marbrée de brun.

— C'est quoi, ce bouquin ? demanda-t-elle, méfiante.

— Mon histoire, madame Jarvis. Chaque bataille, chaque blessure, chaque femme. Une lecture passionnante pour les longues soirées d'hiver.

Il imagina ses frères penchés sur le journal une fois qu'il aurait quitté ce monde. Tom et Fred lui pardonneraient, au moins un peu, entre ces mots et le pécule qu'il leur laisserait. Oui, ils comprendraient. Il le faudrait bien.

Soudain, une forte déflagration se produisit dans la rue et l'immeuble tout entier vibra.

Sans réfléchir, Charles se jeta sur la chétive Mme Jarvis et la plaqua au sol pour lui faire un bouclier de son corps.

Elle se débattit en poussant des cris d'orfraie :

— Ôtez vos sales pattes de là, espèce de pervers !

Charles avait réagi de manière instinctive. Les obus. Les grenades. Tous à terre !

Mais… on ne bombardait pas un vieux quartier londonien comme celui-ci, n'est-ce pas ?

— Que se passe-t-il ? bredouilla-t-il. Qu'est-ce que c'était que ce bruit ?

— Est-ce que je sais, moi ? Poussez-vous ! beugla la logeuse.

Cela faisait une éternité que Charles n'avait pas eu une femme sous lui. Et Mme Jarvis n'était certes pas la partenaire rêvée pour renouer avec les plaisirs de la chair. Ses hurlements lui vrillaient les tympans.

Il lui plaqua la main sur la bouche, ce qui lui valut d'être férocement mordu.

— Aïe ! grogna-t-il. Chut ! J'entends un bruit de pas, quelqu'un approche...

Les marches craquaient. Charles roula de côté, coinça Mme Jarvis contre le mur. Il protégerait cette vieille harpie malgré elle.

Une voix de femme, flûtée, mélodieuse, s'éleva derrière la porte :

— Capitaine Cooper ? Êtes-vous là ?

Une autre voix féminine, qui n'était pas celle de Mme Evensong, lui fit écho :

— Je n'aime pas cet endroit, mademoiselle. Ça empeste !

— Oh, Kathleen, tu es si snob ! Les pauvres sont déjà très contents d'avoir un toit au-dessus de leur tête. Monsieur ? Capitaine ? appela de nouveau la première voix. Êtes-vous décent ? Puis-je entrer ?

Sainte mère de Dieu.

Charles libéra la bouche de Mme Jarvis et se raidit dans l'attente du glapissement outré qui ne manquerait pas de suivre.

Et de fait :

— Au secoooours ! Il est devenu fou !

Charles se redressa d'un bond au moment où la porte s'ouvrait. Mme Jarvis demeura à terre et, frénétique, tenta de rabattre ses jupes entortillées autour de ses jambes.

Les deux femmes qui venaient de faire leur entrée écarquillèrent les yeux de stupeur devant ce tableau pathétique.

L'air dégagé, Charles épousseta son manteau neuf et risqua un sourire qui se voulait rassurant. Si ces jeunes personnes se mettaient à striduler comme Mme Jarvis, il finirait sourd en plus d'être borgne.

— Ca… capitaine Cooper ? balbutia la blonde.

Elle était extraordinairement jolie, mais livide, aussi blanche que la fourrure de sa pelisse et du manchon dans lequel elle avait glissé les mains. Cachait-elle là-dedans un petit pistolet de dame ? Si elle l'abattait dans la seconde, il lui serait plutôt reconnaissant de le tirer de cette situation horriblement embarrassante.

— Mademoiselle Stratton, je présume ?

— Oh, mademoiselle Louisa ! Ça ne peut pas être lui, quand même ? s'exclama la rouquine qui accompagnait la blonde. On dit pourtant que Mme Evensong ne se trompe pas, qu'elle a un flair infaillible…

— Tais-toi, lui intima la blonde. Il doit y avoir une explication…

Elle avait de grands yeux noisette pétillants. Son regard se posa sur la bouche de Charles, dont elle semblait attendre des éclaircissements. Comme s'il pouvait lui en donner !

Avec ses cheveux d'or et son manteau d'hermine, Louisa Stratton ressemblait à une vraie princesse, tout droit sortie d'un palais. Charles n'avait encore jamais rencontré quelqu'un comme elle.

Mme Jarvis se releva en s'agrippant à son mauvais genou, lui arrachant une grimace.

— Il a essayé de me violer ! glapit-elle.

Avant que Charles puisse protester, la déesse blonde objecta :

— Ne soyez pas ridicule, vous avez passé l'âge. Et vous n'êtes pas ce genre d'homme, n'est-ce pas, capitaine ? Il faudrait souffrir d'un complexe d'Œdipe, ce qui est absolument répugnant. Toutefois, si c'est le cas, je peux vous recommander un excellent praticien. Récemment, on a fait beaucoup de progrès dans l'étude des maux de l'âme, à Vienne. Nous y étions au printemps dernier. Tu t'en souviens, Kathleen ? Oh, ces pâtisseries, quel délice !

Mme Jarvis devait avoir raison, il était sûrement devenu fou. Il avait besoin d'un verre de gin. Non, plutôt de la bouteille tout entière.

— Il y a eu… une explosion, articula-t-il.

— Oui, c'était moi, répondit Louisa Stratton. Enfin, mon automobile. Un problème de piston, peut-être. Quoi qu'il en soit il va falloir la faire remorquer jusqu'au garage le plus proche. J'espère qu'il y en a un dans le quartier.

Charles claudiqua jusqu'à la fenêtre aux vitres sales pour jeter un coup d'œil dans la rue. Une douzaine de gamins faisaient cercle autour de l'automobile de Mlle Stratton, qu'ils fixaient d'un œil ébaubi. Pour l'instant, ils demeuraient à une distance prudente, mais il ne faudrait pas longtemps avant que l'un d'eux se décide à démonter un phare.

Charles ouvrit la croisée.

— Bande de petits salopards, si vous touchez à cet engin, je vous jure que je vous botte le cul !

— Oh la la, vous fâchez pas, m'sieur, on regarde juste ! assura le chef de la bande, qui ponctua ses paroles d'un petit salut moqueur en portant deux doigts à sa casquette.

Charles pivota vers la logeuse et reprit d'un ton beaucoup plus courtois :

— Madame Jarvis, je vous présente mes excuses les plus plates pour ce terrible malentendu.

Elle ne trouva rien de mieux à faire que de lui lancer un regard apitoyé.

— C'est la guerre, je suppose. Certains soldats ont l'esprit dérangé quand ils rentrent au pays.

— Oui, ce doit être ça, grinça Charles, avant de s'incliner devant les deux visiteuses. Mademoiselle Stratton. Et… Kathleen, c'est bien cela ?

— Oui, monsieur.

— Je pense que nous devrions poursuivre cette conversation ailleurs et prendre des dispositions pour faire réparer votre automobile. Le lieu n'est pas très sûr, vous savez.

La présence de Mlle Stratton détonnait dans cette chambre misérable. Dans la rue, le contraste serait encore plus visible. Quelle idée aussi de débarquer dans ce quartier sordide en manteau d'hermine, au volant de ce petit bolide ! C'était elle qui avait l'esprit dérangé ! s'insurgea-t-il, le regard fixé sur les grosses lunettes de protection qui lui pendouillaient autour du cou, tel un collier très laid.

— Comment m'avez-vous trouvé ? demanda-t-il alors qu'ils regagnaient le rez-de-chaussée.

— Je suis passée à l'agence Evensong. Le jeune assistant m'a donné votre adresse.

Bon, au moins ce n'était pas Mme Evensong qui l'avait trahi. Charles avait connu une ascension sociale assez fulgurante, mais ici, dans cet immeuble délabré, il se retrouvait presque à son point de départ.

— Désormais je réside là-bas, à Mount Street, expliqua-t-il. Mme Evensong me donne des cours censés faire de moi un mari crédible. Vous serez encore meilleur professeur, j'imagine.

— Mon Dieu, j'ignore à quoi ressemble un vrai mari ! Maximilian est si merveilleux que personne ne peut lui arriver à la cheville, vous comprenez. C'est le plus attentionné des hommes, il se plie en quatre pour satisfaire tous mes désirs. Nous discutons art, histoire et philosophie, et il écoute religieusement tous mes avis.

Le doute n'était plus permis, cette fille était toquée.

# 4

Il avait une prestance certaine dans ses habits neufs tout empesés. Au premier abord, le cache-œil l'avait déroutée, a posteriori cela lui donnait un air de pirate assez excitant.

Maximilian avait pu perdre un œil dans un accident d'escrime. C'était une fine lame. Quel spectacle que de le voir manier l'épée, bondissant, seulement vêtu de son pantalon et de ses bottes de cuir, son torse musclé luisant de transpiration !

Et cette petite ligne de poils sombres qui courait sur son ventre noueux pour disparaître sous la ceinture du…

Hélas, une seconde d'inattention et le drame était survenu ! Oh, il avait été courageux ! Stoïque. Tout cela avait eu lieu avant leur rencontre, ce qui était bien dommage car Louisa aurait fait une excellente infirmière, douce et dotée de sang-froid, sachant apaiser son pauvre chéri de quelques mots et caresses tendres…

De toute façon, Maximilian n'aurait pas voulu qu'elle soit témoin d'une vision si déplaisante.

Voilà, cette explication conviendrait parfaitement.

Louisa glissa les mains dans son manchon en frissonnant. Il faisait froid, et le mécanicien mettait un siècle à atteler ses deux chevaux à l'automobile pour la remorquer.

Le capitaine Cooper l'avait pressée de rentrer chez elle, c'est-à-dire, pour l'heure, au Claridge, où elle occupait une suite. Elle avait refusé. Elle préférait superviser le dépannage de sa pauvre petite Cottereau. Bien sûr, Kathleen était restée avec elle.

Les yeux de cette dernière allaient finir par percer des trous dans le dos du capitaine à force de le scruter tandis qu'il donnait un coup de main au mécanicien pour fixer une chaîne au pare-chocs avant.

— Le panorama te plaît ? persifla Louisa.

— Ce n'est pas mon mari. Je parie qu'il y a un très joli postérieur sous ce manteau.

— Je n'en saurai jamais rien.

Ce qui était plutôt triste, décida-t-elle. Le capitaine était grand, bien bâti. Dans son visage hâlé par le soleil d'Afrique, son œil visible avait la couleur des bleuets. Ses tempes grisonnaient déjà, détail plutôt surprenant chez un homme de seulement vingt-sept ans. Car selon le dossier de Mme Evensong, il n'avait qu'un an de plus qu'elle.

— Avez-vous vraiment bien réfléchi ? insista Kathleen. Vous êtes prétendument encore en lune de miel. À Rosemont, votre tante va vous loger dans la suite de vos parents. Et vous serez censée partager le lit de votre cher et tendre pour engendrer une nichée de petits Norwich.

Zut. Rosemont était immense, pourquoi les parents de Louisa avaient-ils eu l'idée saugrenue de partager la même chambre ? Les gens distingués ne faisaient pas cela. Petits Norwich ou pas.

— Il dormira dans le dressing, sur un lit de camp, décréta-t-elle.

— Il a peut-être d'autres intentions. Vous avez vu avec quelle bestialité il s'est jeté sur sa logeuse ?

— Voyons, il s'est justifié à ce propos, objecta Louisa avec impatience. La détonation l'a surpris, il a cru qu'une bombe venait d'exploser et il a avant tout songé à protéger cette pauvre femme. Sa réaction a été celle de n'importe quel héros de guerre.

Kathleen renifla d'un air dubitatif.

— Vous ne direz pas que je ne vous avais pas prévenue quand il vous culbutera à la moindre mouche qui pète. Et avec votre peau claire, vous aurez des bleus partout. Je ne lui fais pas confiance. Vous l'avez entendu parler à ces gamins, tout à l'heure ? Si c'est ça un gentleman, moi, je ne m'appelle pas Kathleen Carmichael !

— Mme Evensong assure qu'il a étudié à Harrow. Dis-moi, tu n'as pas de deuxième prénom ?

C'était curieux qu'elle ne s'en rende compte que maintenant. Kathleen était à son service depuis cinq ans – elles avaient le même âge. Elle-même se nommait Louisa Elizabeth, en hommage à sa mère.

— Non, un seul c'est bien suffisant. Mes parents ont eu douze enfants. À ma naissance, ils étaient déjà à court d'inspiration.

Douze enfants. Fille unique et orpheline, Louisa n'avait connu que la présence de son cousin Hugh dans la nursery. Ç'aurait pourtant été amusant d'avoir un frère, ou au moins un cousin qui n'aurait pas passé son temps à la tourmenter en toute impunité.

Du perron de l'immeuble, Mme Jarvis lança :

— Ça va encore être long, capitaine ?

Elle aurait pu leur offrir un thé pour les faire patienter. Mais sans doute aurait-il eu goût d'eau de vaisselle. Et il ne fallait pas espérer le boire dans une tasse propre. Cette pension de famille était tout bonnement dégoûtante.

— Nous avons presque fini. Pas vrai, Joe ? Mlle Stratton est descendue au Claridge. Il faudra lui rapporter son automobile là-bas demain matin.

Le mécanicien se gratta le crâne de ses ongles noirs.

— Euh... je sais pas trop, m'sieur. C'est une voiture française. J'aurai peut-être pas les pièces qu'il faut au garage. La réparation risque d'être longue, et coûteuse.

— Eh bien, faites pour le mieux et donnez des nouvelles à Mlle Stratton au plus vite. Il va peut-être falloir qu'elle trouve un autre moyen de locomotion.

« Du moins je l'espère. » Louisa aurait juré que Charles Cooper venait de marmonner ces mots. Une remarque totalement infondée ! Certes, sa première automobile, de marque anglaise, avait malencontreusement rencontré un mur de brique. Mais c'était la faute des freins défectueux, pas la sienne. Et depuis, Kathleen, elle et la petite Cottereau étaient inséparables.

— Permettez-moi de vous raccompagner à votre hôtel, mesdames.

— En fait, Mme Evensong nous attend pour le thé, capitaine. J'étais censée faire votre connaissance chez elle, cet après-midi, et je n'ai pas eu la patience d'attendre.

Louisa avait surtout voulu le voir dans son environnement naturel. Et elle était à présent assez désorientée. Charles Cooper était vraiment un type bizarre, tantôt courtois, tantôt grincheux.

— Le meilleur des plans, commenta-t-il.

Il afficha un sourire nonchalant et le cœur de Louisa fit une petite pirouette. Charles Cooper avait peut-être le nez cassé, mais ses dents étaient magnifiques.

Obéissant à une impulsion, elle glissa son bras sous le sien.

— Croyez-vous qu'il soit possible de trouver un fiacre dans cet affreux quartier ?

— Il va falloir marcher un peu. Mademoiselle Kathleen, puis-je vous offrir mon autre bras ? proposa-t-il avec obligeance.

Quelle galanterie. Quoi qu'en dise Kathleen, il avait de bonnes manières.

Ils descendirent la rue, longeant des immeubles qui semblaient près de s'écrouler, avant de tomber enfin sur un fiacre libre. Le cocher poussa un soupir exagéré quand on lui donna l'adresse, comme s'il était révolté à l'idée d'aller aussi loin.

— Vous ne voulez donc pas gagner d'argent ? s'étonna Louisa. Décidément, ce pays part à vau-l'eau ! Les choses ont bien changé. L'année dernière, les gens appréciaient encore d'avoir à manger dans leur assiette. Aujourd'hui, ils ne veulent pas se donner le mal de gagner leur pitance. Tant pis, ajouta-t-elle à l'adresse de ses deux compagnons. Marchons encore un peu, nous finirons bien par dénicher un cocher plus ambitieux.

— Je suis sûr que celui-ci a autant d'ambition que n'importe lequel, assura le capitaine Cooper. Et sans doute plus, car il essaie de faire monter les prix. Vous venez juste de lui donner du grain à moudre. Combien voulez-vous pour la course, mon brave ?

Le cocher énonça son tarif.

— C'est du vol ! s'insurgea Louisa.

C'était toujours pareil. On la voyait venir et on essayait d'emblée de lui soutirer un maximum d'argent. Mais elle savait se défendre.

— Montez, mademoiselle Stratton. Inutile d'attirer l'attention, lui conseilla Charles Cooper.

En effet, des badauds s'étaient regroupés à l'angle de la rue pour la regarder se quereller avec le cocher.

Louisa se cramponna à son manchon dans lequel elle avait glissé un portefeuille rempli de billets. Elle ne passait certes pas inaperçue avec son manteau d'hermine et son grand chapeau à voilette retenu par une épingle en diamant. Ses pérégrinations européennes lui avaient appris la prudence, et il est vrai qu'aujourd'hui son bon sens l'avait quelque peu désertée. La faute du capitaine Cooper. Elle s'était habillée avec un soin tout particulier afin de l'impressionner. Et puis, ce n'était pas facile de réfléchir quand son œil bleu vous fixait.

La tête haute, elle accepta la main qu'il lui tendait et gravit le marchepied. Kathleen s'assit à côté d'elle. Le capitaine s'installa sur la banquette opposée dans une posture décontractée, ses longues jambes étendues devant lui prenant toute la place.

Au bout de quelques minutes, Louisa se sentit obligée de faire la conversation. Elle n'aimait pas le silence. Elle avait passé trop de temps dans les grandes salles vides de Rosemont, sans personne avec qui parler, personne pour lui prêter la moindre attention. Aujourd'hui, le silence la mettait mal à l'aise. Elle chercha un sujet neutre. Elle ne voulait pas passer pour une curieuse, même si un millier de questions lui brûlaient les lèvres. Comment un héros de guerre bardé de médailles avait-il pu échouer dans un tel trou à rats – bien sûr, elle n'aurait pas employé ce terme. Qui lui avait cassé le nez ? L'Afrique était-elle un beau pays ? La conseillerait-il comme destination touristique ? Avait-il une amoureuse cachée quelque part ?

Elle ouvrait la bouche lorsqu'il la devança :

— Ne vous inquiétez pas, ce lit de camp conviendra parfaitement. Il n'est pas question que je m'incruste dans votre lit, mademoiselle Stratton. Aucun de nous deux ne dormirait bien.

Elle sentit son visage s'empourprer.

— Vous avez l'ouïe fine, semble-t-il.

— En effet. Et c'est presque un miracle. Beaucoup de soldats sont à moitié sourds. La guerre est une activité bruyante, avec tous ces obus qui explosent un peu partout.

— À Rosemont, c'est très calme.

Trop calme, sapristi.

— Peu importe. Je suis insomniaque, de toute façon.

— Ah. Vous faites des cauchemars ?

Louisa avait essayé de lire ce livre très intéressant, écrit par le Dr Freud, qui parlait des rêves et de leur signification. Il s'agissait d'une édition originale en allemand et, bien que munie d'un dictionnaire, elle n'avait pas persévéré.

— Des cauchemars ? Oui, on peut le dire, acquiesça-t-il, impassible.

— Si vous voulez, je peux soumettre votre cas à notre médecin de famille, le Dr Fentress. Il vous prescrira un médicament pour les nerfs.

— Pour les nerfs ? répéta-t-il.

— Oui, vous savez… Pour vous aider à dormir.

Les hommes n'aimaient pas avouer leurs petites faiblesses. Elle insista :

— Parfois on ressasse certaines pensées, on est contrarié. C'est ce qui m'est arrivé quand ma tante m'a empêchée de faire mes débuts dans le monde. Elle était fâchée contre moi pour je ne sais plus quelle raison, et en guise de punition, elle a tout annulé. J'en ai perdu le sommeil, jusqu'à ce que ce bon Dr Fentress arrive avec son élixir magique.

En réalité, Louisa se rappelait très bien pourquoi tante Grace l'avait enfermée, mais on ne faisait pas ce genre de confidences à un inconnu.

Aujourd'hui encore le parfum des lys la rendait terriblement nostalgique…

— Vos débuts ? fit Charles Cooper, sarcastique.

Elle se retint de pincer les lèvres.

— Vous n'ignorez pas à quel point c'est important pour une jeune fille d'être introduite dans la haute société. La saison est primordiale pour trouver un mari.

Maintenant, je n'en veux plus, mais à l'époque, c'était mon but.

Elle aspirait avant tout à la liberté et à l'indépendance financière, et tante Grace, qui gérait sa fortune, lui avait refusé les deux. Forte de son statut de tutrice, elle avait découragé tous les hommes qui approchaient de Rosemont à moins d'un kilomètre. Du coup, elle avait contraint Louisa à se montrer très inventive pour pouvoir faire des rencontres intéressantes.

Et elle avait réussi. Cela n'avait duré qu'un temps. Les grilles étaient retombées, et Louisa s'était retrouvée prisonnière dans sa propre demeure.

— Dites-moi si j'ai bien compris, mademoiselle Stratton : vous avez perdu le sommeil parce que vous ne pouviez pas aller danser en robe blanche à frous-frous avec des gandins pommadés ? Quelle horreur, en effet.

Présentée ainsi, bien sûr, elle passait pour une enfant gâtée. Le contraire de ce qu'elle avait été, en vérité.

— Oh, vous êtes un homme, vous ne pouvez pas comprendre !

Voyant sa camériste froncer les sourcils d'un air réprobateur, elle ajouta :

— Tais-toi, Kathleen. Je ne vois pas pourquoi je ne dirais pas ce que je pense à un employé. Car vous n'êtes pas autre chose, capitaine Cooper, et vous feriez bien de vous en souvenir.

Elle s'attendait à une réplique explosive, mais il se contenta de pincer la bouche, avant de s'abîmer dans le silence.

Zut alors.

— Je vous donne un conseil d'ami, et vous vous moquez de moi. Ce n'est pas très gentil, fit-elle remarquer au bout d'un moment.

— Votre femme de chambre, Mlle Kathleen... – Carmichael, c'est ça ? – a raison de vous mettre en garde. Je ne suis pas un gentleman, mademoiselle

Stratton. Et je n'ai aucune idée de ce à quoi ressemble mon postérieur, néanmoins libre à vous de le reluquer. Après tout, vous me rétribuez pour mes services, c'est vrai.

Louisa crut que Kathleen allait s'étrangler. Seigneur, ce type avait des oreilles d'éléphant ! Elle allait devoir surveiller ses paroles.

Ils étaient partis sur de mauvaises bases. Elle aurait dû attendre qu'il lui soit présenté à l'agence Evensong, devant un thé et un plateau de petits-fours. Malheureusement, la patience n'était pas sa qualité première. Elle avait épuisé tout son stock depuis longtemps. Pour autant elle n'allait pas subir ses provocations sans réagir.

— On peut vous reluquer ? C'est bon à savoir. Et puisque nous abordons le sujet, sachez que je ne vous permets pas la réciproque. Vous êtes prié de baisser les yeux et de garder les mains dans vos poches. À moins, bien entendu, que je ne vous demande expressément de me témoigner devant ma famille l'affection de bon aloi qu'un époux doit à sa femme. Sachez que Maximilian ne se livrerait jamais à des effusions publiques. C'est un homme du monde, lui.

— Baisser l'œil, vous voulez dire.

— Oh, c'est pareil ! À propos, je suis désolée. Comment avez-vous perdu votre œil ?

— Je ne l'ai pas perdu. Il est toujours dans son orbite.

— Ah, vous voyez ! J'avais raison d'employer le pluriel.

— Je suis sûr que vous avez tout le temps raison, mademoiselle Stratton. En tout cas, vous me payez suffisamment pour avoir le droit de le proclamer.

Louisa était partagée entre la satisfaction et une certaine confusion face à ses réactions.

— Je n'attends pas que vous soyez toujours d'accord avec moi, se défendit-elle. Après tout, vous êtes un homme.

— C'est vrai.

Il s'en tint là. Et elle dut supporter son mutisme jusqu'à la fin du trajet. Car pour une fois, Louisa Elizabeth Stratton ne trouva plus rien à dire.

Charles n'allait pas tolérer cela très longtemps, et au diable l'argent ! Cette fille était impossible, autoritaire, elle méprisait les hommes et elle était extrêmement jolie. Ayant pu l'observer tout à loisir de son œil unique, il savait maintenant que sa bouche était trop grande (c'est pour mieux te narguer, mon enfant !) et qu'elle avait un petit grain de beauté près de la commissure gauche.

Il n'empêche, elle était ravissante.

Chaque fois que son manteau de fourrure s'entrouvrait, il apercevait sa silhouette en forme de sablier, avec une taille de guêpe, comme l'exigeait la mode. Comment respirait-on dans un corset aussi serré ? Apparemment, elle ne manquait pas d'air, puisqu'elle le gaspillait même à lui faire la morale.

Il avait un peu l'impression d'être un taureau à la foire, le mâle qui avait reçu la cocarde pour son pedigree flamboyant. Sauf que lui n'aurait pas le droit d'aller batifoler avec la génisse ensuite.

Décidément, une journée passée sous la houlette de Mme Evensong n'avait pas suffi à le couler dans le moule du parfait mari. Il était déjà en train de torpiller l'affaire. Maximilian Norwich n'était sûrement pas du genre à se chamailler avec sa femme. Louisa Stratton s'était inventé là un drôle d'époux, une sorte de doux illuminé qui ne ressemblait à personne de sa connaissance.

Quant à cette propriété, Rosemont, elle n'avait pas l'air engageant. Avant que toute cette histoire soit terminée, il était sûr de casser de la porcelaine et de soulager sa vessie au fond d'un couloir !

Si seulement il avait eu le courage de se tuer, l'autre nuit. Il ne serait pas là, dans ce fiacre mal suspendu, à heurter les genoux de Louisa Stratton et de sa femme de chambre à la langue si bien pendue.

Il avait toujours aimé les rousses, enfin, à l'époque où il s'intéressait aux femmes, mais curieusement, c'était sa blonde maîtresse qui réveillait ses instincts primaires. À quoi ressemblait-elle donc, la petite héritière, quand on délaçait son corset ?

Des images défilèrent dans son cerveau : des stries rose vif dessinées par les baleines sur sa peau laiteuse, des seins généreux qui lui emplissaient les paumes, une taille fine, si fine. Puis il se vit en train de tirer sur les lacets du corset dont les pans se refermaient, l'étranglaient, jusqu'à ce qu'elle ne puisse plus bouger et soit à peine capable de respirer. Il la maintiendrait d'une main posée sur cette taille de guêpe et il pourrait lui faire absolument tout ce qu'il voulait sans qu'elle ait la possibilité de se rebiffer. Il ôterait alors les épingles qui retenaient ses cheveux coiffés à la Pompadour, plongerait les doigts dans ses boucles dorées pour guider sa tête, l'obliger à descendre vers…

Un porc. Voilà ce qu'il était. Mlle Stratton n'était pas ce genre de fille. Et d'ailleurs il n'était pas non plus ce genre d'homme. N'est-ce pas ? Jamais de toute sa vie il n'avait éprouvé le besoin de soumettre, de contrôler.

Les femmes modernes dépensaient des fortunes pour s'acheter des corsets qui comprimaient leur corps et leur modelaient une silhouette artificielle. Comme c'était étrange. Quelques mois passés dans les camps de concentration d'Afrique du Sud, et elles auraient eu la taille encore plus fine qu'elles ne le souhaitaient.

Il ferma les yeux, bien décidé à faire semblant de dormir jusqu'à ce qu'ils aient atteint Mount Street.

Mlle Stratton avait peut-être raison. Il fallait qu'il consulte un médecin. Il était prêt à avaler des flacons entiers de somnifère si cela pouvait chasser les cauchemars la nuit et lui éclaircir l'esprit le jour.

Comment s'en sortir autrement, maintenant qu'on lui interdisait de s'anesthésier au gin ? Il aurait fallu un vrai miracle.

# 5

*Jeudi 3 décembre 1903*

Le lendemain, Charles était sobre, mais aucun miracle ne s'était produit.

La princesse avait occupé toute une armée de porteurs à la gare de Victoria. Comment une femme pouvait-elle remplir autant de malles ? C'était un mystère. Et comment s'y était-elle prise pour transporter tout cela à travers l'Europe, alors qu'elle voyageait dans une toute petite voiture ?

Dieu merci, cette horreur d'automobile resterait coincée à Londres tant que les pièces n'auraient pas été acheminées depuis la France. Charles ne se cramponnait certes pas à la vie, pourtant il n'avait pas envie de finir dans un fossé. Il avait donc été plutôt content de s'installer dans ce compartiment de première classe de la Chatham. Au moins arriveraient-ils entiers et à l'heure.

Cela dit, il allait à Rosemont à reculons. La veille, après le thé, il avait feuilleté ce magazine que lui avait prêté Mme Evensong, histoire de jeter un coup d'œil aux photographies de la propriété, ses murailles à créneaux, ses immenses étendues de pelouse qui descendaient jusqu'à la mer.

Dans cet univers précieux et guindé, il ne se sentirait pas du tout à sa place.

Il avait caressé l'espoir de rester seul tandis que ces dames investiraient un compartiment voisin, mais il en fut pour ses frais. La femme de chambre rousse sortit ostensiblement un livre, pour bien montrer qu'elle ne s'immiscerait pas dans la conversation entre « mari et femme ».

Le visage tourné vers le ciel gris et les arbres aux branches nues qui défilaient par la fenêtre, Charles fermait les yeux, mais il ne pouvait pas fermer les oreilles. Et Louisa Stratton, selon son habitude, parlait à tort et à travers.

— Stratton la Pipelette, marmonna-t-il au bout d'un moment.

— Je vous demande pardon ?

— Vous ne vous taisez jamais ? À cause de vous j'ai une de ces migraines…

— Je suis peut-être un peu nerveuse à l'idée de rentrer, admit-elle contre toute attente. Je n'ai pas vu ma famille depuis plus d'un an. Et il est crucial que vous compreniez votre rôle. J'avais l'intention de peaufiner avec vous l'histoire que nous avons mise au point avec Mme Evensong.

— Rembrandt. Le Louvre. Je n'avais jamais vu une femme aussi belle que vous.

Les sourcils mordorés se froncèrent.

— Je ne crois pas vous avoir jamais dit cela !

— C'est un petit ajout personnel. Max est votre fidèle toutou, non ?

— Pas du tout ! Je ne voudrais pas d'un homme dépourvu de personnalité ! Maximilian est bien trop viril pour se laisser promener en laisse.

L'image fusa de nouveau dans le cerveau de Charles : Louisa nue, sa chair ivoire confinée dans l'étroit corset. Entravée. Impuissante. Avec peut-être un bâillon de soie pour réduire sa jolie bouche au silence.

Il dut changer de position sur la banquette. Sapristi, pourquoi cette fille avait-elle un tel effet sur lui ?

— Très bien, ne parlons pas de votre beauté. Vous ai-je épousée par intérêt ?

Elle avait dû être poursuivie par une horde de prétendants éblouis par son minois et sa silhouette, il en était sûr. Sa fortune n'était que la cerise sur le gâteau.

— Maximilian a ses propres revenus. Des revenus substantiels.

— Ah bon ! Et quel est donc ce métier si lucratif que j'exerce ?

Elle réprima un sourire avant de répondre :

— Vous ne travaillez pas. Vous avez hérité.

— Ah. Comme vous, alors.

— Vous vous rendez bien compte que les femmes sont limitées quant à leurs débouchés professionnels. Et dans bien d'autres domaines, soit dit en passant. Ce sont les hommes qui contrôlent le monde. On voit d'ailleurs quel chantier pathétique vous en faites.

Elle avait raison, ô combien. Elle ne soupçonnait pas à quel point.

— Je ne peux qu'en convenir. Ainsi je dispose d'une fortune personnelle grâce à des investissements avisés. J'ai toujours eu le sens des affaires.

— Est-ce vrai ?

— J'étais très bon en mathématiques, et si j'avais de l'argent à placer, je pourrais très bien devenir riche. Hélas, ce n'est pas le cas ! Vous avez vu dans quelles conditions je vivais, mademoiselle Stratton.

Louisa réprima un délicat frisson et expliqua :

— Maximilian est un fils de famille. Il a grandi dans la campagne française.

— Dans un château, je parie.

— Le château Lachapelle, confirma-t-elle. Un ancien monastère dont les couloirs sont encore hantés, prétend-on, par le fantôme du Moine Noir.

Charles se mit à rire. Quelle imagination délirante elle avait !

— Vous lisez bien trop de romans. Je ne crois pas aux fantômes.

— Bon, vous n'êtes pas obligé de mentionner ce spectre si vous n'y tenez pas. Je trouvais juste que cela pimentait l'histoire de votre enfance. Vos parents étaient des Anglais expatriés qui se sont enfuis pour échapper à un mariage arrangé. Très romantique.

Un ramassis de sottises, oui.

— Il y a juste un détail qui cloche, mademoiselle Stratton.

— Vous devez m'appeler Louisa. Nous sommes mariés depuis plusieurs mois, maintenant.

Ignorant sa remarque, il enchaîna :

— Je ne parle pas français. J'ai quelques notions apprises à l'école, mais depuis je ne l'ai jamais pratiqué.

— Aucune importance, rétorqua-t-elle avec un petit geste de sa main gantée. Disons que vos parents étaient un peu excentriques et préféraient s'exprimer dans leur langue maternelle. Et vous n'avez pas été à l'école, vous avez suivi l'enseignement d'un précepteur privé, au château. Mais ne vous inquiétez pas, à Rosemont personne ne vous posera de questions. Mes proches haïssent les Français, comme tout Anglais qui se respecte. Ma tante Grace ne m'a jamais autorisée à aller à l'étranger, ne serait-ce que quelques jours pour courir les boutiques à Paris.

— Pauvre petite fille riche.

Louisa s'empourpra.

— Vous voyez peut-être en moi une personne privilégiée qui a eu une enfance dorée, capitaine Cooper…

— Max, rectifia-t-il. Nous sommes un jeune couple heureux en ménage, ne l'oubliez pas.

— ... mais vous faites erreur, Maximilian. Je ne prétends pas avoir mené une vie horrible. J'ai conscience d'avoir grandi dans un luxe dont certains n'oseraient rêver. Mais Rosemont n'était pas non plus un endroit paradisiaque.

Charles rit de nouveau.

— Dommage, pour une princesse !

Elle s'empourpra davantage, sans pour autant perdre le fil.

— Vous êtes collectionneur d'objets d'art et le château Lachapelle regorge de trésors et de curiosités.

— Tels que, par exemple, le Moine Noir et mes excentriques parents ?

— Hum. Je crois qu'ils sont décédés. Kathleen ?

— Archidécédés, confirma la femme de chambre, sans lever le nez de son livre. Il ne fallait pas courir le risque que votre tante leur écrive.

— Oui, c'est cela. Vous êtes un esthète, mais aussi un athlète accompli.

— Vous avez fait de l'aviron sur la Seine en pleine nuit, monsieur Norwich, précisa Kathleen en tournant une page.

Ahurissant. Où donc ces filles allaient-elles pêcher de telles idées ? Très probablement dans ces stupides romans à l'eau de rose, comme celui dans lequel Kathleen était plongée en ce moment même.

Charles n'avait jamais fait d'aviron de toute sa vie. Mais si on lui proposait un match de cricket ou de rugby, il était toujours partant.

— Et pour mon œil, qu'avez-vous prévu de raconter ? Que je me suis fait énucléer d'un coup de rame ?

Un éclat d'obus l'avait atteint à l'œil gauche. Les médecins pensaient que sa vision pourrait s'améliorer avec le temps, mais pour l'instant cela n'avait rien de probant.

— J'imagine que vous ne pratiquez pas l'escrime ? soupira Louisa.

— Non, en effet.

Il savait se frayer un chemin dans le bush à coups de machette, mais cela s'arrêtait là. L'armée avait abandonné le sabre au profit de la précision redoutable des armes automatiques. Dans le veldt, la mitrailleuse Maxim faisait fureur.

Louisa réfléchissait. Le bout de sa langue pointait à la commissure de ses lèvres, une manie qu'il avait déjà remarquée. Peut-être aurait-il un jour la chance de la voir faire des choses très agréables avec ? En tout cas, il ne perdait pas espoir.

— Et la boxe ?

Plus jeune, il avait souvent cassé la figure à ses frères et à ses camarades d'école.

— Je sais me battre, mais je ne suis pas sûr d'être très fair-play.

— Bien, disons que vous avez reçu un mauvais coup sur le ring. Et que c'est comme cela que vous avez eu le nez cassé.

Charles se retint de porter la main à son visage. Cette fracture était un souvenir de son frère, Tom, pour une peccadille.

— Vous ne craignez pas que votre tante me considère comme un sauvage si vous racontez cela ?

— Oh, non ! Son fils, Hugh, se prend pour un pugiliste distingué. Et il est vrai qu'il a connu un petit succès au club sportif d'Oxford. Mais s'il vous défie, n'acceptez surtout pas. Vous n'aurez qu'à dire que j'ai horreur de la boxe et que vous y avez renoncé pour me faire plaisir.

— Très bien, pas de boxe. Y a-t-il d'autres interdits ?

Il aurait peut-être dû prendre des notes. La liste s'annonçait longue.

— Vous n'êtes pas fumeur, j'espère ?

— Répugnante habitude.

— Tant mieux si nous nous accordons sur ce point. J'ai cru comprendre qu'il était très difficile d'arrêter dès lors qu'on avait commencé. Je vous engage également à boire avec modération, mais je crois savoir que Mme Evensong a déjà abordé le sujet avec vous. Il vous faudra aussi garder votre sang-froid en toutes circonstances. Les membres de ma famille sont parfois... pénibles. Ils peuvent mettre la patience d'autrui à rude épreuve. Il est cependant essentiel que vous ne sortiez jamais de vos gonds.

Mme Evensong avait certes dû se renseigner sur lui, mais qu'avait-elle dit au juste à Louisa à propos de son penchant pour la boisson ?

Plus jeune, il fréquentait les tavernes et buvait de la bière, comme tous les gars du quartier. C'est seulement à son retour de la guerre qu'il s'était laissé submerger par ses démons, se saoulant soir après soir, jusqu'à la stupeur.

— Le mieux serait d'ignorer ma cousine Isobel si elle se montre un peu trop envahissante, reprit Louisa. Elle n'a pas perdu espoir de se marier et il n'est pas exclu qu'elle vous harcèle pour que vous lui présentiez des amis célibataires. Débrouillez-vous pour la distraire, restez dans le vague. Ma mère et elle sont venues de New York dans le but d'épouser un aristocrate anglais, mais aucune d'elles n'y est parvenue.

— C'est pour cela que vous n'êtes pas « lady » Louisa.

— Oui. Ma mère est tombée amoureuse de mon père, et l'affaire a été pliée en deux temps trois mouvements. Comme mon père était déjà riche, il n'avait que faire de sa dot. Mes grands-parents américains en ont été mortifiés.

— Sont-ils toujours en vie ?

— Non, ils ont disparu dans un naufrage – comme mes parents. Ma famille n'a pas de chance avec l'eau. Moi-même, j'hésite souvent à prendre des bains.

Doux Jésus. La pensée du corps dénudé de Louisa Stratton dans une baignoire en porcelaine était tout simplement… étourdissante.

Charles prit une profonde inspiration et énuméra :

— Donc, je n'ai pas le droit de me battre, ni de boire, ni de fumer, ni de flirter avec la cousine Isobel. Jusqu'ici, j'ai bien tout compris ?

— C'est un bon début. Il faudra affiner les choses au fur et à mesure. Les sables sont toujours mouvants à Rosemont.

— Normal, la maison est sur la plage.

Louisa arqua ses sourcils blonds.

— Capitaine Cooper, vous venez de faire un trait d'humour ? Incroyable !

Eh oui ! On aurait dit qu'un mince rayon de soleil venait de transpercer le brouillard de morosité qui l'enveloppait. Il est vrai que sa situation s'était grandement améliorée en l'espace de vingt-quatre heures. À la fin du mois, il disposerait d'un petit pactole dont pourraient profiter ses frères. Et puis, il aurait vécu une aventure plutôt divertissante avec une très jolie fille, dont il pourrait chérir le souvenir… quand il rôtirait en enfer pour l'éternité.

Le train filait, longeait des collines en pente douce et des hameaux où les maisons ressemblaient à des carrés de chocolat bien rangés dans leur boîte. Louisa parlait, parlait. Charles commençait à s'habituer à sa volubilité. Elle avait apparemment une opinion sur tout et n'avait pas peur de l'exprimer.

Ce pauvre Maximilian Norwich ne devait pas avoir souvent la paix. Mais peut-être avait-il des méthodes éprouvées pour faire taire sa bavarde d'épouse ? Par exemple, en lui lançant un regard de braise, pour lui faire comprendre qu'il avait envie de se retrouver seul avec elle. De l'embrasser jusqu'à lui faire tourner la tête. De lécher ce petit grain de beauté fascinant qu'elle titillait du bout de la langue quand elle se plongeait dans de profondes cogitations. De capturer l'une de ses mains si remuantes pour déposer un baiser au creux de sa paume. De lui mordiller le lobe de l'oreille en respirant le parfum de violette dans son long cou blanc...

— Capitaine Cooper... je veux dire Maximilian, avez-vous écouté un seul mot de ce que je viens de vous dire ?

— Bien sûr. Je dois garder à l'esprit toutes les consignes que vous venez de me donner.

Ce n'était pas bien difficile, et il n'avait rien de mieux à faire, de toute façon. Avait-elle parlé d'autre chose ?

— Bien, maintenant que je vous ai informé sur ma famille, parlez-moi de la vôtre.

Misère, il avait manqué une partie de leur conversation. Mais il ne pouvait pas le lui dire.

— Il n'y a pas grand-chose à raconter, prétendit-il.

— Oh, voyons, ne soyez pas timide ! Je ne vais pas vous juger parce que vous n'avez pas réellement grandi dans un château.

Charles était bien incapable d'imaginer Mlle Stratton et son manteau d'hermine dans l'humble cuisine de ses parents, qui servait de salon, mais aussi de chambre à l'occasion.

— Mes parents sont morts. Ils travaillaient tous deux à l'atelier de poterie Alexander. Mes frères et leurs femmes y travaillent aussi aujourd'hui.

— L'atelier Alexander ?

— Je suppose que cette vaisselle-là n'a pas sa place à la table de Rosemont. George Alexander fabrique des objets pratiques et robustes, de la théière au pot de chambre. Pour les masses populaires. Dont je suis issu.

Il surprit la lueur triomphale dans le regard de Kathleen.

— Mais… mais… bredouilla Louisa, je croyais que vous aviez été à Harrow ?

— J'y suis allé, en effet. George m'a parrainé. Il m'a retiré de l'atelier et a réglé les frais de scolarité.

Et Fred et Tom lui en avaient voulu à mort de chercher ainsi à s'élever au-dessus de leur condition. Ah oui, ce coup de poing sur le nez ! Il se souvenait pourquoi, maintenant.

— J'ai des nièces et des neveux, mais j'ai été éloigné de ma famille très longtemps et je serais sans doute incapable de me souvenir de leurs prénoms, même un revolver sur la tempe.

— Je vois.

— J'espère bien, mademoiselle. Il se peut que je ne sois pas le candidat rêvé pour jouer le rôle de Maximilian. Je n'ai pas grand-chose de commun avec lui et je risque fort de commettre un certain nombre d'impairs. Je n'ai pas visité beaucoup de châteaux ni de musées.

Aucun, pour être honnête.

La langue rose titillait de nouveau le grain de beauté. Il était possible qu'on lui demande de descendre du train à la prochaine gare.

Le silence se prolongeait. C'était même la première fois que Louisa Stratton se taisait aussi longtemps. Ma foi, cela lui reposait les tympans.

— On m'a dit que vous étiez officier.

— J'ai pris du galon au mérite. J'ai un coffret rempli de médailles. Ce qui me fait une belle jambe.

Louisa soupira, puis :

— Vous ferez de votre mieux, je n'en doute pas. Les gens ne jurent que par Mme Evensong et l'on assure qu'elle a un flair infaillible. Or elle a confiance en vous. En fait, elle est intarissable à votre sujet. J'avoue m'être demandé pourquoi vous aviez accepté cette mission. À l'origine, je recherchais un acteur. Quelqu'un qui sache jouer la comédie. Je crains que vous ne soyez du genre à improviser.

— C'est parfois utile. En tout cas, j'essaierai de ne pas vous décevoir.

— Je croise les doigts, alors.

Avec un grand sourire, elle ajouta :

— Nous descendons dans trois arrêts. J'espère que Robertson sera là pour nous accueillir.

Kathleen laissa échapper son livre qui tomba par terre. Charles se pencha pour le ramasser et le lui rendit. Il eut le temps de lire le titre sur la couverture. *Un amour bafoué.* Oh, pitié !

— Merci, monsieur Norwich.

— De rien. Qui est Robertson ?

— Notre chauffeur. Quoiqu'il ne doive pas conduire la Daimler très souvent. Tante Grace déteste se déplacer en automobile. Robertson va avoir plus de travail d'entretien maintenant que je suis de retour.

Ce sourire radieux ne présageait rien de bon.

— D'où vient cet amour immodéré pour les automobiles ?

— Je l'ignore. J'adore sentir le vent me fouetter le visage.

— Et les moucherons. Et la poussière, intervint Kathleen. Vous feriez bien de laisser le volant à Robertson, mademoiselle. J'ai appris qu'il envisageait de démissionner. Personne n'aime se sentir inutile.

— Qui t'a dit cela ? Ton petit doigt ? Voilà qui explique toutes ces mystérieuses lettres que tu recevais de Rosemont. Tu avais plus de courrier que moi ! Même à l'époque où tante Grace me harcelait en m'envoyant lettre sur lettre.

La rouquine glissa son livre dans son sac en tapisserie et fit claquer le fermoir avant de riposter :

— C'est encore légal d'écrire des lettres, à ma connaissance.

— Oh, de toute façon, ce ne sont pas les interdictions qui te gênent, en général ! Savez-vous conduire, capit... Maximilian ?

— Je n'en ai pas encore eu l'occasion.

Il avait toujours aimé monter à cheval et sa carrière dans la cavalerie lui avait évidemment donné une grande expérience dans ce domaine.

— Je vous apprendrai, proposa Louisa.

Kathleen émit un ricanement et tourna les yeux vers la fenêtre.

— Si, ce sera amusant, insista sa maîtresse. On se sent tellement libre sur une route dégagée...

Charles réservait sa réponse. À une certaine époque, lui aussi avait eu soif de liberté. Il avait voulu se libérer de l'emprise bienveillante de George Alexander et de la rancœur familiale. Plutôt que de poursuivre ses études à l'université, il était entré dans l'armée.

Cette quête d'indépendance lui avait coûté très cher.

Tout le monde savait que la guerre était un enfer, mais il ne s'attendait pas à vivre un tel cauchemar.

Durant le reste du voyage, Louisa s'employa à taquiner Kathleen à propos du fameux Robertson. Le train arriva enfin à Stratton Hall. Une volée de goélands, perchés l'instant d'avant sur le toit en tuiles rouges de la gare aux murs blanchis à la chaux, s'égailla dans le ciel avec des piaillements stridents.

À peine sur le quai, Charles fut assailli par la senteur iodée du littoral tout proche. Il n'avait jamais eu le pied marin et ne risquait pas de périr noyé, comme les ascendants de Louisa. On était en hiver et l'eau devait être glaciale.

Cependant il avait toujours aimé la mer, son immensité, sa force brute. Bientôt, il pourrait la contempler en toute sécurité, derrière une vitre. À en croire le *Magazine illustré*, le domaine de Rosemont était perché au sommet d'une falaise de craie blanche surplombant une plage de sable. De là-haut, la vue devait être phénoménale.

Deux valets les attendaient pour charger leurs malles dans une charrette. Un peu plus loin, un jeune homme en livrée se tenait à côté d'une Daimler vert sapin. Le fameux Robertson, probablement.

Si Kathleen espérait un baiser de la part de son amoureux, elle en fut pour ses frais. L'homme, très stylé, se contenta de les saluer en portant la main à sa casquette.

Il aida d'abord les valets à ranger quelques sacs dans le coffre, puis se mit au volant sans un mot.

L'accueil n'était pas des plus chaleureux et Charles éprouva aussitôt un sentiment de malaise. Même Stratton la Pipelette semblait avoir perdu son enthousiasme.

Dans quel pétrin s'était-il fourré ?

# 6

Louisa aurait aimé voir des fleurs, des drapeaux et une petite foule réunie à la gare. Dans la presse, elle avait lu que les héritières recevaient un tel accueil quand elles rentraient de lune de miel. Mais tante Grace n'approuvait certainement pas pareille frivolité.

— Nom d'un chien ! marmonna le capitaine Cooper.

La voiture – conduite à une allure d'escargot par Robertson – venait de bifurquer dans l'allée. Louisa s'efforça de voir Rosemont avec les yeux du capitaine. Enfin, l'œil. Elle n'arrêtait pas de gaffer concernant son infirmité.

À ses (deux) yeux, la demeure paraissait aussi imposante et menaçante qu'autrefois. Elle avait été bâtie en 1856 par son grand-père, George Stratton, dont les rêves de grandeur auraient davantage convenu à un pair du royaume.

Construction de brique, elle offrait un mélange étrange de styles gothique et classique, avec ses toits pentus, ses tourelles et ses innombrables fenêtres qui donnaient tant de travail aux domestiques.

Chaque surplomb accueillait sa gargouille. Petite, Louisa avait donné un nom à chacune.

— Voilà la maison, annonça-t-elle d'un ton détaché.

— On dirait une prison. Ou un asile.

— Ses habitants vous assureraient qu'ils sont tout à fait honnêtes et sains d'esprit.

Un fieffé mensonge.

— Bien sûr, elle est plus belle l'été, quand les rosiers grimpants recouvrent la façade. C'est pour cela que la propriété s'appelle Rosemont, vous comprenez ? Mon grand-père adorait les roses. C'est joli, vous ne trouvez pas ? Bon, il est vrai que l'endroit est quand même très retiré.

La mer gris-vert était plate aujourd'hui, mais Louisa gardait le souvenir de vagues houleuses. Elle aspira une grande goulée d'air salé.

— À cette époque de l'année, il fait trop froid pour nager, mais une fois installés, nous pourrons peut-être aller nous promener sur la plage.

La voiture pénétra dans la cour. Il fallut moins d'une minute à la domesticité au grand complet pour sortir et s'aligner en une rangée parfaitement rectiligne.

Le capitaine Cooper parut déconcerté.

— Ils sont là pour vous être présentés, Maximilian. Ne ratez pas vos débuts, chuchota-t-elle.

— Que voulez-vous dire, bon sang ?

— Chut. Maximilian ne jure jamais en présence d'une dame. Faites comme si ces égards vous étaient dus. Au château de votre enfance, les domestiques veillaient à satisfaire tous vos désirs, même si vous n'êtes pas du genre capricieux. Mais ne vous montrez pas trop amical. Les serviteurs n'en concevraient que du mépris à votre endroit. Ne soyez pas non plus trop condescendant. Ils savent que je n'aurais pas épousé un snob.

— Je vais devoir trouver le juste milieu, alors.

Durant le voyage, le capitaine Cooper avait paru assez las, mais une fois descendu de voiture, il redressa la tête et les épaules. Lorsqu'il tendit la main à Louisa pour l'aider à descendre à son tour, elle exerça une brève pression sur ses doigts.

— On vient de frapper les trois coups, chuchota-t-elle, avant d'élever la voix pour déclarer d'un ton faussement enjoué : Bonjour à tous ! Quel bonheur de rentrer à la maison. Puis-je vous présenter mon mari, M. Maximilian Norwich ?

Elle prit le bras de son « époux » en un geste affectueux – quoique pas trop familier. Puis elle procéda aux présentations et accepta avec grâce les félicitations sincères que lui adressaient les domestiques à tour de rôle.

Plusieurs têtes lui étaient connues, mais Griffith, le majordome qui officiait à Rosemont depuis l'époque de son grand-père, lui fut d'une aide précieuse en lui rappelant les noms qui lui échappaient.

Le capitaine Cooper hochait la tête et souriait de la manière la plus digne qui soit, sans montrer les dents. Dans ses habits neufs, il portait beau. En tout cas, tante Grace ne trouverait rien à redire sur son apparence.

— Comment va ma tante, Griffith ?

Le majordome fit claquer sa langue d'un air navré.

— Pas très bien, mademoiselle, pas très bien. Oh, pardon ! Je dois vous appeler « Mme Norwich », désormais. Il va me falloir un peu de temps pour m'y habituer, je le crains. Ces temps-ci, Mme Westlake ne quitte pas son lit. Elle attend que vous montiez la voir dans sa chambre dès votre arrivée, ou du moins dès que vous aurez pris le temps de vous rafraîchir un peu.

— Et mon cousin ? Est-il à Rosemont ?

— Non, à Londres, madame. Où le retiennent ses activités à la banque. Mais il doit arriver d'un jour à l'autre.

Hugh était donc absent. Tant mieux. Louisa aimait autant qu'il se passe un peu de temps avant que son cousin inspecte Maximilian sous toutes les coutures.

— Lulu chérie ! s'écria une voix féminine.

Le capitaine gloussa :

— Lulu ? Sans blague ?

Louisa réprima un grommellement et se vengea en lui décochant un coup de coude dans les côtes.

Cousine Isobel venait de faire irruption sur le perron, ses longues manches, colliers de perles et écharpes diverses flottant derrière elle. Louisa se retrouva engloutie dans un tourbillon de soie parfumé au patchouli. Elle retint l'éternuement qui menaçait.

— Cet être divin est-il ton mari ? Oh, je comprends que tu te sois enfuie de la maison, coquine chérie ! Quelle carrure !

Isobel ne se priva pas de faire glisser sa paume sur l'épaule du capitaine, clairement déconcerté par cet accueil enthousiaste.

— Je suis la grande cousine de Lulu, Isobel Crane. Quel plaisir de faire votre connaissance, monsieur Norwich ! Il va falloir me raconter en détail comment vous avez charmé notre Lulu. Nous avions perdu tout espoir de la marier un jour, savez-vous ?

— Isobel, lâchez Maximilian, il va avoir des bleus, intervint Louisa. Nous aurons tout le temps de discuter plus tard. Je vais montrer nos appartements à mon mari avant d'aller saluer tante Grace. Griffith, savez-vous où Mme Lang compte nous loger ?

Louisa avait remarqué l'absence de la gouvernante.

— Dans la suite de vos parents, madame, répondit le majordome. Mme Lang m'a prié de vous présenter ses excuses. Elle a enterré sa mère hier et n'a pu rentrer à temps pour vous accueillir.

— Mon Dieu, c'est terrible ! murmura Louisa, sans trop savoir si elle parlait du décès de la mère de Mme Lang ou de la perspective de partager sa chambre avec le capitaine Cooper.

— Lit de camp, marmonna ce dernier.

— Chut ! Je m'occupe de régler le problème, répliqua-t-elle à voix basse. Enfin, si Mme Lang n'a pas déjà envisagé que nous fassions chambre à part. Cette femme pare toujours à toute éventualité.

Louisa n'aimait guère la gouvernante, mais lui reconnaissait volontiers un talent hors pair pour gérer la maison.

Sur les talons de Griffith, ils franchirent le seuil et pénétrèrent dans l'immense hall.

Sur la table au centre trônait dans un vase une brassée de fleurs exotiques. Louisa avait passé une partie de son enfance à se cacher dans le jardin d'hiver. Elle savait que ces fleurs poussaient ici même, à Rosemont. Elle les avait elle-même plantées, les avait soignées avec amour.

— Très joli, approuva-t-elle.

— C'est tante Grace qui a composé elle-même ce bouquet en l'honneur de ton retour, précisa Isobel.

Louisa fut surprise. Cela ne ressemblait pas à sa tante de travailler de ses mains.

— Elle a quitté sa chambre, alors ?

— Non, tout a été monté chez elle.

Louisa considéra le vase chinois qui devait peser un âne mort.

— Cela a dû causer du dérangement aux domestiques, commenta-t-elle. Je m'occuperai des décorations florales, désormais. Ce sera bientôt l'époque des couronnes de Noël et des boules de gui.

— Si je puis me permettre, nous sommes tous ravis de vous compter de nouveau parmi nous pour les fêtes de fin d'année, déclara Griffith. L'année dernière, sans vous, ce n'était pas pareil.

Louisa avait eu la même impression. Kathleen et elle avaient réveillonné devant un canard rôti et du champagne dans une auberge française, bien au chaud dans la charmante petite salle à manger. Rien de commun avec l'interminable banquet de Noël, et ses vingt plats, durant lequel tante Grace dardait sur elle un regard réprobateur.

— J'espère que Mme Lang et vous m'aiderez quand le moment sera venu d'offrir des cadeaux aux domestiques. Je ne connais pas les nouveaux venus, et ils sont nombreux.

Le majordome toussota.

— Bien sûr, madame. C'est votre tante qui a estimé que plusieurs vieux domestiques ne faisaient plus l'affaire et devaient être remplacés.

Grace n'avait nullement le droit de renvoyer les serviteurs maintenant que sa nièce était majeure. Mais il est vrai que Louisa avait commencé par exercer son autorité... en prenant la poudre d'escampette.

— Dieu merci, vous êtes toujours là, Griffith. Je ne sais pas ce que deviendrait Rosemont sans vous.

— Personne n'est irremplaçable, philosopha le majordome, bien que touché par le compliment. Et à propos de cadeaux, nous avons un petit présent pour vous et M. Norwich, de la part de tout le personnel.

Griffith fit claquer ses doigts gantés. On n'entendit aucun bruit, mais un valet se précipita pour apporter une très grosse boîte enrubannée.

Les autres domestiques, qui avaient réintégré le hall, les regardaient, dans l'expectative.

— Un petit présent ? répéta le capitaine Cooper en haussant les sourcils.

— Oh, Griffith, vous n'auriez pas dû ! Comme c'est gentil ! Maximilian chéri, aidez-moi à l'ouvrir, je vous prie.

— Bien sûr, Louisa. Chérie.

Le capitaine saisit un bout du ruban argenté et tira dessus, tandis que Louisa faisait de même avec l'autre extrémité. Ils soulevèrent le couvercle de la boîte en carton. À l'intérieur, sous un voile de protection, se trouvait un pot en céramique.

— Pour vos orchidées, madame Norwich. Nous savons combien vous adorez ces fleurs.

— C'est ravissant. Je suis pressée de l'emporter dans le jardin d'hiver. Merci à vous tous !

Louisa réprima l'élan qui la poussait à embrasser le vieux majordome sur la joue. Il aurait été horrifié qu'elle ose un geste aussi inconvenant.

Des applaudissements timides s'élevèrent. Chaque domestique avait contribué de quelques piécettes prélevées sur ses gages durement gagnés. Griffith n'avait pas été le dernier, Louisa en était sûre. Elle se doutait que tante Grace n'était pas très généreuse et se promit d'intervenir à ce sujet le plus tôt possible.

— Inutile de nous accompagner à l'étage, Griffith. Je connais le chemin. Venez, Maximilian, mon cher.

— Oui, Louisa, ma chère.

Louisa lui jeta un coup d'œil contrarié par-dessus son épaule. Le capitaine arborait une expression benoîte. Cela n'allait pas du tout. Maximilian avait du caractère et une autorité naturelle – sauf, bien entendu, quand il s'effaçait devant le bon sens supérieur de sa femme.

— Arrêtez ! siffla-t-elle.

— Arrêter quoi ?

— De vous conduire comme un… béni-oui-oui !

— Je ne pense pas connaître ce mot. Existe-t-il vraiment ?

— Vous savez bien ce que je veux dire !

Cela ne s'annonçait pas facile. Louisa éprouva des regrets, pour la centième fois peut-être depuis qu'elle avait créé le personnage de Maximilian Norwich, si charmant, si incroyablement parfait. Quel homme en chair et en os pouvait rivaliser avec lui ? Certainement pas le capitaine Cooper, qui semblait bien décidé à la faire tourner en bourrique.

Avec une pointe de mélancolie, elle dépassa la porte de son ancienne chambre, longea le couloir qui tourna une première fois, puis une deuxième, jusqu'à atteindre la double porte qui menait à la suite de ses parents.

D'autres bouquets avaient été disposés dans le salon, sur le manteau de la cheminée, les consoles et les guéridons. Une flambée réchauffait un peu l'atmosphère. La tapisserie crème était neuve. Le mobilier avait été retapissé dans un jacquard grisâtre qui reflétait la couleur actuelle de la mer.

Tout cela n'était pas très gai. On sentait la patte de tante Grace, au summum de sa créativité.

Louisa s'approcha d'une des hautes fenêtres et posa le pot de fleur en céramique sur l'appui.

— Je ne me lasse jamais de contempler la mer, dit-elle.

— Impressionnant.

Le capitaine l'avait suivie et son souffle lui chatouillait la nuque. Elle tressaillit.

— N'est-ce pas ? Dans cette suite, on a vue sur la mer de toutes les pièces, y compris de la salle de bains.

— Les goélands doivent apprécier le spectacle.

Louisa eut la vision fugace d'un homme nu et bronzé, étendu dans la baignoire, la tête renversée en arrière, les yeux clos, son torse musclé dégoulinant d'eau…

Elle secoua la tête pour chasser cette image de son esprit.

— Vous n'aurez qu'à fermer les volets si cela vous gêne.

— Non, la vue est trop belle.

— Nous sommes au moins d'accord sur ce point. Mais cessez d'opiner chaque fois que j'ouvre la bouche. Je n'ai pas de respect pour les hommes obséquieux. Ma tante me trouve trop impétueuse, elle pense que j'ai besoin d'une autorité masculine, mais Maximilian et moi sommes des partenaires à égalité.

— Ce n'est pas très plausible de la part de deux enfants uniques gâtés par la vie. Après tout, j'ai été élevé dans un château.

— Je ne suis pas une enfant gâtée !

— Allons donc ! Vous avez grandi entourée de toute cette splendeur. Il va falloir que j'émiette un quignon de pain dans mon sillage si je ne veux pas me perdre dans cette immensité.

— Je peux vous dessiner un plan, si vous voulez, ironisa-t-elle.

— Pourquoi pas ? Nous étions une famille nombreuse, et tout le monde s'entassait dans une chaumière dont la superficie faisait la moitié de cette pièce.

Le salon de la suite était vaste, il fallait l'admettre. Et la chambre à coucher était encore plus spacieuse. Autant la lui montrer tout de suite, puisqu'il faudrait bien en arriver là. La porte de communication se fondait dans le lambris. Tout ce gris... On se serait cru sur un navire de guerre. Il faudrait refaire les peintures. À quoi donc avait pensé tante Grace ?

Louisa le savait pertinemment. Si l'on faisait abstraction des fleurs – une attention des domestiques, sans doute –, cette pièce disait tout sauf « bienvenue ».

Au moins la chambre était-elle restée telle que ses parents l'avaient laissée, avec son tissu d'ameublement délavé par le soleil matinal. Louisa se rappelait vaguement de câlins dans les bras de sa mère, dans le fauteuil recouvert de chintz près de la fenêtre. Mais elle se demandait parfois si ces souvenirs flous n'étaient pas plutôt des rêves nostalgiques.

Elle pénétra dans le dressing de sa mère, découvrit les armoires ouvertes et vides, passa dans la salle de bains.

Le carrelage noir et blanc étincelait. Mais pour l'heure, elle n'avait pas envie de se rafraîchir.

— Bonté divine, on peut faire des longueurs dans cette baignoire !

— Oubliez la baignoire. Il faut vous trouver un lit de camp, cap… Maximilian.

Elle avait un mal fou à l'appeler ainsi. Pourquoi ne s'était-elle pas davantage entraînée dans le train ?

Une dernière porte menait au « dressing » de son père. En réalité, il s'agissait d'une petite pièce meublée d'un lit à une place et d'un confortable fauteuil de cuir. Il y avait aussi une cheminée. Cette chambrette communiquait avec le couloir, ce qui signifiait que pour rejoindre le salon, le capitaine ne serait pas obligé de retraverser la salle de bains, le dressing et la grande chambre nuptiale, au risque de surprendre Louisa en petite tenue.

Une pile de livres était posée sur la table de chevet, près du lit. Avaient-ils appartenu à son père ? Elle savait si peu de chose des habitudes de ses parents.

Le capitaine s'assit sur le matelas, fit grincer les ressorts.

— Plutôt dur. Mais c'est toujours mieux que de dormir dans une tranchée. Et vous serez à bonne distance, je ne risque pas de troubler votre sommeil.

Ah oui, ses cauchemars ! Elle était censée en parler au Dr Fentress.

— Tant mieux si cela vous convient. Cela faisait des années que je n'étais pas venue ici et j'avais oublié comment était aménagée cette pièce. À l'époque, les portes étaient fermées à clé.

— Quel âge aviez-vous quand vous avez perdu vos parents ?

— Quatre ans.

Si elle avait hérité des bijoux de sa mère, elle ne possédait pas d'autres effets personnels. Tante Grace y avait veillé. Les affaires de ses parents avaient-elles été remisées au grenier ? C'était agréable d'imaginer sa mère parée d'une de ses somptueuses toilettes créées par Worth, le grand couturier...

— C'est bien jeune pour perdre sa mère. La mienne est morte quand j'avais quinze ans.

Il n'épilogua pas sur le sujet et Louisa se garda de l'interroger. Tous deux étaient orphelins, comme Maximilian. C'était facile de tuer des gens imaginaires gênants, mais subir un vrai deuil, c'était tout autre chose.

— On va monter nos malles d'un instant à l'autre. Avez-vous besoin d'utiliser le cabinet de...

Elle s'interrompit. Une véritable épouse n'aurait pas été si embarrassée, mais, voilà, elle n'était pas vraiment sa femme.

— Les dames d'abord. J'attendrai ici.

Il plia son grand corps pour s'installer dans le fauteuil de cuir, ferma les yeux.

Seigneur, pourvu qu'il n'entende rien quand elle ferait pipi ! pria-t-elle.

Réfugiée dans la salle de bains, elle ouvrit le robinet du lavabo pour plus de sûreté et se mit à fredonner. C'était un peu tôt pour les cantiques de Noël, et du reste, elle n'aimait guère ces chants pleurnichards. Après quelques mesures du *Bon Roi Dagobert*, elle se lava les mains et le visage, vérifia qu'elle n'avait pas de petits débris alimentaires coincés entre les dents.

Elle ne pouvait pas atermoyer indéfiniment. Il était temps d'aller rendre visite à tante Grace.

Elle retourna pourtant dans la petite chambre et trouva le capitaine profondément endormi. Un ronflement paisible brisait le silence à intervalles réguliers. Louisa n'eut pas le cœur de le réveiller. Pour elle aussi ces derniers jours avaient été épuisants.

Après avoir quitté la pièce sur la pointe des pieds, elle se dirigea vers les appartements de sa tante. Elle excuserait l'absence de Maximilian auprès de cette dernière.

Peu importait que les présentations soient différées de quelques heures. Le capitaine Cooper était à son service pour un mois, il aurait tout le temps d'endurer le regard de Gorgone de tante Grace.

# 7

Les rideaux de velours bleu étaient tirés pour empêcher les rayons du soleil d'entrer dans la chambre, mais il n'y flottait aucune odeur de maladie ou de mort imminente.

Vêtue d'une liseuse en dentelle, ses cheveux blond terne tirés en un chignon strict, tante Grace était assise bien droite dans son lit. Une pile de magazines était étalée sur la courtepointe. Grace posa le *Tatler* qu'elle était en train de lire et darda sur Louisa un regard acéré par-dessus le bord de ses lunettes.

— Ah, ma nièce ! C'est si bon de te revoir parmi nous après tout ce temps. Il va falloir publier l'annonce de ton mariage dans la presse. C'est même choquant de ne pas l'avoir fait plus tôt. J'imagine que les journalistes vont se précipiter dans l'espoir d'obtenir un entretien avec toi, mais bien sûr nous nous efforcerons d'éviter toute publicité. Cela fait maintenant, voyons... quatre mois, c'est bien cela ? de félicité conjugale. Dis-moi, où est l'heureux élu ? s'étonna-t-elle en tournant les yeux vers la porte.

Une annonce dans la presse ? Des entretiens ? Oh, Seigneur ! Louisa n'avait pas pensé à tout cela !

— Maximilian vous prie de l'excuser, tante Grace, mais sa vieille blessure le tracasse un peu aujourd'hui.

— Sa vieille blessure ? Quelle blessure ?

— Peut-être ai-je omis de vous en parler. Il a été blessé à l'œil lors d'un combat de boxe, dans sa jeunesse. Parfois la douleur se réveille et lui cause de sévères migraines. Le voyage en train n'y est sans doute pas étranger.

— Ne me dis pas que tu t'es enchaînée à un infirme, Louisa ? Pourtant, à en croire tes lettres, ce M. Norwich était la perfection incarnée.

— Maximilian est vraiment parfait. C'est l'homme idéal, je ne pourrais rêver meilleur mari, se défendit Louisa.

— Ta loyauté est stupide si cet individu est indigne de toi et de ta fortune. Et il se passionne pour l'art ? Mais quel genre d'homme passe ses journées à contempler des tableaux dans les musées ? Ce n'est pas un inverti, au moins ?

Louisa ravala un rire. Le capitaine Cooper n'avait certes rien d'efféminé.

— Bien sûr que non. Il collectionne les œuvres d'art, et dans certains cercles il est considéré comme faisant autorité en la matière.

— Bien, je suppose que tu voudras me confier la gestion de Rosemont pour t'installer avec lui en France ?

Eh bien, elle n'avait pas traîné.

— Nous n'avons pas encore pris de décision à ce sujet.

Louisa préférait rester évasive. Si tout se déroulait selon ses vœux, elle se débarrasserait de Grace et de Hugh pour devenir enfin la véritable maîtresse de Rosemont. Sinon, elle retournerait en Europe continentale pour profiter de sa liberté.

— Je ne voudrais pas vous infliger un tel fardeau, ma tante. Hugh m'a écrit pour me dire que vous ne vous portiez pas très bien.

Tante Grace agita sa main blanche sur laquelle étincelaient les diamants de sa bague de fiançailles et de son alliance. Elle avait épousé le frère cadet d'un vicomte, mais ce mariage n'avait guère duré, son mari ayant eu la chance de trépasser rapidement.

— Bah ! Quelques évanouissements de temps à autre. Par ma faute, je l'avoue. Je me suis soumise pendant un temps à un régime assez draconien. Avec l'âge, on grossit, tu t'en rendras compte un jour, si tes frasques ne te conduisent pas à une mort prématurée. Le Dr Fentress m'a prescrit un cordial à base de fer qui me fait le plus grand bien, et je reprends des forces rapidement.

— Vous m'en voyez ravie, tante Grace, néanmoins il est temps que vous vous occupiez un peu de vous. Une maison plus petite vous le permettrait sans doute.

— Une maison plus petite ? Balivernes ! Cela fait vingt ans que je dirige Rosemont et tu ne trouveras pas un grain de poussière sous ton lit. Tu ne penses tout de même pas que je me suis dérobée face à mes responsabilités ?

Ce n'était sûrement pas Grace qui avait rampé sous les lits avec une tête-de-loup. Mais Louisa n'allait pas se disputer avec elle à propos de détails de ce genre, même si sa tante cherchait de toute évidence à la provoquer.

Grace essayait toujours d'assujettir autrui, c'était un réflexe chez elle. Longtemps Louisa s'était laissé intimider, mais cette époque était bel et bien révolue.

À vingt-six ans, elle était quasi une ancêtre. Durant son année d'indépendance, elle avait beaucoup appris, et elle ne flancherait plus sous le regard dur de sa tante.

— Nous en reparlerons demain, tante Grace. Je ne veux pas vous fatiguer davantage.

— Demain ? J'ai organisé un dîner de bienvenue en ton honneur ce soir. J'ai invité le Dr Fentress, les Merwyn, M. Baxter et quelques voisins. J'espère que la migraine de ton mari se sera calmée d'ici là, car tout le monde est impatient de faire sa connaissance.

Enfer et damnation. Louisa avait espéré un peu de répit avant de jeter Charles Cooper en pâture aux requins de la bonne société. M. Baxter était leur fondé de pouvoir. Il n'allait tout de même pas l'ennuyer avec quelques considérations légales concernant son mariage ? Elle n'avait pas pensé à demander à Mme Evensong de lui procurer un faux certificat de mariage. Cela dit, elle aurait sans doute refusé de tremper dans un tel trafic.

— Vous n'auriez pas dû vous donner tout ce mal, ma tante. Êtes-vous suffisamment remise pour assister à ce dîner ?

— Évidemment. Toi-même, tu ne dois pas être très fatiguée puisque tu n'es pas venue directement à ta descente de bateau. Tu as passé quelques jours au Claridge, n'est-ce pas ? Hugh a entendu dire que tu conduisais cette horrible automobile qui effraie les chevaux dans les rues de Londres.

Hugh.

Louisa se réjouissait de ne pas l'avoir croisé dans Londres. Heureusement, il n'avait pas non plus cherché à la voir. Ç'aurait été très embarrassant s'il était venu l'accueillir sur les quais, alors qu'elle n'avait pas encore de mari à lui montrer…

— Nous avons séjourné quelques jours en ville, confirma-t-elle. Maximilian avait des affaires à régler.

Louisa se remémora le carnet que Cooper avait emporté en quittant la pension de famille. Sans doute l'avait-il rangé au fond de sa malle, sous ses vêtements. Qu'y avait-il là-dedans ? Elle mourait de curiosité.

Elle aurait pu tenter de le récupérer pour y jeter un coup d'œil, mais cela ne se faisait pas, n'est-ce pas ?

Le capitaine Cooper l'intriguait. Il y avait quelque chose de fascinant chez lui, et pas seulement à cause de ses faux airs de pirate borgne. Il lui avait révélé sans détour ses humbles origines, il n'y avait donc pas d'ombres sur son passé, et cependant…

— Tu m'écoutes, Louisa ? Soit tu jacasses à tort et à travers, soit tu es perdue dans ton petit univers. Je te jure, un de ces jours tu causeras ma mort !

Ç'aurait été trop beau.

— Je vous demande pardon, ma tante. Je pensais à Monte-Carlo.

— Tu as fréquenté ces étrangers qui dilapident leur argent dans les casinos ? C'est d'un vulgaire. Pourquoi penses-tu à Monte-Carlo ? demanda Grace avec brusquerie.

— Oh, pour rien ! Rien d'important. À ce soir, donc, ma tante.

Louisa se pencha à contrecœur pour déposer un baiser sur la joue de Grace, puis elle se sauva.

Au lieu de retourner dans sa suite, elle se rendit dans sa chambre de jeune fille.

Les choses étaient exactement comme elle les avait laissées l'automne passé, constata-t-elle. Une brosse en argent noirci traînait sur la coiffeuse. Un bout de ruban pendait hors d'un tiroir ouvert. Les talents domestiques de Grace ne s'étaient visiblement pas exercés en ce lieu.

Le petit dressing contenait encore ses anciennes robes démodées. Tante Grace pensait qu'il était inutile de gaspiller de l'argent en toilettes neuves alors que Louisa ne sortait que pour se rendre à l'église. Hormis pour quelques rares dîners chez les Merwyn, un couple âgé qui habitait dans la région, elle avait vécu plus ou moins séquestrée entre ces murs jusqu'à son vingt-cinquième anniversaire. Mais un tas de gens vivaient à Rosemont, aussi n'avait-elle jamais manqué de compagnie – même si ladite compagnie était triée sur le volet.

Elle donnerait toutes ces robes à Kathleen qui pourrait les revendre. À présent, Louisa possédait des dizaines de toilettes fort élégantes. Pour ce soir, elle n'aurait que l'embarras du choix. Il faudrait quand même qu'elle songe à se préparer. Tout comme le capitaine Cooper. Enfin Maximilian. Pourquoi diable lui avait-elle choisi un tel prénom ? Elle avait toutes les peines du monde à l'accoler à sa personne. Il aurait fallu quelque chose de plus simple, comme...

Charles.

Elle emprunta de nouveau le dédale de couloirs pour regagner sa suite et trouva Charles Cooper allongé sur le divan gris du salon, en bras de chemise et en chaussettes, l'encyclopédie de l'art que lui avait donnée Mme Evensong appuyée contre ses genoux.

Il se leva aussitôt à son entrée.

— Où étiez-vous passée ?

— Asseyez-vous. Je suis allée voir ma tante. Vous vous étiez endormi, je n'ai pas voulu vous déranger.

— Vous auriez dû me secouer. Que va-t-elle penser de moi ?

— Je lui ai dit que le voyage vous avait donné la migraine.

Il la gratifia d'un regard ulcéré, comme si elle venait d'insulter sa virilité.

— Pour quelques heures de train ? Vous me faites vraiment passer pour une mauviette !

— J'ai expliqué que c'était à cause de votre œil, si vous voulez tout savoir. Je ne tenais pas à ce qu'elle soit prise de court en vous rencontrant et qu'elle se mette à poser des questions gênantes. Parfois, elle peut se montrer assez... brutale.

— Vous voulez dire que c'est une garce ?

Louisa sourit.

— Maximilian n'emploierait jamais un tel mot, mais je dois dire qu'en l'occurrence il est assez approprié.

— Ce doit être un vrai dragon si elle vous a obligée à fuir de l'autre côté de la Manche.

— Elle aime avoir le dernier mot, et comme c'est aussi mon cas, notre relation s'est envenimée au fil des ans. Puis elle a voulu que j'épouse mon cousin Hugh. J'ai refusé et les choses se sont encore dégradées entre nous.

Charles arqua un sourcil.

— Je vais donc avoir un rival en la personne de votre cousin ?

— Pas du tout ! Je vous rappelle que nous sommes mariés.

— Cela ne le dissuadera peut-être pas. On peut dissoudre un mariage, vous savez. Surtout s'il est purement imaginaire, comme le nôtre.

— Oh, à propos ! Ma tante a convié mon banquier à dîner ce soir, ainsi que quelques hurluberlus. Ce sera notre baptême du feu, je le crains.

Le capitaine demeura impassible.

— Je suis prêt, affirma-t-il. Une véritable armée a apporté nos malles et déballé nos affaires. C'est ce qui m'a réveillé.

— Vous êtes prêt ? Eh bien, pas moi. Je comptais avoir quelques jours supplémentaires pour me préparer. Méfiez-vous de M. Baxter. Il a toujours été aux ordres de tante Grace. Il se passe quelque chose de louche à la banque, et j'ai l'intention de lui poser quelques questions.

— Je croyais que vous aviez l'entière maîtrise de votre héritage ?

— Oui, mais tout passe d'abord entre les mains de M. Baxter, qui effectue ensuite les virements sur mon compte. Or il y a des mouvements bizarres.

— Parfois certains investissements font perdre de l'argent, commenta Cooper avec un haussement d'épaules.

— Je sais. Je ne suis pas idiote !

— Personne n'a dit cela. Bien, si nous voulons impressionner l'assemblée ce soir, il faudrait faire quelques ablutions. À qui le tour ?

Louisa eut conscience de rougir.

— Allez-y. Pendant ce temps, je vais faire un tour à l'office pour demander qu'on nous monte du thé et des sandwichs. Ou préférez-vous un whisky pour vous donner du courage ?

— Non, pas de whisky. C'était bien la règle, non ?

— Personnellement, je ne dirais pas non à un petit remontant.

— Vous n'y avez pas droit non plus. Nos histoires doivent concorder. Il faudra se contenter d'un peu de vin au dîner.

— Bon, vous avez sans doute raison. Ici, nous suivons les horaires de la campagne, capitaine. Le dîner est servi à 18 heures. Oh ! s'exclama-t-elle soudain. Je suis bel et bien une idiote !

— Pourquoi cela ?

— Vous n'avez pas de valet ! Maximilian Norwich ne peut pas se passer d'un valet.

— Comment, vous avez déjà oublié ? Ce pauvre diable – Antoine, je crois – s'est cassé la jambe dans l'un des escaliers vertigineux du château Bidule juste avant notre départ pour l'Angleterre. Il est encore en convalescence.

— Château Lachapelle. Eh bien, vous êtes doué pour l'improvisation, apparemment.

— Certaines personnes appellent cela mentir, mademoiselle Stratton. Je devrais vous défier en duel.

— Et vous perdriez peut-être. Je suis très habile au pistolet.

— Vraiment ?

— Mon père avait une collection d'armes à feu.

Et elle n'allait pas lui raconter pourquoi elle avait jugé bon de se familiariser avec le maniement des armes.

— Vous êtes décidément pleine de surprises, ma chère. Bon, maintenant allez-vous-en et dénichez-moi un valet. Encore que je ne suis pas sûr d'en avoir besoin. Pour avoir de l'eau chaude, je suppose qu'il faut juste tourner le robinet ?

— Oui. Rosemont dispose de tout le confort moderne.

— Quelle chance. Alors *à bientôt*[1], Louisa.

— Vous ne parlez pas français, Maximilian, lui rappela-t-elle.

— Oh, un mot ou deux, ça ne peut pas faire de mal, *ma belle*[2] !

Sur quoi il la gratifia d'un sourire qui lui chavira le cœur.

Oh, Seigneur !

Charles Cooper était en train de devenir Maximilian Norwich sous ses yeux. Et elle n'était pas du tout certaine d'être capable de résister au charme de son « mari » !

---

1. En français dans le texte original.
2. En français dans le texte original.

# 8

Louisa avait déniché un jeune valet aux joues rouges qui avait réussi à rendre Charles aussi présentable que possible. À vrai dire, quand il se regardait dans le miroir, il se trouvait d'une élégance suprême, plus qu'il ne l'avait jamais été, même à l'époque où il portait l'uniforme. Bon, cela ne lui aurait donné aucun avantage face à ses frères. Ces derniers auraient hurlé de rire s'ils l'avaient vu en cet instant, puis ils l'auraient roué de coups pour lui apprendre à vouloir jouer les gars de la haute. Quoique. Peut-être avaient-ils mûri depuis tout ce temps. Peut-être avaient-ils arrêté de cogner pour un oui ou pour un non.

En tout cas, cette élégance de façade allait assurer leur avenir, puisqu'il comptait leur reverser son salaire et leur donner ses habits neufs qu'ils pourraient revendre à leur guise.

Machinalement, il se mit à tripoter la chevalière en or que Mme Evensong avait placée dans son trousseau norwichien. Une tête de taureau y côtoyait une gerbe de blé, symboles de… Dieu sait quoi. La phrase en latin gravée dessous, usée par les ans, était indéchiffrable. Mais avec son imagination fertile, Louisa saurait sans peine lui trouver une devise. « Du pain pour tous » ? « Monté comme un taureau » ?

Sa propre ineptie lui arracha un gloussement.

Louisa ne sortait toujours pas de son dressing. Le regard de Charles dévia vers la fenêtre. Il faisait nuit noire, à présent. Il ne distinguait rien, pas même quelques étoiles au-dessus de la mer. Cette vaste obscurité s'accordait à son humeur. Pourtant l'heure du dîner approchait et il lui faudrait bientôt jouer les charmeurs de ces dames.

Il n'était même pas sûr de se rappeler comment on faisait.

Louisa avait énuméré toute une liste de personnages qui vivaient à Rosemont. Charles avait mémorisé Isobel, la cousine américaine plus pitoyable que dangereuse ; tante Grace le Dragon et son bon à rien de fils, Hugh, toujours absent aux dernières nouvelles. Et il y avait aussi tout un petit groupe de parents et connaissances, nettement plus âgés que Louisa.

Celle-ci disait avoir mené une enfance solitaire, mais comment était-ce possible dans une maison aussi bondée ? Sans doute y avait-il ici des tas de recoins tranquilles pour se cacher. Charles n'avait pas eu cette chance quand il rentrait chez lui pour les vacances scolaires. Au bout d'un moment, il avait préféré rester à Harrow, avec les camarades dont les familles vivaient aux Indes ou dans quelque autre contrée lointaine.

Cet après-midi, il avait joui d'une paix royale dans son bain. L'eau chaude se déversait directement dans la baignoire grâce à un système de tuyauterie. Le reste de la maison n'était pas aussi moderne. Le mobilier datait de l'époque où elle avait été construite, un demi-siècle auparavant. Ici, pas d'électricité. Et le salon de leur suite, bien qu'éclairé par une profusion de chandelles et de lampes à pétrole, était plutôt sombre et lugubre.

C'était du moins ce qu'il pensait, jusqu'à ce qu'il entende un toussotement dans son dos.

Il pivota et se retrouva face à Louisa. La pièce parut alors s'emplir de lumière.

Elle était vêtue de dentelle couleur miel, la nuance exacte de sa chevelure. Loin de souscrire à la mode actuelle, qui exigeait toujours plus de volants et de ruchés, sa toilette était sobre. La coupe cintrée mettait en valeur la finesse de sa taille et la rondeur de sa poitrine. Des bandelettes de dentelle faisaient office de manches et retombaient joliment sur ses bras minces, dégageant ses épaules. À son cou d'albâtre et dans ses cheveux rassemblés en chignon brillaient des perles et des topazes. Elle était tout simplement époustouflante. Jamais il n'avait approché une femme pareille au point de pouvoir la toucher. Et il en mourait d'envie.

Depuis l'Afrique, le désir physique l'avait déserté. Mais Louisa Stratton la Pipelette était peut-être l'étincelle qui saurait le faire renaître.

Il se ressaisit. Non. Il était son employé et les règles étaient claires. Il n'avait même pas le droit de s'amuser un peu avec quelqu'un de plus accessible, une femme de chambre, par exemple. Il était censé être encore en lune de miel. Le dévoué Maximilian Norwich n'allait quand même pas trahir sa ravissante héritière en troussant des soubrettes. Il y avait quelque chose de comique dans cette soudaine résurgence de ses pulsions primaires. Il faillit éclater de rire.

Immobile sur le seuil, Louisa attendait le compliment qui lui était dû. Charles parvint à décoller sa langue de son palais pour déclarer :

— Vous êtes très jolie, Louisa.

Ses sourcils dorés se froncèrent brièvement.

— Merci, Maximilian. Vous aussi, vous êtes très joli.

— Des instructions de dernière minute ?

— Ce ne sont pas des instructions, juste des recommandations. Nous allons nous retrouver en terrain miné. La cuisinière m'a prévenue que la table était dressée pour vingt personnes. Vous allez passer sur le gril, comme les truites que nous dégusterons en entrée. Contentez-vous d'être…

Comme la suite ne venait pas, il proposa :

— Moi-même ?

— Ne soyez pas ridicule. Je ne vous demande pas de faire du zèle, juste de répondre quand on vous adresse la parole. Et parlez de Lachapelle.

— Dans le Val de Loire.

— Précisément. Bien… Prêt ?

Elle glissa jusqu'à lui, lui tendit sa main gantée de chevreau.

Ils rejoignirent la cage d'escalier sans incident notoire. Une fois au rez-de-chaussée, Louisa le guida vers la salle de réception, une pièce encombrée de tapisseries, de vases chinois, de meubles de style français en bois doré qui avait à peu près les dimensions d'un terrain de cricket.

La plupart des invités étaient déjà là.

Au centre de la pièce, dans un fauteuil imposant de style Louis-quelque-chose, trônait une femme dont la ressemblance physique avec Louisa était indéniable. Charles s'était plus ou moins attendu à une douairière voûtée aux cheveux gris, mais cette blonde raffinée ne pouvait être que tante Grace. Bien qu'approchant les cinquante ans, elle avait une silhouette mince et un visage lisse si bien qu'on aurait presque pu la prendre pour la sœur aînée de Louisa.

Elle ne se leva pas à leur approche.

— Monsieur Norwich, je suis ravie de faire enfin la connaissance du mari de Louisa.

Louisa donna à Charles une petite poussée dont il n'avait nul besoin. Il savait ce qu'il avait à faire. S'avançant, il s'inclina pour baiser la main tendue de Grace.

— Et moi, je suis enchanté de rencontrer enfin la tante de ma chère Louisa. Je vous en prie, appelez-moi Max.

— Max ? Vraiment ? Je pensais que vous vous appeliez Maximilian.

— C'est si long, n'est-ce pas ? Tous mes amis m'appellent Max. Je désespère que Louisa suive leur exemple. Elle est si têtue, comme vous le savez sûrement.

Pour la première fois de la soirée, Grace le gratifia d'un sourire authentique.

— Oui, en effet. Et nous comptons tous sur vous pour qu'elle apprenne de ses erreurs.

— Je ne lui trouve pas vraiment de défauts, madame. Un homme ne pourrait espérer femme plus belle et plus dévouée.

— Un compliment bien tourné. Louisa, tu affirmais que ton époux était charmant, et j'avoue avoir cru que tu exagérais, comme d'habitude. Mais pour une fois, tu sembles avoir dit la vérité. Pardonnez-moi, Max, de ne pas vous présenter moi-même nos invités. Je ne fais que suivre les ordres de mon médecin. Louisa va s'en charger à ma place. Ma chérie, tu n'as pas oublié qui nous étions, après tout ce temps passé à l'étranger ? Du moins je l'espère.

— Pas du tout, ma tante. Qui pourrait oublier une famille aussi illustre ? Max chéri, ajouta Louisa, voici le Dr Fentress, qui me connaît depuis que je suis bébé.

— Comment allez-vous, docteur ?

— Très bien, merci, monsieur Norwich, et d'autant mieux maintenant que je sais notre petite Louisa entre de bonnes mains. Plus jeune, votre épouse nous a occasionné quelques belles frayeurs, le saviez-vous ? Mme Westlake s'est fait un sang d'encre, n'est-ce pas, Grace ? Et quand Louisa est partie pour l'Europe continentale sans chaperon, vous n'imaginez pas notre angoisse à l'idée de tout ce qui pouvait lui arriver !

Charles sentit la « petite » Louisa se hérisser. Elle parvint néanmoins à museler sa colère, montant du même coup d'un cran dans son estime. À peine une minute de conversation, et elle apparaissait déjà comme une inconsciente, frivole et menteuse. Ainsi la dépeignaient des gens qui agissaient prétendument dans son intérêt.

— Louisa est indépendante, c'est ce qui m'a tout de suite séduit chez elle. Elle ne ressemble à nulle autre femme.

Ce témoignage de loyauté lui valut une pression chaleureuse sur le bras.

— Ainsi parlent les amoureux ! Vous voyez, Grace, je vous l'avais dit, tout va pour le mieux. Vous l'avez très bien élevée, assura le Dr Fentress.

— J'ai fait mon possible, rétorqua Grace avec un soupir qui trahissait la lassitude autant que le doute. Mon cher Max, nous ne voulons pas vous monopoliser. Louisa, présente ton mari à nos invités, veux-tu ?

Ils reculèrent d'un pas.

— Rompez ! chuchota Charles à l'oreille de Louisa.

— Elle vous apprécie. Enfin, apparemment. C'est un bon début, dit Louisa sur le même ton.

— Vous avez l'air contrarié. Vous auriez préféré qu'elle me prenne en grippe ?

— Non, bien sûr que non.

Soudain, Louisa s'agrippa à son bras, si fort qu'il faillit glapir de douleur.

— Oh non… Elle a osé ! s'étrangla-t-elle.

— Quoi ? Que se passe-t-il ?

— Elle a invité sir Richard !

— Qui est-ce ?

— Sir Richard Delacourt. À côté du vicaire. C'est… un voisin.

Le regard de Charles se porta sur l'homme au col blanc, puis glissa sur ledit voisin.

Grand, brun, sir Richard avait environ trente-cinq ans, une barbe rousse bien taillée et des yeux gris pâle. Les femmes devaient lui trouver une certaine séduction, supputa Charles.

— Il ne me paraît pas très dangereux.

— Il… je… Oh, c'est compliqué ! Je n'avais que dix-sept ans…

— Ah.

— Ne prenez pas ce ton entendu ! s'emporta-t-elle, bien qu'il n'ait articulé qu'une unique syllabe.

— Vous vous confesserez plus tard. Je vous promets de compatir. Nous avons tous eu dix-sept ans. Qui est cette femme qui nous fonce dessus toutes plumes et dents dehors ?

Ils passèrent les cinq minutes suivantes à circuler dans la salle, en évitant le coin où se trouvait le vicaire. Chacun semblait heureux de revoir Louisa, mais les conversations étaient crispées et l'ambiance « contenue », comme si les invités s'efforçaient de ne pas paraître trop contents.

Charles surprit plusieurs personnes – et il y avait du monde ! – à jeter des regards nerveux en direction de Grace Westlake, qui ne quittait pas son siège au centre de la pièce, telle une souveraine surveillant sa cour. Il voyait bien que Louisa était anxieuse. Des gouttelettes de transpiration lui perlaient au front et ses gants étaient humides. Mais, finalement il fallut bien aller saluer sir Richard et le révérend Naismith.

Ce dernier broya la main de Charles avec enthousiasme et déposa un baiser gras sur la joue rougissante de Louisa.

— Nous tenons absolument à vous voir dimanche prochain à l'église. Personne n'est capable de décorer un autel comme vous, mademoiselle Louisa. Vos associations de couleurs sont si surprenantes... déroutantes... Vraiment, vous nous avez manqué !

— Merci, mon révérend. Sir Richard, comment allez-vous ? Voici mon mari, Maximilian Norwich.

Si Louisa avait dix-sept ans à l'époque de leur amourette, sir Richard avait en revanche l'âge de savoir qu'on ne batifolait pas avec une vierge. Ses yeux gris pâle transpercèrent Charles qui, tout à coup, se demanda quel attrait ce type froid et rigide pouvait bien exercer sur les femmes. Évidemment, il n'était pas une jeune fille protégée et vivant en marge du monde. Il était possible que Louisa ait été éblouie par son titre. Ou simplement qu'il l'ait fascinée par le seul fait d'être un homme. Était-ce la faute de ce type si elle avait aujourd'hui une si piètre opinion du sexe fort ?

— Enchanté, Norwich, dit sir Richard d'un ton délibérément blasé après une brève poignée de main. Êtes-vous chasseur ? enchaîna-t-il. C'est une tradition, chez les Delacourt, d'organiser une partie de chasse au Nouvel An. Vous pourriez vous joindre à nous. Cela nous rappellerait le bon vieux temps, n'est-ce pas, Louisa ? Votre tante a déjà confirmé qu'elle serait parmi nous, au prieuré.

Dans sa vie, Charles n'avait tiré que sur des êtres humains. Il n'avait aucune intention de se défouler désormais sur de pauvres bêtes à poil ou à plume pour montrer à quel point il était viril.

Portant la main de Louisa à ses lèvres, il enveloppa sa « femme » d'un regard brûlant qui ne pouvait échapper à personne, avant de répondre à sir Richard sans la quitter des yeux :

— Nous n'avons pas encore décidé de ce que nous ferons au Nouvel An. Mon épouse voudra peut-être rentrer en France après Noël. Je possède un petit château dans le Val de Loire, et nous avons un peu le mal du pays.

Sir Richard plissa les paupières.

— Ah oui, la France ! Vous êtes pourtant de nationalité anglaise ?

— En effet.

Par chance, Charles n'eut pas à disserter sur ses défunts parents expatriés ni sur l'éducation peu conventionnelle qu'ils lui avaient dispensée, car Griffith, le majordome, vint annoncer que le dîner était servi.

La parade qui suivit fut savamment orchestrée par Grace Westlake qui commença par séparer Louisa de Charles. Ce dernier dut escorter Isobel Crane dans la salle à manger, laquelle n'aurait pas déparé un palais impérial européen. C'était un festival d'argent, de cristaux, de lin blanc, de bougies, de fleurs et de fruits exotiques. Spectacle impressionnant pour un garçon qui avait grandi dans un atelier de poterie. Le lourd parfum des lys lui souleva l'estomac. Bizarrement, ces fleurs lui évoquaient toujours la mort. Et il n'avait pas vraiment besoin de penser à la mort en ce moment.

Toute cette extravagance frisait le ridicule.

L'espace d'un instant, Charles eut envie de tout renverser, d'envoyer valser la porcelaine et le cristal. Pendant que ces snobs se vautraient dans le luxe, il avait brûlé les cadavres de femmes et d'enfants torturés…

Mais Maximilian Norwich ignorait tout de ces horreurs. Il avait vécu dans son cocon français, au cœur du Val de Loire, entouré d'objets d'art et de tableaux de maîtres. Il utilisait sa fourchette à poisson pour déguster les filets des truites pêchées dans l'étang de la propriété, buvait des vins fins et roucoulait au côté de la ravissante héritière qu'il avait épousée. Ses journées n'étaient qu'une succession de plaisirs.

Mais bientôt, la nuit viendrait.

# 9

Tante Grace était diabolique. Elle avait placé sir Richard à l'extrémité de la table et Louisa à sa droite. Charles, enfin Maximilian – Max ! – était à l'autre bout, pris en sandwich entre Grace, qui allait le soumettre à un interrogatoire serré, et Isobel la Toquée qui tenterait sûrement de lui pincer la cuisse sous la table.

On ne pouvait que se demander s'il survivrait à cette séance de torture.

Louisa ne risquait même pas de croiser son regard, car Grace avait veillé à les mettre tous deux du même côté de la table. Heureusement, son autre voisin était son grand-oncle Phillip, à moitié sourd et trop indifférent à ce qui l'entourait pour tenter de remédier à cette infirmité.

Il avait salué Louisa d'un hochement de tête, avant de piquer du nez sur son assiette dès que l'entrée avait été servie.

— Je croyais que vous étiez en froid avec ma tante ? glissa-t-elle à sir Richard.

— Je le croyais aussi. Cela fait bien dix ans que je n'avais pas été reçu à Rosemont.

— Neuf. Je m'étonne que vous soyez venu. Après tout, nous sommes juste de grands bourgeois. Grand-père a fait fortune dans le commerce.

Elle peinait à dissimuler son amertume. Grâce aux activités vulgaires mais lucratives de son grand-père, ils étaient tous en train de déguster des huîtres avec des petites fourchettes en argent.

— Je vois que vous ne m'avez pas pardonné, murmura sir Richard. Mais vous devez comprendre que j'ai des devoirs envers mon nom. Il paraît que, de nos jours, on peut s'acheter un titre – le roi est des plus accommodants. Peut-être parviendrez-vous à en offrir un à votre époux. Où l'avez-vous donc déniché, à propos ? Est-il au courant pour nous ?

— Nous ? Il n'y a pas de « nous », Richard.

— Ce n'est pourtant pas faute d'avoir essayé. De votre part, j'entends. On aurait dit un petit épagneul, avec vos grands yeux bruns et vos boucles dorées. Vous rouliez sur le dos, mais vous ne saviez pas tendre la patte.

Louisa examina avec attention son couteau, se demandant s'il était assez pointu pour traverser les vêtements de Richard et atteindre le cœur.

Encore eût-il fallu qu'il en eût un.

— Vous avez l'intention de me faire chanter ? Je croyais que lady Blanche avait résolu tous vos soucis pécuniaires ?

— Cette pauvre Blanche. Elle était désolée de ne pouvoir se joindre à nous ce soir.

Lady Blanche Calthrope, qui était désormais la femme de Richard, avait été une camarade d'école de Louisa, durant cette année merveilleuse où elles avaient fréquenté l'Établissement pour jeunes filles de Mlle Edwin, à Bath. À l'époque, une amitié indéfectible les liait.

C'était du moins ce que Louisa avait cru.

— Est-elle malade ?

— Ne parlons pas d'elle. Nous avons beaucoup de retard à rattraper, vous et moi.

— Votre vie ne m'intéresse pas, Richard.

— Je vois que vous n'avez pas changé. Toujours aussi mal élevée. Comment avez-vous réussi à capturer ce Maximilian dans vos rets ? Mais peut-être apprécie-t-il les femmes d'expérience. Certains hommes ne voient pas d'objections à finir les restes des autres.

Louisa posa son verre de cristal sur la table.

— Richard, nous sommes au XXe siècle. Les femmes ont le droit de se divertir tout autant que les hommes. Non que j'aie jamais eu beaucoup de plaisir avec vous. Je m'en rends compte, maintenant que j'ai une réelle expérience. Max est si habile. Vous devriez en prendre de la graine, je suis certaine que Blanche vous en serait reconnaissante.

Le teint de Richard s'assombrit pour prendre une teinte violacée qui rappelait celle du vin.

— Petite garce.

— Vous venez de me traiter d'épagneul. Il reste sept plats, je ne vois pas bien comment nous allons nous supporter jusqu'à la fin du dîner. Lequel de nous va quitter la table ? Je peux prétexter la fatigue du voyage, ou vous pouvez feindre de vous inquiéter de la migraine de lady Blanche. Ou bien décidons de ne plus nous adresser la parole. J'ai faim et la chère est toujours succulente à la table de Rosemont, quand bien même la compagnie laisse parfois à désirer.

— Je vous ferai payer votre insolence. Croyez-vous que les gens ont oublié votre déshonneur simplement parce que vous avez disparu pendant un an ? Pensez-vous vraiment pouvoir réapparaître ainsi et prendre un nouveau départ ?

— Je ne vois pas pourquoi je m'embêterais à rester à Rosemont. Le château de Max, en France, est le paradis sur terre.

Richard ricana :

— Pauvre type, je le plaindrais presque !

— Vous auriez tort, c'est un homme comblé, si vous voyez ce que je veux dire. Ah, les valets apportent le plat suivant ! Je vous suggère de travailler votre technique de séduction sur Mme Naismith, pendant que je surveille la déglutition d'oncle Phillip.

Comment avait-elle pu juger cet individu attirant ?

Aujourd'hui elle ne se trouvait aucune excuse, sauf qu'elle était très jeune et s'ennuyait à périr à Rosemont.

Les filles de dix-sept ans étaient stupides et terriblement naïves, elles avaient la tête farcie d'idées romanesques. Richard l'avait impressionnée, avec son regard gris hautain. À l'époque il ne portait pas cette horrible barbe bouclée. Elle avait eu envie d'être remarquée, de se distinguer à ses yeux. Mais se mettre à genoux et se faire prendre n'avait pas été la meilleure façon.

Elle avait eu tellement honte. Tante Grace était entrée dans une fureur noire. Et le Dr Fentress avait été convoqué pour lui faire subir l'examen le plus humiliant qui soit.

Ses débuts dans le monde avaient été annulés et elle avait été cloîtrée. On lui avait même interdit de monter à cheval, de peur qu'elle ne s'aventure sur les terres du prieuré pour s'avilir davantage encore. Et on l'enfermait aussi la nuit, ce qui ne l'avait pas empêchée de s'échapper en de rares occasions.

Grace avait vitupéré que tout cela était la faute du sang américain qui coulait dans ses veines. Pourtant les Américains qu'elle avait rencontrés au cours de ses pérégrinations européennes ne lui avaient nullement paru dépravés. Au contraire, elle les avait plutôt trouvés remarquables, sûrs d'eux, pleins d'énergie.

Il fallait du courage pour quitter son foyer de Boston, New York ou Philadelphie, et traverser l'océan afin d'épouser un aristocrate désargenté – peut-être affligé de tares consanguines.

De l'argent contre un titre nobiliaire, c'était bien le marché que rêvaient de conclure sa mère et la cousine Isobel, vingt ans plus tôt, lorsqu'elles avaient débarqué sur le sol anglais avec cette vague d'héritières en quête d'un époux.

Et puis Byron Stratton, tout roturier fût-il, avait capturé le cœur de sa mère.

Parfois Louisa se disait qu'elle aurait peut-être dû renverser la vapeur, s'en aller de l'autre côté de l'Atlantique rencontrer un fringuant jeune homme de la classe moyenne et s'installer avec lui dans l'une de ces banlieues boisées qui fleurissaient autour des villes. Des villes jardins où tout était neuf, où l'on ne subissait pas la loi du passé.

Rien ne l'en empêcherait, effectivement. Dès qu'elle se serait débarrassée de Maximilian Norwich.

Max allait mourir d'une manière ou d'une autre, c'était prévu depuis le début. Peut-être en tombant dans les escaliers de son château de la Loire. Ce serait dommage, bien sûr. Le capitaine Cooper était fort séduisant. Louisa espérait qu'il ne souffrait pas trop, coincé entre tante Grace et cousine Isobel.

Rien qu'avec cette soirée il aurait amplement mérité son salaire !

Le silence tomba soudain sur la table. Louisa leva le nez de son sorbet au champagne.

Tous les regards étaient braqués sur elle. Que se passait-il ?

— Louisa, ton mari vient de me raconter l'histoire la plus choquante qui soit, à propos de votre séjour à Monte-Carlo. Je t'en prie, dis-moi que ce n'est pas vrai ! s'exclama tante Grace d'une voix vibrante d'indignation.

Louisa eut beau se pencher en avant, elle ne parvint pas à croiser le regard de Charles. Elle apercevait juste le sommet de sa tête brune, derrière l'aigrette de Mme Merwyn

— Max n'a pas l'habitude de… raconter des bêtises. N'est-ce pas, chéri ? bredouilla-t-elle.

— Je ne mens que lorsque vous m'en donnez l'ordre, très chère.

Il s'était tourné vers elle en se décalant légèrement. Son expression malicieuse n'augurait rien de bon.

— Dites-moi de quoi il s'agit, nous verrons bien si je confirme.

— Oh, vous racontez cette anecdote mieux que quiconque, *mon ange*[1] !

Elle allait tuer Maximilian ici, à Rosemont, le plus vite possible. Charles Cooper n'aurait qu'à se débrouiller pour retenir sa respiration pendant l'intervention du croque-mort.

— Louisa n'en a jamais rien dit dans ses lettres, et je comprends pourquoi ! hoqueta tante Grace.

— Oh, ce n'était pas si méchant, madame Westlake ! Si l'on y réfléchit, c'était même plutôt mignon.

— Allons, Louisa, ne jouez pas les cachottières, grinça sir Richard. Nous brûlons tous de connaître vos derniers exploits à l'étranger.

— Nous… nous avons passé notre lune de miel à Monte-Carlo, commença Louisa.

Bon, cela, elle l'avait écrit à tante Grace.

— Nous nous sommes connus au Louvre, intervint Charles. Devant cet horrible Rembrandt, vous vous rappelez, Lulu ?

Elle allait tuer Max, aucun doute. Et peut-être le capitaine Cooper dans la foulée.

— Nous étions aussi interloqués l'un que l'autre devant cette fichue peinture – pardonnez la verdeur de

1. En français dans le texte original.

mon langage, mesdames. Pourquoi est-elle si prisée ? Tout ce brun, ce noir, c'est comme si on regardait au fond d'un tonneau ! Nous en avons ri ensemble et, de fil en aiguille... Louisa a fait de moi le plus heureux des hommes en acceptant de devenir ma femme. Nous nous sommes rendus directement à Monte-Carlo juste après la cérémonie.

— Où a-t-elle eu lieu ? voulut savoir Mme Naismith.

Curiosité bien légitime de la part de l'épouse d'un vicaire.

— À l'église Saint-George, rue Auguste-Vacquerie, répondit Charles du tac au tac. C'est la plus ancienne église anglicane de Paris.

Il avait donc fait ses révisions.

— C'est Louisa qui conduisait, bien sûr, enchaîna-t-il. Et j'avoue que j'ai eu envie d'embrasser la terre ferme quand nous sommes arrivés à destination. Ma femme est un vrai démon au volant ! Hélas, ma vision périphérique est limitée, par conséquent dans notre couple c'est elle qui porte les lunettes de sécurité !

— Je n'autoriserais jamais ma femme à prendre le volant d'une automobile, commenta sir Richard.

— Ma femme ne demandera jamais la permission, rétorqua Charles avec un petit rire. Elle est très moderne et indépendante. C'est une originale, assurément.

Louisa lui aurait presque pardonné, mais elle n'avait aucune idée de ce qu'il lui réservait. Elle mit donc sa magnanimité de côté et concentra son attention sur le manche de sa cuillère en argent, gravé d'un motif alambiqué, plein d'arabesques et de circonvolutions. Sûrement très compliqué à nettoyer. Les domestiques devaient suer sang et eau...

— Assez de digressions, mon ami ! Venez-en au cœur de l'affaire, s'impatienta le Dr Fentress.

— Ah oui ! Le cœur. C'est drôle que vous employiez ce terme, docteur, car c'est justement cela, ou plutôt l'absence de cœur, qui est à l'origine de cette histoire. Nous étions en train de jouer au bridge dans notre suite, à l'hôtel, en compagnie d'un couple dont nous venions de faire la connaissance. Le baron et la baronne von Steuben.

— Des Allemands ? fit Grace en pinçant ses lèvres carmin.

Elle avait beau servir du vin blanc de Moselle, très en vogue actuellement, elle méprisait cordialement le peuple teuton.

— Des Autrichiens, je pense. Absolument charmants, n'est-ce pas, Louisa ?

Louisa n'avait jamais joué au bridge de sa vie. Elle connaissait ce jeu de nom, savait qu'il était de plus en plus populaire et ressemblait un peu au whist, mais de toute façon elle ne jouait pas non plus au whist. En fait, elle n'aimait guère les jeux de cartes. À Monte-Carlo, elle avait passé le temps en admirant les bijoux et les toilettes des autres voyageuses et à tortiller des orteils dans le sable de la plage. Mais elle n'avait pas mis les pieds au casino.

— Charmants, en effet. Quoique j'aie trouvé Hans un peu ennuyeux.

Il n'y avait pas de raison qu'elle soit en reste.

— Mais Minna avait de l'esprit pour deux, objecta Charles. Quelle jolie petite apfelstrudel ! Quoi qu'il en soit, c'était atout cœur et Louisa avait mal compté les cartes, elle a perdu trois levées d'affilée et a dû exécuter son gage.

— Seigneur, quelqu'un aurait pu te voir ! se récria tante Grace, la main sur la poitrine.

Bonté divine. Maintenant Louisa était sur des charbons ardents. Qu'avait-elle donc fait de si scandaleux ?

— Max, racontez, insista-t-elle. Je suis trop gênée.

— Voyons, Lulu, nous te connaissons, rien ne pourra nous surprendre de ta part, gloussa Isobel, tout émoustillée. Tu es une vraie diablesse ! Tu ressembles tellement à ta chère mère !

Charles daigna enfin voler à son secours.

— Très bien, chérie. Je vais terminer l'histoire. Nous avions donc décidé que le perdant serait obligé de faire quelque chose de totalement inconvenant dans un lieu public.

Louisa ferma les yeux. Si Charles Cooper lui faisait danser le french cancan devant une foule de Monégasques, elle allait lui flanquer un coup de pied dans les génitoires à la première occasion.

— Le baron a décidé que Louisa monterait sur la scène de l'opéra de Monte-Carlo pour y chanter une chanson. Bien sûr, la salle était déserte, il n'y avait que les employés chargés du ménage. Ces derniers ont posé leurs balais et leurs serpillières pour mieux profiter du spectacle. Et ensuite, ils ont juré que Louisa rivalisait de talent avec la grande Nellie Melba en personne. Jamais ils n'avaient entendu chanter *Le Bon Roi Dagobert* avec tant de panache !

C'était tout ? Louisa était presque déçue par ce prétendu exploit.

— Quelle audace, ma chère ! la taquina le révérend Naismith. Si le cœur vous en dit, vous pourrez interpréter nos plus beaux cantiques durant la messe de Noël.

Brandissant son verre, il ajouta :

— Je porte un toast au retour de la fille prodigue et à son époux. Longue vie à M. et Mme Norwich ! Puissiez-vous connaître de nombreux et joyeux Noëls à l'avenir.

— Longue vie aux jeunes époux !

Même l'oncle Phillip l'imita. Charles se leva alors et, contournant la table, vint se placer derrière Louisa. Il posa les mains sur ses épaules nues.

— Mon cher petit rossignol ! Merci à vous tous pour votre accueil. Je suis touché, sincèrement. Si touché que j'ai envie d'embrasser ma femme, maintenant, ici même, devant vous.

Louisa se tordit le cou pour lui adresser un regard ahuri. Elle voulait le supplier de retourner s'asseoir, mais elle ne fut pas assez rapide. Avec la célérité gracieuse d'un prédateur, il s'était penché de côté et sa bouche cueillit la sienne.

Bon, après tout ce n'était pas si grave, un petit bécot rapide et…

Sa langue se glissa entre ses lèvres, toucha la sienne.

Oh !

C'était… bon. Très bon, même. Les paupières de Louisa papillotèrent, se fermèrent. Contre toute raison, elle s'abandonna à ce baiser scandaleux. De toute façon, tante Grace avait décidé qu'elle n'avait aucun bon sens, alors pourquoi lutter ?

Le capitaine Cooper embrassait divinement. Sa bouche était douce, ferme et tiède, délicieuse. Sa langue diabolique effleurait la sienne, la caressait, et Louisa se sentait fondre à la vitesse de son sorbet au champagne.

Seigneur, il avait goût de paradis.

Cela faisait des siècles qu'elle n'avait pas laissé un homme l'embrasser. Des vagues tour à tour brûlantes et glacées l'assaillaient.

Sa main posée sur sa serviette se souleva, comme animée d'une volonté propre, pour frôler la joue du capitaine, que de minuscules poils drus – bien qu'il se soit rasé dans l'après-midi – étaient déjà en train de coloniser.

Le tintement des cuillères en argent contre le cristal autour de la table ne parvint pas à rompre le sortilège dans lequel il la tenait captive.

Louisa savait bien qu'elle devait rompre ce baiser maintenant, mais ce qu'elle ressentait était si grisant qu'elle n'imaginait même pas d'y renoncer.

Elle ne pensait plus à rien, d'ailleurs. Son cerveau semblait avoir cessé de fonctionner, et il n'était pas exclu qu'elle en ait perdu l'usage de manière définitive.

Seigneur. Pour lui, ce baiser n'avait aucune signification. Il jouait juste le rôle pour lequel elle l'avait grassement payé.

Cela dit, on ne pouvait nier qu'il y mettait une redoutable conscience professionnelle.

# 10

Elle sentait la violette et avait le goût du vin.

Charles avait conscience d'enfreindre toutes les règles de la bienséance et s'en moquait totalement. Louisa lui avait interdit les effusions publiques, mais ces gens avaient bien mérité une petite leçon. Ils sous-estimaient la jeune femme, la considéraient encore comme une enfant terrible. Ne voyaient-ils pas qu'elle avait mûri, qu'elle avait sa propre personnalité ?

Oui, elle était bavarde et fantasque, et elle avait des opinions qu'ils ne partageaient pas. Pourtant ils étaient là, sous son toit, à profiter de ses largesses, à déguster les mets et les vins qu'elle avait payés. Or presque chaque parole qui avait été prononcée ce soir à son sujet avait été une critique. On la rabaissait sans cesse. Même Isobel, qui semblait pourtant avoir une véritable affection pour elle, l'avait dénigrée à sa manière.

Il avait juste voulu la taquiner avec cette pseudo-anecdote monégasque, mais Mme Westlake, mine de rien, n'avait cessé de l'aiguillonner avec ses questions perfides. Il avait bien dû improviser. Chaque fois qu'il parvenait à apercevoir Louisa, à l'autre bout de la table, elle avait l'air malheureuse. Ce Richard Delacourt était un mufle de première, cela se voyait au premier coup d'œil. Quoi qu'il se soit passé entre eux jadis, la plaie suppurait toujours. Néanmoins Louisa avait dû lui clouer le bec d'une manière ou d'une autre, car depuis une heure environ, il ne parlait qu'à la femme du vicaire.

À présent, Charles n'était plus d'humeur taquine. Il se cramponnait au siège de Louisa, de peur de l'enlacer pour rouler avec elle sur le tapis.

Jamais il n'avait échangé un baiser aussi torride avec une femme.

Dans un suprême effort de volonté, il s'arracha enfin à ses lèvres, se redressa en titubant légèrement.

Le visage empourpré de Louisa demeura levé vers le sien. Ses longs cils dorés battirent, telles des ailes de papillon, voilant son regard embrumé.

— Monsieur Norwich !

— Oh, Grace, ne montez pas sur vos grands chevaux ! Après tout, ce sont des jeunes mariés, s'esclaffa Isobel.

On décelait quand même une certaine nervosité chez elle. Apparemment, à Rosemont, ceux qui allaient contre la volonté de Grace s'exposaient à de sévères représailles.

— Pardonnez-moi, je n'ai aucune excuse, sinon que je suis fou de ma femme, s'entendit-il déclarer.

Le vieux bonhomme assis à la droite de Louisa marmotta :

— Sapristi, vous retardez l'arrivée du plat suivant, jeune homme. Retournez donc vous asseoir !

Charles se pencha pour chuchoter à l'oreille de Louisa :

— Je suis désolé. Je ne sais pas ce qui m'a pris.

— Oh, ne vous inquiétez pas, cela ne m'a rien fait du tout ! prétendit-elle en tendant une main tremblante vers son verre de vin.

La menteuse. Mais il ne pouvait pas recommencer pour lui prouver qu'il n'était pas dupe.

Il regagna sa place et se prépara mentalement à subir les remontrances de Grace et les attouchements d'Isobel. Il n'eut pas longtemps à attendre. Pivotant sur sa chaise pour tenter d'éloigner sa cuisse des griffes de Mlle Crane, il se retrouva face à Grace Westlake.

— Vous devez me prendre pour le dernier des malotrus, madame.

Grace se tamponna la bouche à l'aide de sa serviette bordée de dentelle, laissant sur le tissu une trace carmin que la malheureuse blanchisseuse allait avoir un mal de chien à nettoyer.

— Vous, un malotru ? Non. Un idiot, peut-être. Quelqu'un aurait dû vous prévenir avant que vous n'épousiez ma nièce, monsieur Norwich. Les jeunes gens sont si impétueux de nos jours. Vous croyez tout savoir. Depuis toujours Louisa ne fait que créer des problèmes autour d'elle. Lorsqu'elle s'est enfuie, j'ai vraiment craint pour sa santé mentale.

— Je vous demande pardon ?

— Elle a toujours été très volontaire. J'ai pensé qu'il serait salutaire pour vous de passer une soirée avec ses parents et ses voisins, c'est-à-dire les gens qui la connaissent le mieux.

— J'ai pu constater qu'elle avait peu d'alliés parmi les siens.

Grace soupira.

— C'est ce que vous croyez ? Mais vous êtes un étranger, et vous ne nous connaissez pas. J'ose dire que vous ne connaissez pas non plus Louisa.

— Je la connais suffisamment, je vous le garantis.

— Je vois. La passion, murmura Grace avec un petit geste dédaigneux. Cela ne dure qu'un temps. Et quand elle disparaît, on se rend compte qu'on est lié pour la vie à quelqu'un qui ne pourra jamais vous rendre heureux. Louisa est incontrôlable. Irrationnelle. Songez, elle a même envisagé de travailler de ses mains ! Elle parle des droits de la femme, revendique sa liberté et son indépendance. Soyez sûr qu'avec elle vous n'aurez pas une vie très confortable, monsieur Norwich.

— Le confort est une notion très surfaite, à mon avis.

Il est vrai que Louisa avait déjà chamboulé son existence, mais pas du tout pour les raisons que Grace Westlake évoquait.

— Vous dites cela aujourd'hui, mais nous en reparlerons dans quelques mois, quand votre château aura perdu de son attrait à ses yeux et qu'elle voudra vous traîner aux Indes, ou en Afrique, ou Dieu sait où, dans une de ces contrées épouvantables qu'elle tient absolument à visiter.

— Les voyages ouvrent l'esprit, madame Westlake.

Ils avaient en tout cas indéniablement ouvert les yeux de Charles sur certaines réalités.

— Vous avez réponse à tout. Vous êtes habile, monsieur Norwich, je vous l'accorde.

Charles puisa dans ses ultimes réserves de patience pour répliquer :

— Il y a une chose que j'ai du mal à comprendre. Louisa m'a dit que votre fils voulait l'épouser. Mais pourquoi cela, si elle est à ce point invivable ?

— Ce sont les membres de sa famille qui la connaissent le mieux et sont le plus à même de la protéger contre ses pires impulsions. Ç'aurait été un sacrifice pour ce pauvre Hugh, certes, néanmoins il était prêt à y consentir. Il l'est toujours, d'ailleurs.

— Louisa est ma femme, lui rappela Charles avec fermeté.

— Rien ne vous oblige à vous enferrer dans votre erreur, monsieur Norwich. De mon côté, je saurai me montrer très généreuse si vous acceptez de dissoudre ce mariage. Il est fort dommage que vous vous soyez unis au sein de l'Église anglicane, mais ces choses peuvent toujours s'arranger quand on y met le prix. Car tout le monde a un prix, pas vrai ? Je comptais vous parler de tout ceci en privé demain, mais pourquoi attendre, au fond ? Isobel est en train d'essayer d'ensorceler le vieux M. Baxter, elle ne nous prête pas attention, mais il est au courant de mes intentions, de toute façon. Cette hystérique pourchasse tout ce qui porte un pantalon entre dix-huit et soixante-dix-huit ans !

Ayant affiché son mépris cinglant pour la cousine américaine, Grace reprit d'un ton plus mesuré :

— Le Dr Fentress pourra vous communiquer le dossier médical de Louisa. Comme vous avez pu le constater sans doute, elle n'est pas arrivée vierge au mariage. Vous avez été leurré, jeune homme. Vous vous êtes laissé séduire par un bel emballage en ignorant que l'intérieur était pourri.

Charles jeta sa serviette sur la table.

— Veuillez m'excuser, madame Westlake, je me sens un peu écœuré soudain.

Grace eut un sourire rusé.

— Oui, je comprends. Mais réfléchissez à ma proposition. Et venez me rendre visite dans mes appartements demain matin, à 11 heures. Nous avons encore beaucoup à discuter.

Charles se leva, les jambes flageolantes. À l'autre bout de la table, Louisa lui coula un regard méfiant. Probablement craignait-elle qu'il ne lui fonce de nouveau dessus pour l'embrasser à bouche-que-veux-tu.

— Encore une de ces maudites migraines. Je vous présente mes excuses, dit-il à l'ensemble de la tablée.

Il parvint à sortir de la pièce avec un semblant de dignité, alors qu'il avait envie de fuir à toutes jambes.

Après s'être trompé à plusieurs reprises dans le labyrinthe de corridors, il réussit à trouver son chemin jusqu'à leur suite.

Il aurait donné n'importe quoi pour un verre d'alcool. Mais rien n'aurait pu effacer son malaise après la soirée qui venait de se dérouler.

Dans quel traquenard était-il tombé ? Comment allait-il se sortir de là ? Il se frotta les tempes. Il commençait à avoir vraiment mal au crâne.

Pauvre Louisa. Ou peut-être pas. Peut-être méritait-elle le mépris de ces gens réunis au rez-de-chaussée. Seuls sa camériste, Kathleen, et le vieux majordome semblaient l'aimer. Tous les autres gardaient leurs distances. Mais c'était sans doute à cause de Grace. C'était elle qui faisait la loi à Rosemont, pas Louisa. Louisa n'avait pas la place d'honneur, en bout de table. Elle ne présidait pas le dîner. Et, bon sang, c'est lui, Charles, qui aurait dû être assis à l'autre extrémité, pas sir Richard Delacourt !

Tout cela était très bizarre, et Charles ne savait pas vraiment qui détenait la vérité. Au début, il avait pris Louisa pour une petite fille gâtée, capricieuse. Mais avait-elle des problèmes plus sérieux ?

Il n'avait pas l'impression qu'elle avait l'esprit dérangé, même si cela faisait un moment qu'il ne se fiait plus à son propre jugement. Quoi qu'il en soit, il devait la prévenir que sa tante avait tenté de lui graisser la patte pour le pousser au divorce.

À sa place, n'importe quel scélérat se serait tu, aurait empoché l'argent et filé à l'anglaise. Louisa lui avait d'emblée réglé la moitié de ce qu'elle lui avait promis – une petite fortune, à ses yeux –, et la somme était déjà sur un compte en banque qui produisait des intérêts. S'il réussissait à convaincre Grace de lui donner autant, il ne serait pas obligé de poursuivre cette farce grotesque.

Il desserra sa cravate, se laissa tomber dans le fauteuil de cuir gris devant la cheminée du salon. Combien de temps devrait-il attendre avant que Louisa ne s'excuse à son tour auprès des invités et vienne lui demander de quoi il retournait ?

Si elle faisait fi des convenances, elle ne se gênerait pas pour sauter l'étape du thé et de la parlote de rigueur chez les dames pendant que ces messieurs s'attardaient à table pour siroter un porto et fumer un cigare.

La couture de son cache-œil neuf lui irritait le coin de l'œil. Il le retira. Tout s'assombrit aussitôt tandis que des formes mouvantes lui brouillaient la vue. Il dut se couvrir la moitié du visage de la main, le temps que sa vision s'adapte un minimum.

La porte s'ouvrit à cet instant. Louisa fit irruption dans un tourbillon de dentelle et de bouffées de violette, toutes griffes dehors.

— Comment avez-vous osé quitter la table ?

— Chuuut. Asseyez-vous et nous allons parler comme des gens civilisés. Vous ne voudriez pas que les invités croient que nous nous disputons.

— Ils ne peuvent pas nous entendre, ils sont trop loin ! Et Mme Naismith joue du piano pour accompagner M. et Mme Merwyn qui chantent à deux voix.

— Quel dommage de manquer un tel spectacle.

— Vous plaisantez ? Ils chantent aussi faux l'un que l'autre, mais c'est une tradition ici de les laisser pousser la chansonnette après dîner. Pourquoi êtes-vous parti ?

— Votre tante m'a dit un certain nombre de choses avec lesquelles je ne suis pas d'accord. Je n'ai pas réussi à écouter son discours jusqu'au bout, comme un gentil garçon.

— Je vous avais prévenu, elle est pénible. Si elle avait été plus facile à vivre, je n'aurais pas eu besoin de m'inventer un mari.

— Vous feriez mieux de vous asseoir, Louisa.

Il tira le cache-œil de sa poche pour le remettre en place, noua le lacet de soie derrière sa tête. Le visage de Louisa, pâle et soucieux, lui apparut plus nettement. Il n'avait pas envie de la bouleverser plus qu'elle ne l'était déjà, mais c'était plus fort que lui, en sa présence son instinct protecteur s'éveillait.

— Grace m'a offert une grosse somme d'argent pour que je mette un terme à notre mariage.

Louisa se laissa tomber dans le fauteuil voisin.

— Oh…

Elle n'avait pas l'air particulièrement étonnée.

— Elle est en cheville avec Baxter, votre banquier. Et avec le Dr Fentress. Demain matin, tout ce petit monde va se réunir pour m'annoncer que vous avez un grain et que je serais bien avisé de vous planter là. Ils veulent mettre la main sur votre fortune, c'est cela ?

Louisa secoua la tête.

— En réalité, c'est plus une histoire de pouvoir que d'argent. Grace est elle-même très riche. Elle me déteste depuis toujours. Quoi que je fisse pour essayer de la satisfaire, ce n'était jamais assez. Au bout d'un moment, j'ai préféré me distinguer en mal puisque, de toute façon, observer les règles ne m'a jamais rien valu de bon. Alors elle a serré les cordons de la bourse et je me suis retrouvée démunie. Je ne pouvais rien faire, aller nulle part. Si elle avait trouvé un moyen pour m'empêcher d'entrer en possession de mon héritage, elle n'aurait pas hésité. Parfois j'avais peur qu'elle me fasse passer pour folle. Et parfois j'ai craint de le devenir.

Charles émit un long sifflement.

— Seigneur, vous êtes vraiment une pauvre petite fille riche, alors ?

— Vous vous moquez de moi ? balbutia-t-elle, les lèvres frémissantes.

— Pas du tout. Que va-t-il se passer quand ces gens découvriront que nous ne sommes pas réellement mariés ? Si l'on démasque notre mise en scène, ils auront beau jeu d'affirmer que vous avez perdu la boule.

Louisa écarquilla les yeux.

— Vous pensez... qu'on devrait me mettre à l'asile ?

— Mon Dieu, non, ce serait trop cruel pour les autres patients !

Il rit de bon cœur en voyant sa tête.

— Ne vous jetez pas sur moi, je plaisantais.

Néanmoins, il riait jaune. Il commençait à se rendre compte que leur mascarade comportait un réel danger. Ils ne faisaient rien d'illégal à proprement parler, cependant la supercherie révélée au grand jour provoquerait un scandale sans précédent. Ils partageaient les mêmes appartements ! Louisa avait déjà une réputation sulfureuse, mais si l'on apprenait qu'ils n'étaient jamais passés devant un prêtre, cela équivaudrait à planter le dernier clou dans son cercueil social.

— Il n'y a aucune raison pour qu'on nous soupçonne, objecta-t-elle, comme si elle cherchait à se convaincre elle-même. Jusqu'à présent, vous avez été un mari modèle, sauf... sauf en fin de repas.

Il crut qu'elle allait évoquer leur baiser, mais elle s'en tint là.

— Désolé, je n'aurais pas dû quitter la table.

— Grace obtient toujours ce qu'elle veut. Elle est impitoyable. Avec elle, il faut biaiser, louvoyer sans cesse. Quand vous lui rendrez visite demain matin...

— Parce que vous voulez que je participe à leur petit conciliabule ? s'exclama-t-il, incrédule.

— Oui, absolument. Je suis curieuse de connaître la valeur marchande que ma tante m'accorde.

Il se pencha et lui prit spontanément la main. En dépit du feu qui pétillait dans la cheminée, les doigts de Louisa étaient glacés.

— Vous n'avez pas de prix, ma chère.

Elle se libéra aussitôt.

— Ne gaspillez pas vos belles paroles, gardez-les pour nos apparitions en public. Si Baxter mange dans la main de ma tante, c'est peut-être elle qui s'est débrouillée pour que j'aie des difficultés à obtenir des liquidités à l'étranger. C'est la véritable raison de mon retour en Angleterre, à vrai dire. Mais ne vous inquiétez pas, je suis tout de même en mesure de vous payer.

Charles éprouva une pointe de contrariété, tout à coup.

— Votre argent ne m'intéresse pas.

— Tout le monde aime l'argent, même moi. L'argent vous offre la liberté.

Et aussi la nourriture, et la santé. La plupart des gens que connaissait Charles préféraient manger à leur faim plutôt que de se griser de liberté, quoi qu'on entende par ce mot.

— Très bien, patronne. Quelle est votre stratégie ?

La langue de Louisa pointa au coin de sa bouche.

— Je ne sais pas encore. Il faut que je réfléchisse.

— Deux cerveaux valent mieux qu'un, du moins c'est ce qu'on m'a dit. Me faites-vous confiance ?

— Il le faut bien, non ? Seigneur, tout cela est encore plus compliqué que je ne l'avais prévu, soupira-t-elle.

— Un mois seulement. Nous pouvons bien tenir trente jours, quelles que soient les circonstances, non ?

Dans sa vie, Charles avait connu bien pire que Grace Westlake et ses sbires.

Ô combien, hélas !

# 11

Louisa s'était certes attendue au pire, mais pas si tôt après son arrivée. Ils n'étaient là que depuis vingt-quatre heures ! Tante Grace était censée avoir plus de retenue, non ?

Non, apparemment. Elle n'avait pu s'empêcher de déblatérer sur les vices de sa nièce au premier dîner, et de proposer un pot-de-vin à son « mari » dans la foulée. Louisa ne s'étonnait plus que le capitaine Cooper se soit enfui à toutes jambes. Que devait-il penser d'eux ? Sa propre famille n'était peut-être ni riche ni illustre, mais elle ne pouvait être aussi perverse et malveillante.

Et puis, il y avait sir Richard.

Grace avait envoyé un message en l'invitant à Rosemont après toutes ces années. Louisa n'avait aucune chance d'échapper à ses erreurs de jeunesse si elle retrouvait sans cesse cet homme sur son chemin. Et voilà que Grace semblait avoir décidé qu'ils passeraient tous le Nouvel An au prieuré ?

Non, c'était inconcevable !

Louisa abattit le poing sur l'oreiller et se mit à fixer le plafond de la chambre plongée dans la pénombre. Quand Kathleen était venue l'aider à se mettre au lit, Louisa lui avait demandé de laisser traîner ses oreilles à l'office. Les domestiques savaient toujours tout avant tout le monde. M. Baxter venait-il souvent à Rosemont ? Si ce dernier s'occupait davantage des intérêts de Grace que de ceux de Louisa, elle devrait trouver un autre fondé de pouvoir. Les Stratton détenaient toujours la majorité des parts de la banque familiale, et il y avait bien quelqu'un là-bas, hormis Hugh et M. Baxter, qui saurait gérer ses affaires.

Le père de Louisa, Byron, avait été un grand sportif ; un peu comme sir Richard, maintenant qu'elle y pensait. Bref, il était bien trop occupé à s'amuser et à distraire sa jolie femme américaine pour se soucier de la banque Stratton & Fils. À la grande déception de son propre père, sans doute. Néanmoins, les affaires avaient continué de prospérer du vivant de Byron et après sa mort. Alors qu'elle était encore sous la tutelle de Grace, Louisa avait été stupéfaite d'apprendre le montant du capital qui lui reviendrait à son vingt-cinquième anniversaire.

Une fois en possession de son héritage, elle avait été grisée. Elle était majeure et indépendante financièrement, sauf que Grace se mêlait de ses affaires chaque fois que cela lui était possible. Alors Louisa était partie, tout simplement. Et comme sa tante l'avait prédit, elle avait mené une vie de patachon, sans se soucier du qu'en-dira-t-on.

Et elle commençait à le regretter.

Elle aurait dû se montrer plus prudente, mais il était trop tard pour y changer quoi que ce soit.

Au moins avait-elle un allié dans la chambre voisine. Enfin, elle l'espérait, car Cooper avait aussi le pouvoir de détruire irrémédiablement son avenir.

Le sommeil s'obstinait à la fuir. Louisa avait la nostalgie de son ancienne chambre, de son lit de jeune fille, de ses livres, des barbouillages au pastel que Grace la forçait à peindre dans l'espoir de développer chez elle les talents d'une demoiselle distinguée.

Ici, à Rosemont, il y avait de très jolis panoramas, et pourtant sous son pinceau malhabile tous les paysages apparaissaient brouillés, lugubres. Dans la chambre de ses parents, il y avait de bien meilleurs tableaux aux murs. Louisa ralluma la lampe à pétrole, se leva pour aller les examiner comme l'aurait fait n'importe quelle bonne épouse d'un esthète reconnu. Elle aimait vraiment la peinture, même si elle n'avait elle-même aucun don.

Parmi d'autres marines, son père avait fait l'acquisition de plusieurs œuvres de l'artiste américain Fitz Hugh Lane. Des endroits sereins aux eaux calmes, aux cieux ensoleillés, et des ports que Louisa n'avait jamais visités. Pourquoi diable n'avait-elle pas pensé à se rendre en Amérique l'année dernière ? L'Atlantique aurait formé une barrière plus dissuasive que la Manche pour tenir son passé à distance. C'était là-bas qu'elle irait bientôt quand tout serait fini, et même si elle parvenait à déloger les Westlake de Rosemont. Oui, elle s'intéresserait à ses racines américaines et arpenterait les rues chics de New York où sa mère avait grandi. Là-bas, elle avait sûrement des cousins éloignés. Sans doute se ferait-elle des amis de son âge. Depuis des années elle n'avait pas noué de réelle amitié, hormis bien sûr celle qui la liait à Kathleen, qu'elle aimait comme une sœur, mais qui était aussi différente d'elle qu'on pouvait l'être.

La voix de tante Grace résonna à son oreille : « Il ne faut pas être trop familier avec les domestiques ! » Ç'avait été un miracle que Kathleen ne soit pas renvoyée, à l'époque où leur solitude les avait rapprochées. Mais la jeune cameriste, fine mouche, faisait toujours preuve de docilité et de discrétion en présence de Grace. Ce qui n'empêchait pas sa véritable nature de reprendre le dessus dès que la porte de la chambre de Louisa se refermait.

Kathleen. Où était-elle en cet instant ? Elle avait refusé de dormir dans le dressing sous prétexte que cela ferait jaser si une domestique s'interposait entre des jeunes mariés. Peut-être avait-elle été retrouver Robertson qui logeait dans une chambre au-dessus du garage. Ce dernier avait été engagé peu avant leur départ pour l'Europe continentale, mais ce court laps de temps lui avait suffi, apparemment, pour séduire Kathleen – pourtant difficile à impressionner.

Il n'avait quasiment pas dit un mot lorsqu'il était venu les chercher à la gare. De toute évidence, il connaissait sa place dans la stricte hiérarchie définie par Grace.

Celle-ci devait dormir sur ses deux oreilles, très contente de ce plan qu'elle mijotait, certaine de parvenir à persuader Maximilian Norwich de demander le divorce. Pour quel motif ? La folie ? Il est vrai que depuis son retour à Rosemont, Louisa se sentait plutôt déséquilibrée. Et en y mettant le prix, on pouvait toujours persuader un pauvre type de produire un faux témoignage. Par exemple, de jurer qu'il avait couché avec elle. Or il était possible de divorcer d'une femme adultère.

C'était presque comique. Si Charles Cooper avait été réellement son mari, peut-être se serait-il en effet empressé de mettre un terme à leur union après avoir rencontré une famille aussi perverse.

Louisa soupira. Se ronger les sangs ne servait à rien. Grace allait tomber sur un os. Charles n'était pas prêt à se laisser acheter, ou alors c'était vraiment un très bon comédien ! Mme Evensong avait eu raison de miser sur lui. Louisa lui faisait confiance. Il était honnête, loyal. Rien ne l'obligeait à lui parler de ce que Grace manigançait, et cependant il l'avait fait, alors qu'il lui aurait été tout aussi facile de la trahir.

Et ils ne se connaissaient même pas !

Elle se frôla les lèvres du bout des doigts. Son baiser n'avait pourtant pas été celui d'un inconnu. Elle éteignit la lampe et se remit au lit avec ses pensées chaotiques. Ce n'était pas la première fois qu'un homme l'embrassait. Elle avait quand même acquis une petite expérience depuis l'époque où elle était tombée dans les bras de sir Richard. Oh, elle avait tiré la leçon de cet épisode mortifiant ! À une ou deux reprises, lors de l'année écoulée, elle avait envisagé de se donner de nouveau à un homme, cette fois sans qu'il soit question d'engagement. Car désormais, elle était bien décidée à ne jamais se marier.

Yeux clos, elle retroussa sa chemise de nuit, glissa la main entre ses cuisses. Avait-on besoin d'un homme quand on avait des doigts ?

Tandis que son majeur caressait sa chair humide, elle se laissa aller sur le matelas, s'obligea à relâcher ses muscles. Se détendre, dormir… Ce n'était pas si simple. Principalement à cause de Charles Cooper, qui se trouvait à quelques mètres de là.

Seulement trois portes les séparaient.

Avait-elle poussé le verrou entre le dressing et la salle de bains ?

Ce n'était pas le genre d'homme à entrer dans la chambre d'une dame sans y avoir été invité, elle en aurait mis sa main au feu.

Alors pourquoi était-elle si nerveuse ?

Il n'y avait aucune raison qu'il la surprenne en train de s'offrir un petit plaisir solitaire. Et elle n'avait pas honte. Peu lui importait ce que racontaient les livres ou les gens qui cherchaient sans cesse à l'effrayer, à la contrôler ou à l'humilier. Elle était humaine, elle avait des besoins, et il était bien moins compliqué de les satisfaire elle-même que de se mettre à la merci d'un homme.

Les hommes ne se préoccupaient que de leur propre plaisir, et Charles Cooper ne faisait sans doute pas exception à la règle. Dans un lit, lui aussi devait être égoïste, exigeant, aussi brutal qu'un marteau-pilon emballé qui…

Mais s'il la surveillait à distance, de son œil bleu embrumé de désir ?

Louisa l'imagina sur le seuil, la ceinture de sa robe de chambre dénouée, les flammes dans la cheminée jetant des reflets couleur bronze sur son torse. La voix enrouée de passion, il lui donnerait des ordres, lui dirait ce que sa main devait faire, lui intimerait d'ôter sa chemise de nuit qui tout à coup lui brûlait la peau. Elle obéirait, aussi blanche que les draps entre lesquels elle reposait, trempée de sa propre rosée. Un cri rauque franchirait ses lèvres, et elle enfoncerait un doigt en elle, fébrile, au bord de…

C'est alors qu'elle entendit un bruit.

Un long cri d'agonie, rauque et sourd.

Elle se redressa en sursaut, l'oreille tendue. Dehors le vent soufflait comme d'habitude et secouait les volets. Sur la table de chevet, la pendule égrenait son tic-tac. Dans la cheminée, le feu crépitait. Et deux pièces plus loin, Charles Cooper aboyait des ordres à une armée de soldats fantômes.

Il l'avait prévenue.

Elle rabattit drap et couvertures sur sa tête, en vain. Il vociférait maintenant à pleins poumons. Quelqu'un allait finir par l'entendre, même si leur suite était à l'écart, tout au bout de l'aile droite.

Elle allait devoir le réveiller. Peut-être l'inciter à boire un peu d'alcool pour se calmer les nerfs. Car il souffrait des nerfs, quoi qu'il en dise.

Il y avait une bouteille de cognac dans le bar du salon. Ils pouvaient attiser le feu dans la cheminée là-bas, puis discuter un peu, le temps que la tension retombe.

Elle attrapa son déshabillé de soie au pied du lit, l'enfila rapidement, sans prendre la peine de remettre sa chemise de nuit, dont elle s'était débarrassée quelques instants plus tôt. Ses joues s'enflammèrent au souvenir de son fantasme torride. Ç'avait été très agréable d'inclure le capitaine Cooper dans son petit rituel. Et ce n'était pas illogique puisqu'il avait pris la place du mythique Maximilian.

Avant, quand elle imaginait son « mari » en se donnant du plaisir, elle ne s'attardait pas vraiment sur les détails physiques de sa personne.

Aujourd'hui, elle savait exactement à quoi il ressemblait.

Elle alluma la mèche d'une bougie aux braises de l'âtre, passa dans le dressing, puis traversa la salle de bains. Dans l'autre chambre, les cris avaient faibli, mais pris une note plus désespérée.

Louisa cogna une fois du poing à l'épais battant de bois, puis tourna la poignée.

La petite chambre était sens dessus dessous. La table de chevet était renversée, les livres de son père éparpillés sur le sol, près des draps et des couvertures. Le feu s'était éteint, mais elle distingua le capitaine qui s'agitait sur sa couche étroite et battait l'air de ses bras.

Son cœur manqua un battement. Il était aussi nu qu'elle l'était elle-même quelques minutes plus tôt.

Elle releva la table, ferma le tiroir vide, puis fixa la chandelle dans un bougeoir en cuivre ramassé sur le tapis.

— Capitaine Cooper… Charles… Réveillez-vous !

Il ne parut pas l'entendre. Comment l'aurait-il pu ? Elle avait chuchoté et sa voix était enrouée. Elle avança d'un pas, posa la main sur son bras musclé.

— Charles…

Erreur fatale.

Levant les bras, il la saisit, l'attira brutalement contre lui. Avant qu'elle ait compris ce qui lui arrivait, il roula de côté et la plaqua dos au matelas. Sa grande main lui écrasait presque la trachée.

Louisa se débattit, lui bourra le dos de coups de poing. Son corps pesait lourdement sur le sien. Sa virilité appuyait contre sa chair nue, les pans de son déshabillé s'étant écartés dans la manœuvre. Jamais encore elle ne s'était retrouvée dans une position aussi intime avec un homme – ses précédentes étreintes avaient pour le moins manqué de délicatesse. Et dans un lit, en plus…

— Capitaine Cooper, réveillez-vous tout de suite ! Vous me faites mal…

Elle n'osait pas crier. Elle ne pouvait pas, non…

Il ouvrit les yeux, la fixa sans vraiment la reconnaître et sans desserrer son étreinte.

— Tout va b… bien… Charles… Vous faisiez un cauchemar.

Aussi rigide qu'un bloc de granit, il ne bougeait toujours pas. Et elle ne pouvait ignorer la pression de son sexe contre son ventre, qui durcissait de seconde en seconde.

— Charles ?

Il secoua la tête, tel un épagneul émergeant de l'eau.

— Qui êtes-vous ? articula-t-il d'une voix blanche, glacée d'effroi.

— Je suis Louisa Stratton. Nous sommes chez moi, à Rosemont.

— Oh… bon sang !

Il la relâcha brusquement, dégringola du lit.

Saperlipopette, cet homme était tout en muscles longs et secs, mince et, oui, magnifique, en dépit des cicatrices rougeâtres qui lui zébraient la peau. Des blessures de guerre, supposa-t-elle.

Il se pencha pour ramasser le drap et s'en couvrir. Son postérieur était vraiment… parfait. Dommage qu'elle ne puisse pas le dire à Kathleen.

— Désolé, grommela-t-il en évitant son regard.

Il retenait maladroitement le drap qui glissait sur ses hanches. Louisa aurait aimé lui dire de le lâcher et de la rejoindre au lit.

— Ne vous inquiétez pas, je sais que vous n'étiez pas vous-même. Et vous m'avez prévenue que vous aviez des nuits agitées.

— La preuve, hein ? Bien… je partirai… dès demain matin…

Louisa se redressa abruptement, oubliant que son déshabillé ne couvrait pas grand-chose de son anatomie.

— Non ! Vous ne pouvez pas faire cela ! Nous avons un plan…

Il se laissa tomber dans le fauteuil, près de la cheminée qui ne dispensait aucune chaleur. Il aurait pourtant eu bien besoin d'être réchauffé. Il tremblait de la tête aux pieds, de froid ou d'autre chose. Son regard restait rivé sur ses pieds nus, des pieds minces, nerveux, bizarrement plaisants, comme le reste de sa personne.

— Je ne voulais pas vous effrayer, dit-elle encore, mais vous appeliez et… Pourquoi ne venez-vous pas un instant dans le salon ? Nous pourrions boire un verre, cela nous ferait du bien à tous les deux.

— Je ne veux pas de votre pitié !

— Je n'éprouve aucune pitié à votre égard. C'était peut-être une ruse de votre part. Après tout, vous avez réussi à m'attirer dans votre lit alors que je vous avais interdit toute familiarité. À l'instant, vous auriez pu abuser de moi sans que je puisse me défendre.

Elle croisa les pans de son déshabillé sur sa poitrine.

Un sourire ironique incurva les lèvres de Charles.

— Je n'aurais fait qu'exercer mes droits conjugaux.

— Vous savez très bien que vous n'avez aucun droit. Venez, allons où il fait plus chaud. Votre chambre ressemble à un igloo.

Elle s'attendait presque à voir de la buée sortir de sa bouche. Comment avait-il pu jeter les couvertures par terre ?

— Je vais bien, maintenant, objecta-t-il.

— Il faut au moins ranimer ce feu. Je vais chercher le cognac.

Elle descendit du lit, un peu tremblante. Il releva la tête.

— Mme Evensong ne vous a pas parlé de mon problème ?

— Je sais que vous faites des cauchemars. Vous me l'avez dit vous-même.

— Je suis alcoolique, mademoiselle Stratton. Je bois autant et aussi souvent que j'en suis capable. J'ai promis à Mme Evensong de rester sobre le temps que durera cette mission. Aussi, si j'étais vous, je ne baladerais pas une bouteille de cognac sous mon nez. Si je commence à taper dedans, il n'y en aura pas assez dans toute la maison, et je risque de ne pas me souvenir que je suis censé être un gentleman. Et la prochaine fois que vous viendrez dans ma chambre au milieu de la nuit, il se pourrait que je vous viole vraiment.

— Oh...

Charles Cooper n'était pas du tout un sauveur de demoiselles en détresse, finalement.

— Dans ce cas, que dois-je faire ? Voulez-vous que je sonne pour demander du thé ? proposa-t-elle.

— À votre guise. C'est vous la patronne, après tout.

Il avait l'air si misérable, comme écrasé par le destin, à la lueur de l'unique bougie dont la flamme vacillait à chaque courant d'air à cause de toutes ces fenêtres mal calfeutrées. D'ailleurs il faudrait qu'elle s'occupe de régler ce problème.

Il y avait forcément quelques serviteurs encore éveillés dans la maison. Grace se targuait de pouvoir obtenir un service impeccable quelle que soit l'heure. Et s'il le fallait, Louisa se débrouillerait seule. Elle avait passé une bonne partie de son enfance solitaire dans les cuisines.

— Je vais faire du thé, décréta-t-elle. Vous, occupez-vous du feu. Ou faut-il que je m'en charge aussi ?

— Je suis encore capable de faire certaines choses, mademoiselle Stratton. Mais vous ne risquez rien. Coucher avec une femme n'en fait pas partie.

# 12

Charles ouvrit la fenêtre en grand pour s'éclaircir les idées. Leur suite était à l'étage, et s'il se jetait dans le vide, il mourrait très certainement. Perspective plutôt tentante, même si cela n'améliorerait guère la réputation de Louisa.

Il en avait assez de souffrir, assez de ces cauchemars qui le rendaient fou et racontaient un carnage dont il avait été complice.

Après avoir été blessé à l'œil, il avait été transféré dans un camp de concentration, avec pour mission d'y « mettre de l'ordre », avant une inspection des culs-bénits de la commission Fawcett. Le bruit commençait en effet à se répandre que l'armée de Kitchener se livrait à des atrocités. Le Parlement et l'opinion publique s'étaient alarmés. Charles et ses hommes étaient donc censés convaincre les visiteurs que les femmes et les enfants boers n'étaient nullement détenus dans d'ignobles conditions, comme l'avaient rapporté certains.

La réalité était bien pire. Un quart des prisonniers étaient morts durant le bref laps de temps qu'avait duré sa mission. L'hygiène la plus élémentaire n'était pas respectée. Ses propres soldats mouraient aussi – en fait, il en avait perdu davantage de maladie que sur le champ de bataille.

Charles avait eu l'impression de se débattre dans le courant d'une eau saumâtre qui charriait la mort, et où la noyade aurait été un moindre mal.

Les flots purs qui venaient lécher la falaise, au bout du domaine de Rosemont, le tentaient bien aussi. Mais il ne pouvait pas faire cela à Louisa. Quel genre d'époux se précipite dans le vide à l'aube d'une nouvelle vie ? Leur mariage avait beau n'être qu'une farce, il ne pouvait s'empêcher de vouloir la protéger dans cette fosse aux serpents dorée qu'était Rosemont.

Traînant les pieds, il alla se rasseoir. Il n'aurait pas dû rester ainsi, emberlificoté dans son drap tel un empereur romain. Louisa allait revenir avec sa maudite tasse de thé et sa commisération, et il serait obligé de se montrer civilisé. Il s'était déjà conduit comme un porc tout à l'heure en la jetant sur le lit.

À la réflexion, elle était restée étrangement calme, nue et douce sous son déshabillé de soie rose. Ils s'étaient retrouvés chair contre chair, comme de vrais époux. Par chance, il avait repris ses esprits avant que la situation dégénère vraiment. Cela dit, Louisa ne risquait pas grand-chose. Depuis son retour sur le sol britannique, il avait essayé, à deux ou trois reprises, de trouver un peu de réconfort auprès des dames – un terme tout à fait impropre, en l'occurrence. Mais chaque fois, sa queue avait refusé toute coopération. Heureusement, sa main parvenait encore à le soulager les rares moments où son esprit s'accordait à ses besoins primaires.

Au fond, qu'est-ce qui le retenait encore à la vie ? Il ne baisait plus, ne voulait plus jamais faire la guerre. À vingt-sept ans, il était fini, lessivé. Alors autant s'amuser un peu dans la peau de Maximilian Norwich.

Il venait de se lever lorsque la porte qui communiquait avec le couloir s'ouvrit dans son dos.

Bon sang, le service était impeccable dans ces vieilles maisons ! Louisa était partie depuis à peine une minute. Il se laissa retomber contre le dossier et attendit la jeune femme, sa théière et son intarissable conversation.

Ce qui suivit le prit totalement au dépourvu. Puis ce fut le noir complet.

Vingt minutes plus tard, Louisa remonta l'étroit escalier de service tant bien que mal avec son plateau.

Elle avait trouvé la cuisine déserte d'une propreté méticuleuse. Les domestiques avaient travaillé dur pour préparer le repas en son honneur, puis ils étaient allés profiter d'un repos bien mérité. Elle avait eu du mal à rallumer le fourneau et à dénicher son thé préféré, que Miriam, la cuisinière, avait rangé dans une boîte différente de celle utilisée un an plus tôt. Et elle avait ajouté une goutte de cognac dans sa propre tasse. Cela ne pouvait pas faire de mal. Si le capitaine Cooper tenait à se cramponner à ses principes, grand bien lui fasse.

Elle en avait vu des nez bulbeux, des couperoses et des bedaines, en Europe continentale. Contrairement aux idées reçues, les Français, les Autrichiens et les Italiens n'étaient pas tous séduisants. Ils avaient aussi leurs vices. Mais Charles Cooper ne ressemblait pas à un ivrogne. Il était mince, presque ascétique, ses cheveux étaient aussi courts que ceux d'un moine et il souriait rarement.

Il y avait en lui quelque chose de grave qui intriguait Louisa.

Elle ne le croyait pas du tout quand il prétendait ne porter aucun intérêt au beau sexe. Même s'il n'était pas vraiment lucide lorsqu'il s'était jeté sur elle, elle avait bien senti que sa violence irraisonnée se muait en désir.

Elle avait vu des peintures, des statues et, malheureusement, elle avait vu sir Richard. Le corps de Charles Cooper aurait eu sa place dans n'importe quel musée, où sa virilité impressionnante aurait été plus judicieuse que ces feuilles de vigne incongrues fixées entre les cuisses de ces messieurs – ne serait-ce que d'un point de vue pédagogique.

Louisa bifurqua dans le dernier coude du couloir. La porte de la chambre du capitaine était ouverte, mais aucune lumière n'en filtrait. Était-il parti à sa recherche ? Il aurait mieux fait de ranimer le feu, cet idiot. Elle avait froid maintenant dans son déshabillé, et elle mourait d'envie de boire une bonne tasse de thé.

— Me voilà, Maximilian ! lança-t-elle à voix haute, au cas où quelqu'un se serait trouvé dans les parages.

Aucune réponse. Elle franchit le seuil.

— Max ?

Un courant d'air en provenance de la fenêtre ouverte balaya la petite chambre. La bougie s'était éteinte. Le lit semblait vide. Charles était peut-être dans le salon.

Le plateau commençait à peser lourd, et Louisa décida d'aller le poser sur le lit.

C'est alors qu'elle entendit un faible raclement.

Un frisson désagréable la secoua. Elle se cogna dans le fauteuil qui n'était plus à sa place habituelle, devant la cheminée. Il faisait si sombre qu'elle eut peur de trébucher. Se souvenant des livres qui jonchaient le sol, elle contourna le siège d'un pas prudent.

— Max ?

Un grognement lui répondit. Puis son pied nu heurta un corps froid et elle étouffa un cri. Le capitaine Cooper gisait face contre terre devant l'âtre, toujours enveloppé dans sa toge improvisée.

Louisa tomba à genoux, tendit la main… et suspendit son geste. Après ce qui s'était passé tout à l'heure, elle avait peur de le toucher.

— Charles ! chuchota-t-elle.

Il n'avait pas pu s'assoupir dans cette position extraordinaire. Personne n'allait s'étendre par terre à côté d'un lit, n'est-ce pas ? Sauf si ses années d'armée l'avaient accoutumé à dormir à la dure, peut-être. Mais si les domestiques le trouvaient ainsi demain matin en venant allumer le feu, cela ferait mauvais effet.

Louisa réfléchit. Elle allait le laisser ainsi, les pieds sur le tapis, la tête sur les carreaux de terre cuite qui bordaient la cheminée, et se contenter de fermer la fenêtre. Sinon le pauvre homme se réveillerait à demi congelé au petit jour. Il attraperait la mort et il était encore trop tôt pour se débarrasser de Maximilian Norwich.

Louisa n'avait jamais vu de cadavre et n'en avait aucune envie. Tuer Max en imagination, c'était facile. Mais elle ne voulait pas qu'il arrive malheur au capitaine Cooper.

Elle se releva. Comme elle tentait de le contourner sur la pointe des pieds, une main jaillit au ras du sol et se referma sur sa cheville.

Louisa cria, perdit l'équilibre et s'affala sur le capitaine avec une absence totale de grâce. Bras et jambes emmêlés, ils se retrouvèrent nez à nez.

Le capitaine la reconnut, mais ne bougea pas d'un poil et ne lui lâcha pas la cheville.

— Enfin, capitaine, cela ne va pas recommencer. Vous ne pouvez pas…

— Taisez-vous, lui intima-t-il rudement. Êtes-vous seule ?

— Évidemment. Il a fallu que je prépare le thé moi-même. Je l'ai posé sur le lit, si vous en voulez une tasse. Si vous vouliez bien me lâcher… C'est une drôle d'habitude que vous avez de dormir par terre, comme un bouledogue. Sachez que je trouve ce comportement très désagréable.

Ils étaient si proches qu'elle vit ses lèvres frémir malgré la pénombre.

— Je comprends, très chère. Dites-moi, Louisa, m'avez-vous frappé ?

— Je vous demande pardon ?

— Oui, frappé. Avec une brique, une pelle, ou quelque chose de tout aussi « désagréable », comme vous dites. J'ai été assommé et je viens tout juste de reprendre mes esprits.

Elle se tortilla, mais il refusa de lâcher prise.

— Non, ce n'est pas moi qui vous ai frappé ! Comment pouvez-vous me soupçonner d'une chose pareille ?

— Dans le train, vous m'avez dit que Maximilian Norwich devrait mourir un jour ou l'autre, et j'ai pensé que, peut-être, vous aviez décidé de précipiter sa fin.

— Je ne compte pas vous tuer pour de bon ! s'offusqua-t-elle. Je vais tuer un homme imaginaire, cela n'a rien à voir. Et pas avec une pelle ou une brique. Maximilian aura une mort digne.

Elle n'avait pas encore choisi ces circonstances tragiques, mais avait d'ores et déjà éliminé les accidents de train, d'escalade et de jardinage. Maintenant qu'elle connaissait Charles Cooper, il lui semblait impossible que Max périsse à cause d'une malheureuse épine.

Il desserra légèrement son étreinte et soupira :

— Bon, je n'ai d'autre choix que de vous croire, il me semble.

— Bien sûr qu'il faut me croire ! Je ne mens jamais.

Le silence qui suivit était éloquent.

Certes, sans doute marquait-il un point. En définitive, cette histoire n'était rien d'autre qu'un gigantesque mensonge.

— C'est vrai ? reprit-elle. Quelqu'un vous a réellement assommé ?

— Oui. Et je crois que j'ai besoin de soins. Vous supportez la vue du sang ?

Du sang ?

Il était là, étendu par terre, à saigner ? Il faisait trop sombre, elle ne voyait rien du tout.

— Mon Dieu, levez-vous ! Enfin, si vous en êtes capable. Pouvez-vous bouger ?

— Je peux essayer, grogna-t-il. De votre côté, vous seriez bien aimable de nous trouver de la lumière.

Il lui lâcha la cheville. Louisa se remit debout. Le coffret à allumettes était tombé par terre en même temps que les livres, mais elle le repéra et s'en servit pour allumer la veilleuse posée sur la table, devant l'âtre.

La lumière éclaira la chambre.

Charles gisait toujours sur le sol. Une tache sombre maculait ses courts cheveux bruns.

— Dieu Tout-Puissant ! s'exclama-t-elle.

— Je n'ai rien contre la prière, qui est sûrement très efficace, néanmoins pour l'heure je préférerais un pansement.

Il se redressa péniblement en position assise, vacilla et se rattrapa au fauteuil.

— Oui… Oh !… bien sûr, bredouilla Louisa. Il doit y avoir de quoi soigner dans la salle de bains. Ne bougez pas.

— Je n'ai pas l'intention d'aller danser, soupira-t-il en s'adossant au fauteuil. J'ai la tête qui tourne…

— Je vais envoyer chercher le Dr Fentress.

— Non !

Charles s'était redressé dans un sursaut qui lui arracha une grimace de douleur. Plus doucement, il reprit :

— Non, pas de médecin. Ça va. Donnez-moi juste une tasse de thé.

Louisa alla remplir une tasse qu'elle lui tendit d'une main tremblante.

— Il doit être froid, maintenant, remarqua-t-elle.

— Aucune importance.

Charles en avala une longue gorgée et déglutit bruyamment. Jamais Maximilian n'aurait fait cela, quand bien même lui aurait-on cabossé le crâne à coups de pelle. Maximilian montrait de la mesure et du raffinement en toutes choses.

Sauf au lit. Dans l'intimité de la chambre à coucher, il devenait passionné, presque bestial…

— Ça fait du bien, merci, dit-il.

Comme elle le contemplait, une émotion étrange s'empara de Louisa. Son torse bronzé émergeait du drap enroulé autour de ses hanches. C'était exactement ainsi qu'elle avait imaginé Maximilian. Et elle aurait aimé en voir plus de Charles Cooper. Mais le pauvre était en train de se vider de son sang.

— Je vais chercher des bandages. Et du désinfectant.

Il hocha la tête. Louisa disparut dans la salle de bains où brûlait toujours une veilleuse en cas d'urgence nocturne. Elle monta la mèche pour augmenter la luminosité, puis entreprit de fouiller dans les tiroirs de la grosse commode.

Elle trouva des pains de savon, des éponges, des essuie-mains brodés, de la crème hydratante, des boules de coton. C'est dans le dernier tiroir qu'elle découvrit une trousse de soins contenant de la gaze, des ciseaux et des petits flacons de verre brun.

Tout était propre et neuf. Dieu merci, les domestiques pensaient à tout !

Elle remplit une bassine d'eau chaude, tira quelques carrés de flanelle des étagères posées près de la baignoire.

— Ah, Florence[1] ! soupira Charles en lui adressant un sourire en coin quand elle regagna la chambre munie de ces fournitures.

---

1. Florence Nightingale (1820-1910), célèbre infirmière, pionnière des soins modernes.

Il avait réussi à s'asseoir dans le fauteuil et se battait toujours avec le drap qui avait tendance à glisser. Une goutte de sang avait roulé dans son cou.

— Mon Dieu, c'est affreux ! s'exclama-t-elle en s'empressant de déposer la trousse sur la table. Qui a pu faire une chose pareille ?

— N'importe lequel des invités présents au dîner. Ils m'ont tous l'air plus cinglés les uns que les autres.

— Ils sont rentrés chez eux. Il n'y a plus que les membres de la famille à Rosemont.

— Qui sont encore pires, vous en conviendrez.

— Ne plaisantez pas, Charles. Quelqu'un a essayé de vous tuer !

Elle lui tamponna le crâne avec un chiffon de flanelle humide. Charles frémit.

— Me tuer, sûrement pas, rétorqua-t-il. La mort est un concept définitif. Je pense plutôt qu'on a voulu me donner un avertissement. Quelqu'un cherche à me faire quitter le château, et sans doute ce quelqu'un en a-t-il après votre argent.

L'argent. La cupidité humaine n'avait pas de limites. Louisa le savait, et cependant elle imaginait mal tante Grace s'introduisant dans la chambre de Maximilian Norwich pour lui flanquer un coup de pelle sur la tête, alors qu'elle avait rendez-vous avec lui le lendemain matin pour tenter de le soudoyer.

Sa tante n'avait pas besoin d'argent. Elle était riche, et Hugh hériterait un jour de sa fortune, il était donc lui-même bien nanti. Sans compter qu'il se trouvait à Londres. Il ne pouvait donc pas rôder dans les couloirs de Rosemont en pleine nuit.

Qui était coupable, alors ? Un domestique, qui s'en serait pris au capitaine Cooper pour le dévaliser ? Difficile à croire.

Louisa balaya la chambre du regard. Les tiroirs étaient fermés, il n'y avait pas trace de désordre, hormis les livres que Charles avait projetés à terre en se débattant dans son cauchemar.

— Aïe !

— Désolée. J'ai fini de nettoyer l'entaille. Elle est assez profonde, mais je ne pense pas que vous ayez besoin de points de suture. Ne bougez pas, cela va peut-être piquer un peu.

Louisa lui tamponna doucement le cuir chevelu à l'aide d'un morceau de coton imbibé de désinfectant. Il crispa les doigts sur les accoudoirs du fauteuil, et ce fut le seul signe que c'était en effet douloureux. Louisa termina en fixant un pansement du mieux qu'elle put sur ses cheveux.

— Vous voici comme neuf.

— Mais avec une sacrée migraine. Ça ne paie jamais de raconter des bobards. On est toujours puni à la fin.

Sa voix retrouvait un accent plus rugueux. Ses racines populaires ressurgissaient. Louisa frissonna. Elle était seule dans une chambre à peine éclairée avec un homme de basse extraction à moitié nu...

Et elle n'avait pas envie de fuir.

— Il faut fermer cette fenêtre, reprit Charles. Croyez-vous que mon agresseur se soit enfui en descendant le long de la gouttière ?

— Non, c'est beaucoup trop haut. Et d'ailleurs quand je suis remontée des cuisines, la porte de votre chambre était ouverte. Dorénavant, vous feriez mieux de vous enfermer, ajouta-t-elle en allant pousser le verrou.

— Vous ne pensez tout de même pas qu'il a l'intention de revenir tous les soirs ?

Louisa se mordit la lèvre pour ne pas rire. C'était horrible de se dire qu'elle avait amené le pauvre capitaine Cooper à Rosemont pour qu'il y soit proprement assommé chaque nuit.

— C'est plus sûr, argua-t-elle. En revenant en Angleterre, j'étais sur la défensive, je m'attendais certes à subir des attaques, mais par des langues de vipère, pas des criminels !

Le poing refermé sur le drap, Charles se leva, les jambes flageolantes.

— Merci pour le pansement.

— C'est la moindre des choses. Mais… je n'ai pas envie de vous abandonner. Il ne faut pas laisser les gens blessés à la tête sans surveillance.

Il feignit l'indignation.

— Voyons, mademoiselle Stratton, vous ne suggérez tout de même pas de passer la nuit dans mon lit ? Il n'y a pas de place pour deux.

— Je pensais plutôt vous proposer de venir dans ma chambre. Je m'installerai dans la méridienne pour vous veiller.

En dépit du voyage et de l'heure tardive, elle était sûre de ne pas trouver le sommeil. Le chaos régnait dans son esprit. Quelqu'un avait agressé le capitaine Cooper. Serait-elle la prochaine victime ? Comment se défendre ?

Elle avait passé toute son enfance à Rosemont, entre sa chambre, les cuisines et le jardin d'hiver, avant que Grace limite encore davantage sa liberté de mouvements après l'épisode avec Richard. Elle n'avait pas envie de rester cloîtrée dans le salon gris durant les trente jours à venir, même en compagnie d'un homme sublime !

— Dans votre chambre ? répéta Charles, dubitatif.

— Oui.

— Je ne crois pas que ce soit une bonne idée.

— Votre agresseur a peut-être une clé de cette pièce. Il peut revenir à tout moment et vous frapper encore. Et cette fois, vous ne vous réveillerez peut-être pas !

— Vous pensez qu'il va revenir m'achever ?

— Je… je n'en sais rien. Toute cette histoire me semble aller au-delà de la simple plaisanterie.

— Mon crâne est d'accord avec vous. Mme Evensong ne m'avait pas prévenu que ce boulot risquait d'être dangereux. Heureusement que j'ai apporté mon pistolet.

Louisa sentit ses genoux se dérober sous elle.

— Votre... pistolet ?

— Oui. C'est un réflexe chez un ancien militaire. On ne sait jamais.

Il se dirigea vers la table de chevet d'une démarche mal assurée, ouvrit le tiroir.

— Nom de Dieu ! jura-t-il. Il a disparu ! À présent nous ne devrons pas seulement nous méfier des briques et des pelles. On risque de nous tirer dessus !

# 13

Charles était profondément déstabilisé.

En dix ans, jamais il ne s'était séparé de son pistolet. C'était comme un vieil ami sur lequel il comptait le jour où il prendrait enfin son courage à deux mains pour en finir avec la vie.

Il s'agenouilla pour regarder sous le lit. Tout à l'heure, dans son cauchemar, il avait renversé la table de chevet. Peut-être le tiroir s'était-il ouvert et l'arme était-elle tombée sans que le coup parte. D'un autre côté, s'il avait reçu une balle, ses problèmes auraient été réglés et Louisa Stratton Norwich se serait retrouvée veuve comme prévu.

Mais il n'y avait rien sous le lit, pas même un flocon de poussière. On n'en trouvait pas dans une maison aussi bien tenue que Rosemont.

Charles commençait à se dire que Louisa aurait dû rester en France. Quelque chose ne tournait pas rond ici. Il était peut-être suicidaire, mais il n'aimait pas du tout l'idée que quelqu'un d'autre cherche à l'éliminer.

— Bon, d'accord, allons dans votre chambre. Mais je ne vais pas vous obliger à passer la nuit sur la méridienne. Le lit est assez grand pour deux, voire trois, si ma mémoire est bonne. Je vous promets de ne pas brutaliser les ressorts.

Il la vit rougir. Elle ne devait même pas connaître la signification de l'expression « partie à trois ». Et si elle avait été réellement sa femme, il n'aurait pas voulu la partager avec qui que ce soit, homme ou femme.

La main posée au creux de ses reins, il la guida hors de la chambre à l'atmosphère polaire. En sentant la soie de son déshabillé sous ses doigts, il ne put s'empêcher de se demander si sa peau était aussi douce en dessous. Oui, certainement, décida-t-il. Et blanche. Et pure. Même si, maintenant qu'elle n'avait plus de poudre sur le visage, il remarquait une constellation de minuscules taches de rousseur sur son nez et ses pommettes. Sans doute les avait-elle récoltées en conduisant cette maudite voiture à tombeau ouvert dans la campagne. Lui préférait de loin les chevaux.

— Vous savez monter ? s'enquit-il.

Elle tressaillit.

— Je vous demande pardon ?

Il se rappela qu'il venait juste d'évoquer la taille du lit et que ses mots pouvaient prêter à confusion. Et maintenant il l'imaginait nue, assise à califourchon sur lui, sa crinière dorée ruisselant sur ses épaules…

Dans son pantalon, son sexe anesthésié frémit.

— Je me disais juste que demain, après mon rendez-vous avec votre tante, nous pourrions faire un tour sur le domaine. À cheval, précisa-t-il.

— Ah ! Oui, bien sûr que je sais monter. Du moins, je savais. Ma tante m'a interdit toute sortie durant les dernières années que j'ai passées à Rosemont. Elle était persuadée que j'allais en profiter pour…

Elle ravala la fin de sa phrase.

— Retrouver sir Richard ? suggéra-t-il.

Ils avaient refermé derrière eux la porte de la salle de bains, puis celle du dressing, et venaient de pénétrer dans l'immense chambre.

Ici aussi, le feu avait grand besoin d'être ranimé.

— Mettez-vous sous les couvertures, je m'occupe du feu.

Il crut qu'elle allait émettre une objection, mais il l'entendit se glisser dans le lit, puis regonfler les oreillers. Il savait qu'il y avait des pyjamas rangés dans sa commode. Mme Evensong l'avait obligé à en acheter. Avant il dormait nu, ou tout habillé lorsqu'il était trop saoul. Bref, il devait retourner en chercher un dans sa chambre.

Quant à Louisa, elle aurait dû enfiler une chemise de nuit, de préférence boutonnée jusqu'au menton. Si elle demeurait étendue à côté de lui uniquement vêtue de son déshabillé, il ne répondait plus de rien. Il avait déjà entrevu une cuisse fuselée et la courbe d'un sein quand elle s'était penchée, un peu plus tôt. Et dans l'échancrure de son décolleté, sa gorge blanche appelait les baisers...

Seigneur. Son esprit l'entraînait en territoire inconnu, ou du moins dans un territoire qu'il n'avait pas exploré depuis fort longtemps. Ce coup sur la tête avait dû libérer des souvenirs remontant de l'époque où il était un homme normal – quand il pouvait voir, toucher, goûter, et qu'il n'avait grosso modo qu'une idée en tête : s'enfoncer dans un sexe féminin pour s'y répandre au plus vite.

Il s'aperçut soudain que son cache-œil aussi était resté dans l'autre chambre. Mais ici la luminosité était si faible que ses troubles de la vision le gênaient beaucoup moins qu'en plein jour. De toute façon, il dormirait bientôt, pour peu que la douleur dans son crâne s'apaise un peu.

Il n'aurait qu'à tourner le dos à Mlle Stratton, faire comme si elle n'était pas là.

Impossible.

Le feu avait pris. Il n'avait plus aucune raison de rester accroupi devant l'âtre, à remuer les braises du bout du tisonnier pour retarder l'inévitable. Il allait passer la nuit à côté de cette femme magnifique.

Avec un peu de chance, il tomberait dans le coma et ne garderait aucun souvenir de cette expérience. Et pour le réveiller au petit matin, Louisa serait obligée de lui jeter un verre d'eau à la figure. Quoiqu'un verre de whisky lui aurait fait beaucoup plus de bien, s'avoua-t-il, penaud.

D'un geste résolu, il noua le drap autour de sa taille et, semblable à un indigène africain, se dirigea vers le grand lit à baldaquin. Louisa s'était réfugiée à l'autre bout. Tout au bord. Il ne risquait pas de frôler ses courbes sensuelles dans son sommeil. De toute façon, il ne risquait pas de s'endormir, songea-t-il en s'allongeant entre les draps. Il avait l'impression que sa peau, tel un costume étriqué, était devenue trop petite pour contenir son corps, comme si chaque cellule s'était brusquement animée et mise à vibrer. La sensation n'était pas douloureuse, mais impossible à ignorer.

Pour la première fois depuis plus d'un an, il se sentait vivant. Juste au moment où quelqu'un essayait de le tuer. C'était comique. En plus on lui avait volé son pistolet. Le mieux-être qu'il avait ressenti après avoir été engagé par Mme Evensong s'était envolé. Il aurait été en droit de réclamer une augmentation. Il n'avait pas signé ce contrat pour se faire tirer dessus. Il avait eu sa dose de fusillades à la guerre, merci !

Rosemont était un endroit dangereux où ni Louisa ni lui n'étaient en sécurité. Apparemment, les langues acérées qu'elle redoutait avaient été remplacées par des objets contondants.

Sa pauvre petite fille riche… Il ressentit un élan protecteur envers elle, jeta un coup d'œil en direction de la porte du salon. Le verrou était-il poussé ? Dès que possible, il demanderait à Robertson de le conduire chez l'armurier le plus proche. Et cette fois, il ne rangerait pas son arme dans un tiroir.

Un bruit de draps froissés s'éleva près de lui. Puis un soupir. Et un autre. Charles ferma les yeux.

— Il y a une armurerie à Rosemont. Je vous ai dit que mon père possédait une collection d'armes à feu. Demain nous trouverons de quoi remplacer votre pistolet.

Lisait-elle dans les esprits ?

Il se tourna vers elle.

— S'il y a des armes à disposition ici, je me demande pourquoi on m'a volé la mienne.

— Pour vous désarmer, bien sûr. Pour vous mettre en position de vulnérabilité. Le coupable vous veut à sa merci.

— Vous savez manier une arme, m'avez-vous dit ?

Elle hocha la tête. Il la sentait tendue. Elle avait remonté le drap et les couvertures jusqu'à son menton et placé l'oreiller entre eux, un peu comme un rempart. Charles avait promis de se conduire en gentleman, et il était un homme de parole. Enfin, la plupart du temps.

— Tant mieux, reprit-il. Vous aussi, vous devriez être armée. Il faut se serrer les coudes, Louisa. Avez-vous une idée de l'identité de celui ou celle qui m'a assommé ? Je suppose que s'attaquer à moi était une façon indirecte de vous atteindre.

— Désirez-vous… démissionner ? Je ne veux pas qu'il vous arrive malheur.

— Et moi, je ne veux pas qu'il *vous* arrive malheur. Je vais donc rester à Rosemont pour m'en assurer. Vous pourrez toujours tuer ce vieux Max plus tard, quand les choses se seront arrangées. Avez-vous rédigé un testament ?

— M. Baxter n'a cessé de me le demander avant mon départ pour l'Europe, mais, non... L'idée me révulsait trop. C'était stupide de ma part, je sais bien. Nous allons tous mourir un jour, pas vrai ? Et un accident de voiture est si vite arrivé avec ces routes pleines d'ornières et de boue. Si je devais mettre mes dernières volontés par écrit, je léguerais toute ma fortune à Kathleen. Qu'elle en fasse ce que bon lui semble, elle le mérite bien. Mais pour répondre à votre question, en l'état actuel des choses, non, personne ne bénéficierait directement de ma mort.

— Sauf votre mari. Selon la loi, j'hériterais de votre fortune, même si vous mouriez intestat. Or, si l'on me tue d'abord, puis vous ensuite, c'est Grace qui héritera en tant que parente la plus proche, je présume ?

— Oh... Charles, je suis désolée de vous avoir mêlé à toute cette histoire !

Elle le fixait, une lueur d'effroi dans ses yeux sombres. C'était bien normal d'avoir peur, dans cette demeure qui ressemblait à un nid de vipères.

— Inutile de se tracasser davantage pour ce soir. Dormez. Pour ma part, je suis épuisé, déclara-t-il.

Il s'étira, bâilla à s'en décrocher la mâchoire, avant de se détourner ostensiblement.

Il y avait plein de bruits dans la chambre. Le feu qui crépitait. Le tic-tac de l'horloge. Le vent qui secouait les fenêtres. La pluie qui martelait les carreaux. Charles dressa l'oreille, guettant le moment où la respiration de Louisa s'apaiserait...

Et discerna une sorte de hoquet, suivi d'un reniflement.

Sapristi, elle pleurait.

Louisa Stratton la Téméraire avait besoin d'être réconfortée.

Oui, mais il avait promis de ne pas la toucher.

Il n'hésita que quelques secondes face à ce dilemme, avant de se tourner face à elle pour l'attirer contre lui, au milieu de l'immense lit.

Le corps secoué de sanglots, Louisa enfouit son visage trempé de larmes au creux de son épaule nue. Charles se mit à lui frotter le dos, comme s'il avait affaire à un petit animal sauvage apeuré. Il la cala contre lui, lui embrassa le front, glissa la main dans ses longs cheveux emmêlés qui lui descendaient jusqu'à la taille. Elle sentait l'eau de Cologne à la violette et le savon, un parfum frais, doux et propre.

Ils auraient dû prendre une tasse de thé en bavardant devant le feu, plutôt que de sauter tout de suite dans le lit. À présent, le thé devait être froid. Et Charles se retrouvait avec une femme en pleurs dans les bras.

Il sentait le goût de ses larmes sur ses lèvres, et son propre corps, engourdi – mort – depuis si longtemps, était en train de se réveiller.

— Pardonnez-moi, balbutia-t-elle. Je ne sais pas ce qui m'a pris. D'ordinaire je ne suis pas du genre à pleurnicher.

— Chut. Le concept de mortalité rend fous les philosophes et les prêtres eux-mêmes. Je vais vous tenir dans mes bras jusqu'à ce que vous vous endormiez.

Elle battit des paupières. Ses grands yeux frangés de longs cils évoquaient ceux d'un faon. Mais Louisa Stratton n'était pas une faible créature sans défense. C'était une héritière excentrique qui n'en faisait qu'à sa tête.

Sauf que ça, c'était avant son retour à Rosemont. Depuis, Charles avait vu son entrain et sa vitalité la quitter lentement mais sûrement.

— C'est moi qui suis censée vous veiller, remarqua-t-elle en fronçant les sourcils.

— Nous allons nous veiller l'un l'autre, objecta-t-il en cueillant de son pouce une larme sur sa joue.

— Comme un vrai couple, chuchota-t-elle.

— Presque.

Il n'allait pas l'effrayer davantage avec ce qu'il avait envie de faire avec elle, comme un vrai mari. Elle le regardait d'un air si confiant que son cœur se serra. Elle n'aurait pas dû se fier à lui, elle n'avait pas la moindre idée de ce dont il était capable.

Mais il n'allait pas profiter de sa faiblesse, ni de celle d'aucune autre femme. Il l'avait fait jadis, et depuis il se haïssait. Au bout du compte, il n'avait pas rendu service à Marja, et elle était morte, comme les autres.

— M… merci, bredouilla-t-elle, avant de saisir un coin du drap pour lui essuyer l'épaule, humide de ses larmes. Pardonnez-moi, je…

— Croyez-moi, j'ai enduré bien pire.

Louisa se nicha plus confortablement entre ses bras. Il se figura qu'elle imprimait sur sa peau les motifs floraux de son déshabillé. Il s'interdit de baisser les yeux sur la chair laiteuse de son décolleté, ni même sur la main menue qu'elle avait innocemment posée sur son torse. Ses mains étaient agiles, il s'en souvenait. Elle les faisait voleter quand elle parlait, était capable d'allumer un fourneau, de tirer au pistolet, de conduire une voiture…

Et de rendre fou un homme rien qu'en l'effleurant.

Il ne pouvait s'en prendre qu'à lui-même s'il vivait ce calvaire. Il aurait mieux valu qu'il retourne dans sa chambre en attendant d'être matraqué par un maniaque.

— Charles ?

— Oui ?

— C'est très agréable, vous ne trouvez pas ?

Non, pas du tout, c'était un supplice !

Il émit un grognement évasif qu'elle pouvait interpréter à sa guise. Il aurait dû faire semblant de dormir, se mettre à ronfler, pour qu'elle cesse de lui parler. Elle n'avait pas l'air décidée à se taire.

— C'est la première fois que je couche avec un homme. Je veux dire... dans un lit, précisa-t-elle en hâte, comme s'il avait encore nourri des illusions sur sa virginité. C'est ridicule, n'est-ce pas ? J'ai vingt-six ans, et ma réputation est ruinée de toute façon. Du moins, c'est ce que dit ma tante. Rien ne pourra me rendre mon honneur, n'est-ce pas ?

Charles n'avait pas de réponse à lui proposer. Sa gorge était parcheminée et sa langue semblait collée à son palais.

— Ça n'a pas de sens, dans ces conditions, d'éviter toute intimité avec un homme. Je suis une femme libre. Pourquoi devrais-je me contraindre à respecter des règles sociales si sévères faites pour les oies blanches ? Et d'ailleurs, pourquoi ces règles diffèrent-elles pour les jars ? Pourquoi les hommes sont-ils les seuls à avoir le droit de s'amuser ? Bon, selon mon expérience les hommes sont plutôt décevants. À commencer par l'odieux sir Richard. Il y a bien le saphisme, mais je n'arrive pas à me convaincre.

Charles s'étrangla. Elle jacassait encore. Certes, elle avait subi un choc, mais c'est quand même lui qui aurait été en droit de tenir un discours incohérent, après avoir pris un coup sur la calebasse.

— Vous n'êtes pas d'humeur à m'embrasser, je suppose ? hasarda-t-elle. Je n'ai pas du tout sommeil, moi.

— Vous... vous embrasser ?

— Oui, comme au dîner. Je ne vous demande pas de jouer les gigolos. Cela n'ira pas plus loin qu'un baiser. Enfin, c'est à vous de voir. En même temps, puisque quelqu'un essaie de nous tuer, nous devrions profiter au maximum de l'instant présent, vous ne pensez pas ? *Carpe diem.*

Était-elle vraiment en train de suggérer... Non, ce coup sur la tête avait dû lui embrouiller les idées. Cette fois, il en avait assez. Il desserra son étreinte, s'écarta.

— Le problème, c'est que je suis une brute, et que je ne serai sans doute pas capable de m'arrêter à temps. Je ne vaux pas mieux que sir Richard, voyez-vous. En fait, je suis pire.

— Vous avez dit que je ne risquais rien avec vous.

Le regard qu'elle leva sur lui signifiait clairement qu'elle n'avait aucune envie qu'il la laisse tranquille.

— J'ai menti, bon sang.

La preuve, il était dur comme le roc.

— Ce n'est pas grave. Cela ne me dérangerait pas, vous comprenez, si vous... si nous... enfin, vous voyez ce que je veux dire.

— Non, bon sang de bois, je ne vois pas !

— Si nous nous comportions comme mari et femme. Juste pour cette nuit. Qui sait ce que nous réserve l'avenir ? Nous allons peut-être être assassinés dans notre sommeil.

Elle afficha un sourire radieux, comme si la perspective d'une mort imminente la ravissait.

— On devrait vous enfermer, soupira-t-il.

— Je l'ai été. Pendant des années. Cela n'a pas été vraiment efficace. Mon cas est désespéré. Et il va de soi que si vous vous acquittez de ce petit extra, vous recevrez une compensation financière.

Bouche bée, Charles bégaya :

— Vous... voulez me payer pour vous... vous baiser ?

— Ne soyez pas grossier, s'il vous plaît. Maximilian ne prononcerait jamais un mot pareil.

— Je ne suis pas Maximilian. Maximilian n'existe pas ! Seigneur, votre tante avait raison de vouloir vous enfermer. Vous êtes folle !

Louisa lui enfonça l'index dans la poitrine.

— Vous n'allez pas vous ranger de son côté ! Non, je ne suis pas folle. Juste curieuse. Vous êtes disponible, je suis là, et nous avons tous deux besoin de réconfort. La journée a été rude, admettez-le. Je ne vous demande rien d'extraordinaire, juste… les principes de base.

Charles se redressa et se cogna l'épaule dans la tête de lit.

— Vous ne savez pas de quoi vous parlez. Vous êtes sûre de ne pas avoir reçu un coup sur la tête, vous aussi ?

— Je sais très bien de quoi je parle. Ce qui m'étonne, c'est que je n'y aie pas pensé plus tôt. Cela dit, je n'ai rencontré personne avant vous qui me donne envie d'entretenir une liaison. Vous êtes très séduisant, vous savez. Et suffisamment réservé. Je n'ai pas l'impression que vous exigerez quelque chose que je ne pourrai pas vous donner. Mes soupirants étaient si collants ! Vous, vous n'avez pas l'air impressionné par ma fortune.

— Croyez-moi, votre argent m'intéresse, sinon je n'aurais jamais accepté de tremper dans cette histoire de dingues ! N'allez pas me prêter de nobles sentiments, j'en suis totalement dépourvu.

— Menteur. Je suis certaine que vous êtes quelqu'un d'honorable. Le fait même que nous ayons cette discussion prouve que vous êtes exactement celui qu'il me faut pour une aventure. Maintenant, assez parlé, ajouta-t-elle en se hissant sur le coude. Embrassez-moi, s'il vous plaît.

Elle ferma ses grands yeux noisette et lui offrit ses lèvres.

Le diable emporte cette femme ! Quel argument pouvait-il opposer à cette logique imparable ? Il n'était qu'un homme, pas un saint.

Au demeurant, il était plutôt soulagé de constater qu'il subsistait un semblant de virilité en lui. Alors très bien, il allait l'embrasser. Et cela n'irait pas plus loin.

Comme elle l'avait dit : *carpe diem.*

# 14

Louisa songea qu'elle devait ressembler à un mérou avec cette moue ridicule. Elle entrouvrit légèrement les lèvres dans l'espoir de paraître un peu plus désirable, entrouvrit aussi les yeux. Zut, elle manquait vraiment de pratique.

Elle ne savait pas au juste pourquoi tout à coup elle avait entrepris de séduire le capitaine Cooper. Au cours de l'année écoulée, elle avait été très sélective en matière de fréquentations, écartant impitoyablement tous les coureurs de dots et Casanova de bas étage rencontrés en Europe continentale.

Un baiser, ce n'était pas bien méchant, mais elle n'avait permis à personne de prendre des privautés avec elle. Même après toutes ces années, elle n'avait pas oublié la brutalité égoïste de sir Richard, et elle n'était pas près de réitérer une telle erreur. Elle était indifférente à la passion physique, invulnérable, telle une déesse caparaçonnée ayant endossé un peu tardivement sa ceinture de chasteté.

Mais Charles Cooper possédait un je-ne-sais-quoi – les réticences qu'il lui opposait ? son sourire en coin ? – qui était parvenu à percer son armure, l'atteignant droit au cœur. Elle percevait entre eux un lien dont elle n'avait encore jamais fait l'expérience.

Il se prétendait alcoolique. Affirmait faire tout cela pour l'argent. Depuis le début, il ne cessait de se dénigrer. Par excès de franchise, somme toute. Oui, c'était l'homme idéal pour le rôle d'amant.

Si Louisa sondait son cœur en toute sincérité – ce à quoi elle répugnait ces temps-ci –, elle devait avouer qu'elle était terrifiée à l'idée de commettre à nouveau l'erreur de tomber amoureuse.

Elle n'avait que dix-sept ans quand elle avait cédé à l'insistance de sir Richard. À cet âge, on ne sait rien des sentiments durables, rien de l'amour. Son jugement était faussé. Elle avait cru que sir Richard l'épouserait !

À cette époque, un espoir tumultueux, presque sauvage bouillonnait en elle, si bien qu'elle n'avait pas accordé une seule pensée aux beaux principes inculqués par sa tante. Et, aussi négligemment qu'on lance une paire de bas dans la corbeille à linge, elle s'était débarrassée de sa virginité.

Perdant tout bon sens dans la foulée.

Le désir n'était pas l'amour. Elle le savait à présent. Aujourd'hui, en cet instant même, le désir lui semblait être un cordial délicieux, il faisait ronronner son corps tel un moteur bien entretenu.

Charles Cooper était si séduisant ! Contrairement aux oisifs qu'elle avait rencontrés outre-Manche, il avait fait quelque chose d'utile de sa vie. De toute évidence, il n'avait pas envie de franchir les limites fixées, mais… il était temps de redessiner les frontières.

Il ne la déçut pas. Il l'enlaça de nouveau, la contempla un moment de ses yeux bleus qui étincelaient à la lueur des flammes. Puis il prit le contrôle de son corps. Il plongea une main dans ses cheveux, tandis que l'autre retroussait son déshabillé.

Louisa était subjuguée, elle était exactement là où elle souhaitait être. La bouche ferme et tiède de Charles couvrit la sienne dans un baiser parfait, ni trop hésitant ni trop pressant, exigeant et cependant plein de retenue. Elle devinait qu'elle aurait pu se dégager à tout moment, mais elle n'en avait aucune envie.

Elle s'abandonna contre son torse solide. Elle avait beau se comporter de manière scandaleuse, elle n'éprouvait aucune honte. C'était la première fois qu'elle désirait un homme de son âge. Elle avait envie de se fondre en lui, de se l'approprier.

Doucement, sa langue joua avec la sienne, jusqu'à ce qu'elle ose répondre à son baiser. Ils étaient maintenant à égalité. N'était-ce pas merveilleux, ce jeu de partage ? Ils seraient tous deux gagnants.

Les sensations déferlaient en elle, depuis le cuir chevelu jusqu'aux orteils. Elle avait tour à tour froid et chaud, le bout de ses seins se dressait sous les doigts de Charles qui avaient réussi à trouver leur chemin sous la soie de son peignoir.

Son contact était… électrisant. Ses seins se gonflaient presque douloureusement. Elle ne leur avait jamais prêté attention auparavant, et voilà que, tout à coup, il lui semblait crucial que la bouche de Charles vienne en cueillir la pointe.

Mais pour cela, il allait devoir cesser de l'embrasser, et elle n'était pas prête à interrompre ce baiser grisant. Son corps devrait patienter avant d'être honoré à son tour.

Ils avaient toute la nuit devant eux. Le reste de leur vie.

Elle retint son souffle. D'où lui venait une pensée si farfelue ? Elle n'allait pas se mettre une fois de plus en position de vulnérabilité. Ici, il n'était question que de désir. Tout le monde finissait par y succomber un jour ou l'autre. Son heure était venue, voilà tout.

S'il laissait courir ses mains sur son corps, elle aussi avait le droit de le faire. Charles avait des épaules larges, des joues râpeuses. Le drap qui lui ceignait les hanches était noué de manière inextricable, mais elle finit par découvrir une ouverture et inséra la main…

Son sexe tressaillit sous ses doigts. Seigneur ! Il était énorme. Brûlant. Et, dans l'immédiat, il lui appartenait.

Leur baiser se fit plus ardent.

Une heure plus tôt, Louisa était en train de se caresser dans le secret de son lit. Maintenant, avec un peu de chance, c'était Charles qui allait lui donner du plaisir. Elle le supplia mentalement de lui rendre la pareille, et comme s'il l'avait entendue, il immisça la main entre les pans de son déshabillé.

Ses doigts coururent sur son ventre, en direction du buisson de boucles au creux de ses cuisses, puis s'insinuèrent entre les replis de sa féminité.

Sous sa bouche, Louisa laissa échapper un cri étouffé, mélange de surprise et de gratitude. Elle baignait dans une onde de plaisir chaud et humide. Charles semblait savoir exactement où et comment la toucher. Elle-même enserrait de ses doigts gauches sa virilité aussi douce que du velours. Elle ne devait pas être aussi habile que lui, mais avec un peu de chance il prendrait sa maladresse pour de l'enthousiasme. Ce n'était pas facile de se concentrer alors qu'il la caressait à l'endroit le plus sensible de son corps. En tout cas, il ne se plaignait pas de sa technique, aussi s'efforça-t-elle de demeurer constante dans le rythme et le degré d'intensité.

Cela fonctionnait. Le baiser perdit de sa vigueur et Charles poussa une exclamation étouffée contre sa gorge. Louisa frissonna, lui mordilla l'épaule, déposa une pluie de baisers là où elle le pouvait. Il la tenait par la nuque et elle se demandait quand il allait se décider à la renverser sur le matelas quand soudain un liquide tiède gicla dans sa paume…

Surprise, elle sentit qu'il la repoussait. Sa main magique quitta son entrecuisse, la privant de son plaisir.

La mine consternée, il haleta :

— Seigneur ! Je suis désolé… je me comporte comme un gamin. C'était… impardonnable.

Il essuya la main de Louisa à l'aide du drap toujours entortillé autour de sa taille.

— Ce qui est impardonnable, c'est que je n'ai pas atteint l'extase comme vous, répliqua-t-elle.

Il la dévisagea d'un air interdit, puis éclata de rire.

— Vous avez l'air si guindé, alors que vous êtes en train de me demander de terminer le boulot ! Donnez-moi une seconde pour reprendre mes esprits, s'il vous plaît.

Louisa jugea sa réaction très bizarre.

— Ce n'est pas grave, je vais finir seule, décréta-t-elle.

— Quoi ? Sûrement pas ! Louisa, je vais devenir fou si vous m'obligez à regarder ça. Désolé, répéta-t-il, cela faisait très longtemps que je n'avais pas… partagé la couche d'une femme. Je vous l'ai dit, je me croyais impuissant. Mais cette nuit, pas une fois je n'ai repensé à…

Il s'interrompit et son sourire s'effaça.

— À quoi ? Ou devrais-je dire « à qui » ? Qui est cet amour perdu qui vous a fait oublier toutes les autres femmes ? demanda-t-elle en resserrant les pans de son peignoir.

— Ce n'est pas ça…

Il fit glisser ses jambes sur le côté du lit, s'assit au bord. Louisa repéra plusieurs petites cicatrices éparpillées dans son dos. Des éclats d'obus, probablement. Pauvre Charles.

— Que s'est-il passé, alors ? insista-t-elle.

— Nous devrions dormir. Je vais retourner dans ma chambre et prier pour que quelqu'un me sauve de la honte à coups de pelle ou de brique, peu importe. Le plus pratique fera l'affaire.

— Vous allez renier votre parole ?

Il lui jeta un regard par-dessus son épaule.

— De quoi parlez-vous ?

— Vous disiez que vous alliez « terminer le boulot ». J'attends. Ce n'est pas juste, ce qui s'est passé. Pour moi aussi, cela fait très longtemps.

Il garda le silence un long moment, si bien qu'elle finit par se demander s'il n'avait pas perdu l'usage de sa langue.

Enfin, il soupira :

— Vous êtes décidément une jeune femme peu commune, Louisa Stratton. Malheur à celui qui vous sous-estime.

— Merci, je prends cela comme un compliment. Les autres me traitent de tête brûlée.

— Ce n'est pas faux non plus. Allongez-vous et mettez-vous à l'aise. Je vais gagner mon dû.

— Ce n'est plus une histoire d'argent entre nous. Nous avons dépassé cela, non ? objecta-t-elle avec une pointe d'irritation.

— Si, nous sommes bien au-delà, acquiesça-t-il en s'étendant à côté d'elle. Vous êtes adorable quand vous êtes en colère.

— Je ne suis pas en colère, je suis frustrée. Le Dr Freud estime que…

— Qu'il aille se faire pendre, lui et tous les charlatans de son acabit.

Il se pencha pour lui embrasser le bout du nez, ce qui la fit loucher un instant. Puis il releva la tête, mais son visage demeura tout proche du sien, et elle sentit son haleine sur sa joue.

— Voulez-vous dénouer la ceinture de votre déshabillé ?

— Si vous dénouez ce drap.

— Comme vous voudrez.

Il donna une secousse sur le tissu. Le drap glissa. Sa virilité était au repos, nichée au centre d'un lit de boucles sombres, et cependant d'une taille encore imposante. C'était fascinant. La nature l'avait bien mieux pourvu que sir Richard.

Elle n'aurait pas dû penser à ce sale type en un tel moment. Même si Charles songeait à son amour perdu.

— À votre tour, dit-il.

Louise se débattit avec son déshabillé et Charles dut lui venir en aide. Les pans de soie s'écartèrent enfin.

— Vous êtes belle. Bien trop belle pour un homme comme moi.

— Ne dites pas de bêtises, marmonna Louisa, mal à l'aise sous l'intensité de son regard.

— Je suis sincère. Votre taille est si fine ! Comment est-ce possible ?

— À force de porter des corsets de plus en plus serrés depuis l'adolescence. C'est ma tante qui m'y obligeait. Parfois, j'étais incapable d'avaler la moindre bouchée.

Il fit glisser son doigt de son plexus solaire à son nombril.

— C'est de la torture, littéralement.

— En effet. Mais aujourd'hui mon corps est conforme aux diktats de la mode, alors j'imagine que je devrais en être reconnaissante à tante Grace.

Une pensée lui traversa l'esprit. Qu'arriverait-il si elle tombait enceinte un jour ? C'était certes peu probable. Il lui faudrait trouver un mari au préalable, or elle n'en cherchait pas.

Et Charles Cooper, avait-il été marié ? Était-ce un veuf rongé de mélancolie, qui s'en était allé à la guerre pour oublier son chagrin ?

— Parlez-moi de cette femme, murmura-t-elle.

— Non. Pas maintenant. Ce n'est pas le moment.

Il inclina la tête, posa la bouche sur le renflement de sa hanche, puis la fit descendre, laissant dans son sillage une sensation légère et pétillante, comme s'il l'avait chatouillée avec une plume. Il se rapprochait dangereusement de...

— Que... que faites-vous ?

— Je vous donne du plaisir, bien sûr. Personne ne vous a jamais goûtée ?

— Me goûter ? Je ne suis pas comestible !

— Détrompez-vous. Le nectar des dieux se cache juste là.

Puis sa langue – *sa langue !* – s'insinua entre les pétales de son sexe et Louisa poussa un cri.

— Chut ! Vous allez réveiller toute la maisonnée. Je ne vous fais pas mal, au moins ?

Oh, le gredin ! Ce petit sourire arrogant indiquait qu'il savait pertinemment l'effet qu'il lui faisait.

Dieu qu'elle était bête. Elle aurait dû se douter que les hommes pouvaient aussi aimer les femmes de cette manière. Était-il possible de se rendre service... mutuellement ? Ce devait être merveilleux, mais... comment s'y prenait-on ?

Elle lui poserait la question dès qu'il aurait fini, parce qu'elle ne pouvait décemment pas l'interroger maintenant.

Sa bouche lui faisait des choses divines – il la léchait, la suçotait, la mordillait – et ses doigts n'étaient pas en reste. Et il faisait des tas d'autres choses encore pour lesquelles Louisa ne connaissait pas de verbe.

Une pression sur l'os du pubis, un coup de langue, et elle explosa, jambes écartées, le dos arqué, emportée par une extase indescriptible et libératrice.

Pourtant il ne s'arrêta pas là et poursuivit ses attentions expertes, jusqu'à ce que, par deux fois encore, elle succombe à la vague du plaisir.

— Un nectar, répéta-t-il en se redressant enfin. Jugez vous-même.

Il captura sa bouche en un baiser gourmand. Un frisson torride la secoua sous l'effet de l'excitation qu'il provoquait en elle. Ce n'était sûrement pas convenable, tout cela. Mais depuis quand se souciait-elle des convenances ?

Elle l'embrassa à son tour. Charles Cooper était un démon. Et durant les prochains jours, il serait son démon attitré.

Elle tendit la main vers sa virilité, enchantée de constater qu'il avait retrouvé toute sa vigueur. Ses caresses prodigieuses ne lui suffisaient pas. Elle voulait tout, une empoignade musclée, les halètements, la sueur. Tout ce qu'il était capable de lui donner.

Peut-être n'auraient-ils que cette nuit, car quelqu'un leur voulait du mal, visiblement. Elle aurait dû le libérer de ses engagements, le renvoyer loin de Rosemont pour affronter seule le danger. Maximilian Norwich pouvait très bien être appelé ailleurs par une affaire urgente. Ou ils étaient susceptibles de se quereller, comme tout jeune couple. Et Charles serait hors de danger.

Mais pas ce soir. Elle était trop égoïste. Elle voulait coûte que coûte effacer ces souvenirs qui flottaient dans le regard de Charles et lui donnaient l'air si désespéré ; faire fuir les fantômes qui le hantaient.

Elle interrompit leur baiser pour chuchoter :

— Faites-moi l'amour. S'il vous plaît !

Sa virilité tressaillit sous ses doigts et son regard embrumé de désir la transperça.

— Vous en voulez encore ? demanda-t-il d'une voix rauque.

— Je suis insatiable, maintenant. Vous m'avez pervertie.

— Tant mieux.

Et il entreprit de la pervertir davantage encore.

# 15

C'était de la folie pure. Charles était aussi excité que la démente qu'il tenait dans ses bras. Quelqu'un allait devoir se ressaisir, mais il craignait fort que ce ne soit pas lui.

Louisa Stratton était sa patronne, mais ce détail ne calmait en rien les émotions qui l'assaillaient. Il la désirait. Pour la première fois depuis des mois, il désirait une femme. Mais… si Marja s'interposait entre eux ? Si son âme surgissait d'outre-tombe pour aiguillonner sa culpabilité ?

Non. Pas maintenant. Il ne devait penser à rien d'autre que Louisa. Son goût, la douceur de sa peau, son parfum qui l'enivraient. Il y aurait sans doute des conséquences, mais pour une nuit, une nuit seulement, il allait feindre d'être normal, feindre d'être Maximilian Norwich honorant sa jolie héritière, comme l'y autorisait pleinement leur union bénie par Dieu. Aucune morale ne réprouvait qu'il possède son petit corps offert, palpitant et humide pour les mener tous deux à la félicité suprême.

Louisa s'ouvrit pour le recevoir et il s'enfonça en elle, soulagé que le problème de sa virginité soit résolu depuis longtemps. Cela ne l'empêchait pas de regretter qu'elle ait offert sa vertu à un homme qui n'en était pas digne. Elle avait raison : les femmes méritaient autant que les hommes d'avoir du plaisir. Sans soutenir la cause des suffragettes, il ne voyait pas pourquoi la moitié de la population se serait vu refuser le réconfort voluptueux que Dieu avait accordé aux humains. La vie était courte pour tout le monde, et souvent brutale. C'était presque un devoir de jouir de chaque instant passé sur terre.

Bien sûr, il ne voulait pas l'engrosser. Le moment venu, il n'oublierait pas de se retirer. Mais avant, il allait savourer chaque seconde passée dans sa chair accueillante, et chaque soupir qui s'échapperait de ses lèvres. Il se hissa au-dessus d'elle, sûr de lui et de sa légitimité. Oui, maintenant leur plaisir serait mutuel. Arc-bouté, il pressa sa verge dure contre son clitoris, puis entama un mouvement circulaire du bassin, s'enfonçant au plus profond.

Écartelée, le souffle coupé, elle tendit la bouche pour réclamer un baiser. Il captura ses lèvres, se servit de sa langue comme d'une arme victorieuse, et Louisa explosa de nouveau, le corps agité de spasmes incoercibles. Elle jouissait comme elle conduisait : sans rien contrôler. Et s'il n'y prenait garde, il allait faire de même.

Au dernier moment, il s'écarta et répandit sa semence sur la plaine blanche de son ventre. Bien que sa jouissance fût intense, il émit un grognement de frustration. Il aurait tant aimé jouir en elle, la faire sienne jusqu'au bout, la marquer de son empreinte, à l'intérieur comme à l'extérieur. Dans un réflexe primitif, il la mordit juste au-dessus de la clavicule, puis, comme elle poussait un petit cri, il lécha doucement la peau là où il venait de planter les dents.

La honte le submergea. Il l'avait mordue. Tremblante, les yeux écarquillés, elle le regardait fixement.

Enfin elle le voyait tel qu'il était : un animal, un monstre qui profitait de plus faible que lui. Il pourrait la briser en deux comme une brindille, la tenir par sa taille minuscule et, d'un seul coup, lui ôter la vie.

Ce n'aurait pas été la première fois qu'il tuait.

Il ferma les yeux, incapable d'affronter les reproches qu'il était sûr de lire dans son regard, roula sur le côté. Plus jamais il ne poserait la main sur elle.

Sa voix, aussi apaisante qu'un baume – qui se serait douté que l'instant d'avant elle feulait comme un chat sauvage ? –, brisa le silence :

— Charles ? Qu'y a-t-il ?

— Je… j'ai honte. Je vous ai profanée. Je partirai dès demain matin.

Avec un calme étrange, Louisa attrapa le drap et le remonta sur sa poitrine.

— Vous rejetez mon amitié ?

La bouche de Charles se tordit.

— Votre amitié ? C'est ainsi que les débutantes sans cervelle appellent ce que nous venons de faire ? Pardonnez-moi, mademoiselle Stratton, moi j'appelle ça une bonne bourre ! On s'est grattés là où ça démangeait, mais ce n'est pas une raison pour répéter l'erreur.

Il avait mal au crâne. Elle avait l'air si innocente au milieu des draps froissés et des oreillers éparpillés. Si fraîche. L'antithèse des démons qui l'assaillaient.

— Quelles sottises me racontez-vous là ? s'exclama-t-elle. Dites-moi plutôt ce qui ne va pas.

Rien n'allait. Sauf une chose : Louisa Stratton existait. C'était déjà cela.

— Tout va bien. Et tout va mal. Je devrais vous remercier pour cette nuit, je suppose. Je m'étais vraiment résigné à ne plus jamais faire l'amour.

— Pourquoi ? Vous n'êtes pas attiré par les hommes, n'est-ce pas ?

Il ne put s'empêcher de rire en dépit de sa confusion.

— Doux Jésus, non ! Je ne suis pas coupable de ça.

— Mais de quoi l'êtes-vous, alors ?

Elle était aussi têtue qu'un terrier lancé à la poursuite d'un rat. Lui, en l'occurrence. Elle voulait en savoir plus sur l'homme qu'elle payait pour la débaucher, mais elle allait le regretter.

Il n'avait jamais évoqué ce qui s'était passé là-bas, ni avec ses amis, ni avec ses médecins, ni avec sa famille. Tout était consigné dans son journal intime, actuellement enfoui sous une pile de caleçons neufs, dans le tiroir supérieur de la commode. Peut-être aurait-il mieux valu aller le chercher, histoire que Louisa en lise un passage ou deux. Il verrait alors sur son visage la curiosité se muer en dégoût, puis en horreur. Elle comprendrait pourquoi il n'avait d'autre choix que de partir, et pourquoi Charles Cooper, comme Maximilian Norwich, devait quitter ce bas monde.

Oui, il allait tout lui raconter, et puis il s'en irait. Ou bien elle le jetterait dehors elle-même.

— J'ai connu une femme, commença-t-il. Une jeune fille, plutôt. Dans le camp de concentration que j'aidais à gérer. Avez-vous entendu parler de la commission Fawcett ?

La mine grave, Louisa acquiesça.

— Vous n'imaginez pas dans quelles conditions atroces ces femmes et ces enfants étaient détenus avant que les autorités civiles n'en aient vent. C'était vraiment l'enfer sur terre. En temps de guerre, les militaires sont capables du pire. L'honneur de l'armée n'existe plus.

— Cette jeune fille… vous l'aimiez ?

Charles secoua la tête. Il ne connaissait même pas Marja.

— Elle était mourante. Et elle ne voulait pas partir vierge.

— Oh, Charles !…

Elle tendit la main pour le toucher, mais il se déroba.

— Je l'ai baisée, Louisa. Enfin, pas baisée… Elle était trop affaiblie et j'avais trop peur de me faire surprendre. Nous n'avons pas fait de bruit. Nous étions silencieux comme la mort. J'étais coupable de coalition avec l'ennemi, vous comprenez. Une fille qui était en outre sous ma garde. Je suis en dessous de tout. Je n'ai rien fait pour changer ce que j'ai découvert dans ce camp.

— Qu'auriez-vous pu faire, Charles ? Vous ne pouviez pas vous dresser contre votre hiérarchie.

— Ce n'est pas une excuse. J'aurais dû me tuer plutôt que d'accepter de participer à ce carnage. Mais non, j'ai préféré la tuer.

— C'est faux !

— Non, c'est la vérité ! Ou du moins, c'est tout comme. Elle est morte juste après notre étreinte furtive. Son cœur a lâché. Elle était si minuscule… elle n'avait que la peau sur les os… Et pourtant elle était plus forte que moi.

Marja avait dû être très jolie. C'était la fille d'un riche fermier boer et elle avait reçu une bonne éducation. Elle parlait l'anglais bien mieux que la plupart des soldats que commandait Charles.

Dix jours à peine après son arrivée, elle avait tenté d'attirer son attention, avec ses yeux d'un bleu aussi pur que celui du ciel africain et ses cheveux blonds rasés qui repoussaient en touffes hirsutes sur son crâne. Son regard avait transpercé l'âme de Charles. Marja avait été déplacée de camp en camp, elle y avait vu mourir sa mère et ses sœurs, l'une après l'autre. Et quand elle l'avait soumis à cette terrible tentation, il avait su qu'elle les vouait tous deux à la damnation.

— Je ne peux effacer de ma mémoire son expression au moment de sa mort. Elle semblait presque… heureuse. Heureuse d'échapper enfin à la maladie et à la souillure. Je l'ai enviée.

Il se passa la main dans les cheveux et ses doigts frôlèrent le pansement qu'il avait oublié.

Louisa fixait le feu en silence. Dans la semi-pénombre, son profil délicat évoquait un camée italien.

— Personne n'a su ce qui s'était passé. J'ai effacé toutes les traces de mon forfait. C'était juste une mort de plus dans le camp. Mais moi, je savais. J'ai... j'ai parlé à mes supérieurs, dit des choses qu'ils n'avaient pas envie d'entendre. Ils m'ont transféré à l'hôpital, puis on m'a renvoyé en Angleterre. Je ne pouvais plus rester dans l'armée, j'ai donné ma démission.

Son amertume enflait, prenait de plus en plus de place, telle une créature malfaisante capable de souiller tout ce qu'il touchait. Comment avait-il osé s'étendre dans le lit de Louisa Stratton ?

Sa respiration se fit sifflante.

— Vous voyez, la célèbre Mme Evensong a commis une erreur en m'engageant. Et vous en avez commis une pire encore en couchant avec moi. Je n'ai aucune excuse pour ce que j'ai fait. Pour ce que je suis.

— Je suis bien d'accord !

Elle avait répliqué d'une voix coupante, dépourvue de cette chaleur dont elle avait fait preuve à son égard auparavant. Il l'avait bien mérité.

— Vous êtes vraiment l'homme le plus stupide de la terre ! Vous avez rendu service à cette pauvre fille, au risque de saborder votre carrière, et aujourd'hui vous vous frappez la poitrine en criant mea culpa. La guerre est affreuse, Charles. Tout le monde sait cela, même les « débutantes sans cervelle » ! Je lis la presse et je n'ignore pas que les journaux ne disent pas toute la vérité. Cette guerre, c'est ce dont vous parlez dans le carnet que vous cachiez sous le plancher, à la pension de famille ?

Charles ouvrit stupidement la bouche. Cette fille n'était peut-être pas si sotte, après tout.

— Je vois à votre mine que j'ai raison, reprit-elle. Faites attention, la prochaine fois que vous jouerez aux cartes à Monte-Carlo, monsieur Norwich, vos expressions vous trahissent. Vous devriez publier ce carnet, afin que plus jamais de telles exactions ne soient commises, ajouta-t-elle en glissant le bras dans la manche de son déshabillé, qu'elle avait récupéré. Il y aura toujours des guerres. Les hommes y veillent, non ? Et les femmes n'ont pas leur mot à dire, elles ont seulement le droit de pleurer sur les corps sans vie de leurs époux et de leurs enfants chéris.

— Louisa…

Elle leva la main pour le réduire au silence.

— Je ne veux plus vous entendre, sauf si c'est pour me dire que vous avez changé d'avis et que vous allez rester à Rosemont. Si vous vous défilez, si vous refusez d'assumer votre mission jusqu'au bout, autant partir sans attendre. Je parlerai à tante Grace de l'agression dont vous avez été victime. Les gens comprendront que vous n'ayez pas voulu vous attarder dans les parages.

— Vous me prenez pour un couard !

— Maximilian est peut-être lâche, mais pas vous, Charles, je le sais.

Elle s'était rhabillée. Quel dommage. Ses longs cheveux emmêlés ruisselaient sur ses épaules. Louisa Stratton n'avait pas besoin de postiche pour ajouter du gonflant à sa coiffure. Elle n'avait pas besoin de fard pour se rosir les joues. Elle était tout simplement sublime, elle venait de se donner à lui, et il avait gâché ce moment extraordinaire. Par ses paroles autant que par ses actes, il avait prouvé qu'il était indigne d'un tel cadeau.

Quel genre d'homme fait l'amour à une femme avant de lui annoncer qu'il en a tué une autre ? Que faire pour se racheter ?

Depuis des mois, Louisa était dans la tourmente, et pourtant elle avait franchi les obstacles les uns après les autres. Bras croisés sur la poitrine, elle le dévisageait, dans l'expectative. Il allait la décevoir.

— Je ne sais pas quoi faire.

— Vous rêvez de cette fille ?

— Oui… entre autres choses. Ce ne sont pas les mauvais souvenirs qui manquent, je n'ai que l'embarras du choix.

— Alors il faut que vous viviez de bons moments pour nourrir vos rêves. En toute franchise, je n'ai pas envie de vous voir partir. J'ai besoin de votre aide pour affronter ma famille. Si vous restez à Rosemont, vous ne serez pas obligé de coucher avec moi. Ce n'était pas très raisonnable, j'en conviens. À notre décharge, nous avons passé une nuit très étrange, et ce qui s'est produit n'était que le point d'orgue d'une suite d'événements bouleversants.

Il se sentit blessé, mais c'était ridicule, elle ne faisait qu'exprimer son sentiment.

— Permettez-moi de dormir un peu, si j'en suis capable, avant de prendre ma décision, dit-il dans un soupir.

— Il vaudrait mieux que vous regagniez votre chambre. Nous en discuterons au petit déjeuner. J'ai donné l'ordre hier soir qu'on nous serve dans le salon. Tout le monde nous croit encore en lune de miel.

Sa confession ne l'avait pas scandalisée, juste… irritée. Elle était contrariée que son passé entache son présent, lui avait reproché de faire acte de contrition à mauvais escient, de traîner dans son sillage des boulets dont il aurait été bien avisé de se libérer.

À l'entendre, c'était si simple !

Il devait oublier toutes ces horreurs et aller de l'avant ; rédiger un compte rendu de son effroyable expérience, le publier dans un but salutaire et tourner la page.

Comme si c'était facile d'effacer de son esprit le spectre de Marja !

Il avait essayé de diluer ce souvenir dans des litres d'alcool. Sans succès.

Mais lorsqu'il s'abandonna enfin aux bras de Morphée, alors que l'aube pointait à l'horizon, il rêva d'une créature à la peau de lait, blonde et dorée, dont le corps en forme de sablier ondulait sous le sien.

Ses lèvres douces faisaient pleuvoir sur lui des baisers. Une étincelle de malice pétillait dans son regard noisette. Elle sentait la violette et le sexe…

Il dormit comme une bûche.

# 16

C'était bien sa veine. Mme Lang était partie enterrer sa mère, il n'y avait donc personne pour surveiller les femmes de chambre et leur vertu. En ce moment même, Kathleen était dans sa chambre, au-dessus du garage. Mais lui permettrait-elle un petit bécot et un câlin rapide ?

Sûrement pas.

Robbie Robertson se faufila dans l'escalier de service pour rejoindre son logis. Il n'était pas très fier de lui. Leur plan – à dire vrai, c'était l'idée de Kathleen – était très risqué. Cette fichue baraque ressemblait à un dédale de terriers de lapins géants. Une quarantaine de domestiques y travaillaient, et n'importe lequel aurait pu lui tomber dessus. Et pour quelle raison un chauffeur aurait-il rôdé dans les couloirs, en pleine nuit, près des appartements du maître ?

Muni d'une matraque, par-dessus le marché ?

À la lumière de la veilleuse, Kathleen lisait un livre à la couverture verte.

— Alors, il mijotait quelque chose ? s'enquit-elle en tournant une page. Tu l'as neutralisé ?

— Oui, bougresse ! maugréa Robbie en se laissant choir sur le lit étroit où Kathleen s'était installée confortablement.

Ses épaules blanches semées de taches de rousseur émergeaient du drap. Un sourire coquin aux lèvres, elle repoussa ledit drap, révélant un sein rond qui s'adaptait parfaitement à sa paume. Il lui avait manqué, ce sein. Et son jumeau aussi. Mais Kathleen était rentrée à présent, et s'il avait voix au chapitre, elle ne repartirait plus.

— Ta récompense, murmura-t-elle.

— Je ne suis pas sûr que cela suffise. Il était seul dans son coin, et à mon avis il ne pensait même pas à Mlle Stratton. J'ai peur d'avoir tapé un peu fort, quand même. Je ne voudrais pas qu'on m'arrête pour tentative de meurtre.

Kathleen écarquilla les yeux.

— Tais-toi donc ! Tu n'as jamais eu l'intention de lui faire du mal.

— Je ne sais pas s'il sera d'accord quand il se réveillera. Viendras-tu au moins témoigner en ma faveur au tribunal ? Non, bien sûr, ils t'arrêteront aussi.

— Personne n'ira en prison, assura Kathleen. Du moment qu'on l'empêche de nuire à Mlle Louisa ce soir, on peut dormir la conscience tranquille. Au dîner, il l'a embrassée devant tout le monde. Les valets n'ont pas arrêté d'en parler. Tu te rends compte ? C'est scandaleux. Quand on pense qu'il est payé pour se conduire en gentleman. C'est un type dangereux, je le sens.

— Possible, regarde sur quoi j'ai failli trébucher.

Robbie sortit le pistolet du capitaine de la poche de sa veste. Les taches de rousseur s'assombrirent brusquement sur les joues de Kathleen.

— Il est chargé ?

— Plus maintenant, répondit Robbie avec un haussement d'épaules. Mais pourquoi ce gentleman apporterait-il un pistolet à Rosemont ?

— Tu vois ! Il est vraiment dangereux. Et il n'a rien d'un gentleman. J'ai vu dans quel bouge il vivait, souviens-toi. Et quel homme convenable se ferait engager pour jouer le rôle d'un autre ? Il a un but caché. Mlle Louisa a beau faire les quatre cents coups, elle est d'une naïveté crasse. Rappelle-toi ce qui s'est passé avec ce porc de Delacourt. Je n'étais pas à son service à l'époque, mais tout le monde sait combien il l'a blessée. Elle a besoin que quelqu'un veille sur elle.

— Et c'est toi qui as endossé le rôle de bergère auprès de cette brebis. Est-ce que cela continuera quand nous serons mariés ?

Kathleen s'écarta brusquement.

— Pourquoi est-ce que je cesserais de travailler ? Tu ne comptes pas me l'interdire, n'est-ce pas ? Je n'accepterai pas que tu me donnes des ordres !

— Tu n'as pas dit que Mlle Louisa quitterait Rosemont si sa tante persistait à y vivre ? Je ne veux pas que ma femme écume le monde dans une autre automobile que la mienne. Je finirais par me sentir si seul que je serais obligé de prendre une bonne amie.

Kathleen lui donna un petit coup de poing dans la poitrine.

— Je ne te permets pas de plaisanter sur ce genre de choses, Robbie Robertson !

Il la saisit aux épaules, plongea son regard dans le sien.

— Kathleen, tu es partie treize mois, deux semaines et quatre jours. Je te suis resté fidèle même quand ma queue menaçait de m'exploser à la figure. J'ai supporté la garce de tante qui n'arrête pas de dénigrer mon automobile et ma façon de conduire, et je me suis tourné les pouces pendant qu'elle demandait à Thomas d'atteler les chevaux au buggy. Je me suis tellement ennuyé que chaque millimètre carré de la Daimler brille comme un miroir !

— Je sais. Tu me l'as écrit.

Il s'adossa à l'oreiller, fixa le carré noir de la fenêtre qui se découpait dans le mur.

— Je n'ai aucune raison de rester ici, Kathleen. Nous pourrions partir, nous construire une belle vie ensemble. Les automobiles, c'est l'avenir, crois-moi. Je sais les réparer, les conduire. Peut-être même qu'un jour je serai capable d'en construire une. Je suis bon mécanicien. Je ne suis pas obligé de rester chauffeur au service des autres toute ma vie.

Il sentit une main apaisante sur son bras.

— Il n'y a pas de mal à être au service des autres, Robbie. Je n'ai pas honte de travailler pour Mlle Louisa.

— Personne ne dit que tu le devrais. Mais tu n'as pas envie d'être libre ? De sentir le vent dans tes cheveux et le soleil sur ton visage ?

— Pour être toute décoiffée et couverte de taches de rousseur ? Merci bien ! Tu es un rêveur, Robbie.

Sa Kathleen ne mâchait pas ses mots, et comme toujours la voix de la raison sortait par sa bouche.

— C'est vrai, soupira-t-il.

— Et tu es un homme. C'est bien beau de parler de liberté, mais si nous nous marions, j'aurai plein de bébés, comme ma mère. Et qui sera libre alors ? Aucun de nous deux.

— Si nous nous marions ? *Quand* nous nous marierons, rectifia-t-il. Tu as juste à parler à Mlle Stratton, et je fais publier les bans.

— Avant tout, nous devons veiller à ce que ce type ne lui fasse pas de mal. Ce n'est pas parce qu'il a un joli postérieur que…

— Kathleen Carmichael !

— Je ne suis pas aveugle, ni même borgne, comme lui. Il a des atouts et ma maîtresse est vulnérable. Personne ne l'a jamais traitée correctement, surtout pas sa propre famille. La pauvre ! Alors raconte-moi. Tu lui as flanqué un coup de matraque sur la tête ?

— Tu es une petite créature sanguinaire.

— Était-il couché ?

— Non, assis dans le fauteuil de sa chambre. Il y avait un désordre invraisemblable. Et un pistolet par terre, tu imagines ? Je lui ai rendu service en l'emportant. Il ne m'a pas vu, mais je suis quand même inquiet. Si jamais il est mort ?

Robbie ne pensait pas avoir cogné trop fort, il avait mis juste ce qu'il fallait de vigueur pour empêcher ce gredin d'aller rouler dans le lit de Mlle Louisa. Mais le capitaine était tombé face contre terre et Robbie avait détalé sans oser tâter le pouls de sa victime.

— Il n'est pas mort. Nous serions déjà au courant s'il l'était, objecta Kathleen.

Elle était tellement certaine d'être dans son bon droit. Peut-être devrait-il la laisser filer, en fin de compte. Car s'il l'épousait, elle allait lui faire danser une sacrée gigue.

— Je ne vois pas qui aurait donné l'alerte, reprit-il d'un ton patient. Mlle Louisa dort et personne ne trouvera le cadavre avant demain matin, quand les domestiques viendront allumer le feu dans sa chambre.

Kathleen se mordit la lèvre.

— Tais-toi, Robbie, tu vas me faire peur !

— Tu devrais avoir peur. Attends, que fais-tu ?

Kathleen venait de jaillir du lit. Il contempla son corps mince, si adorable avec toutes ces taches de rousseur. Il aurait aimé les lécher une à une.

— Je ferais mieux d'aller vérifier.

— Maintenant ?

— Évidemment. Ni toi ni moi ne pourrons fermer l'œil si nous ne sommes pas certains qu'il va bien. Ou du moins qu'il a survécu. Je reviens tout de suite.

En un tournemain, elle fit passer sa camisole par-dessus sa chevelure auburn et fut habillée, trop rapidement pour qu'il ait le temps de la dissuader.

— Sois prudente, recommanda-t-il.

— Je le suis toujours, rétorqua-t-elle avec un signe de main.

Puis elle sortit.

Sacrebleu. La soirée ne progressait pas du tout dans le sens qu'il avait espéré. Quand Kathleen avait gravi l'escalier un peu plus tôt, il avait senti son cœur bondir de joie dans sa poitrine. Et puis, elle lui avait expliqué ce qu'elle attendait de lui. Il avait eu beau protester, elle n'en avait pas démordu.

Il fallait reconnaître qu'elle était d'une loyauté féroce à l'égard de sa maîtresse. Et elle s'inquiétait tellement pour Louisa qu'il n'avait pu faire autrement que lui promettre de réduire Maximilian Norwich à l'impuissance cette nuit-là. Enfin, ce type… quel était son vrai nom, déjà ? Peu importait. Kathleen lui avait fait jurer de garder le secret.

Toute cette histoire était bien la preuve que Mlle Stratton avait un grain.

Robbie se dévêtit, plia son uniforme avec un soin méticuleux et le déposa sur la chaise. Puis il enferma le pistolet du capitaine dans son coffre en bois. Il ajouta un peu de charbon dans le poêle de peur de Kathleen ait froid à son retour – encore qu'il avait quelques idées pour la réchauffer.

Cela faisait plus d'un an qu'il n'avait pas touché une femme. C'était contre-nature. Les autres s'étaient moqués de lui, mais il avait fait une promesse à Kathleen et il entendait la tenir. Ils étaient tombés amoureux très vite l'an passé, une situation plutôt risquée pour des domestiques à la merci des caprices de leurs employeurs. Puis, avant qu'il ait le temps de dire « ouf », elle était partie avec sa maîtresse.

Les lettres hebdomadaires qu'ils échangeaient n'avaient pas suffi à combler sa frustration. Mais enfin, elle était de nouveau près de lui ! Du moins elle le serait dès qu'elle aurait vérifié qu'il n'était pas un assassin.

Il aurait dû l'accompagner, mais il était déjà sorti une fois ce soir et il ne voulait pas tenter le destin. Il était tard, minuit passé depuis longtemps. Et avec ce vent qui soufflait en bourrasques violentes, l'air était glacial. Il se glissa nu sous les couvertures, dressa l'oreille, guettant le bruit des pas de Kathleen dans l'escalier.

Les minutes s'égrenaient. Pourquoi diable mettait-elle autant de temps ? Avait-elle décidé de ne pas revenir, finalement ? Il espérait bien que non, parce que lorsque Mme Lang serait de retour, les femmes de chambre seraient enfermées à double tour la nuit. Kathleen et lui n'auraient alors que très peu l'occasion de se retrouver en tête à tête. Il comptait sur cette nuit pour se consoler des suivantes.

Il entendit soudain le déclic de la poignée de la porte, en bas des marches. Il sourit. Enfin ! Il venait juste de se redresser dans le lit lorsqu'une de ses bottes vola dans les airs, lui manquant la tête de peu.

— Hé ! Qu'est-ce qui te prend ?

— Ce salopard n'est pas mort, cela te rassure, j'espère ?

Robbie sentit se relâcher le nœud qui lui serrait les tripes.

— Oui. N'est-ce pas une bonne nouvelle ? Je n'ai pas très envie d'aller à la potence.

— À voir ! Parce que je risque de te pendre de mes propres mains. Le capitaine Cooper ne dort pas.

— Ah ? Est-ce qu'il t'a ennuyée ?

Si tel était le cas, Robbie était prêt à courir l'assommer une deuxième fois.

— Ce n'est pas moi qu'il ennuie. Au moment où nous parlons, Mlle Louisa et lui sont en train de faire des galipettes !

Kathleen était furibonde, et il était vain d'espérer que cet autre couple surpris en pleine fornication lui ait donné des idées sur la façon de passer le reste de la nuit.

— Tu es sûre ?

— Oh que oui ! Elle fait des vocalises, et lui, il ahane et grogne comme un sauvage. Les ressorts du lit couinent à tout-va, on dirait un violon mal accordé. Avec tout ce raffut, on les entend depuis le salon de la suite. Je n'ai pas été plus loin, évidemment.

Les joues de Kathleen flamboyaient autant que sa chevelure.

— Tu n'as pas regardé par le trou de la serrure, par hasard ?

— Il faisait trop sombre pour voir quoi que ce soit, de toute façon. Mais j'ai des oreilles. Oh, Robbie, c'est ta faute !

— Je l'ai frappé, je te jure.

— Pas assez fort. Pauvre Louisa ! Maintenant il va falloir trouver un autre moyen de se débarrasser de ce porc.

— Tu n'as qu'à avouer la vérité à Mme Westlake. Après tout, ce n'est pas vraiment son mari.

Kathleen se laissa tomber sur la chaise sur laquelle Robbie venait de poser ses vêtements pliés.

— Je ne peux pas faire ça à Mlle Louisa ! Elle serait mortifiée, et sa tante lui ferait vivre un enfer.

— Viens te coucher, suggéra Robbie en tapotant le matelas. Pour ce soir, nous ne pouvons pas faire grand-chose.

— Je ne vais pas fermer l'œil.

Un grand sourire fendit le visage de Robbie.

— C'est sûr. En tout cas, je ferai tout pour, crois-moi.

# 17

*Vendredi 4 décembre 1903*

Louisa enfouit le visage sous la couverture et grogna tandis que Kathleen ouvrait en grand les rideaux de chintz délavés.

— Bonjour, mademoiselle. Je veux dire madame Norwich, lança la femme de chambre avec son impertinence coutumière.

— Quelle heure est-il ?

— L'heure de se lever. On est en train de servir le petit déjeuner dans le salon, comme vous l'aviez demandé. Vos œufs vont refroidir si vous tardez trop.

Louisa se moquait bien des œufs, qu'ils soient chauds ou froids.

— Mon mari est-il réveillé ? s'enquit-elle d'une voix forte, de manière à être entendue par les domestiques dans la pièce voisine.

— Il ronfle comme un sonneur. Ni lui ni vous ne vous êtes réveillés quand Molly est venue faire du feu dans vos chambres.

Kathleen se pencha pour ramasser la chemise de nuit de Louisa qui traînait sur le sol.

— Une nuit agitée ? hasarda-t-elle.

— Donne-moi cela ! s'exclama Louisa en lui arrachant le vêtement.

La ceinture de son déshabillé avait trouvé le moyen de se dénouer durant la nuit et elle était de nouveau nue. Elle s'empressa d'enfiler sa chemise de nuit.

Kathleen soupçonnait-elle ce qui s'était passé ? Elle semblait d'humeur particulièrement belliqueuse, ce matin.

— Je vais faire une toilette rapide et le réveiller moi-même, décréta-t-elle en sortant du lit.

Elle fit un pas et ressentit une douleur légère entre les cuisses. Leurs ébats avaient été délicieusement énergiques, mais le capitaine Cooper ne semblait pas disposé à recommencer.

Elle pénétra dans la salle de bains aux carreaux d'un blanc éclatant, ouvrit le robinet du lavabo sans oser constater dans le miroir les dégâts de la nuit passée.

Avait-elle les lèvres enflées après tous ces baisers ?

Après s'être débarbouillée, elle se dévêtit et lava rapidement les traces séchées de leurs étreintes nocturnes. Sur la commode, sous la fenêtre, se trouvait un flacon d'eau de toilette à la violette. Elle en pulvérisa un nuage là où c'était nécessaire, se démêla les cheveux, puis, après avoir remis sa chemise de nuit, s'en alla frapper à la porte de la chambre du capitaine.

— Fichez le camp, marmonna-t-il.

Louisa tourna la poignée. La porte n'était plus verrouillée. Charles Cooper, habillé de pied en cap, se tenait devant la fenêtre.

Il avait fait du rangement. Les livres avaient regagné leur étagère et le lit était fait et aussi net que si une femme de chambre s'en était chargée.

— Vous avez réussi à dormir ? s'enquit-elle.

— Un peu.

Elle haussa un sourcil.

— Alors ?

— Je reste.

Il s'en tint là.

— Parfait. Le petit déjeuner est prêt, si vous l'êtes aussi.

Puis, prenant conscience qu'elle n'était vêtue que de sa chemise de nuit de fine batiste, elle ajouta :

— Je vous rejoins dans le salon d'ici un instant.

Il eut la délicatesse de sortir par le couloir pour lui laisser un peu d'intimité. Louisa passa dans le dressing pour s'habiller. Elle enfila un épais peignoir déniché dans la penderie, surprit son reflet dans le miroir fixé au battant. Une meurtrissure apparaissait à la base de sa gorge, presque du même rouge grenat que celui du peignoir. Pas étonnant que Kathleen l'ait regardée d'un drôle d'air. Qu'allaient penser les gens s'ils voyaient cette marque ?

Ils penseraient que son mari l'avait vigoureusement honorée.

Elle boutonna le peignoir jusqu'au cou. Il lui faudrait bientôt réfléchir à son prochain veuvage. Maximilian devait périr avec classe, hélas, elle n'avait pas le début du commencement d'une idée sur la façon d'accomplir cela ! Le capitaine Cooper était trop jeune et en trop bonne santé – en dépit de ses récents déboires avec l'alcool – pour succomber à une maladie quelconque. Il faudrait donc qu'il trépasse dans un accident.

Si on l'assommait de nouveau, la réalité rejoindrait peut-être la fiction.

Cette agression perturbait beaucoup Louisa. Rosemont était devenu un endroit sinistre. Il faudrait élucider le mystère de cette attaque, mais avant cela, Charles avait rendez-vous avec tante Grace.

Louisa renonça à faire quoi que ce soit d'élégant avec ses cheveux qu'elle laissa cascader sur ses épaules. Elle avait faim, se rendit-elle compte. Quant à savoir si elle serait capable d'avaler une seule bouchée quand elle se retrouverait face à Charles Cooper, c'était une autre histoire.

Résolument, elle prit la direction du salon. Charles était installé à la table ronde, devant une tasse de café. À son entrée, il se leva. Son cache-œil était en place, et il était très séduisant dans ses habits neufs.

— Bonjour, ma très chère Louisa, dit-il, une note d'amusement dans la voix.

— Bonjour, mon très cher Max.

Louisa pivota vers le valet à qui était destiné cet étalage d'affection conjugale. Celui-ci se tenait près d'une grande table roulante chargée de plats en argent en quantité suffisante pour nourrir le régiment de Charles. Cela n'avait pas dû être simple de monter ce lourd chariot à l'étage. À l'office, on semblait décidé à faire bonne impression sur le nouveau maître.

— Nous nous servirons nous-mêmes. William, c'est bien cela ?

— Oui, madame, acquiesça le jeune valet.

— William, vous direz à la cuisinière qu'elle s'est surpassée, une fois de plus. Merci.

Louisa attendit que le valet se soit retiré pour s'asseoir. Puis elle se releva d'un bond.

— Désirez-vous que je vous prépare une assiette ?

— Comme une bonne épouse ?

— Comme une bonne hôtesse.

Elle sentit ses joues s'échauffer. Le capitaine Cooper la déstabilisait, en cet instant plus que jamais. Il l'avait vue. De la tête aux pieds. Et elle aussi l'avait vu. Elle savait exactement ce qui se cachait sous ces vêtements élégants

Mais ils étaient tombés d'accord : la nuit passée avait été une bêtise. Apparemment, Louisa avait la sale manie de répéter les mêmes erreurs, ce qui signifiait qu'elle se jetait invariablement dans les mauvais bras. Pourtant, après sa mésaventure avec sir Richard, d'aucuns l'auraient crue immunisée contre la séduction masculine.

Mais Charles avait été vraiment charmant à sa façon. Et, la nuit passée, il avait eu besoin d'elle autant qu'elle avait eu besoin de lui.

À présent, alors que les rayons du soleil filtraient entre les nuages, la menace que l'un ou l'autre soit physiquement agressé apparaissait moins extrême.

Elle s'empara de la cafetière en argent pour resservir le capitaine.

— Et si la nourriture était empoisonnée ? dit-il sur le ton de la conversation.

Louisa reposa brusquement la cafetière.

— Vous ne pensez tout de même pas…

— Je ne sais que penser. Le café a un goût normal. Ma tête ne tourne pas, je vous vois avec netteté. À propos, vous avez un très joli peignoir.

— M… merci. Je suis un peu négligée, tandis que vous, vous êtes prêt pour votre rendez-vous avec tante Grace. Comment va votre crâne ?

— La douleur est supportable. J'ai pensé qu'il valait mieux que je m'habille avant que vous vous réveilliez. N'est-ce pas curieux que vos parents aient souhaité partager la même salle de bains ? Je pensais que les gens de la haute vivaient dans des appartements séparés.

— C'est le cas de la plupart d'entre eux.

Louisa fixa la desserte avec inquiétude.

— Du poison ? Vous… vous croyez que c'est possible ?

— Vous êtes visée si je le suis. Nous devrions manger exactement les mêmes choses si nous voulons éviter un drame à la Roméo et Juliette. Autant quitter ce monde ensemble.

— Vous prenez la chose remarquablement bien, je trouve, commenta-t-elle.

— Ce n'est pas la première fois qu'on essaie de me tuer.

Il quitta la table pour aller soulever quelques couvercles.

— Ça a l'air très bon. Aucune odeur suspecte. Voulez-vous des harengs fumés ?

— Non merci, répondit-elle avec un petit frisson. Ni rognons ni bacon. Je n'ai pas l'habitude de manger de la viande le matin.

— Bien. Si vous survivez à ce petit déjeuner et pas moi, nous saurons pourquoi.

Il entreprit de remplir son assiette, y déposa une quantité de nourriture hallucinante, puis, s'étant rassis, étala une serviette en lin sur ses genoux.

Louisa fut plus longue à se décider. Maintenant qu'il avait semé le doute dans son esprit, elle ne pouvait s'empêcher d'inspecter chaque aliment. De la strychnine dans le pot de marmelade ? Le poivre des œufs, de la mort-aux-rats ? Elle déposa une tranche de pain grillé dans son assiette. Avec cela, elle ne risquait pas grand-chose.

Miriam, la cuisinière, l'aimait beaucoup. Louisa avait passé son enfance dans ses jupes quand elle ne s'enfermait pas dans sa chambre ou dans le jardin d'hiver. Mais rien ne prouvait que les plats n'avaient pas été saupoudrés d'arsenic pendant qu'on les acheminait.

— Nous devrions partir, déclara-t-elle, les yeux rivés sur la mer qui étincelait au loin.

— Vous voulez fuir ?

— Pour commencer, je n'ai jamais eu envie de rentrer. Hugh et le Dr Fentress m'ont écrit que ma tante était très malade, mais nous savons maintenant qu'elle se porte comme un charme. La vraie raison de mon retour en Angleterre, c'est que je dois régler certains problèmes avec ma banque. Et puis, Kathleen avait le mal du pays. Ou disons plutôt qu'elle était en mal d'amour. Elle s'est entichée de Robertson.

— Le chauffeur écossais ?

— Oui.

À contrecœur, Louisa mordit dans son toast. Pour quelqu'un d'affamé, elle avait vraiment du mal à mâcher et à déglutir. Charles s'en aperçut.

— Vous devez manger davantage. Regardez, je suis toujours en vie, dit-il en désignant son assiette presque vide.

— Ce pourrait être un poison à action lente, et d'ici quelques heures, vous allez vous effondrer.

— Je savais que je pouvais compter sur vous pour illuminer ma journée.

« Et sa nuit », songea-t-elle. Mais d'où lui venait cette pensée ? Elle n'allait pas réchauffer de nouveau le lit du capitaine. Ni lui le sien. C'était fini, ces bêtises. Même si l'expérience avait été éblouissante. Sa confession n'avait pas réussi à gâcher ce sentiment de plénitude et de bien-être qui l'avait gagnée après l'amour.

Une main chaude se referma sur la sienne. Louisa tressaillit et releva la tête. Charles la gratifia de ce sourire en coin qu'elle commençait à bien aimer.

— Je pense que nous devrions être francs l'un envers l'autre, non ? dit-il. Ensemble et seuls contre le reste du monde, et bla-bla-bla.

Elle hocha la tête, se demandant ce qui allait suivre.

— Merci pour cette nuit. Pour vous être montrée si compréhensive. J'ai été grossier. Un vrai rustre. Vous m'avez fait le plus beau des cadeaux et j'étais trop occupé à m'apitoyer sur mon sort pour en prendre vraiment la mesure.

— Vous… vous m'avez déjà remerciée.

— Mais ce matin, je suis encore plus sincère.

— Êtes-vous sûr de ne pas avoir réellement ingéré du poison ?

— Non, c'est plutôt ce coup sur la tête. Je crois qu'il est temps... d'accepter, je suppose, soupira-t-il en tournant les yeux vers la fenêtre. Je ne peux pas remonter le temps et changer le passé, ni en bien ni en mal.

— Non, personne ne peut réécrire l'histoire, opina-t-elle.

Sinon ses parents ne mourraient pas et tante Grace habiterait à des lieues de Rosemont.

— Vous croyez ? Les vainqueurs le font pourtant sans cesse, pour célébrer leur propre gloire.

— Sans doute.

Sa main reposait toujours sur la sienne, et Louisa ne ressentait pas le besoin de se dégager. C'était très agréable et réconfortant de déjeuner ainsi, en tête à tête, près d'une bonne flambée. Comme un vrai couple.

— Quoi qu'il en soit, je veux que vous sachiez que la nuit dernière... compte beaucoup pour moi, et que je ferai tout ce qui est en mon pouvoir durant ce mois pour être un prince consort convaincant aux yeux de votre famille. Je n'essaierai plus de vous voler des baisers à table, promis.

Louisa éprouva un pincement de regret. C'était pourtant l'attitude la plus raisonnable à adopter. Elle hocha de nouveau la tête.

— Bien, cette mise au point faite, permettez-moi de vous servir un vrai repas, reprit-il. Cette tartine ne suffirait pas à nourrir un moineau.

Louisa ne protesta pas. Elle le regarda déposer dans l'assiette, avec des gestes méthodiques, de petites cuillerées de nourriture variée – pommes cuites, œufs brouillés et ces affreux rognons qu'elle n'avalerait sûrement pas.

Il tartina du beurre sur une autre tranche de pain grillé, avant d'y ajouter une épaisse couche de confiture de fraises. Puis il déposa l'assiette devant elle.

Ensuite, à sa grande surprise, il se resservit de généreuses portions. Le capitaine était mince, mais s'il continuait à se goinfrer de la sorte, elle serait obligée de le faire rouler pour descendre le perron de Rosemont après Noël.

— Dois-je mettre votre tante au courant de ce qui s'est passé hier soir ?

Louisa ouvrit la bouche stupidement, avant de comprendre qu'il parlait de l'agression.

— Peut-être. Si elle est derrière cette attaque, cela la dissuadera peut-être de recommencer. Dites-lui que vous comptez alerter les autorités.

— Qui est le magistrat local ?

Louisa fit la grimace.

— Sir Richard. Et je préférerais ne plus avoir affaire à lui.

— Je suis d'accord. Ce type est du genre mielleux, non ?

— De la pire espèce.

Elle se demanda soudain comment allait sa vieille amie, lady Blanche. Celle-ci avait toujours été de nature délicate, néanmoins cela faisait presque neuf ans que sir Richard et elle étaient mariés. Blanche était donc plus solide que Louisa ne le supposait. Le couple avait plusieurs enfants et à en croire les potins qui circulaient parmi les domestiques, Blanche était une mère comblée. C'était toutefois difficile d'en être certain dans la mesure où les liens entre Rosemont et le prieuré avaient été rompus voilà des années. Elle aurait pourtant eu bien besoin d'une amie, mais après sa disgrâce, sa tante lui avait interdit toute visite.

Au demeurant, Blanche n'avait sans doute aucune envie de revoir l'ancienne maîtresse de son mari. Bien que la brève liaison de sir Richard et de Louisa ait eu lieu avant leur mariage, ç'avait été un beau scandale. Sir Richard et tante Grace y avaient veillé.

Sapristi, après avoir sermonné le capitaine, voilà qu'elle-même s'apitoyait sur son propre passé !

Plaquant un sourire sur son visage, elle demanda :

— Êtes-vous prêt à passer devant le tribunal de la Haute Inquisition ?

— Je porte une cotte de mailles sous ma veste. J'espère que j'aurai encore tous mes ongles quand votre tante en aura terminé avec moi.

— Elle n'en aura pas terminé tant que vous n'aurez pas accepté de renoncer à moi.

Louisa posa sa fourchette. Elle était trop agitée pour manger.

— Pourquoi vous déteste-t-elle autant ?

— Je n'en ai aucune idée. Enfin, non, ce n'est pas vrai. Je sais qu'elle détestait aussi ma mère. Mais je ne lui ressemble pas.

— En revanche, vous ressemblez beaucoup à votre tante.

— Ne m'en parlez pas ! J'ai parfois l'impression de me voir dans un miroir déformant. C'est moi et une tout autre personne en même temps !

— Elle doit vous en vouloir parce que vous êtes resplendissante de beauté alors que la sienne est en train de se faner.

— Resplendissante de b… beauté ?

Louisa se savait plutôt plaisante, et puis, ses toilettes françaises dernier cri la mettaient certainement en valeur, mais belle, elle ? Avec ses taches de rousseur, sa grande bouche, et cet affreux grain de beauté au coin des lèvres…

— Oui, et je ne vous le dis pas parce que vous êtes ma patronne.

L'espace d'un instant, Louisa avait oublié la véritable nature de leur relation. Elle avait eu l'impression d'être en compagnie d'un ami. Mais Charles était à la fois moins et bien plus que cela.

— Merci, dit-elle simplement.

Charles tira de la poche de son gilet une montre en or repoussé. Vieille, mais de valeur. Mme Evensong soignait les détails.

— Il est presque l'heure. Je vais me brosser les dents pour pouvoir sourire sans crainte à la vieille bique.

— Gare à vous si vous la traitez de vieille bique. Elle n'a que quarante-six ans.

Grace n'avait que dix-sept ans à la naissance de Hugh. À vingt et un, elle était déjà veuve et accablée de lourdes responsabilités. Sans doute fallait-il voir là l'explication de son aigreur. Et les frasques de Louisa n'avaient probablement rien arrangé.

Peut-être tante Grace ne serait-elle pas devenue cette ogresse si elle ne s'était pas retrouvée coincée avec deux enfants en bas âge dans cette maison infestée de gargouilles, alors qu'elle était si jeune. Si elle avait eu à ses côtés quelqu'un pour l'aimer, l'enfance de Louisa aurait peut-être été fort différente.

Mais elle était en train de s'attendrir. Tante Grace aurait ricané, elle qui détestait les bons sentiments.

— Bonne chance, Charles. Je veux dire Max.

Il se leva de table.

— Alors offrons-nous un baiser pour conjurer le mauvais sort.

Louisa tendit la joue et ferma les yeux. Elle s'attendait à un chaste baiser.

Et c'est exactement ce qu'elle obtint.

Bon sang !

# 18

Avec l'aide d'un de ces valets omniprésents, Charles localisa les appartements de Grace Westlake. Ces derniers se trouvaient dans une tour – Rosemont en comptait six, toutes hérissées de gargouilles menaçantes –, si bien qu'il était légèrement essoufflé lorsqu'il atteignit l'étage. Pas étonnant que Grace soit souffrante si elle devait gravir cet escalier plusieurs fois par jour.

Une femme d'âge moyen, filiforme, vêtue d'un uniforme de femme de chambre, le fit entrer. Dans le salon inondé de soleil, Grace était installée dans un fauteuil, les pieds posés sur un coussin matelassé. Elle portait un peignoir à volants couleur pêche et des pantoufles assorties, mais son visage était soigneusement fardé et ses cheveux rassemblés en un chignon impeccable. Il était évident qu'elle ne sortait pas du lit. C'était une très jolie femme pour son âge – pour n'importe quel âge, à vrai dire –, mais elle était totalement dépourvue de cette vitalité qui pétillait chez sa nièce.

— Ce sera tout, Perkins. Dites à Mlle Spruce de m'apporter ma correspondance d'ici une heure, et quand ce cher Dr Fentress arrivera, faites-le monter sans attendre. Prenez donc un siège, monsieur Norwich. Ou puis-je vous appeler Max ?

— Nous sommes de la même famille, à présent, répondit Charles en s'asseyant, un sourire faux aux lèvres.

— Croyez-vous ? Pour le moment peut-être, mais vous m'avez l'air d'un jeune homme sensé. Je suppose que vous avez sérieusement réfléchi à ce que je vous ai dit hier soir.

— Madame Westlake. Tante Grace. Je me moque que Louisa n'ait pas été vierge quand nous nous sommes mariés. Après tout, je ne l'étais pas non plus. Nous sommes tombés amoureux, et l'amour surmonte tous les obstacles, ne pensez-vous pas ?

Charles avançait au jugé. Il n'avait jamais été amoureux, même à l'époque où il n'était encore qu'un jeune nigaud ignorant tout des cruautés de la vie. L'amour était un luxe qu'un type sans le sou comme lui ne pouvait s'offrir.

— Je ne crois pas à l'amour, Max. L'amour est réservé aux classes populaires. Les gens comme nous se marient pour le rang social, l'entregent, l'argent.

Il ne fut pas surpris outre mesure de l'entendre tenir ces propos, alors que son père avait fait fortune dans la finance, et non grâce aux terres agricoles d'un domaine ancestral, comme les aristocrates. Les classes moyennes parvenues faisaient souvent preuve d'un snobisme effarant, cherchant à tout prix à gommer les traces de toute activité commerciale infamante. L'Angleterre était vraiment un drôle de pays où l'on accordait plus de valeur à l'oisiveté qu'à l'honnête labeur.

— Je dois être un esprit rebelle, dit-il.

— En effet. J'ai cru comprendre que votre éducation française avait été pour le moins originale. Vos parents sont-ils décédés ?

Charles se borna à hocher la tête. Il faisait de son mieux pour se remémorer son enfance fictive. Château. Loire. Parents morts.

— Tant mieux pour Louisa. J'imagine qu'ils n'auraient pas vu d'un bon œil votre union avec une fille comme elle.

— Pourquoi cela ? Louisa est belle, riche. Connaissant mes parents, ils m'auraient plutôt félicité, je pense.

Charles commençait à sentir la moutarde lui monter au nez.

Le regard de Grace Westlake se fit plus acéré.

— Dans ses lettres, Louisa m'a laissé entendre que vous ne l'aviez pas épousée pour sa fortune, que vous possédiez suffisamment de ressources de votre côté.

— C'est vrai. Mais un petit extra n'a jamais fait de mal à personne.

— Tiens donc. Dans ce cas, vous accorderez peut-être une attention particulière à ma proposition.

Charles se carra contre le dossier de son fauteuil et attendit qu'elle lui expose ses conditions. Le siège était rembourré à souhait, très confortable, et après sa nuit agitée, il était épuisé. Comment réagirait Grace Westlake s'il s'assoupissait devant elle alors qu'elle tentait de le soudoyer ?

Luttant pour garder les yeux ouverts, il l'incita à poursuivre :

— Allez-y, je vous en prie.

Grace réunit ses doigts chargés de bagues en une petite pyramide.

— Je suppose que Louisa s'est bien gardée de vous parler de son incartade de jeunesse. Elle s'est jetée à la tête de notre voisin, sir Richard Delacourt, qui n'a pu faire autrement que de la cueillir en vol. C'est un homme, après tout, et les hommes ont des besoins.

Charles ne se sentit pas obligé de défendre la gent masculine. S'il se fiait à sa propre expérience, Grace était, hélas, plutôt dans le vrai.

— Dans ce cas, je m'étonne qu'il ait été invité à dîner hier soir, remarqua-t-il.

Les pommettes de Grace rosirent sous le fard.

— Sir Richard est quand même notre voisin le plus éminent, et depuis cette histoire, l'eau a coulé sous les ponts. On ne peut pas vraiment lui reprocher l'inconduite de ma nièce. C'est moi-même qui les ai surpris. Heureusement, j'ai étouffé l'affaire du mieux que j'ai pu.

Son visage demeura serein en dépit de ce mensonge éhonté.

— Vous l'avez cependant punie.

— Évidemment ! La virginité est précieuse. Dès lors que Louisa s'en était débarrassée, plus rien ne l'empêchait de forniquer avec tous les hommes sur lesquels elle aurait pu jeter son dévolu. Des valets, des palefreniers, que sais-je. Cette fille n'a aucun discernement. Et elle s'est toujours montrée d'une familiarité déplacée avec les subalternes.

Grace eut une moue dédaigneuse, avant de reprendre :

— J'ai donc annulé ses débuts dans le monde, et je l'ai gardée à la maison dans l'espoir qu'elle se repente. C'est moi qui tenais les cordons de la bourse, vous savez. Ici, à Rosemont, tout le monde me considère comme la véritable châtelaine. Personne ne discute mon autorité. Louisa a vécu ici de manière très tranquille, en abusant néanmoins son entourage, car personne ne soupçonnait qu'elle projetait de fuir pour la France à la première occasion.

— Elle est restée huit ans cloîtrée ici, sans voir personne, si je sais compter. C'est un châtiment plutôt sévère pour une jeune fille qui s'était seulement rendue coupable d'une erreur de jugement. Elle était quand même âgée de vingt-cinq ans quand elle est partie, madame.

— Mais elle était toujours une gamine têtue. Hugh et moi avons fait de notre mieux pour la raisonner. Comme je vous l'ai dit, mon fils a été jusqu'à lui proposer de l'épouser afin de préserver l'honneur de la famille. Et à plusieurs reprises. Ce garçon a toujours été entiché d'elle. Pourquoi ? Cela m'échappe, je l'avoue.

— Vous oubliez que vous parlez de mon épouse, madame Westlake.

Charles s'abstint d'ajouter que Hugh souffrait peut-être du complexe d'Œdipe, comme l'aurait suggéré le fameux Dr Freud que Louisa aimait tant citer. Cette dernière ressemblait tellement à sa tante qu'elle aurait pu passer pour son sosie juvénile.

— Rien ne vous oblige à rester marié, monsieur Norwich. M. Baxter et moi-même avons décidé de vous offrir un dédommagement avantageux si vous revenez à la raison. Vous n'avez peut-être pas besoin d'argent, mais vous n'avez pas besoin non plus d'une femme inconséquente, qui vous trompera dès qu'elle se sera lassée de vous. Louisa est... instable. Versatile. Avide. Enfant déjà, elle croyait pouvoir agir à sa guise sans en subir les conséquences. C'est la faute de mon frère. Son Américaine de femme et lui l'ont horriblement gâtée.

Charles imagina la petite orpheline avec sa queue-de-cheval et son tablier, se démenant pour tenter d'arracher quelques miettes d'affection à sa tante. Des efforts voués à l'échec. Mme Westlake avait un glaçon à la place du cœur.

Elle dut percevoir le dégoût de Charles, car elle agita la main et déclara :

— Je ne suis pas un monstre, monsieur Norwich, vous savez. J'ai fait mon possible, vraiment. Hugh vous confirmera que je n'ai jamais fait de différence entre les deux enfants. Il m'en veut toujours un peu à ce sujet, d'ailleurs. Mais j'ai pris mes responsabilités très au sérieux, même si j'ai échoué à faire de Louisa une jeune fille convenable. Elle est incorrigible.

— Et je l'aime ainsi, conclut Charles en se levant. Je me vois contraint de vous décevoir, madame. Je n'ai aucune intention de divorcer. Il va falloir vous habituer à ma présence. Mais sachez que je n'apprécie guère les méthodes dont vous usez pour vous débarrasser de moi.

— Vous avez vous-même déclaré qu'un petit extra était toujours le bienvenu.

— Je ne parle pas de votre pot-de-vin. Cette nuit, quelqu'un s'est introduit dans ma chambre et m'a agressé. Que savez-vous à ce propos ?

La bouche incarnate de Grace Westlake s'arrondit de surprise.

— Moi ? Mais rien, bien sûr ! s'exclama-t-elle. Je vous garantis que je n'ai jamais eu recours à la violence de toute ma vie !

— Comment, vous n'avez jamais donné de fessée à une petite fille indocile ?

— Jamais ! s'exclama Grace, indignée. Louisa était cloîtrée quand elle se conduisait mal, c'est tout.

— Enfermée dans sa chambre, au pain sec et à l'eau, je présume. Je vous préviens, madame Westlake, les choses vont changer à Rosemont. En mieux, dois-je le préciser ? De toute façon, elles ne pourraient pas empirer.

— Que... que voulez-vous dire ?

— Louisa est ici chez elle, n'est-ce pas ? Chaque meuble, chaque tapis, chaque tableau lui appartient. Vous êtes son invitée. Et si j'étais vous, je m'attendrais à devoir bientôt déménager.

Les mains de Grace se crispèrent sur les accoudoirs de son fauteuil.

— Comment osez-vous ? Si je n'avais pas pris la relève à la mort de mon frère et de son idiote d'épouse, Louisa n'occuperait pas la position enviable qui est la sienne aujourd'hui. Demandez à M. Baxter. Grâce à mes investissements avisés, j'ai quadruplé sa fortune !

— Et nous vous en savons gré. Mais Louisa n'a plus besoin d'une tutrice. Je suis là pour la guider désormais.

— Et vous – un inconnu, étranger de surcroît – croyez pouvoir débarquer ici et bafouer mon autorité ? Vous vous leurrez, jeune homme. Louisa a beau être dénaturée, elle n'est pas totalement exempte de gratitude. Elle ne vous permettra pas de me chasser de chez moi.

— Nous verrons bien.

Il s'avançait peut-être un peu vite. Louisa ne s'était pas étendue sur les moyens qu'elle comptait employer pour se débarrasser de sa tante et de son cousin. Mais pour l'heure, il était dans l'antre du Dragon, alors autant se rendre utile. Et mieux valait que la vindicte de Grace Westlake soit dirigée contre lui plutôt que contre Louisa.

Il se rendait compte à présent que celle-ci n'avait rien de la petite fille gâtée et désinvolte pour laquelle il l'avait prise. Lui-même, qui avait grandi dans des conditions précaires, avait été entouré de tendresse, du moins du vivant de sa mère.

Louisa avait tout perdu à l'âge de quatre ans. Grandir sous la férule de Grace Westlake avait dû être une expérience violente. C'était un miracle que la jeune femme, loin de se laisser broyer, ait réussi à préserver en elle chaleur humaine et joie de vivre.

— Si vous voulez bien m'excuser, reprit-il, je crois que nous en avons terminé. Et je vous avertis, madame Westlake, je ne me laisserai pas intimider par vous ou vos sbires. Je serai armé dorénavant, et soyez certaine que je sais me défendre en cas de besoin.

— Ce que vous racontez ne tient pas debout !

— Vraiment ? Disons alors que nous serons tous sur nos gardes tant que nous résiderons à Rosemont.

Et c'était Grace qui, selon toute probabilité, décamperait la première, Charles espérait n'avoir laissé aucun doute à ce sujet.

Il l'abandonna dans un état de fureur qu'aucun fard n'aurait pu dissimuler. Sifflotant, il redescendit l'escalier en colimaçon. Après s'être trompé seulement trois fois de chemin, il retrouva Louisa dans le salon de leur suite. Elle faisait les cent pas devant la cheminée. Plusieurs livres et un journal étaient éparpillés sur la table, comme si elle avait été incapable de concentrer son attention sur quoi que ce soit.

À l'entrée de Charles, son visage s'éclaira, et il éprouva une drôle de sensation dans la poitrine.

Le considérait-elle comme son défenseur ?

Elle ne devrait pas.

— Alors ? Dites-moi tout ! le pressa-t-elle.

— Je suis sain et sauf. Elle m'a offert de l'argent, mais je ne sais pas combien vous valez, car nous n'avons pas été jusqu'à ce genre de négociations. Elle prétend ne rien savoir de l'incident de la nuit dernière, et je la croirais presque. Et puis… hum, vous feriez mieux de vous asseoir. Vous n'allez sans doute pas aimer ce que j'ai à vous dire.

Louisa hésita, avant de se laisser tomber avec grâce au bout du divan gris. Elle s'était changée après le petit déjeuner et portait à présent une robe de lainage ivoire à col haut qui lui allait à merveille. Elle était ravissante avec ses joues rosies, en dépit des cernes qui ombraient ses yeux, conséquence de leur nuit presque blanche.

Les mains croisées dans son giron, elle leva vers lui un regard confiant. Un regard qui lui donnait l'envie d'être plus grand, plus malin et plus valeureux qu'il ne l'était en réalité.

Il avait peur maintenant d'avoir été trop vite, trop loin.

— Allez-y, l'encouragea-t-elle.

— J'ai plus ou moins invité votre tante à quitter Rosemont. Je lui ai dit que sa présence n'était plus nécessaire.

Louisa battit des paupières.

— Et qu'a-t-elle répondu ?

— L'idée ne l'a pas enchantée. Elle a répliqué qu'elle était ici chez elle, que vous devriez lui être reconnaissante de tout ce qu'elle a fait pour vous.

Louisa émit un petit rire sec.

— Reconnaissante ? Ce n'est pas vraiment le mot que j'emploierais !

Baissant les yeux sur ses mains crispées, plus pâles encore que le tissu sur lequel elles reposaient, elle poursuivit :

— Elle a grandi à Rosemont, et je suppose qu'elle en a voulu à mon père qui en était seul héritier, alors que la propriété pouvait leur revenir à chacun pour moitié. Ce n'est pas un bien inaliénable qui se transmet obligatoirement de père en fils, comme les domaines ancestraux des nobles.

— Mais deux familles ne vivent pas sous le même toit, d'ordinaire.

— C'est sans doute ce qu'a pensé mon grand-père en léguant Rosemont à mon père. Il supposait que Grace allait se marier, ce qui s'est en effet produit dès sa sortie du pensionnat. Et il lui a offert une jolie dot, même si elle n'atteignait pas la valeur de Rosemont.

— Comment était son mari ? Heureusement pour lui, il est mort jeune, le pauvre !

Charles n'arrivait pas à imaginer Grace décoiffée. Sans doute trouvait-elle que l'amour physique était une activité bien trop brouillonne et sale.

— Je ne me souviens pas vraiment d'oncle Harry, mais il n'était pas si jeune que cela. Il avait au moins vingt ans de plus qu'elle. Mon grand-père n'approuvait pas cette union, bien que Harry soit le frère d'un vicomte. Mais rien n'arrête Grace quand elle s'est mis une idée en tête.

— Un peu comme sa nièce, la taquina-t-il.

Louisa le gratifia d'un sourire tremblant.

— Je devrais vous défier en duel pour m'avoir dit cela.

— Sur le pré, à l'aube, au pistolet ? Il y a des tas d'autres choses que je préfère faire avec vous à cette heure-là.

Les mots étaient sortis avant qu'il ait le temps de réfléchir. Bon sang, il était en train de flirter ! Et d'imaginer Louisa étendue sur le lit, son déshabillé entrouvert, son corps d'albâtre offert à ses assauts.

Ils s'étaient pourtant mis d'accord : la nuit passée avait été une erreur. Cela ne se faisait pas de désirer sa patronne.

Mais le mal était fait. On ne pouvait plus remettre le génie dans sa lampe. Ni le dentifrice dans le tube. Bref, on pouvait choisir la métaphore qu'on voulait, cela ne changeait rien au fait que Louisa lui plaisait follement.

Il aurait été si facile de se pencher pour baiser ces lèvres pulpeuses, goûter la perle de chocolat à leur commissure, entamer une joute succulente avec sa langue chaude...

— Charles... commença-t-elle d'un ton menaçant.

Incapable de se maîtriser, il s'inclina et lui prit la joue en coupe. Sa peau était douce et rose, comme si elle s'était baignée dans du miel et des pétales de fleur.

Elle ouvrit la bouche pour protester et il la réduisit au silence d'un baiser.

Elle était assise et il était obligé de se plier en deux dans une position très inconfortable, mais cela n'avait aucune importance car, ses réticences envolées, elle lui rendit bientôt son baiser avec… enthousiasme. Oh, et puis pourquoi user d'euphémismes ? Elle lui dévorait littéralement la bouche. Ses cils papillotaient contre sa pommette et ses mains agrippaient les pans de sa veste.

Charles posa le genou sur le canapé afin de la prendre dans ses bras. Il ne voyait pas du tout comment l'extirper rapidement de cette robe, alors il ferma les yeux et se contenta de humer son parfum capiteux de violette.

S'il avait eu de l'argent, il aurait veillé à ce qu'elle en ait toujours un petit bouquet, d'un violet bien vif qui trancherait sur sa peau claire. Il sèmerait sur son lit des centaines de minuscules fleurs, qu'ils écraseraient en roulant dessus, dans leur quête de plaisir charnel.

Seigneur, il perdait la tête. Il se laissait emporter par la passion. Mais il se moquait bien de l'endroit où il échouerait du moment que Louisa Stratton était à portée de main.

# 19

Ce n'était pas censé se passer ainsi. Ils étaient tombés d'accord la veille – ce matin, plutôt – pour mettre un terme à cette intimité tout à fait déplacée. Mais elle était si fatiguée, si angoissée et si perturbée d'être de retour « à la maison » où quelqu'un essayait de l'effrayer. Et Charles était si... si... Oh, les mots lui manquaient tandis qu'il l'embrassait, que le satin de son cache-œil lui caressait la tempe et qu'il enfouissait les mains dans ses cheveux !

Il allait lui ruiner son chignon, Kathleen ne serait pas contente. Et surtout elle serait furieuse qu'elle se laisse embrasser. La cameriste s'était persuadée que Charles avait une mauvaise influence sur elle, et... bon, elle n'avait sans doute pas tort.

Durant toutes ces années de solitude, Louisa avait tenu la passion à l'écart, et voilà qu'une seule nuit avait suffi à tout chambouler. Elle ne demandait qu'à retomber dans le lit avec Charles et reprendre les choses là où ils les avaient laissées.

Le fin lainage de sa robe lui irritait le cou. Le lacet de son corset était tendu à craquer. Elle avait chaud partout, peinait à respirer. Mais c'était normal puisque la bouche du capitaine recouvrait la sienne.

Il n'avait pas l'air de penser à son triste passé, en tout cas. Ni de songer à quoi que ce soit d'autre, d'ailleurs. Louisa décida de l'imiter. Elle allait se concentrer uniquement sur sa langue qui avait encore un léger goût de dentifrice, sur ses pouces calleux contre ses pommettes, sur la largeur de son torse, sur sa chaleur. Ainsi pressée contre ce corps musclé, elle se sentait... en sécurité.

Elle rouvrit les yeux. Le regard bleu vif de Charles la transperça. Elle aurait pu basculer dans ses profondeurs limpides, se fondre dans son être, sous sa peau, pour ne plus jamais se dissocier de lui.

Et pourtant, que savait-elle de cet homme ?

Uniquement ce qu'il avait choisi de lui révéler, et qui était peut-être faux de bout en bout, comme l'avait souligné Kathleen ce matin même en la coiffant. Peut-être s'était-il inventé ce personnage de garçon pauvre qui s'était hissé hors de la misère à la force du poignet et avait vécu des horreurs insoutenables à la guerre pour gagner sa sympathie ?

Elle s'écarta dans un raidissement subit, et il perçut le changement en elle. Sa bouche libéra la sienne. Le souffle court, il s'assit sur le divan.

— Désolé, une fois de plus j'ai outrepassé les limites autorisées. C'est votre faute aussi, vos lèvres appellent les baisers !

— Je ne peux pas m'en empêcher quand vous êtes là, semble-t-il, se défendit-elle, avant d'ajouter : Merci d'avoir réglé son compte à ma tante. Je ne savais pas trop comment aborder le sujet de son départ, et vous vous en êtes chargé. Évidemment, elle ne partira pas.

— Comment est-ce possible, si vous ne voulez pas qu'elle reste ? Vous ne pouvez pas faire intervenir les autorités ?

— Ce n'est pas si simple. Les gens qui vivent ici lui sont dévoués. Je m'entends bien avec la cuisinière et Griffith, mais Mme Lang, la gouvernante, est sa créature. Ce ne sera pas chose aisée de gérer Rosemont si je me mets toute la domesticité à dos.

— Bon sang, Louisa, vous n'avez qu'à les virer ! Vous ne vous rendez pas compte que des centaines de gens vont se précipiter pour obtenir les places vacantes ? Vous êtes ici chez *vous*. C'est *votre* argent qui fait tourner la maison.

Il la bousculait, avec raison. Elle était lâche. Mais elle ne pouvait s'empêcher de se sentir toute petite à l'ombre de Grace.

— Il faut que je parle à M. Baxter.

— Virez-le, lui aussi. Il fait les quatre volontés de votre tante. Débarrassez-vous aussi du docteur, et de tous ces parasites. Quand je pense qu'elle voulait que Fentress me divulgue votre dossier médical. C'est illégal, bon sang ! Même si j'étais réellement votre époux, il est censé garder le secret médical.

Louisa soupira.

— Je sais que vous avez raison, Charles. Quand j'étais en France, tout paraissait tellement clair dans ma tête. Mais maintenant que je suis de retour…

Elle laissa sa phrase en suspens. Que lui arrivait-il ? L'année passée, elle avait pris goût à la liberté. Elle n'avait sûrement pas envie de retomber sous la coupe de sa tante. Ou, pire, de fuir de nouveau ses responsabilités.

Charles quitta le canapé et s'approcha de la fenêtre. Louisa remarqua qu'il rajustait son pantalon. Il avait beau se fâcher, elle lui faisait toujours de l'effet. Et cela lui mettait du baume au cœur, de savoir qu'elle possédait au moins ce pouvoir-là.

— Vous avez besoin que quelqu'un vous aide. Quelqu'un qui en sait plus que moi. Pourquoi ne demandez-vous pas à Mme Evensong de vous recommander un bon juriste ? Confiez-vous à elle. Elle aura peut-être une solution pour vous débarrasser de votre tante. Cette femme se prétend capable de régler tous les problèmes, non ?

— Oh, Charles ! Quelle brillante idée ! Je vais lui écrire sur-le-champ.

— Et ensuite nous irons nous promener. Et pas dans votre fichue automobile. À cheval.

Le capitaine Cooper devait avoir fière allure, les cuisses moulées dans une culotte de daim fauve. Et prendre l'air leur ferait le plus grand bien.

— Il va bientôt être l'heure de déjeuner, objecta-t-elle pourtant.

— Demandez à votre chère cuisinière de nous préparer un en-cas. Il ne fait pas si froid, nous allons pouvoir pique-niquer.

Louisa était sceptique. Le long des côtes de la Manche, le vent soufflait fort. À moins qu'ils ne se rendent plutôt du côté de l'Antre de l'Ermite ? Il n'y avait jamais eu d'anachorète là-bas. Le grand-père de Louisa avait fait rénover une vieille cabane pour la transformer en une espèce de fausse grotte gardée par une gargouille. Enfant, elle adorait explorer les lieux en compagnie de Hugh et de leur gouvernante. Et ensuite, bien sûr, avec sir Richard. Mais mieux valait ne pas y penser.

Maintenant que l'idée avait germé dans son cerveau, elle imaginait déjà les chevaux attachés à l'extérieur de la hutte, les murs protecteurs, le mobilier de bois rustique. Dans quel état étaient les tapis et les coussins, à présent ? Sans doute moisis à cause de l'humidité, mais il suffisait d'emporter une couverture et…

Bonté divine. Voilà que Charles Cooper envahissait de nouveau ses pensées, s'insinuait dans son imagination fébrile. Il avait fait voler en éclats ses bonnes résolutions. Neuf années durant, elle était restée chaste. Certes, cela n'était pas difficile à l'époque où elle vivait quasi recluse à Rosemont. Mais l'année passée, en

Europe continentale, elle avait eu maintes occasions de jeter son bonnet par-dessus les moulins, pourtant elle avait continué de s'imposer une stricte abstinence.

Aujourd'hui, elle était libre et ne subissait plus que le joug de son propre désir. Et à quelques pas d'elle se tenait Charles Cooper, dont la silhouette se découpait devant la fenêtre. Il contemplait la surface moutonneuse de la mer et semblait aussi fasciné par ce spectacle qu'elle-même l'était par lui. Oui, elle aurait pu le regarder ainsi toute la journée. Regarder, ce n'était pas toucher, n'est-ce pas ?

— Donnez-moi une heure, dit-elle.

Cela lui laissait le temps de prévenir la cuisinière, de se faire recoiffer par Kathleen et de griffonner une lettre à Mme Evensong pour lui parler des choses bizarres qui se passaient à sa banque. Elle pouvait même l'inviter à venir séjourner à Rosemont, puisque Mme Evensong avait manifesté de la curiosité envers la propriété et ceux qui y résidaient.

— Je vous retrouve aux écuries, ajouta-t-elle. Vous saurez en trouver le chemin tout seul, n'est-ce pas ?

Charles pivota pour lui faire face.

— Je croyais qu'il valait mieux ne pas nous quitter d'une semelle ? Ne suis-je pas votre garde du corps ?

Louisa l'avait presque oublié.

— Personne n'osera s'en prendre à moi en plein jour. Ce sont les nuits qui devraient nous inquiéter.

— À qui le dites-vous !

À son ton, elle devina qu'il ne s'inquiétait pas seulement de recevoir un coup sur le crâne. Ses joues s'échauffèrent brusquement. Jamais elle n'avait autant rougi qu'en présence du capitaine.

— Une heure, répéta-t-elle.

Puis elle alla s'enfermer dans la chambre de ses parents et sonna Kathleen.

Comme s'y attendait Charles, les écuries étaient ultra modernes et d'une tenue irréprochable.

Le grand bâtiment de brique abritait également la Daimler. Le chauffeur logeait juste au-dessus du garage. Il salua Charles d'un bref hochement de tête, au moment où celui-ci passait devant le box, sans cesser d'astiquer la carrosserie à la peau de chamois, comme si sa vie en dépendait.

À côté se trouvait un emplacement vacant, destiné à l'automobile de Louisa, qui était toujours en réparation. Charles espérait que le mécanicien de Londres passerait un temps fou à rassembler les pièces manquantes. Il n'avait nulle envie de remettre sa vie entre les mains de la jeune femme. Plusieurs voitures hippomobiles, de différents styles et tailles, étaient également garées là.

Charles préférait de loin les chevaux aux bolides étincelants. Il avait toujours été fou d'équitation, même à l'époque où il vivait dans les faubourgs de Londres. Sa bonne vieille monture de l'armée lui manquait, mais il n'aurait pas eu les moyens de l'entretenir.

Les odeurs de foin, de cuir et de crottin se mêlaient dans l'air iodé. S'il avait vécu à Rosemont, il aurait fait du cheval tous les jours, pour rejoindre la plage ou galoper à travers les étendues verdoyantes qu'ils avaient traversées en train avant d'arriver.

Un palefrenier fit son apparition dans la cour pavée.

— Que puis-je pour vous, monsieur Norwich ?

Charles le dévisagea stupidement avant de se rappeler que tous les employés savaient qui il était… ou qui il était censé être.

— Ma femme et moi allons faire une promenade à cheval. J'aimerais que vous selliez sa monture habituelle et que vous m'en trouviez une.

— C'est-à-dire que Mlle Louisa… je veux dire Mme Norwich n'a jamais monté depuis que je travaille à Rosemont. Mais il paraît qu'elle va souvent rendre visite à Émeraude dans son box lorsqu'elle passe aux écuries.

Le jeune palefrenier jaugea Charles du regard, comme pour estimer son poids.

— Je pense que Prince Pirate, le cheval de M. Hugh, vous conviendra parfaitement, monsieur. Si vous voulez m'accorder un moment, le temps de préparer les deux montures ?

Charles s'assit sur le vieux banc d'acajou face à une stalle. Il aurait bien proposé son aide, mais l'aristocratique Maximilian Norwich n'était sûrement pas supposé seller lui-même son cheval. Charles ravala un sourire. Prince Pirate, franchement ! À cause du cache-œil, peut-être. Il ne lui était pas arrivé souvent de chevaucher pour le simple plaisir, encore qu'il appréciait un bon galop, même en pleine bataille. Une sorte de magie unissait l'animal à son cavalier. Il avait eu la chance de se voir attribuer des montures fiables qui, la plupart du temps, avaient su le ramener à l'abri.

L'air était frais, mais le soleil lui chauffait agréablement le visage. Il faisait toujours plus doux sur la côte, il s'en souvenait maintenant. Avec un temps si clément, on ne se serait pas cru en décembre s'il n'y avait eu les lianes dénudées de la vigne vierge sur la façade. Ici, il y avait aussi des roses pour les chevaux. De son banc, il observa l'activité qui régnait dans la cour. Robertson avait enfin cessé d'astiquer la Daimler et avait disparu à l'intérieur du bâtiment. On entendait le bruit du ressac sur la grève, les cris des goélands, les chevaux qui renâclaient. En dépit de tante Grace et des gargouilles, Rosemont était un petit paradis.

Ainsi donc, il monterait le cheval du cousin Hugh. Il restait à espérer que le palefrenier n'aurait pas d'ennuis. Pour ce que Charles en savait, il ne valait mieux pas contrarier Hugh Westlake. Il avait donc hâte de faire sa connaissance et de le prendre de front. C'était une réaction puérile. Mesquine. Mais plus le temps passait, plus il avait envie de rendre à Louisa la place qui lui revenait de droit. Il commençait à se considérer comme une sorte de redresseur de torts face aux sinistres résidents de Rosemont, tel un membre du parti cavalier en guerre contre les Côtes de fer[1]. Il était temps de remettre la jeune reine sur son trône.

Il y avait chez Louisa une vulnérabilité qui ne sautait pas aux yeux de prime abord. Elle était si jolie, si volubile, qu'on ne percevait pas d'emblée ses doutes et ses incertitudes. Il faudrait sans doute du temps pour qu'elle trouve ses repères à Rosemont. Mais Charles était tout disposé à attendre que...

Bon sang, il perdait la tête. On ne l'avait engagé que pour un mois, laps de temps amplement suffisant pour expulser les parents indésirables de la propriété. D'ici là, Maximilian Norwich allait succomber à une mystérieuse maladie. Tel était son destin. Et ensuite... eh bien, peut-être Mme Evensong lui trouverait-elle une autre mission. Secourir les demoiselles en détresse, cela commençait à lui plaire, finalement.

Deux palefreniers amenèrent les montures, des bêtes magnifiques. Charles fut si ébloui par Prince Pirate qu'il ne vit pas Louisa apparaître à l'angle du bâtiment. Mais lorsqu'il se rendit enfin compte de sa présence...

Seigneur, ayez pitié !

Elle ne portait pas de chapeau. Ses cheveux étaient rassemblés en une tresse lâche qui pendait dans son dos. Elle avait noué une épaisse écharpe écossaise autour de son cou et portait une veste en grosse laine sur des culottes d'équitation masculines qui moulaient

---

1. Régiment recruté par Olivier Cromwell (1599-1658) pour combattre les partisans de Charles I^er^ pendant la première révolution d'Angleterre.

ses cuisses fuselées avec une précision diabolique. Les deux jeunes palefreniers virèrent à l'écarlate, et Charles dut se rappeler de fermer la bouche.

— Hello, chéri ! Hello, Jimmy ! Angus ! Émeraude, ma beauté ! Vous n'imaginez pas à quel point j'ai envie de galoper. J'ai sauté sur chaque occasion quand j'étais outre-Manche, mais bien sûr je n'ai jamais eu de montures aussi racées que celles qu'on trouve à Rosemont.

Elle sortit un morceau de sucre de la poche de sa veste et l'offrit à la jument. Émeraude était effectivement une vraie splendeur, avec sa robe gris argenté, sa crinière et sa queue d'un noir brillant. Sa selle et son harnais étaient gansés de cuir vert vif, en référence à son nom probablement, mais à sa vue, Louisa fronça les sourcils.

— Jimmy, je préfère une selle normale, s'il vous plaît. Max, cela ne vous ennuie pas d'attendre un instant ?

Pas de selle amazone pour Louisa. Charles aurait attendu une éternité pour le plaisir de contempler ce postérieur arrondi au trot enlevé.

— Prenez tout le temps que vous voudrez, très chère.

Louisa accompagna les deux palefreniers dans l'écurie en bavardant amicalement avec eux. Charles en profita pour inspecter Pirate. C'était un étalon massif, à la robe noire lustrée et au tempérament placide. Hugh Westlake avait l'œil pour choisir ses montures. Charles caressa le chanfrein du cheval et lui parla à mi-voix, comme si celui-ci pouvait comprendre ses paroles. D'aucuns auraient ricané, mais il était convaincu que les chevaux étaient plus intelligents que bien des humains.

Il pivota au moment où Louisa ressortait dans la cour, juchée sur sa jument. Il aurait adoré l'aider à se mettre en selle, mais on l'avait privé de ce petit plaisir. Bien que Louisa ne soit pas particulièrement grande, ses jambes contre les flancs d'Émeraude semblaient interminables.

— Allons jusque devant la porte des cuisines, Miriam doit nous avoir préparé un panier de pique-nique, expliqua-t-elle.

Charles permit à Jimmy de tenir la bride de Pirate pendant qu'il l'enfourchait, puis il jeta une pièce au jeune palefrenier pour sa peine. C'était ce qu'aurait fait Maximilian Norwich, non ?

Le panier de pique-nique se présenta finalement sous la forme d'une besace en toile de jute, que Louisa glissa dans son sac de selle.

— Où allons-nous ? s'enquit-elle. Vers la mer ou vers les bois ?

— Plutôt la mer. Avant de venir ici, j'ignorais combien c'est apaisant de regarder les vagues. Je n'aime pas beaucoup naviguer, mais c'était sans doute lié aux circonstances dans lesquelles je l'ai fait.

— Hum. Je ne suis pas aussi sereine, je le crains. Il a fallu que je me force pour nager dans la Méditerranée. À cause de cette malédiction familiale, vous comprenez. Je vous l'ai dit, mes parents et mes grands-parents sont morts noyés.

— Évitez la navigation de plaisance, alors.

Pour ce qui était de la baignade, en revanche… Imaginer Louisa en costume de bain, ses jambes fines gainées de noir jusqu'aux genoux. Tandis qu'elle s'abandonnerait à l'onde, il l'encerclerait de ses bras. Sa peau étincellerait de milliers de gouttelettes semblables à des diamants…

Ou, mieux encore, ils nageraient nus, seuls sur leur petite plage privée. Et si elle s'affolait, il serait là pour la soutenir, la ramener sur la terre ferme et lui faire l'amour sur le sable jusqu'à ce qu'elle oublie toutes les tragédies qui avaient ponctué son existence.

— Avez-vous entendu ce que je viens de vous dire ? demanda-t-elle.

Heureusement, elle ne pouvait pas lire dans son esprit.

— Euh, non… Le vent, prétendit-il.

— Je disais qu'il ne me viendrait jamais à l'idée de faire de la navigation de plaisance. Kathleen a dû me donner un somnifère pour la traversée de retour sur le vapeur. Vous devez penser que je suis une vraie chochotte, mais, bizarrement je n'ai pas eu peur quand il a fallu faire le chemin inverse pour fuir Rosemont, un an plus tôt.

— La traversée de la Manche n'est pas une telle épreuve. Mais avec un peu de chance, vous ne serez pas obligée de recommencer avant un bon moment. Sauf si vous le souhaitez, bien sûr. Ce sera difficile de résister à l'appel de votre couturier parisien, j'imagine.

Louisa arqua un sourcil dubitatif.

— Vous croyez que nous parviendrons à chasser tante Grace de Rosemont ?

— J'en suis sûr, répliqua Charles avec une conviction qu'il était loin de ressentir.

Ils guidèrent leurs montures sur un sentier étroit et abrupt qui descendait vers la plage. Pirate semblait un peu nerveux et Charles lui flatta l'encolure pour le rassurer.

— On fait la course ! lança Louisa dès que les sabots de sa jument touchèrent le sable.

Elle talonna Émeraude avant même que Charles ait acquiescé.

La petite coquine. Il prit le temps d'admirer son fessier magnifique qui rebondissait sur la selle. Pour un homme qui se croyait voué à la chasteté… Une unique nuit avec Louisa ne l'avait sûrement pas guéri de ses cauchemars, mais lorsqu'il était près d'elle, il n'avait plus envie de s'apitoyer sur lui-même.

Le spectacle qu'il avait sous les yeux suffit à réveiller son désir. Son sexe tressaillit et durcit dans son pantalon. Écharpe et natte volant au vent, Louisa était déjà loin. Bon sang ! Il n'était pas dit que l'officier de cavalerie Charles Cooper se laisserait battre à la course par une fille !

Il talonna les flancs de Pirate. Mais le fier étalon ne l'entendait pas ainsi. Il hennit, se cabra soudain, et, d'un coup de croupe vicieux, éjecta Charles de sa selle.

# 20

Euphorique, Louisa se tourna pour taquiner le capitaine. Son triomphe fut de courte durée. Charles Cooper gisait sur la plage, étendu sur le dos. Prince Pirate lui reniflait les côtes.

Il était tombé ? Cet homme était un officier de cavalerie, que diable ! Elle fit volter Émeraude et revint sur ses pas au galop.

Elle tira brutalement sur les rênes avant de sauter à terre et de se laisser glisser à genoux près de Charles. Ses yeux bleus étaient grands ouverts. C'était sûrement bon signe, non ?

— Charles ! Que s'est-il passé ? Tout va bien ?

— Plus ou moins. Le cheval m'a désarçonné. Il a dû se rendre compte que je n'étais pas Hugh et, apparemment, ça ne lui a pas plu.

— Vous avez mal quelque part ? s'enquit-elle d'un ton anxieux.

Les vagues menaçaient de lécher son chapeau qui avait volé à quelques mètres de là.

— Votre blessure ! Vous avez toujours votre pansement ?

Il secoua la tête, grimaça de douleur.

— Non, je l'ai enlevé. Je ne voulais pas que Grace constate que l'attaque avait été un succès.

— Oh, Charles ! Pouvez-vous soulever la tête ? Ou mieux, vous asseoir ? Je vais nettoyer la plaie.

Louisa dénoua son écharpe tandis que Charles se hissait tant bien que mal sur les coudes.

— Ma foi, je ne m'attendais pas à atterrir sur les fesses de si bon matin.

— Appuyez-vous contre moi.

Il ne discuta pas. Du sang lui maculait le crâne, en moindre quantité cette fois. Avec un coin de son écharpe, Louisa s'efforça d'ôter les grains de sable autour de la blessure.

— Nous devrions retourner à la maison, dit-elle.

— Et rater le pique-nique ? Sûrement pas. La chute m'a coupé le souffle, mais je n'ai rien.

Il n'avait pourtant pas l'air bien. Son teint était livide sous son hâle.

— Croyez-vous que vous supporterez que je verse un peu d'eau de mer sur la plaie ? Elle s'est rouverte et il faudrait la rincer.

— Je vais essayer de ne pas hurler comme un bébé.

Il vacilla légèrement lorsqu'elle s'écarta et se redressa pour aller fouiller dans le sac de selle d'Émeraude. La cuisinière avait ajouté au pique-nique de lourdes timbales pour le vin. Louisa en saisit une qu'elle alla remplir d'eau de mer. Elle récupéra aussi le chapeau trempé et revint vers Charles, qui plissait les paupières à cause du soleil.

— Cramponnez-vous à votre chapeau et penchez la tête en avant. Cela risque de piquer un peu.

— Pourquoi dites-vous « risque » ? Nous savons bien que c'est une certitude. Allez, faites au pire.

Il grinça des dents lorsqu'elle fit ruisseler l'eau salée sur son cuir chevelu.

— Voilà, c'est fini. En fait, cela vous aidera à cicatriser plus vite.

— Oui, docteur Stratton. Maudit canasson. Moi qui lui parlais si gentiment.

Il secoua son chapeau, le coinça sous son bras. Prince Pirate se tenait non loin, tête basse, comme terrassé par la honte.

— Je ne comprends pas, murmura Louisa. Hugh ne s'est jamais plaint de cette bête.

— Je manque peut-être de pratique. Cela fait un moment que je n'avais pas monté. Enfin bref. J'ai faim. Et je meurs de soif, aussi.

— Allons un peu plus loin. Il y a une petite anse rocheuse en surplomb qui nous abritera du vent.

— À vos ordres.

Charles se remit debout sans aide.

— Attendez.

S'enhardissant, elle épousseta à l'aide de son écharpe le sable sur ses vêtements, dans son dos, apportant une attention particulière à son postérieur ferme et musclé. Louisa en aurait volontiers parlé à Kathleen, mais celle-ci n'approuvait pas leur rapprochement. Sauf qu'il n'y aurait plus de rapprochement. Fini les baisers échevelés. Cette fois, Louisa se maîtriserait. Ils allaient juste pique-niquer et comploter pour précipiter la défaite prochaine de Grace.

Ils ne tardèrent pas à rejoindre l'anse rocheuse, où elle aimait tant jouer, enfant. Comme la cabane-grotte de son grand-père, cet endroit lui offrait une intimité où son imagination avait tout loisir de se déchaîner.

Les rochers devenaient une forteresse où elle régnait en monarque suprême. En dépit des protestations de sa gouvernante, elle les avait escaladés des milliers de fois pour sauter à pieds joints dans le croissant de sable qui s'étendait en contrebas. Aujourd'hui, il n'était pas question de faire des bonds de cabri.

Elle tira la besace en toile de jute cirée du sac de selle.

— Je me suis tellement dépêchée de changer de selle que j'ai oublié la couverture d'Émeraude. Charles, pouvez-vous prendre celle de Prince Pirate pour que nous nous asseyions dessus ?

— Tout de suite.

Il déboucla la sangle de l'étalon qui releva la tête d'un air nerveux. Charles souleva la selle, la déposa par terre, déplia la couverture…

— Bon sang de bois !

— Qu'y a-t-il ? s'inquiéta Louisa.

— Des vis. Cinq, fichées dans la trame de la couverture, dit-il en en extrayant une pour la lui montrer.

— Des vis ? répéta-t-elle, incrédule. C'est curieux.

— Vous trouvez ? Pas étonnant que Pirate ait rechigné à transporter ma carcasse.

Il passa doucement la main sur le dos de sa monture à la recherche d'une plaie.

— Doucement, mon garçon. Je ne t'en veux pas, tu sais. Celui qui a fait ça en avait après nous deux.

— Jimmy ne ferait jamais une chose pareille, Charles. Je suis catégorique. Jamais il ne ferait délibérément mal à un cheval. Je l'ai connu enfant. Son grand-père est palefrenier en chef de l'écurie.

— Mmm, marmonna Charles.

— Si la couverture était pliée, il n'a pas dû voir ces vis emberlificotées dans la laine.

— Vous avez sans doute raison, dit-il, mais il n'avait pas l'air convaincu.

— Vous ne pensez tout de même pas qu'il s'agit d'une nouvelle tentative d'intimidation ?

— Je ne sais que penser. Je sais juste que si quelqu'un est résolu à avoir ma peau, je préfère mourir le ventre plein. Qu'y a-t-il dans votre besace ?

Il glissa les vis dans sa poche, puis étendit la couverture sur le sable après l'avoir secouée. Louisa le considéra, interloquée. Il était trop calme.

— Charles, je ne plaisantais pas quand je vous ai dit que vous étiez libre de partir.

— Et vous laisser seule ici ? Ne dites pas de bêtises.

Il s'assit en tailleur, ses bottes de cuir flambant neuves laissant voir des semelles à peine éraflées. Il tendit la main.

— Si vous ne voulez pas me rejoindre, donnez-moi au moins cette besace. Je meurs de faim.

Louisa s'assit en tailleur elle aussi. C'était tellement agréable de porter un pantalon. Elle entreprit de déballer les victuailles. Des mets tout simples – sandwichs au jambon, fromage, pommes et cake aux fruits confits –, mais le vin était un excellent millésime.

Charles s'empara du tire-bouchon.

— À nous, dit-il après avoir rempli les timbales.

Sur ce, il vida la sienne en trois lampées.

— Vous êtes nerveux, remarqua-t-elle.

Charles mordit dans son sandwich pour éviter de répondre.

— Peut-être devrions-nous quitter *tous deux* Rosemont, reprit-elle en jouant avec son morceau de fromage.

Il s'essuya la bouche d'un revers de main.

— Vous n'allez pas recommencer. Vous ne fuirez pas. Vous êtes ici chez vous. Je ne me laisserai pas intimider, même si je dois m'asseoir sur un millier de vis, de boulons ou de clous.

— M... merci, Charles, balbutia-t-elle. Je parlerai à Jimmy à notre retour. Et à Angus aussi.

— Ne vous attendez pas qu'ils avouent quoi que ce soit. Vous avez raison, ils n'ont sans doute rien à voir avec cette histoire. Ce doit être une coïncidence.

Je commencerai vraiment à m'inquiéter quand on me tirera dessus.

Louisa blêmit.

— Ne plaisantez pas, c'est horrible ! Tout à l'heure nous passerons à l'armurerie. Je demanderai les clés à Griffith.

Elle leva un regard anxieux au surplomb rocheux, comme pour surprendre un ennemi prêt à jaillir pour les éliminer.

— Ça me va, acquiesça Charles.

Il s'était resservi en vin, mais cette fois dégustait le contenu de sa timbale à petites gorgées, sans hâte.

— Vous ne mangez rien, commenta-t-il.

Non. Et c'était dommage. Libérée pour une fois de son corset, elle pouvait se gaver de pain frais à sa guise, mais l'impression de danger qui planait sur eux lui coupait l'appétit. Elle grignota un bout de cake. Il était succulent, aromatisé au cognac et plein de gros morceaux de fruits confits. Un goût de Noël avant l'heure.

— Hé, c'est le dessert ! protesta Charles.

— Je fais ce que je veux, n'est-ce pas ? Je suis chez moi, comme vous l'avez dit. Si vous voulez mon sandwich, ne vous privez pas.

— Je vous prends au mot.

Ils demeurèrent silencieux un moment, et l'on n'entendit plus que le bruit du ressac, le souffle des chevaux attachés non loin, le glouglou du vin lorsque Charles remplit de nouveau leurs timbales.

Louisa croqua une pomme. Avec le cake, cela lui suffisait amplement. Sans compter le vin. Les rayons du soleil inondaient la petite crique et, peu à peu, elle sentit son angoisse se dissiper. C'était un vrai plaisir de regarder Charles manger – il était si méthodique. Il tira un petit couteau de sa botte et entreprit de couper sa pomme avec des gestes aussi précis qu'efficaces. Puis il se leva et partagea les quartiers entre Émeraude et Prince Pirate.

— Vous ne lui tenez pas rigueur de votre chute ? s'étonna Louisa.

— Ce n'était pas sa faute. C'est un bon gaillard. Au fait, quand votre cousin est-il censé rejoindre notre joyeuse bande ?

Hugh. Il lui était totalement sorti de l'esprit, celui-là.

— Je ne sais pas, tante Grace ne l'a pas précisé.

— Parlez-moi un peu de lui.

Louisa réprima un frisson. Hugh avait été le fléau de son existence des années durant.

— Je le déteste. Mais il est très séduisant.

— Plus que moi ? la taquina-t-il.

Pour l'heure, aux yeux de Louisa, personne n'était plus séduisant que Charles Cooper, mais il n'était pas question qu'elle l'admette.

Elle haussa les épaules.

— Il est blond, de taille moyenne. Il ressemble à sa mère.

— Il pourrait donc passer pour votre frère. Songez aux superbes enfants que vous auriez si vous l'épousiez.

Louisa lui jeta son trognon de pomme qui l'atteignit en pleine poitrine. Charles se mit à rire.

— Il va falloir que je vous ajoute à la liste de ceux qui me veulent du mal. C'est peut-être vous qui avez glissé ces vis dans la couverture de selle.

— Ne dites pas de sottises, je ne ferais jamais de mal à un cheval.

— Nous parlions de Hugh…

— Je vous ai fait son portrait dans le train. Vous ne m'avez pas écoutée ?

— J'avoue que mon attention était quelque peu distraite.

— Pourquoi ?

— Parce que vous êtes beaucoup trop bavarde, ma chère. Et bien trop belle pour qu'un homme fasse attention à vos propos.

— C'est idiot. Si vous me trouvez belle – ce qui est déjà ridicule, soit dit en passant –, vous devriez d'autant plus m'écouter.

Elle se sentit rougir, une fois de plus. Miséricorde.

— Allez-y. Cette fois, je vous promets d'être tout ouïe.

Il revint s'asseoir sur la couverture et croisa les doigts devant lui, tel un gentil écolier attendant sa leçon.

Louisa s'humecta les lèvres nerveusement. Penser à Hugh la mettait toujours mal à l'aise. Enfant, il n'avait cessé de la tourmenter. Il l'enfermait dans des armoires sombres, tirait sur ses nattes, glissait des araignées dans son lit... toutes les taquineries que les petits garçons infligeaient volontiers aux petites filles. Mais en grandissant, c'est Hugh lui-même qu'elle avait fini par trouver dans son lit, usant de tous les arguments possibles pour la convaincre de lui offrir sa vertu. Lorsqu'elle avait eu cette aventure avec sir Richard, Hugh, fou furieux, s'était montré encore plus entreprenant. Il ne comprenait pas qu'elle se refuse à lui alors qu'elle accordait ses faveurs à un autre. Tant et si bien qu'elle avait dû le tenir à distance avec un pistolet.

— Tante Grace encourageait mon cousin à me courtiser. Pour que ma fortune ne sorte pas de la famille, vous comprenez. Et au bout d'un moment, il a dépassé les bornes. Largement. Je... je ne me sentais plus en sécurité. J'imagine que si je me suis tournée vers sir Richard, c'est aussi dans l'espoir qu'il m'épouse et résolve ainsi mes problèmes.

— Ce sont des porcs. Tous les deux.

— Pour être honnête, nous étions tous très jeunes, et Hugh était très influencé par sa mère. S'il avait réussi à me compromettre, je n'aurais pas pu refuser de l'épouser. Ma brève aventure avec sir Richard a fait capoter ses beaux projets, puis dans la foulée sir Richard a rencontré mon amie, lady Blanche Calthrope, qui était encore plus riche que moi et avait en outre de puissantes relations, car son père est comte.

Louisa reprit son souffle. Non, Richard n'avait pas réparé ses torts en demandant sa main.

— Après leur mariage, j'ai persisté à ne pas vouloir épouser Hugh. Quoi qu'il fasse pour tenter de me convaincre. Au bout d'un moment, il est retourné à l'université, à Londres, et je suis restée enfermée dans ma chambre, à Rosemont. Les derniers temps, il s'est montré beaucoup moins entreprenant. Je crois qu'il s'est résigné, contrairement à sa mère.

— Je ne comprends pas. Vous m'avez dit que les Westlake étaient très riches. Alors pourquoi en auraient-ils après votre argent ?

— Parce que personne n'est jamais trop riche, Charles. Et je pense que Grace estime légitime qu'elle garde la mainmise sur la maison de son enfance par l'intermédiaire de son fils et de ses futurs petits-enfants. Pour être franche, je ferais aussi bien de leur vendre la propriété pour commencer une nouvelle vie ailleurs.

Renoncer à Rosemont ? D'où lui venait cette idée ? C'était sans doute le vin qui lui faisait dire des bêtises. Quoique… Elle n'avait pas de bons souvenirs à Rosemont. Et rien ne l'empêchait d'acheter une autre demeure, d'en faire son foyer, de rassembler sa propre collection de tableaux, de meubles et d'objets d'art, plus modernes, plus à son goût. Elle adorait l'Art nouveau qu'elle avait pu admirer à Paris.

Charles la dévisagea un instant, puis :

— Vous renonceriez aux gargouilles ? Et je ne parle pas de votre tante.

— Rosemont n'est rien de plus qu'un tas de briques et de ciment. Les autres n'auront pas envie de me suivre, je suppose. Sauf Isobel, peut-être. Ma tante l'a tolérée tout ce temps, mais pas de gaieté de cœur. Elle déteste les Américains, et il faut avouer qu'Isobel… est Isobel.

Un frémissement intérieur lui apprit qu'elle venait peut-être de trouver la solution idéale. Sapristi, elle pouvait *donner* Rosemont à Grace ! Une fois réglés ses petits soucis avec la banque, elle n'aurait pas de problèmes d'argent.

— Mais je vous en prie, n'en dites rien à Grace ou Hugh pour le moment, reprit-elle. Il faut que l'idée mûrisse encore un peu.

Charles continuait de la fixer d'un regard intense.

— Louisa, pourquoi leur abandonneriez-vous votre héritage ? Cette demeure était celle de vos parents.

— Et ils sont morts juste là, dit-elle en indiquant la mer d'un geste.

Elle n'allait pas passer ses journées à penser que ses parents avaient péri presque au pied de la maison.

Charles lui saisit la main.

— Ne prenez aucune décision hâtive, Louisa. Rosemont pourrait devenir un foyer heureux pour vous et vos enfants. Le passé ne doit pas nécessairement…

Il s'interrompit, esquissa un sourire en coin.

— Mais qui suis-je pour vous donner des leçons sur la façon d'appréhender le passé ? J'ai mes propres démons.

— Nous devrions peut-être nous sermonner à tour de rôle, suggéra Louisa en lui rendant son sourire.

— Non, vous savez bien que je n'arrive pas à me concentrer sur vos propos. Vous êtes trop belle, vous vous souvenez ?

— Idiot !

Il gardait sa main dans la sienne, faisait glisser son pouce sur ses phalanges en une caresse réconfortante. Elle regrettait qu'ils ne puissent rester ainsi tout l'après-midi, à l'abri derrière leur rempart rocheux, comme des amis. De bons amis. Elle aimait beaucoup Charles Cooper.

Mais il lui lâcha la main après une pression amicale.

— Je vais vous aider à ranger tout cela. Maintenant que Pirate a retrouvé sa sérénité, nous devrions explorer le domaine. Vous n'aviez pas de projets pour l'après-midi, n'est-ce pas ? Vous ne comptiez pas poursuivre tante Grace avec une aiguille à tricoter ?

— Je ne sais pas tricoter. Je crains, hélas, de ne posséder aucun des talents requis chez les jeunes filles de bonne famille.

— Vous êtes bien assez féminine à mon goût.

Il ramassa les emballages qui avaient contenu leur déjeuner, les glissa dans la besace. À regret, Louisa le regarda enfiler ses gants – elle trouvait ses grandes mains chaudes très attirantes en dépit de leurs éraflures et cicatrices diverses.

Il n'avait pas des mains de gentleman, se rendit-elle soudain compte. Ce détail était-il susceptible de les trahir ? Maximilian Norwich était un oisif, un homme raffiné qui ne faisait rien de ses dix doigts.

Mais Louisa préférait de loin Charles Cooper.

# 21

Ils avaient frôlé la catastrophe après le pique-nique. Charles avait bien failli renverser Louisa sur la couverture et l'embrasser à perdre haleine.

Pour commencer.

Il n'avait jamais enlevé un pantalon à une dame auparavant, mais ça ne devait pas être bien compliqué. Après tout, il enlevait le sien tous les soirs sans que cela lui pose de problème majeur. Mais il avait promis à Louisa – et il s'était promis à lui-même – d'éviter dorénavant toute intimité indésirable.

Il n'empêche qu'il la désirait comme un fou.

Avait-elle remarqué qu'il bandait comme un âne quand il l'avait soulevée pour l'installer sur sa selle ? Il l'avait tenue plus longtemps que nécessaire alors qu'elle lui avait dit qu'elle n'avait pas besoin d'aide pour enfourcher sa monture.

Un peu plus tôt, il l'avait regardée mordre dans la chair blanche de sa pomme en imaginant sa bouche pulpeuse occupée à une tout autre activité. Il l'avait regardée boire son vin la tête penchée en arrière, puis lécher les résidus de cake poisseux sur ses doigts.

Ce pique-nique avait été une véritable torture. Pour un homme que les charmes féminins laissaient indifférent depuis plus d'un an, il se sentait tout à coup douloureusement vivant.

Il devait dompter la bête tapie en lui. Il avait une mission à remplir : protéger Louisa contre sa famille. Il avait déjà déblayé le terrain et continuerait à suivre ses instructions, même s'il était d'avis qu'elle aurait dû imposer sa loi à Rosemont. Si lui-même avait possédé une telle propriété, il aurait été très contrarié de devoir la vendre.

Bien sûr, ça ne risquait pas d'arriver. Il aurait déjà de la chance de récupérer son ancienne chambre chez Mme Jarvis quand cette histoire serait terminée.

Que ferait-il de sa vie ensuite ? Car à présent, il était quasi certain de ne plus vouloir y mettre un terme. Curieux qu'une seule nuit passée avec une fille superbe ait à ce point suffi à lui regonfler le moral. Il se sentait presque heureux – sexuellement frustré, certes, mais cette galopade à travers champs était quand même revigorante.

Ils avaient remonté le sentier de la plage et pris la direction de l'ouest. Devant eux, le paysage déroulait ses étendues panachées de vert et de gris, striées de quelques haies et parsemées de maisonnettes où logeaient les métayers. Charles avait retenu son souffle chaque fois que Louisa avait franchi une haie ou une clôture. C'était une excellente cavalière en dépit de son manque de pratique. Il se laissa volontiers distancer, charmé par la vision de sa natte qui flottait dans son sillage et les regards qu'elle lui lançait parfois par-dessus son épaule. Le soleil était presque aussi chaud qu'en été. Noël semblait si loin.

Les joues empourprées par la course, Louisa l'attendait sous un bouquet d'arbres.

— À présent, je vous emmène à l'Antre de l'Ermite, annonça-t-elle. Une folie architecturale que nous devons à mon grand-père. Je crois qu'à l'origine il s'agissait d'une simple cabane de berger abandonnée, à laquelle il a apporté quelques modifications. Elle se trouve juste derrière cette colline.

Charles ne put s'empêcher de rire en découvrant l'amas de rochers et de troncs chétifs appuyés contre une petite colline. Une gargouille d'une laideur improbable gardait l'entrée d'une sorte de vestibule en pierre.

— Voici Randolph, dit Louisa en désignant la créature hideuse.

— Décidément, votre grand-père était obsédé par les gargouilles. Il y en a partout. Pourquoi cela ?

— Je ne sais pas trop. Il en a même fait mettre sur l'immeuble qui abrite sa banque, à Londres. Il y a une raison architecturale, vous savez. Elles empêchent les eaux de pluie de ruisseler le long de la façade et d'abîmer le mortier. Et au Moyen Âge, les églises s'en servaient pour intimider leurs ouailles qui étaient illettrées. Les mauvais chrétiens n'avaient qu'à jeter un coup d'œil à ces créatures diaboliques pour se repentir de leurs péchés. D'un point de vue technique, Randolph est grotesque puisqu'il ne remplit pas la fonction de gouttière.

— Très intéressant. Je n'ai jamais appris tout ça à Harrow.

— Moi non plus, je n'ai rien appris à l'école. Je n'y suis allée qu'une année et, croyez-moi, le contenu des cours était très pauvre. On nous faisait marcher avec des livres posés sur la tête, au lieu de nous demander de les lire. On nous apprenait à broder. À composer un menu…

— Assez, par pitié, c'est horrible !

Louisa lui donna une tape sur le bras.

— Ne vous moquez pas de moi. J'avais une gouvernante, mais elle n'était pas très cultivée. Il a fallu que je m'occupe moi-même de mon éducation.

— Bravo.

Cela expliquait sans doute son intérêt pour certaines idées modernes, comme celles du Dr Freud.

— Il faut éduquer les femmes, poursuivit-elle. Comment peut-on élever une famille si l'on est ignorante de tout ?

— Vous voulez fonder une famille ? s'enquit Charles, prudent.

Elle détourna les yeux.

— C'était mon souhait autrefois, comme la plupart des filles. Mais depuis j'ai compris que ma liberté était plus importante.

— Vous pensez que les femmes devraient avoir le droit de voter ?

— Évidemment. D'ailleurs nous l'obtiendrons un jour.

— À quoi bon ? Les femmes voteront automatiquement pour le plus beau candidat.

C'était si facile de la taquiner. Elle lui enfonça aussitôt le bout de sa cravache dans les côtes.

— Les femmes votent déjà dans certaines élections locales, et elles siègent à des conseils d'administration. Nous voulons le suffrage universel. Le sexe fort n'a pas l'apanage de l'intelligence. Nous aussi nous pouvons produire, vendre…

— Il est vrai que j'ai rencontré nombre de crétins parmi la gent masculine.

Un bel euphémisme, quand on y réfléchissait.

— Vous voyez, triompha-t-elle, apparemment un peu déçue que leur joute verbale s'achève si vite.

Elle était tellement adorable, toute hérissée et indignée. Des petites boucles humides retombaient sur son front. Charles mourait d'envie de tirer dessus pour tester leur élasticité. Au lieu de cela, il effleura l'aile de granit dentelée de Randolph.

— Qu'est-il censé garder ?

— Pas grand-chose. Il n'y a qu'une petite pièce. Quand j'étais petite, nous venions y prendre le goûter.

— Il nous reste un peu de vin. Vous voulez entrer ?

Sans attendre sa réponse, il se courba et pénétra à l'intérieur. Il faisait noir là-dedans, et il régnait une forte odeur d'humus et de moisi. Sous le plafond bas se trouvaient une table en bois grossier et une chaise recouverte de poussière.

Louisa laissa courir ses doigts gantés sur la table.

— Avant, il y avait quatre sièges ici, remarqua-t-elle.

— Apparemment quelqu'un s'est servi.

Charles éternua à plusieurs reprises.

— Je n'y suis pas venue depuis des années. Tout a changé. Dans mon souvenir il y avait des coussins… un vieux tapis…

— Ils ont été subtilisés, ou ont pourri sur place, j'imagine. Randolph n'est pas un chien de garde très efficace. Ou dois-je dire plutôt un « lézard de garde » ? Il a quelque chose de reptilien.

Il sortit son mouchoir de sa poche, épousseta l'assise de la chaise.

— Voilà, c'est parfait pour l'auguste séant de la princesse. Je vais chercher le vin.

Une fois dehors, il aspira une grande goulée d'air frais et s'approcha des chevaux attachés à un arbre. Il restait un peu moins de la moitié de la bouteille de bourgogne. Il n'y avait aucune raison de ne pas la finir.

Lorsqu'il revint dans la cabane, Louise se tenait debout devant la fenêtre obstruée par la vigne vierge.

— C'est ici que je retrouvais sir Richard, avoua-t-elle d'une voix monocorde.

— Si cet endroit vous rappelle de mauvais souvenirs, nous ferions mieux de partir.

— Non, il faut que je les affronte. Que j'assume qui j'étais et ce que j'ai fait.

— Louisa, vous n'avez rien fait que des milliers d'autres filles n'aient fait aussi, poussées par la curiosité. Vous avez eu de la chance qu'il n'y ait pas eu de conséquences, excepté, bien sûr, votre séquestration. Vous vous êtes assez fustigée comme ça, et vous avez assez souffert, vous ne trouvez pas ?

— Sans doute. Je sais que mes problèmes ne sont rien comparés à ceux de la plupart des gens. J'avais un toit au-dessus de la tête, de quoi me vêtir, de la nourriture dans mon assiette, une bibliothèque.

— Ce qui vous a permis de vous cultiver, ajouta-t-il en enroulant le bras autour de ses épaules. Plus tard, il faudra me montrer vos livres préférés.

Elle se laissa aller contre lui, toute chaude et parfumée de senteurs de violette, de transpiration et de cheval. Charles n'aurait jamais cru qu'un tel parfum puisse être aussi érotique.

— D'accord. Vous aimez lire ? s'enquit-elle.

— J'aimais cela, avant.

Elle était loin l'époque où il se targuait de lire davantage que ses camarades de Harrow. Depuis l'Afrique, il n'avait pas réussi à trouver de réconfort dans la lecture. De toute façon, il n'avait pas les moyens de se payer des livres.

— Il y a beaucoup d'ouvrages très tentants à Rosemont, dit-elle.

Il baissa les yeux sur son joli visage empourpré et rétorqua :

— Il y a de nombreuses tentations à Rosemont. À commencer par vous.

Sa bouche se posa sur la sienne avec plus de tendresse que de fougue, et ils oublièrent le vin.

Bonté divine, ça devenait une manie, ces baisers ! Ils auraient dû les réserver pour les moments où on risquait de les observer, mais c'était tellement agréable. Louisa s'abandonnait, frissonnante dans l'air frais et humide de la cabane. Elle avait goût d'espoir, de regrets et de cake aux fruits confits. Ce qui signifiait sans doute qu'il était bel et bien en train de perdre la tête, car l'espoir et les regrets n'avaient pas de saveur. Mais les émotions de Louisa le grisaient telle une drogue à l'arôme de miel. Aujourd'hui, il la connaissait d'une manière qui, la veille encore, lui aurait paru inconcevable.

Il n'y avait aucun endroit où il aurait pu l'étendre pour profiter de son corps. La table rugueuse était hors de question – le plateau était sale et elle risquait de se retrouver avec des échardes dans son joli petit fessier. Il aurait mieux valu rentrer à la maison, chercher refuge dans les profondeurs du grand lit et passer le temps de la manière la plus délicieuse qui soit en attendant l'heure du dîner.

À contrecœur, il se détacha d'elle. Il lui avait fait une promesse. Il ne pouvait la compromettre davantage. Si leur tromperie était découverte, elle ne s'en remettrait pas. Et cette fois, Grace Westlake triompherait sur toute la ligne. Elle n'hésiterait pas à enfermer Louisa de nouveau, Charles en était sûr, mais cette fois ce serait entre les murs d'un asile.

Doux Jésus. Peut-être devrait-il l'épouser pour de vrai. Ils ne seraient pas obligés de vivre ensemble, mais s'il devenait légalement son mari, il pourrait la protéger contre les attaques de sa famille.

Louisa leva la tête.

— Pourquoi vous êtes-vous arrêté ?

— Je me suis arrêté parce que je n'ai pas envie d'arrêter.

— M… merci. On dirait que je perds la tête quand je suis avec vous.

Ils étaient deux, alors.

— Finissons ce vin. Mais pas ici – on manque d'air.

Les souvenirs étaient encore trop vivaces et pénibles, même après tout ce temps.

Il l'entraîna dehors, s'adossa à Randolph, posa les timbales sur la tête plate de la gargouille.

— Remplissez-les, s'il vous plaît. Je vais encore éternuer...

Il récupéra son mouchoir brodé à ses initiales – MN –, se moucha avec énergie pendant que, d'une main qui tremblait légèrement, Louisa versait le reste de bourgogne dans les gobelets.

Charles avala une gorgée avant de demander :

— Avez-vous jamais songé à vous marier ? Je veux dire depuis l'époque où vous étiez cette candide demoiselle qui regardait sir Richard avec des étoiles plein les yeux ?

Elle secoua la tête.

— Non, jamais. Je refuse d'être aux ordres d'un homme.

— Et si cet homme n'essayait pas de vous commander, si vous aviez confiance en lui et qu'il vous protégeait ?

— Je n'ai jamais rencontré ce genre d'homme.

— Jamais ? insista-t-il avec un sourire qui se voulait rassurant.

Elle posa sa timbale.

— Qu'êtes-vous en train de dire, Charles ?

— Je ne sais pas si c'est une bonne idée, mais... je m'inquiète pour vous. Si nous étions vraiment mariés, personne ne pourrait s'en prendre à vous.

— Sauf vous.

Bon sang. C'était logique. À quoi s'attendait-il ? Sa demande en mariage n'était pas des plus romantiques.

— Je ne vous ennuierais pas. Nous ne serions même pas obligés de résider sous le même toit. Vous auriez votre indépendance pleine et entière. Je sais combien cela compte à vos yeux. Mais vous seriez protégée par mon nom. Votre tante ne pourrait plus guigner votre fortune ni s'en prendre à vous.

Le visage de Louisa était très pâle.

— Vous ne plaisantez pas ?

— Non, sur mon honneur.

— Est-ce à cause de ce qui s'est passé la nuit dernière ? Vous sentez-vous forcé de... faire votre devoir ou quelque chose d'aussi ridicule ? Il faut que vous sachiez : j'étais décidée à vous séduire, jeta-t-elle, le menton pointé en une attitude de défi.

Il ne put s'empêcher de sourire.

— Et vous avez réussi. Louisa, vous n'avez pas à me donner une réponse maintenant. Peut-être les choses vont-elles s'arranger et peut-être n'aurez-vous pas besoin de recourir à une solution aussi drastique. Je vous offre juste mon soutien.

— Mais pas votre amour.

Avait-il de l'amour à donner ? Non, sans doute pas. Bien qu'il éprouvât une immense tendresse pour Louisa Stratton et qu'il soit incapable de résister à son charme, malgré toute sa bonne volonté.

— Considérez cela comme un avenant à notre contrat. Et il va de soi que je ne réclamerais pas un sou de votre fortune.

Pas plus qu'il n'exigerait l'exercice de ses droits conjugaux. Et il en crèverait sûrement, sauf si Grace Westlake trouvait le moyen de l'éliminer avant.

— De toute façon, je garderais mon statut de *feme sole*. Depuis que la loi sur les biens de la femme mariée a été votée en 1882, l'existence légale de la femme n'est plus confondue avec celle de son époux. Ma fortune m'appartient en propre.

— Je vois que vous êtes bien plus calée que moi en droit.

— J'ai bien été obligée de me renseigner. Malgré cela, je suis certaine que Hugh tenterait un sale coup si je l'épousais.

— Personne ne vous y obligera.

— Personne ne m'obligera à épouser qui que ce soit, y compris vous.

Soudain raide, elle s'écarta de lui. Il s'y était mal pris. L'idée avait jailli dans son cerveau. Il aurait dû la laisser mûrir plutôt que de la formuler ainsi, de but en blanc. Jamais il ne s'était retrouvé en position de demander la main d'une femme.

Qu'aurait fait Maximilian Norwich à sa place ?

Il ne pouvait pas emmener Louisa faire de l'aviron sur la Seine, il n'y avait que la mer dans les parages, et Louisa avait peur de l'eau. Il n'y avait nul Rembrandt à admirer dans le coin, juste une affreuse gargouille. Il n'avait pas grand-chose à lui offrir – il était pauvre, borgne et à moitié dérangé. Et il aurait voulu qu'elle tombe à ses pieds, éperdue de gratitude ? Quelle blague !

— Je n'insisterai pas, Louisa. Mais réfléchissez à ma proposition. Je me rends compte que nous ne nous connaissons pas bien, et que vous pourriez me soupçonner d'être un coureur de dot. Mais je suis en mesure d'incarner vraiment Maximilian, et d'être un tampon entre les membres de votre famille et vous. Et je n'exigerai rien de vous en retour.

— Pourquoi ? Vous venez de dire que vous ne m'aimez pas.

Il se raidit à son tour et rétorqua :

— J'ai pour vous une très profonde estime.

— Je ne veux pas de votre pitié. Je suis assez grande pour me défendre toute seule, se braqua-t-elle.

— Oui, je le sais bien.

Il voulait l'aider et n'avait réussi qu'à l'offenser.

Un bruit de moteur dans le lointain interrompit leur discussion.

— C'est une automobile ? demanda-t-il.

— La route n'est pas loin. Nous devrions rentrer.

Et ils en restèrent là.

Louisa grimpa en selle sans attendre et talonna sa monture, laissant Charles empaqueter les timbales. Il abandonna la bouteille de vin vide aux pieds de Randolph, comme une espèce d'offrande votive, bien que la gargouille n'ait sûrement aucune influence sur Louisa.

Il faudrait bien plus qu'une créature en granit pour la faire changer d'avis.

# 22

Charles retrouva son chemin grâce à la poussière soulevée par les sabots d'Émeraude sur le sentier. Cette belle journée avait perdu toute sa saveur, et c'était entièrement sa faute. Qu'est-ce qui lui avait pris de demander en mariage une héritière telle que Louisa ? Il imagina Tom et Fred bouche bée devant les six tourelles de Rosemont. Une fois de plus, ils l'auraient battu comme plâtre pour nourrir de tels rêves de grandeur.

Qu'aurait dit Louisa en voyant la masure où il avait grandi ? Aurait-il pu la présenter à ses frères et à leurs épouses ? Non, sauf si elle avait envie d'être chapitrée sur les conditions de travail des ouvriers et les méfaits du capitalisme.

Et le pire, c'était qu'elle aurait probablement été d'accord avec eux. N'avait-elle pas elle-même des idées très radicales ? Et puis, en dépit de tout son or, elle ne serait sûrement pas une épouse facile à vivre. Son mari deviendrait sourd quelques heures seulement après la cérémonie. Elle parlait tellement.

Charles décida de faire vœu de silence lui-même et de n'ouvrir la bouche que lorsqu'on lui adresserait la parole. On penserait que Maximilian Norwich était un homme mystérieux, voilà tout. Il en avait déjà trop dit à Louisa et il n'avait pas l'intention de s'enferrer davantage.

À peine eut-il atteint la cour de l'écurie que ses bonnes résolutions volèrent en éclats.

Louisa n'avait pas mis pied à terre. Elle discutait avec un séduisant jeune homme blond nonchalamment appuyé à la Daimler, une valise posée à ses pieds.

Robertson rôdait non loin, sans doute prêt à se précipiter sur un chiffon pour s'acharner sur la portière dès que le nouveau venu aurait tourné le dos. Il devait revenir de la gare où il était allé chercher Hugh Westlake.

— Ah, et voici le jeune marié ! J'espère que vous avez mon cheval bien en main, Norwich ?

Charles se laissa glisser à terre en un mouvement qu'il espérait être d'une grâce saisissante. Il ressentit une jubilation puérile en constatant qu'il était nettement plus grand que le cousin de Louisa.

— Hugh Westlake, je présume ? dit-il en tendant la main. Enchanté.

Il broya la main de Hugh et la secoua avec plus d'énergie que nécessaire.

— Figurez-vous qu'il y a justement eu un petit incident avec Pirate. Nous avons trouvé des vis dans sa couverture de selle. Heureusement il n'est pas blessé.

— Des vis ? Bon sang… Jimmy ! beugla Hugh.

— Jimmy est allé faire une course au village pour son grand-père, l'informa Robertson. Angus l'a accompagné.

Oubliant la présence de Louisa et de Charles, Hugh Westlake se mit à pester en tournant autour de Prince Pirate.

Charles pivota vers Louisa.

— Voulez-vous que je vous aide à descendre, ma chérie ?

— Ce n'est pas la p… commença-t-elle, avant de se raviser au bénéfice des témoins présents : Oh oui ! Volontiers, mon cher Maximilian.

Un vieil homme, que Charles ne connaissait pas, vint chercher leurs montures. Hugh commença à vociférer à propos des vis sans que le vieux paraisse comprendre un traître mot de ce qu'il lui racontait. Il était soit innocent, soit excellent comédien.

Charles se découvrait lui-même un vrai talent de comédien. À le voir, nul n'aurait soupçonné l'effet que lui faisait Louisa dès qu'il la touchait.

— Voilà de quoi se réjouir, lui chuchota-t-il à l'oreille. Apparemment, quand il a le choix entre s'occuper de vous ou de son cheval, Hugh préfère son cheval.

— Et moi, je préfère m'occuper d'Émeraude que de vous, rétorqua-t-elle d'un ton suave.

— Vraiment ? Si vous me chevauchez, vous verrez pourtant que vous en tirerez des satisfactions bien plus vives.

Elle lui donna un coup de coude dans les côtes.

— Charles !

— « Max », vous voulez dire ? Faites attention, ma belle.

— Oui, Max. Sauvons-nous tant que c'est encore possible.

Main dans la main, ils se dirigèrent vers l'angle du bâtiment et coururent presque jusqu'à l'imposante entrée de Rosemont.

Griffith attendait sur le perron. Ils avaient quasiment atteint la porte quand Hugh apparut dans leur sillage, grommelant et maugréant.

— Un instant, Norwich. Je vous saurais gré de bien vouloir me retrouver dans la bibliothèque d'ici une heure, voulez-vous ?

— Chérie, nous n'avons rien de prévu ? s'enquit Charles en regardant Louisa.

— La présence de Louisa n'est pas requise, précisa Hugh.

— Désolé, Westlake, je ne me sépare pas de ma tendre épouse, d'autant qu'il s'est passé des choses bizarres depuis notre arrivée.

Louisa étouffa ostensiblement un bâillement.

— Allez-y sans moi, Max. Je vais faire une sieste avant de m'habiller pour le dîner.

— Froussarde ! lui souffla-t-il. Mais du coup je vais me dépêcher de rejoindre nos appartements quand j'en aurai fini avec votre cousin.

Il agita ses sourcils d'un air égrillard, ce qui lui valut un autre coup de coude.

— Si vous n'êtes pas incommodé par l'odeur des chevaux et du cuir, pourquoi ne pas en terminer maintenant, Westlake ? proposa-t-il dans la foulée.

— À votre guise, Norwich. Louisa, je constate que tes manières ne s'arrangent pas. Tu montes en pantalon, maintenant ?

Hugh reluquait la jeune femme avec une telle insolence que Charles eut envie de lui flanquer un coup de poing dans la figure. Il se retint néanmoins et s'interposa avant que Louisa saute à la gorge de son cousin, toutes griffes dehors.

— N'est-elle pas divine dans cette tenue ? Faites de beaux rêves, ma chérie, ajouta-t-il en l'étreignant et en déposant un baiser sur son front. Je vous rejoins dans un instant, vous n'aurez même pas le temps de vous ennuyer de moi.

À sa grande joie, Louisa lui encadra le visage de ses mains et le gratifia d'un baiser passionné qui arracha un grognement de dégoût à Hugh. Griffith, lui, était bien trop stylé pour s'autoriser la moindre réaction.

— Ne retiens pas Max, Hugh. Je ne supporte pas d'être séparée de lui très longtemps.

Les trois hommes la regardèrent monter les marches du grand escalier en ondulant des hanches. Décidément, songea Charles, Louisa Stratton était un sacré numéro.

— Elle n'a pas changé, marmonna Hugh.

— Pourquoi changerait-elle ? Elle est parfaite comme elle est, affirma Charles.

— Êtes-vous crédule à ce point ? Dans ce cas, je vais vous vendre la grosse horloge qu'on voit à Westminster. Allons, venez, nous allons discuter autour d'un cognac dans la bibliothèque. Griffith, le bar est garni, je suppose ?

— Bien sûr, monsieur. Voulez-vous que je vienne vous servir ?

— Non, nous serons mieux en tête à tête. Veillez à ce que personne ne nous dérange.

Charles suivit Hugh à travers le hall dallé de marbre, puis dans le couloir où ils passèrent devant plusieurs pièces meublées d'antiquités aux dorures étincelantes. Tout, à Rosemont, était presque trop luxueux. Louisa envisageait d'acheter une demeure plus modeste et confortable, et peut-être avait-elle raison, finalement.

Les rayonnages de la bibliothèque recelaient au moins un millier d'ouvrages que Charles aurait volontiers passés en revue si Hugh ne l'avait prié de s'asseoir à peine le seuil franchi. Ce dernier s'installa derrière l'imposant bureau d'acajou qui avait sans doute appartenu au grand-père Stratton, jouant ainsi d'emblée les seigneurs du château.

Ravalant son irritation, Charles attendit. Celui qui parlait le premier perdait la partie, pas vrai ? C'était du moins ce qu'on racontait.

— Ah, j'oubliais le cognac ! Voulez-vous nous servir deux verres, mon vieux ? Il y a une carafe dans le petit bar, juste là.

Maintenant, Hugh tentait de le ravaler au rang de subalterne. Il n'imaginait pas à quel point il était proche de la réalité !

— J'aime autant garder la tête froide, Westlake. Il est un peu tôt pour boire. Mais n'hésitez pas à vous servir si le cœur vous en dit.

Hugh fit la grimace.

— Non, tant pis. De toute façon, je ne m'attends pas que nous devenions de grands amis autour d'un cognac. Je ne m'attends pas que nous devenions amis tout court. J'ai fait enquêter sur vous, Norwich. Personne ne semble avoir entendu parler de vous en France.

Louisa aurait dû s'en douter.

Haussant les épaules, Charles répondit avec désinvolture :

— C'est un vaste pays. Et je vous garantis que j'existe bel et bien.

— Ma cousine est d'une naïveté indécrottable. Et vous ressemblez tout à fait au genre d'aventuriers qui abusent de la vulnérabilité féminine.

— Un genre qui vous est familier, n'est-ce pas ? Louisa m'a raconté quelques anecdotes édifiantes qui remontent à sa jeunesse.

Le visage de Hugh s'assombrit.

— Il ne faut pas croire tout ce qu'elle dit. Elle raconte n'importe quoi.

— Ce matin, j'ai discuté aussi avec votre mère. Quelle que soit l'opinion que vous avez de Louisa, elle ne m'intéresse pas. C'est ma femme et...

Il s'interrompit. Il avait failli dire « Je l'aime ».

Eh bien, pourquoi pas ?

— ... je tiens énormément à elle, poursuivit-il. Il m'apparaît que ce n'est pas votre cas, ni à vous ni à votre mère. Ce qui justifie à mes yeux votre prochain départ de Rosemont.

— Que... Quoi ? bafouilla Hugh.

— Si Louisa et moi devons nous installer ici, je ne veux pas que votre vue lui rappelle sans cesse de mauvais souvenirs. Rosemont est *sa* maison. Du reste, si vous détestez tellement ma femme, pourquoi diable voudriez-vous rester ici ? Votre mère et vous n'avez plus à lui dicter sa conduite. Elle a vingt-six ans, ce n'est plus une gamine, et elle ne se laissera pas intimider par des gens qui agissent contre son intérêt.

— Vous croyez tout savoir ! Vous n'êtes qu'un parvenu, un coureur de dot ! Je vous assure que ma mère a fait de son mieux, la pauvre, alors que Louisa s'amusait à provoquer scandale sur scandale. Elle a habilement géré la fortune familiale que vous lorgnez aujourd'hui. Et si Louisa pense pouvoir se débarrasser de nous comme...

— Oui, c'est exactement ce qu'elle pense. Et je la soutiens entièrement. Rien ne nous fera changer d'avis, ni les menaces ni les « accidents ». Profitez bien de votre Noël à Rosemont, monsieur Westlake, car ce sera le dernier selon toute probabilité.

Hugh se leva d'un bond. Son fauteuil se renversa.

— Il ferait beau voir ! s'étrangla-t-il.

— Le nouvel avocat de Louisa prendra contact avec vous, reprit Charles, qui se promit d'écrire lui-même à Mme Evensong pour l'informer de l'urgence de la situation. À présent, si le sujet est clos, je vais rejoindre ma femme. Bonsoir, Westlake.

Aujourd'hui, Charles avait bien mérité son salaire. Il avait eu deux conversations avec des gens très désagréables, il avait été désarçonné par son cheval et il endurait une frustration sexuelle permanente. Peut-être trouverait-il un soulagement à ce dernier problème à son retour dans la chambre, mais rien n'était moins sûr. Toute la journée, Louisa avait été bizarre, d'humeur versatile. Pour un peu, il se serait demandé s'il n'y avait pas un fond de vérité dans les accusations de Hugh et de Grace à son encontre.

Après avoir vu le blond Hugh à l'élégance irréprochable, Charles avait très envie de prendre un bain. Néanmoins, il voulait d'abord faire son rapport à Louisa. Il pénétra dans le salon de leur suite, mais trouva la porte de la chambre verrouillée.

La diablesse.

Elle ne pouvait dormir déjà – il avait expédié sa conversation avec Hugh en faisant tout de suite tonner le canon, sans chercher à finasser. Au moins n'y avait-il plus d'ambiguïté pour personne, désormais. Le dîner s'annonçait intéressant, sinon que Charles le passerait engoncé dans un habit de soirée.

Il repartit dans le couloir, passa dans sa propre chambre. Tout semblait en ordre, exactement dans l'état où il avait laissé les lieux. Toutefois, une impulsion qui tenait de la superstition le poussa à glisser la main sous les couvertures et les oreillers en quête de vis ou d'objets encore plus dangereux.

Il ne trouva rien. Le mot d'ordre était peut-être : « Une seule attaque par jour. » Il prit un livre sur la table de chevet, le feuilleta sans parvenir à se concentrer sur sa lecture. Il s'était passé tant de choses depuis son arrivée à Rosemont, et pour le moment il n'en discernait pas la logique.

Il était temps de se laver le corps et l'âme pour retrouver un semblant de sérénité, décida-t-il. Il pénétra dans la salle de bains, ses pas résonnant sur le carrelage blanc, et alla ouvrir le robinet de la baignoire en cuivre. Un puissant jet d'eau chaude en jaillit. Rien à voir avec la pompe à eau communale installée devant la bicoque familiale, ou avec les rivières africaines infestées de sangsues.

Là-bas, c'était l'été. Le soleil brillait avec ardeur. Les fleurs qui n'avaient pas été piétinées par les bottes des soldats ouvraient leurs corolles. Les incendies allumés par les troupes de Kitchener avaient dû bien essarter la savane. Il avait trouvé très étrange ce premier Noël sous un climat tropical. Mais certainement pas plus étrange que ce Noël 1903 qui se préparait à Rosemont.

Il se débarrassa de sa tenue d'équitation, immergea son corps ankylosé dans l'eau chaude. Il avait des courbatures partout. Maintenant que Hugh était rentré, les palefreniers auraient ordre de ne plus le laisser monter Prince Pirate, mais ce n'était pas grave, l'écurie était pleine de chevaux.

On ne manquait de rien à Rosemont, et il y avait quelque chose d'outrancier dans cette opulence. Chaque lustre, chaque buffet Boulle témoignait du succès du grand-père Stratton. Et avec tous ces bibelots, la maison devait être un vrai cauchemar pour ceux qui faisaient le ménage.

Avec un gloussement, il imagina Louisa armée d'un plumeau, un tablier blanc empesé noué autour de la taille. Elle aurait peut-être été d'accord d'ailleurs, bien qu'il y ait ici une cohorte de serviteurs. S'occuper d'une demeure de cette taille exigeait de la poigne. Pas étonnant que Grace Westlake s'en tirât à merveille.

Charles plongea la tête sous l'eau pour nettoyer l'estafilade sur son cuir chevelu, puis entreprit de se savonner avec précaution. Un parfum de violette lui chatouilla les narines. Si sa peau sentait comme celle de Louisa, son propre corps allait le rendre fou de désir. Yeux clos, il se renversa en arrière, referma la main sur son sexe rigide. Penser à elle suffisait à provoquer une érection. Il revoyait son postérieur moulé dans sa culotte d'équitation se soulever au-dessus de la selle. Puis il se la représenta nue, ses cheveux ruisselant sur sa poitrine tandis qu'elle le chevauchait, les paupières fermées, une expression de pure félicité peinte sur les traits.

Il était au bord de l'explosion quand la poignée de la porte tourna.

# 23

Robbie feignit de ne pas voir Kathleen qui traversait la cour, les bras croisés sur ses adorables petits seins. Il était sur le point de subir le déchaînement de son mauvais caractère d'Irlandaise pour la deuxième fois de la journée. Or c'était tout à fait injuste. Il avait fait de son mieux, et en fourrant ces vis dans la couverture de selle, il avait eu une idée de génie. Qu'aurait-il pu trouver de mieux en si peu de temps ?

Ce capitaine Cooper avait décidément le cuir dur.

Tout l'après-midi, Robbie avait guetté le retour de Mlle Louisa, persuadé qu'elle arriverait au triple galop, affolée. Il s'était préparé mentalement à transformer la Daimler en ambulance improvisée pour ramener ce pauvre garçon à la maison. Le capitaine était jeune, ses os brisés se répareraient en un rien de temps. Un bras cassé ou une épaule démise, ce n'était pas grand-chose, finalement.

Mais non. Cooper était tombé sur les fesses, dans le sable, quelques minutes à peine après avoir enfourché Prince Pirate. C'est Kathleen qui le lui avait raconté après avoir mis sa maîtresse au lit pour la sieste. Postillonnant de fureur, elle l'avait invectivé, l'avait traité d'incapable, de bon à rien. Plusieurs heures s'étaient écoulées depuis. Le crépuscule tombait, et elle aurait dû s'être calmée, depuis le temps. Qu'est-ce qui la chiffonnait encore ?

Lui aussi était sur des charbons ardents. Maintenant que M. Hugh était rentré, ils allaient devoir faire attention.

— Nous avons reçu un autre télégramme, annonça-t-elle. J'ai dit à Griffith que j'allais te prévenir. Mme Westlake veut que tu ailles chercher Mme Lang au train du soir.

— Cette vieille chouette…

Kathleen allait devoir dire adieu à sa liberté.

— Je dispose d'une heure avant d'habiller Mlle Louisa pour le dîner. Si tu es fichu d'arrêter d'astiquer l'auto pendant si longtemps.

— Serait-ce une proposition malhonnête, mademoiselle Carmichael ?

— Pas du tout. Il faut mettre au point une stratégie. Je veux juste parler.

Robbie jeta sa peau de chamois sur le banc.

— Tu ne peux pas monter dans ma chambre, objecta-t-il. On te verra.

La cour grouillait de garçons d'écurie, et le vieux Hathorn, le palefrenier en chef, était tout dévoué aux Westlake. Si l'on apprenait que Kathleen fricotait avec lui, ils seraient tous deux congédiés dans l'heure.

— Retrouve-moi sur la plage dans cinq minutes.

— On va mourir de froid ! protesta-t-il. Le soleil se couche et le vent s'est levé.

La journée avait été très douce pour un mois de décembre, mais à l'approche de la nuit, la température chutait rapidement.

— Tu n'as qu'à mettre ton cache-col, rétorqua Kathleen, avant de tourner les talons et de le planter là.

Il soupira. Il devrait donner sa démission, quitter Rosemont avant que la situation se corse. Kathleen allait lui attirer des ennuis. Sa maîtresse aussi. Il était stupide de laisser cette rouquine le mener par le bout de la bistouquette.

Hélas, il était amoureux ! L'année passée avait été un enfer sans elle. Mais l'avenir à ses côtés risquait d'être tout aussi infernal.

Si on ne le pendait pas entre-temps.

Robbie noua son écharpe bien serrée pour ne pas oublier la potence qui le guettait, puis il enfonça sa casquette sur son crâne et se glissa hors du garage. Il pria pour que personne ne soit en train de l'épier tandis qu'il traversait la vaste pelouse en direction de la plage. Avec cette multitude de fenêtres, quelqu'un dans la maison était susceptible de le voir s'éloigner alors qu'il était censé travailler, ou du moins faire comme si.

Il descendit l'escalier de pierre et retrouva Kathleen qui faisait les cent pas dans le sable.

Il tenta de l'enlacer, mais elle se dégagea.

— Eh bien, tu en as mis du temps !

— J'ai gardé l'œil rivé sur ma montre.

— Je ne voulais pas dire « cinq minutes » précises. Viens, marchons.

Ils se dirigèrent vers la crique rocheuse. Au-dessus de leurs têtes, des goélands traçaient des cercles dans le ciel en poussant des cris aigus. Robbie se souvenait de sa jubilation incrédule lorsqu'on l'avait engagé à Rosemont. Quelle chance de travailler sur un domaine aussi prestigieux, au bord de la mer qui plus est ! Et on lui demandait de conduire une jeune héritière et sa camériste. Mais Louisa n'avait pas tardé à fuir en emmenant Kathleen avec elle. La mer avait alors perdu de sa splendeur. L'automobile, dédaignée, était restée au garage, aussi propre et brillante que dans le magasin d'exposition. Conduire Grace Westlake à la gare et aller la rechercher quand elle se rendait à Londres ne lui avait pas procuré les plaisirs dont il avait rêvé.

Kathleen tapa du pied.

— Je ne sais plus quoi faire ! Je crois qu'elle est en train de tomber amoureuse de lui. Alors qu'elle le connaît à peine ! Elle n'arrête pas de le critiquer, mais c'est évident qu'elle n'en pense pas un mot. C'est comme dans cette pièce de Shakespeare : « La dame fait trop de serments[1] »...

Robbie n'avait jamais lu Shakespeare, mais il connaissait l'histoire de lady Macbeth – quel Écossais ne la connaissait ? Et il ne voulait pas que le sang du capitaine Cooper souille les mains de Kathleen.

— Peut-être que tu... que nous devrions ne rien faire du tout et laisser faire la nature ? suggéra-t-il. Souviens-toi, moi aussi je suis tombé amoureux de toi en moins d'une semaine. Faut-il être idiot, hein ? Je te jure, je n'arrête pas de réfléchir à la meilleure façon de neutraliser ce type, tu peux me faire confiance. Je pensais avoir réussi un coup de maître avec les vis. Et ce n'est pas facile de distraire Jimmy.

— Pfff, ça n'a pas marché. Mais bon, tu as raison. On va finir par se faire pincer. Mlle Louisa parle de porter une arme sur elle en permanence. Je te le demande, où est-ce que je pourrais cacher une arme dans une robe de soirée ! Elle voudrait que je couse des poches dans toutes ses toilettes. Ça va déformer sa silhouette, et M. Worth va se retourner dans sa tombe si je mutile ses créations.

Songeuse, Kathleen ajouta dans un murmure :

— Peut-être vaudrait-il mieux qu'elle l'épouse pour de vrai. Il paraît qu'il a mis les points sur les « i » à Grace et à Hugh, aujourd'hui.

---

1. *Hamlet*, acte III, scène 2.

— Grace et Hugh ? répéta Robbie. Quelle effrontée ! Ce sont tes employeurs, tout de même. Tu leur dois le respect.

Elle eut un petit reniflement. Sapristi, elle avait le nez le plus adorable qui soit. Robbie fourra les mains dans ses poches pour ne pas être tenté de le pincer.

— Je ne respecte pas ces gens-là. Mais tu as raison, Robbie, on ne peut pas continuer comme ça. Il ne reste plus qu'à prier pour que Mme Evensong connaisse vraiment bien son métier et que le capitaine soit un brave type, finalement. Après tout, c'est grâce à elle que tu as été engagé à Rosemont, non ? Elle est si tatillonne, Cooper doit forcément avoir des qualités.

— Tatillonne ? Ah ça, oui ! Et pour une femme de cet âge, elle est aussi très calée en mécanique.

— Bon, embrasse-moi, maintenant.

Robbie n'y voyait aucun inconvénient. Certains hommes auraient trouvé Kathleen trop autoritaire, mais quand elle lui ordonnait de faire ce dont il rêvait depuis si longtemps, il était tout prêt à lui obéir.

Elle avait goût de thé et de menthe. Lui-même avait sauté la collation de milieu d'après-midi pour éviter de croiser le regard de Hathorn et des palefreniers. Les écuries étaient sens dessus dessous à cause de cette histoire de vis, et il avait quand même honte, même si tout cela partait d'une bonne intention.

Heureusement, Kathleen semblait renoncer à se mêler des affaires de sa maîtresse. Robbie s'en félicitait. C'était un gars plutôt paisible, et il était soulagé de ne plus avoir à s'en prendre au capitaine Cooper. Ce type avait assez souffert comme ça. Il avait perdu un œil et savait ouvrir celui qui lui restait. Il portait un lourd fardeau sur les épaules, c'était évident, surtout pour le petit-fils d'une sorcière écossaise. Robbie ne croyait pas vraiment que sa grand-mère était une sorcière, néanmoins elle percevait les choses et, de temps en temps, il avait l'impression de posséder le même don.

Par exemple, maintenant que M. Hugh était de retour, il sentait bien qu'il valait mieux que les bonnes soient enfermées à double tour. Et on pouvait compter sur Mme Lang pour s'en charger.

Robbie n'avait pas confiance en Hugh Westlake. Même si Kathleen ne lui avait rien dit qui confirmât ses soupçons, il aurait parié un trimestre de gages qu'avant longtemps le fils chéri de Grace essaierait de suborner une domestique – voire plusieurs.

Et il pourrait bien ne pas avoir trop de mal. Durant l'absence de Kathleen, lui-même avait fait l'objet d'avances de la part de certaines employées qui étaient loin d'être farouches. Mais il avait fait une promesse et il entendait la tenir.

Il serrait la jeune femme contre lui pour la protéger du vent qui s'engouffrait entre les rochers. Elle pourrait toujours compter sur lui. Et plus tôt ils se marieraient, mieux ce serait. Sinon ces embrassades allaient finir par le tuer. Il ne supportait pas qu'elle se précipite dans la grande maison pour aller servir Louisa, l'aider à sa toilette, alors qu'elle aurait dû s'occuper de lui. Bientôt elle lui préparerait ses repas sur la petite cuisinière et elle partagerait ses repas, ses yeux noisette pétillants à la flamme de la bougie. Il l'aiderait à faire la vaisselle, puis il l'emmènerait au lit. Peut-être voudrait-elle lire un peu avant, un de ces romans à l'eau de rose qu'elle affectionnait. Robbie n'avait rien contre la lecture, mais le soir, il préférait des activités moins fictives. Et pourquoi perdre son temps à avaler trois cents pages quand, de toute façon, le héros et l'héroïne finiraient dans un lit ? Les gens avaient bien assez de problèmes comme ça dans la vraie vie sans rajouter en plus des soucis imaginaires.

Oh, Seigneur !

La main de Kathleen descendait lentement vers son ventre. Encore une dizaine de centimètres, et elle saurait sans ambiguïté aucune quel effet elle lui faisait…

Ah ! Contre sa bouche, les lèvres de Kathleen se retroussèrent sur un sourire de triomphe. La petite peste. Il n'était qu'un homme. C'était une torture de la sentir se trémousser contre lui alors qu'ils savaient très bien tous deux qu'ils n'auraient pas le temps de conclure l'affaire.

Enfin, pas sûr… À ce rythme, il ne tiendrait même pas une minute.

Mais il n'était pas question de la trousser contre un rocher froid et coupant, même si l'idée était plus que tentante.

Il recula de plusieurs pas, s'essuya la bouche de sa manche.

— Va-t'en donc avant que je ne m'oublie.

Elle eut un sourire taquin.

— J'ai assez de mémoire pour nous deux !

— Kathleen, arrête. Tu as du travail et moi, je dois aller chercher la vieille chouette.

— Mme Lang est en deuil. Sois gentil avec elle.

— Sa mère devait être centenaire. Mme Lang a plus de soixante-dix ans.

— Et elle a passé toute sa vie ici, à Rosemont. Tu imagines ? Occuper le même poste durant tout ce temps ? murmura Kathleen en ajustant sa coiffe bordée de dentelle.

— Personnellement, je ne pourrais pas. Je veux une vie meilleure. Un jour nous partirons, toi et moi.

— Et que ferons-nous ?

Robbie lui prit le bras et ils rebroussèrent chemin, suivant leurs traces laissées dans le sable humide un instant plus tôt.

— Je posséderai mon propre garage. Et toi tu resteras à la maison avec les enfants.

— Les enfants ? répéta-t-elle en s'immobilisant.

— Oui. Nous en aurons autant que je pourrai en nourrir, et j'ai bien l'intention de réussir. Disons donc, huit ? Enfin, c'est le Seigneur qui décidera.

— Huit enfants ? cria Kathleen pour se faire entendre par-dessus les rafales de vent. Tu es fou ? Je serai morte avant, ou enfermée à l'asile ! Trois, c'est bien suffisant. Après tu devras garder ton pantalon boutonné.

Robbie se figea.

— Tu me dénierais mes droits d'époux ?

— Et mes droits d'épouse ? Je ne veux pas huit enfants. Ni six. Ni quatre. Ma mère a mis douze enfants au monde, seuls sept ont survécu plus que quelques années, et j'ai bien vu comment elle s'est transformée au fil des ans. À trente ans, elle avait les cheveux blancs. À trente-cinq, elle était morte.

Robbie déglutit avec difficulté. Il avait fait attention, les rares fois où ils avaient réussi à conclure leur affaire. Il n'aimait pas imaginer la somptueuse chevelure rousse de Kathleen blanchie avant l'heure…

— Il y a des méthodes… commença-t-il.

— Oui, et nous les utiliserons toutes. En France, j'ai appris des choses, tu sais. Je n'ai pas l'intention de finir comme ma mère, et s'il faut se priver un peu, eh bien, on se privera, ou on trouvera des compensations.

— Kathleen… cela fait un an que je compense.

Elle lui coula un regard espiègle.

— Eh bien, tu vois, tu n'es pas devenu sourd pour autant.

— Garce.

Mais sans doute n'avait-elle pas tort. À quoi bon engendrer huit enfants ? Il n'était pas cultivateur, il n'avait pas besoin de bras pour labourer des arpents de terre. Mais depuis un an, il ne songeait qu'à se répandre en elle, comme est censé le faire un bon chrétien, au lieu de se soulager dans le péché. L'Église était formelle à ce sujet. Mais elle interdisait aussi les ébats hors mariage.

Bon sang, toute cette morale, c'était vraiment contraignant.

— Très bien, dit-il. Mais dépêche-toi de parler à Mlle Louisa. Je veux t'épouser, et le plus vite possible.

Kathleen se hissa sur la pointe des pieds pour l'embrasser sur la joue.

— D'accord. Merci d'être aussi compréhensif. Tu es un homme bien.

« Un bel idiot, oui ! » songea-t-il en la regardant gravir les marches de pierre pour rejoindre la pelouse. Mais elle avait toujours fait de lui ce qu'elle voulait, et ce n'était pas près de changer, soupçonnait-il.

# 24

— Ch… Charles ?

Charles écarta brutalement la main et s'arracha à grand-peine à l'orgasme sur le point de le submerger. Il attrapa une éponge végétale qu'il plaqua sur son pénis et s'assit dans la baignoire, envoyant une gerbe d'eau sur le carrelage.

— Vous avez besoin d'aller aux toilettes ? Je n'en ai plus que pour un instant, marmonna-t-il.

— Désolée de vous déranger. Je ne savais pas que… La porte n'était pas fermée.

— J'y veillerai à l'avenir.

Bon sang, quelle honte d'être surpris son machin à la main, comme un écolier en rut ! Qu'avait-elle vu, exactement ? Suffisamment, à en juger par la couleur de ses joues. Sa vision avait beau être altérée, il la voyait assez nettement. Elle portait une chemise de nuit en lin ornée de dentelle au cou et aux poignets, un vêtement pas très aguicheur, et pourtant il la trouvait aussi désirable que si elle était entrée nue dans la salle de bains.

Il l'avait imaginée étendue sur son lit pendant la sieste, toujours vêtue de son pantalon et pieds nus, mais là c'était encore mieux. Elle avait l'air reposée, les cernes violets sous ses yeux s'étaient estompés. Lui-même aurait dû se reposer plutôt que de lire et de prendre un bain. Il se sentait épuisé. Et honteux, rongé de remords. Pour l'amour de Dieu, il avait demandé cette fille en mariage cet après-midi ! Ce coup sur la tête avait dû causer davantage de dommages qu'il ne l'imaginait.

Immobile, Louisa triturait les plis de sa chemise de nuit.

— Oh, et puis zut ! murmura-t-elle.

D'un geste brusque, elle fit passer le vêtement pardessus sa tête.

— Louisa ! s'exclama-t-il, si choqué que son cri ressembla à un croassement.

Il ferma son mauvais œil et la fixa, bouche bée, avec émerveillement.

— J'ai menti, avoua-t-elle. Je savais très bien que vous étiez ici. J'ai entendu l'eau couler. Je vous ai aussi entendu gémir. Vous êtes plutôt bruyant quand vous vous faites du bien. Et... ça m'a excitée. Je n'ai pas réussi à me rendormir.

Charles se dit qu'il devait ressembler à un poisson échoué sur la berge, même si la moitié de son corps était encore dans l'eau.

— Puis-je me joindre à vous ? Je ne sais pas trop ce que l'on peut faire, mais je veux bien essayer.

— Louisa !

Maître Corbeau parlait toujours à travers sa bouche. C'était toute une ménagerie. Poisson, oiseau, et même une sirène qui venait de débarquer, sa chevelure dorée ruisselant sur ses épaules.

— Il y a la place pour deux, affirma-t-elle. Je crois que mes parents prenaient parfois leur bain ensemble, même si c'est assez scandaleux d'imaginer son père et sa mère dans une telle position. Mais il est vrai qu'ensemble ils pouvaient se montrer assez... fougueux. C'est peut-être pour cela que tante Grace les détestait tant. Je ne la vois pas du tout prendre un bain avec mon oncle défunt. Pourtant ils ont bien dû avoir des rapports intimes, enfin au moins un – Hugh en est la preuve.

Même croasser était au-dessus de ses forces, à présent. Incapable du moindre mouvement, il la vit replier sa longue jambe fine pour enjamber le rebord de la baignoire.

— Poussez-vous un peu, voulez-vous ?

Aussi docile qu'un bourdon décérébré, il se glissa le plus loin possible.

Le soir tombait et il avait allumé les lampes pour pouvoir se raser ensuite. Auréolée des derniers rayons du couchant, Louisa apparaissait dans sa glorieuse nudité. Ses bras et ses jambes étaient couverts d'un imperceptible duvet blond, bien plus clair que le triangle bouclé niché au creux de ses cuisses.

Elle s'assit dans l'eau et ils se retrouvèrent genoux contre genoux.

— Je crois qu'il y a des épingles à cheveux dans le porte-savon. Pouvez-vous m'en passer quelques-unes ? Si je me mouille les cheveux, ils ne seront jamais secs à temps pour le dîner et Kathleen fera la tête.

Des épingles à cheveux ? Le porte-savon ? Est-ce que cela signifiait qu'il allait devoir arrêter de la contempler ?

Il jeta un coup d'œil à la soucoupe métallique fixée au rebord de la baignoire. Oui, il y avait bien des épingles là-dedans. Il en attrapa une poignée, puis la regarda rouler ses longs cheveux en un chignon lâche dans lequel elle enfonça les épingles une à une.

La sirène avait disparu. Mais le chignon dégageait son cou de cygne à la blancheur délicate, marbrée d'un suçon rougeâtre.

Il tendit la main, effleura la marque du bout des doigts.

— Ça fait mal ?

— Oh, non ! Mais Kathleen était furieuse quand elle l'a vu. Je crois qu'elle vous a pris en grippe.

Charles avait pourtant été très courtois envers la petite rouquine. Mais sans doute avait-il des manières moins policées que Maximilian Norwich. Il devrait faire davantage d'efforts.

— Et que va-t-elle dire quand elle viendra vous habiller pour le dîner et qu'elle nous trouvera en train de barboter dans la baignoire ?

— Je n'ai pas oublié de pousser le verrou, moi. De plus, je crois qu'elle est occupée avec Robertson. Ils auraient vraiment intérêt à se marier, je pense.

*Comme nous*. Il se garda néanmoins de prononcer ces mots à voix haute. Bon sang, il ne la connaissait que depuis quelques jours !

— Bien, et maintenant ? s'enquit-elle gaiement.

— Qu... que voulez-vous dire ?

— J'ai eu du mal à trouver le sommeil, mais dès que j'ai pris ma décision, j'ai dormi comme un loir pour la première fois depuis une éternité.

Le cœur de Charles manqua un battement. Cela signifiait-il qu'elle avait décidé d'accepter sa demande en mariage, finalement ?

— De quelle décision parlez-vous ?

— J'ai décidé qu'il était stupide de ne pas profiter de votre présence tant que vous étiez là. Qui sait, je ne rencontrerai peut-être pas de sitôt un autre homme honorable et séduisant. Je suis déterminée à finir vieille fille. Je sais, c'est une expression péjorative, cela évoque tout de suite des lunettes, une odeur de naphtaline et d'affreux chapeaux. Mais il n'y a aucune raison pour que je ne passe pas du bon temps avant de sombrer dans la décrépitude. Que Grace et Hugh aillent au diable, mais vous, vous êtes à moi pour trente jours.

Elle voulait profiter de sa présence ? Il n'était pas un étalon ! Il avait beau la désirer comme un fou, il avait des principes. Elle l'avait embauché pour jouer un rôle, pas pour la monter comme une jument.

Cela l'aurait ravalé au rang de prostitué.

Charles pressa l'éponge plus fermement sur sa verge douloureuse.

— Louisa, ce n'est pas raisonnable du tout. Sans compter qu'il faudrait être très souple pour faire l'amour dans une baignoire.

— Je suis sûre que c'est possible, si nous nous donnons un peu de mal Vous n'avez qu'à rester dans cette position. Je peux m'asseoir sur vous et…

— Louisa !

Elle ne tressaillit même pas, alors que n'importe lequel de ses hommes blêmissait quand il employait ce ton. Louisa Stratton était une intrépide. Elle lui adressa un sourire aguicheur, battit des cils. S'était-elle entraînée devant la glace pour décocher ce regard de biche ?

Elle était insupportable. Et irrésistible. N'était-il pas en train de rêver d'elle quand elle était entrée seulement vêtue de sa chemise de nuit virginale ? Dans son fantasme, elle avait les cheveux dénoués, mais elle avait raison de garder l'esprit pratique. Ce n'était pas la peine d'irriter inutilement la caméristе.

— L'eau refroidit. Nous devrions sortir, objecta-t-il encore.

Elle se contorsionna, tâtonna dans son dos pour ouvrir le robinet d'eau chaude.

— Nous allons inonder la salle de bains ! protesta-t-il.

— Ne soyez donc pas si anxieux ! Il doit y avoir cinquante chambres à Rosemont. Qui se soucie d'un plafond un peu mouillé ? Bon, où en étions-nous ?

— Nulle part !

Charles agrippa le rebord de la baignoire et se redressa pour sortir du bain. Il eut le malheur de baisser les yeux et entrevit la langue rose de Louisa qui pointait au coin de ses lèvres. Sa bouche était presque au niveau de sa virilité dressée... Il n'en fallut pas plus pour que ses bonnes résolutions s'en aillent par la bonde.

Il ferma les yeux.

— Louisa, gémit-il.

Il l'entendit fermer le robinet, puis sentit ses mains sur ses cuisses. Il faillit glisser, se rattrapa de justesse. Il avait la chair de poule, mais le froid semblait n'avoir aucun effet sur son sexe brûlant.

— Je ne suis peut-être pas très douée pour cela, le prévint-elle d'un ton d'excuse. Je n'ai essayé qu'une fois et nous avons été interrompus.

— Oh, miséricorde...

Elle ignorait donc quand se taire ? Il n'avait aucune envie d'imaginer Louisa Stratton donnant du plaisir à un autre homme avec sa bouche pulpeuse.

Elle était à *lui*.

Son premier coup de langue hésitant lui embrasa le bas-ventre. Elle s'enhardit, le lécha avec plus d'audace, et il ne put retenir un gémissement. Elle se risqua alors à prendre l'extrémité de son sexe entre ses lèvres douces, et le contact quelque peu maladroit de sa langue et de ses dents le porta au bord de l'orgasme en quelques secondes. Son manque d'expérience était le plus beau cadeau qu'elle puisse lui offrir, mais toute généreuse qu'elle soit, Charles ne pouvait se répandre de la sorte.

— Louisa, articula-t-il d'une voix rauque.

Il rêvait de s'enfoncer en elle, mais ce n'était pas possible non plus. Il posa les doigts sur sa joue et la repoussa doucement.

— Laissez-moi croire qu'il me reste un semblant d'honneur. Passez-moi l'éponge, s'il vous plaît.

Elle n'affichait aucun dégoût, juste une curiosité innocente. Elle acquiesça, récupéra l'éponge et la lui tendit. Il se renfonça sous l'eau et là seulement s'autorisa à laisser exploser son plaisir en vagues déferlantes d'une intensité à couper le souffle.

De ses grands yeux noisette, elle fixait l'éponge qu'il tenait entre ses jambes.

— Est-ce que c'est douloureux quand... quand c'est terminé ? Vous avez l'air de souffrir.

Elle était ridiculement adorable. Pour quelqu'un qui traînait une réputation si sulfureuse, elle ne savait visiblement pas grand-chose concernant le sexe.

— Vous n'avez donc pas fait attention, hier soir ?

— Pas vraiment, avoua-t-elle en rougissant. J'étais plutôt concentrée sur moi. Je crois que j'ai fermé les yeux à ce moment-là. Et puis, il faisait sombre.

— Maintenant aussi il fait sombre.

De l'autre côté de la fenêtre, le ciel avait pris une teinte ardoise. Charles aurait juré qu'une étoile avait cligné de l'œil à son adresse à travers le carreau. Souffrait-il ? Pas physiquement, mais son cœur semblait soudain trop grand pour sa poitrine.

L'eau refroidissait de nouveau. Avant de prendre son bain, Charles avait allumé un petit feu et disposé quelques serviettes sur le banc capitonné, mais le carrelage demeurait froid. Il attrapa son cache-œil, abandonné sur la pile de serviettes, le remit en place. Sa vision redevint normale.

Louisa avait croisé les bras sur sa poitrine, le privant du spectacle de ses seins magnifiques.

— Sortons d'ici avant de faire davantage de bêtises. Je vais vous sécher et vous irez retrouver Kathleen.

— C'est tout ? s'exclama-t-elle.

— Louisa, ma chère, que voulez-vous que je fasse ? Je viens de me déshonorer en profitant de vous. Kathleen a mille fois raison de me détester.

— Non, elle a tort.

Il se remit debout, lui tendit la main. Elle l'accepta et sortit de la baignoire, puis resta tranquille tandis qu'il la frictionnait comme une mère un enfant.

Les mains sur ses épaules, il l'attira à lui.

— Ce que vous avez proposé tout à l'heure – profiter de ma présence ici pour avoir une liaison –, vous pensez que c'est une bonne idée, une occasion de faire des découvertes, mais ce serait trop dangereux. Pour nous deux.

— Pourquoi ? demanda-t-elle en levant les yeux sur lui.

— D'abord parce que vous pourriez tomber enceinte, même si nous prenons les précautions nécessaires. Pour le coup, nous serions obligés de nous marier, et vous avez dit qu'il n'en était pas question. Et que me resterait-il comme dignité si j'acceptais d'échanger des faveurs sexuelles contre de l'argent ? Car c'est bien de cela qu'il s'agit, vous comprenez ? Je suis votre employé. Je commence à peine à faire la paix avec moi-même, à ne plus me haïr, mais si nous entrons dans ce type de relation, je vais retomber plus bas que terre et vous en vouloir, très certainement.

Elle paraissait accablée.

— Oh, Charles ! Je n'ai pas réfléchi. Pour vous, ce n'est pas une plaisanterie, n'est-ce pas ?

Sa lèvre inférieure s'était mise à trembler. Il se retint de l'embrasser.

— Non, en effet, ce n'est pas une plaisanterie, admit-il doucement.

# 25

Manifestement elle était bonne à enfermer. Revenir à Rosemont lui avait embrouillé les idées comme jamais.

À moins que Rosemont n'ait rien à voir là-dedans, que tout soit la faute de Charles Cooper. Il lui envoyait des signaux contradictoires, tel un télégraphe emballé. Il ne voulait pas faire l'amour avec elle, mais il l'avait demandée en mariage.

Bien sûr, sa proposition n'était pas sérieuse. Ils se connaissaient à peine et ils venaient de mondes diamétralement opposés, sans rien en commun. Il était un héros de guerre et elle une héritière futile, quoi qu'elle prétende. Lui était dans l'action, il avait laissé son empreinte sur le monde, tandis qu'elle ne s'était rebellée que contre le sien.

Venir prendre un bain avec lui était encore un acte de rébellion, si puéril soit-il. Une dame comme il faut aurait fait la sourde oreille en l'entendant gémir dans la salle de bains, ou bien elle aurait feint de ne pas comprendre à quoi il était occupé. Il n'avait pas été si bruyant que cela. Quelques halètements, un grognement, des éclaboussures… Si elle n'avait pas pressé l'oreille contre le battant, elle n'aurait sans doute rien entendu du tout.

Mais elle n'avait pas pu faire semblant et elle avait sauté sur l'occasion. Charles Cooper était là, à sa portée. Pourquoi se priver ? Elle l'aimait vraiment bien, même s'il était un homme.

Ou parce qu'il était un homme.

Quelle vision magnifique il offrait, debout dans la baignoire, précédé de son arrogante érection. Cela lui avait paru tout naturel d'ouvrir la bouche pour le goûter. Il avait paru beaucoup apprécier la chose, et elle aussi, devait-elle avouer. Jamais elle ne s'était sentie aussi puissante tandis qu'elle lui prodiguait ces caresses incroyablement osées. Et après tout, elle n'avait fait que lui rendre la pareille.

Mais à présent elle était tourmentée par ce désir inassouvi qui brûlait en elle. Sa chair intime palpitait entre ses cuisses, ses seins la picotaient.

Charles avait toujours les mains posées sur ses épaules. Son cache-œil était noué de travers. Elle n'arrivait pas à croiser son œil bleu parfait.

— Je suis désolée, souffla-t-elle.

— Pour avoir envahi mon intimité ou pour m'avoir soumis à une tentation irrésistible ?

— Je vous ai tenté ?

— Cela vous étonne ? Je n'ai jamais rencontré quelqu'un comme vous, Louisa. Et je ne sais pas trop quoi faire de vous.

« Vous pourriez me toucher, mourait-elle d'envie de lui dire, me caresser, juste encore une fois, comme la nuit dernière. Avec votre main. Ou votre langue. »

Et ils ne courraient aucun risque d'avoir un bébé. Se caresser, ce n'était pas avoir un vrai rapport sexuel.

— Louisa ? Vous avez une expression très bizarre.

— Ce n'est rien. Enfin, non, ce n'est pas rien. Imaginons que vous vous occupiez de moi une dernière fois.

Une seule fois, cela ne ferait de mal à personne, pas vrai ? Ensuite ils s'en tiendraient là et reprendraient le cours de leur petite comédie.

— Que je m'occupe de vous ?

— Oui, comme je viens de le faire avec vous.

Il lui lâcha les épaules. Elle s'empressa d'ajouter :

— Je comprends votre réticence à être rétribué pour des services sexuels. Comment appelle-t-on un homme qui fait cela ? Pour une femme, on dit une « cocotte », je crois.

— Je ne sais pas, un étalon, un gigolo… Peu importe, je n'ai pas l'intention d'en faire ma profession.

— Non, non, je sais. Ce serait pure folie. Je ne voudrais pas que vous ayez ce poids sur la conscience à cause de moi. Vous êtes tout à fait en droit de refuser ma proposition indécente.

— Mais ? Car il y a un « mais », je le devine. Savez-vous que quand vous réfléchissez, votre langue gigote au coin de votre bouche comme un petit ver rose ?

Louisa ferma la bouche, la rouvrit et s'exclama :

— Un petit ver rose ? Mais c'est horrible !

— Jugez par vous-même.

Il la fit pivoter vers le miroir fixé au-dessus du lavabo.

— Allez-y, réfléchissez.

— Je ne peux pas réfléchir sur commande !

Il la dépassait d'une tête. Dans la glace, elle le vit sourire.

— Ah bon ? Je croyais que vous aviez un cerveau, que vous n'étiez pas une débutante écervelée ?

— Je suis trop vieille pour être une débutante.

— Je ne sais pas, pensez à l'état lamentable dans lequel se trouve le monde. Ou à la cause des suffragettes. Demandez-vous pourquoi le ciel est bleu.

C'était absurde. Louisa ne pensait à rien d'autre qu'à l'embrasser pour effacer ce sourire arrogant de ses lèvres, jusqu'à ce qu'il ne puisse faire autrement que de glisser la main sous sa serviette. En se trémoussant un peu, elle arriverait peut-être à la faire tomber. Charles poserait alors ses mains sur ses hanches et ne tarderait pas à se rendre compte qu'elle ruisselait de désir.

Lui-même était toujours nu, et il avait beau prétendre vouloir se soustraire à la tentation, il n'en donnait pas vraiment l'impression. Des gouttelettes d'eau parsemaient ses bras musclés. Il était un peu trop mince, mais très bien proportionné. Ce serait si agréable de partager un bon dessert avec lui, comme un cake aux fruits confits accompagné d'un verre de vin, seuls dans la chambre, pelotonnés sous les couvertures...

— Là, dit-il. Vous voyez ?

Louisa cilla et regarda son reflet dans le miroir. Misère, il avait raison, on aurait dit qu'elle mâchonnait un vermisseau !

Elle croisa son regard dans la glace.

— Charles, je vous serais infiniment reconnaissante de bien vouloir abréger mes souffrances.

— Faut-il que je vous donne un coup sur la tête, à vous aussi ? Ou envisagez-vous une méthode plus créative ?

— Vous vous rappelez la nuit dernière, quand vous avez joui hors de moi ? Eh bien, vous venez de recommencer. Vous vous êtes rattrapé ensuite, et de façon très agréable, je vous l'accorde. Mais aujourd'hui vous récidivez. Et je suis censée faire comme si de rien n'était ? Vous m'avez exposé vos arguments, je respecte votre décision, vraiment. Je vous demande juste de retarder la mise en œuvre de vos grands principes de disons... dix minutes. Franchement, je crois même que cela ne prendra pas si longtemps. Il faut juste que je me concentre un minimum, et si vous faites ce qu'il faut – vous n'avez pas besoin de consignes, vous l'avez prouvé –, je pourrai enfin me résigner à la longue vie d'abstinence qui m'attend. Ou au moins tenir un mois.

Je suppose que rien ne m'empêchera de trouver un autre partenaire consentant quand vous aurez terminé votre mission.

Même si, pour l'heure, la perspective de s'ébattre avec un autre ne lui disait rien du tout.

Elle parlait, jacassait, sans quitter des yeux son reflet dans la glace. Tout à l'heure, en lui faisant remarquer son tic, il affichait un air indulgent. Depuis, son expression s'était modifiée à plusieurs reprises, de manière subtile. Il fallait vraiment faire attention pour le remarquer, et Dieu sait qu'elle le dévisageait, il était si beau !

À présent, il semblait un peu exaspéré. Était-il possible qu'elle ait aiguillonné sa jalousie en mentionnant d'éventuels futurs amants ? Ç'aurait été bon signe, non ?

Il la fit pivoter face à lui.

— Qu'attendez-vous de moi, Louisa ?

— Que vous « terminiez le boulot », comme vous dites. La vue d'un bel homme nu ne me laisse pas indifférente, figurez-vous. À cause de vous, je suis à fleur de peau et, dans ces conditions, je vois mal comment je pourrais supporter un autre dîner familial.

— À fleur de peau ?

— Ne faites pas semblant de ne pas comprendre ! Je suis tendue, cela palpite entre mes cuisses, je sens des petites décharges électriques dans les seins. Hmm, à ce propos, je songe à faire installer l'électricité à Rosemont, si je reste. L'endroit paraîtra un peu moins lugubre, vous ne trouvez pas ?

Charles semblait si désorienté que c'en était presque comique. Louisa ignorait pourquoi elle lui parlait de travaux de rénovation en un tel moment. Elle avait bien d'autres choses en tête.

— Je vous promets qu'ensuite je ne vous demanderai plus rien. Nous nous cantonnerons à une relation strictement professionnelle. Sauf en public, quand vous ferez semblant d'être Maximilian. Mais sinon…

— Oh, taisez-vous, Louisa !

Il lui encadra le visage de ses mains et l'embrassa avec une sorte de rage. À sa grande joie, sa serviette finit par glisser et Louisa se retrouva nue, plaquée contre ce grand corps qui sentait la violette. Sauf que Charles Cooper n'avait rien de féminin – Seigneur, son énorme pénis était pressé contre le ventre de Louisa alors qu'il avait joui quelques instants plus tôt.

Peut-être pouvaient-ils « se terminer » mutuellement ? Elle manquait d'expérience, mais avec Charles Cooper, elle bénéficiait d'une formation accélérée.

Elle ne put s'empêcher de pouffer.

Zut. Charles avait arrêté de l'embrasser.

— Qu'y a-t-il d'amusant ? Vous rigolez parce que vous êtes sûre d'obtenir ce que vous vouliez ? Je ne suis qu'un pauvre bougre que vous manipulez à votre guise, c'est ça ?

— Je ne me moque pas de vous. Je ris parce que je viens de penser à quelque chose d'idiot. Vous savez que je peux avoir d'étranges idées parfois. D'ailleurs, vous me le dites tout le temps. Nous devrions aller dans votre chambre, non ? Parce que Kathleen risquerait d'entrer dans la mienne… et le lavabo me blesse le dos.

Charles soupira.

— Je crois que je devrais consulter votre fameux Dr Freud. Je risque de devenir complètement maboul avant la fin du mois.

— Vous ne regretterez pas, je vous le promets.

Du moins l'espérait-elle. S'ils n'avaient droit qu'à cette unique occasion, elle comptait y mettre tout son cœur.

Cette fois, Charles poussa le verrou pour éviter toute intrusion intempestive. Les draps du lit étaient tout chiffonnés. Un livre ouvert gisait sur la courtepointe. Louisa s'en saisit, mais Charles le lui confisqua.

— Écoutez, nous n'avons pas beaucoup de temps. Nous ne devrions même pas être là. Mais puisque nous en avons décidé autrement, vous n'allez pas commencer par un quart d'heure de lecture.

— Oui, Charles, acquiesça-t-elle, docile. Que voulez-vous que je fasse ?

— Rien du tout ! C'est moi qui suis censé m'occuper de vous, « abréger vos souffrances ». Alors ne me touchez pas.

— Pas du tout ?

— Je ne veux pas que vous posiez un doigt sur moi. D'ailleurs...

Il se tourna vers la fenêtre encadrée de rideaux par laquelle on apercevait le ciel mauve qui se piquetait d'étoiles.

— Voilà, ça devrait faire l'affaire, grommela-t-il en dénouant les embrasses qui retenaient les tentures de velours.

Revenant vers Louisa, il intima :

— Allongez-vous.

— Que... qu'est-ce que vous allez faire avec cela ?

— Je vais vous attacher, et aussi vous bâillonner avec une des cravates en soie de ce cher Maximilian. Comme ça, pour une fois, on ne vous entendra pas. Ensuite, mademoiselle Stratton, je vais soulager vos souffrances. Et vous aurez de la chance si vous êtes capable de descendre l'escalier pour aller dîner.

— Oui, Charles. Cela me paraît charmant.

Il secoua la tête en marmonnant. Qu'est-ce qui n'allait pas, encore ? Décidément elle ne comprenait rien au psychisme masculin.

Elle s'étendit sur le lit et écarta bras et jambes en direction des quatre piliers du lit. Charles lui lia chaque membre avec des nœuds compliqués. Comme si elle allait tenter de s'échapper ! Tout cela était fascinant, mais il ne devrait pas oublier de la détacher tout à l'heure, qu'elle puisse s'apprêter pour le dîner. Elle avait déjà faim.

L'idée du bâillon lui plaisait moins, mais il fallait admettre que Charles avait raison : si elle ne se montrait pas trop bruyante, la maisonnée n'en saurait rien. Avec un peu de chance, Kathleen était encore avec Robertson et elle attendrait que sa maîtresse la sonne pour remonter.

Charles ne lui avait pas bandé les yeux, elle voyait donc combien son expression était farouche. Était-il fâché qu'elle ait quémandé sa coopération une dernière fois ? Il était si guindé parfois, c'était dommage, mais enfin, cela faisait aussi partie de son charme. Oui vraiment, elle avait beaucoup d'affection pour lui.

Elle aurait volontiers passé plus de trente jours en sa compagnie. Bonté divine, s'ils avaient été réellement mari et femme, ils auraient pu consacrer une partie de leur temps à ces petits jeux, et s'y livrer dans chaque pièce de Rosemont sans se soucier des conséquences. Il y avait quantité de fenêtres et d'embrasses, ici. Seulement, Charles n'était pas sérieux quand il lui avait demandé sa main. Son instinct protecteur l'y avait poussé, mais en vérité, il n'avait aucune envie de lier son destin au sien.

Elle non plus ne voulait pas se marier. Elle garderait peut-être le contrôle de sa fortune, mais elle se perdrait elle-même et y laisserait probablement son cœur. C'était une chose d'accepter d'être muselée et ligotée pour jouer, mais le mariage dépouillait bel et bien les femmes de leur voix et de leur corps.

C'était finalement plus facile de fermer les yeux plutôt que de voir les ombres mouvantes sur le visage sévère de Charles tandis qu'il examinait les nœuds. Elle fut presque surprise lorsqu'il la rejoignit sur le matelas.

Celui-ci s'affaissa sous son poids. Elle perçut sa chaleur corporelle alors qu'il ne la touchait pas. À quoi donc pensait-il ? Elle était d'une telle vulnérabilité dans cette position. Mesurait-il à quel point elle lui faisait confiance ? Par où allait-il commencer ? Tendue comme la corde d'un arc, elle attendit…

La réponse ne tarda pas. Charles se glissa entre ses cuisses et insinua sa langue dans sa fente humide, avant d'aspirer son clitoris dans sa bouche. Puis il inséra un doigt en elle.

Elle était trempée de désir et il n'eut aucune difficulté à introduire un deuxième doigt. Le nez enfoui dans les boucles de sa toison intime, il semblait fredonner, et elle avait l'impression que chaque note déclenchait une vibration qui partait du petit bouton caché dans les replis intimes de son sexe – elle en avait lu la description dans un livre coquin que Kathleen et elle lisaient à tour de rôle, les soirs d'été, quand il faisait trop chaud pour dormir. Dès que Kathleen avait eu le dos tourné, elle s'était emparée d'un miroir pour vérifier sur sa personne l'exactitude de ladite description. Dieu que l'anatomie féminine était secrète ! Tout ce qui comptait était enfoui, dissimulé, alors que les hommes affichaient leur attirail.

Ses pensées s'effilochaient. À présent, il n'était plus question de réfléchir à quoi que ce soit et… oooh, si elle avait été libre de ses mouvements, elle se serait tordue en tous sens. Son impuissance ne faisait qu'ajouter à son excitation. Entièrement à la merci de Charles, elle ne pouvait que subir ses attouchements diaboliques et écouter sa respiration anarchique.

Comme elle l'avait pressenti, il ne fallut que quelques minutes avant que la vague de l'extase l'emporte, arc-boutée dans ses liens, catapultant presque le pauvre Charles hors du lit. Si c'était vraiment leur dernière fois, elle regrettait presque qu'il ait été si efficace. Mais elle n'allait pas non plus se plaindre.

Les ultimes spasmes la parcouraient jusqu'aux orteils. Lorsqu'elle rouvrit enfin les yeux, Charles était en train de la détacher.

— Voilà, dit-il en ôtant le bâillon, avant d'effleurer du pouce ses lèvres sèches. Cela devrait vous faire tenir tranquille un petit moment, jusqu'à ce que vous puissiez vous dénicher un autre amant. Mais soyez plus sélective à l'avenir. Ni sir Richard ni moi ne sommes des partenaires souhaitables. Vous méritez mieux.

— Vous trouvez ?

Il attrapa un oreiller pour dissimuler son érection.

— Ça suffit. Vous avez eu ce que vous vouliez. Je ne vais pas vous abreuver de compliments. Maintenant levez-vous et allez vous habiller. Je suis sûr que Kathleen doit traîner dans le coin en écoutant aux portes. Dorénavant, je suis juste celui que vous avez engagé pour jouer votre mari. On ne s'embrasse plus. Ni sur la bouche ni ailleurs. On se conduit comme un couple normal de la haute société. Ce n'est pas par hasard que ces gens-là font chambre à part. Faites semblant de me prendre en grippe, comme ça vous ne serez pas obligée de pleurer quand vous me tuerez en janvier.

Il était si catégorique. Sans doute avait-il raison. À un moment donné, ils avaient permuté les rôles. Au début, c'était elle qui avait imposé une distance et interdit les effusions publiques inutiles. Et maintenant, elle mourait d'envie de l'attirer à elle et de l'embrasser.

Partout.

Elle frotta ses poignets irrités.

— Je vous retrouve en bas, dit-elle. Voulez-vous que j'envoie un valet vous aider à vous habiller ?

Charles ricana.

— Je prends cela pour un refus.

Elle s'éclaircit la voix, puis :

— Merci pour votre… assistance. Je me sens beaucoup mieux, à présent.

— Je suis ravi pour vous. Et maintenant déguerpissez.

Louisa s'exécuta. Elle s'arrêta dans la salle de bains le temps de vider la baignoire et de ramasser sa serviette. Surprenant son air béat dans le miroir, elle se dit que cela ne risquait pas d'échapper à l'œil de lynx de Kathleen.

Soudain, elle entendit la voix étouffée de Charles, de l'autre côté du battant, qui criait son nom, Louisa.

Le pauvre. Si seulement il le lui avait demandé, elle aussi aurait pu soulager ses souffrances.

# 26

Une ambiance oppressante régna toute la soirée, de l'instant où furent servis les cocktails jusqu'au dessert. La chère était excellente, les vins allemands délicieux, seule la compagnie laissait à désirer. Il y avait là les membres habituels de cette étrange famille, ainsi que le Dr Fentress qui faisait apparemment partie des meubles.

Louisa elle-même manquait d'entrain, son exubérance coutumière dûment corsetée sous sa robe de satin bleu pervenche boutonnée jusqu'au cou. Peut-être avait-elle décidé de faire profil bas pour ne pas exciter les mauvais instincts de Hugh, ou ceux de Charles, allez savoir ?

De toute façon, il n'avait besoin d'aucune stimulation visuelle pour la désirer. Il avait encore son goût sur la langue. Il était censé ne plus la toucher et il se demandait comment il allait respecter sa promesse.

Il était pourtant impératif qu'il garde ses distances. Louisa Stratton avait beau être délicieuse, il ne pouvait lui permettre de se servir ainsi de lui. Les émotions qu'elle provoquait ne se laisseraient pas dompter d'une tape sur la main et de quelques remontrances. Si elle refusait de l'épouser – et pourquoi aurait-elle accepté, grands dieux ? Il n'avait rien à lui offrir ! –, il n'allait pas se briser le cœur en tombant davantage sous son charme.

À table, il se retrouva de nouveau à côté d'Isobel. Dieu merci, Grace était assise entre Hugh et le Dr Fentress. En début de soirée, la tante de Louisa lui avait adressé un bref sourire par-dessus sa flûte de champagne, puis elle l'avait ignoré avec une constance remarquable. Lui-même avait évité de son mieux les mains baladeuses de la cousine Isobel et s'était s'efforcé de faire la conversation à une très vieille dame qui avait officié jadis à Rosemont en tant que gouvernante, auprès de Grace et du père de Louisa. De toute évidence, la famille Stratton pourvoyait toujours à son entretien. Peut-être Grace avait-elle une parcelle d'humanité en elle, finalement. Quoiqu'il n'aurait pas misé un centime là-dessus au casino de Monte-Carlo.

Il balaya la tablée du regard. Le couvert avait été dressé de manière aussi formelle que la veille, mais on avait ôté quelques feuilles aux décorations végétales, ce qui lui permettait de voir les autres convives. Il y avait Mlle Popham, la gouvernante en retraite ; le grand-oncle Phillip, qui ce soir était placé en bout de table ; Louisa ; Mlle Spruce, la secrétaire de Grace ; le Dr Fentress ; Grace ; Hugh ; et enfin Isobel et ses mains pleines de doigts.

L'une de ces personnes l'avait sans doute assommé la veille – Hugh excepté, qui n'était pas présent. Pourtant, sous le grand lustre en cristal, aucune ne lui paraissait bien dangereuse. Bien sûr il était toujours possible que Hugh ait donné l'ordre à un domestique d'éliminer ce gêneur de Maximilian Norwich.

Grace se tamponna délicatement les lèvres à l'aide de sa serviette en lin, puis se leva.

— Messieurs, nous allons vous laisser savourer votre porto et discuter de toutes ces questions d'importance qui ennuient le sexe faible. Rejoignez-nous dès que vous aurez résolu les problèmes du monde.

Grace Westlake était donc secrètement féministe ? Intéressant. Aux paroles de sa tante, Louisa leva les yeux au plafond, puis agita la main en direction de Charles avant de quitter la pièce dans le sillage des autres femmes. Enfin libéré de la pression insistante de la cuisse d'Isobel contre la sienne, Charles consentit à se détendre un peu.

Hugh leva le doigt et un valet apparut avec la carafe de porto et une jatte de noix. Griffith se matérialisa au côté de Charles avec un humidificateur à cigares.

— Désirez-vous fumer, monsieur Norwich ?

Louisa ne supportait pas la fumée, elle le lui avait expressément signifié. Charles refusa d'un signe de tête. Mais les trois autres messieurs n'avaient pas reçu de consignes similaires. Bientôt l'air dans la salle à manger vira au bleu et Charles comprit qu'il empesterait la fumée de toute façon.

La mine morose, Hugh soufflait de petits nuages cotonneux. L'oncle Phillip était trop sourd pour discuter de quoi que ce soit. Ce fut donc le Dr Fentress qui fit l'effort de se montrer sociable.

— Alors, monsieur Norwich, que pensez-vous de Rosemont ? Il paraît que vous vous êtes promené à cheval sur le domaine aujourd'hui ?

— C'est un endroit superbe. Avez-vous connu le grand-père de Louisa ?

— Oui, bien sûr. C'est du reste sur son invitation que j'ai installé mon cabinet dans la région. Je sortais de la faculté de médecine quand il a pris contact avec moi. Son épouse n'était pas bien portante et il voulait un praticien local sur lequel il puisse compter. Ses affaires le retenaient souvent à Londres et il s'inquiétait que Louisa reste seule à la propriété. Quand je dis « Louisa », je parle de la grand-mère de votre épouse, la femme de George. Elles portent toutes deux le même prénom. Depuis je n'ai cessé d'être au service de cette famille. Savez-vous que c'est moi qui ai mis au monde votre femme ?

— Et aussi Mme Westlake ?

Fentress toussota. À dire vrai, cela devait être bizarre d'entretenir une relation presque romantique avec une femme dont on avait coupé le cordon ombilical.

— En effet. Mais pas son frère Byron, qui était un peu plus âgé qu'elle. Ni Hugh, d'ailleurs, car Mme Westlake résidait à Marbury Court, à l'époque ; c'est la propriété du vicomte de Marbury, dans le Herefordshire. Feu M. Westlake était son frère.

— Inutile de donner un cours de généalogie, docteur. Norwich ne restera pas assez longtemps pour agrandir l'arbre de la famille, intervint Hugh en ricanant.

— Vraiment ? Qu'est-ce qui vous fait dire cela, Westlake ? s'enquit Charles d'un ton posé.

— Vous vous lasserez bientôt des sautes d'humeur de Louisa. Ou c'est elle qui se fatiguera de vous. Le Dr Fentress peut vous confirmer qu'elle n'a pas toute sa raison. On appelle cela de l'hystérie, n'est-ce pas, docteur ?

Le médecin baissa le nez sur son verre de porto.

— Il m'est difficile d'établir un diagnostic précis sans une observation plus poussée. Louisa a peut-être changé au cours de l'année qui vient de s'écouler. Mais il est vrai qu'avant son départ de Rosemont elle faisait preuve d'une grande dissipation et qu'elle a mis les nerfs de Grace à rude épreuve. J'ai parfois dû lui prescrire des calmants.

— Vous l'avez droguée pour la faire taire ?

— Voyons, voyons, monsieur Norwich ! Vous êtes injuste. Lors de ces crises, Louisa était un danger pour elle-même et pour les autres habitants de cette maison. Sa tante a toujours agi dans son intérêt. Nous savons comment fonctionne Louisa, nous l'avons vue grandir.

Vous, vous la connaissez depuis quelques mois seulement, n'est-ce pas ? Vous êtes amoureux d'elle et l'amour altère le jugement et la perception d'autrui. Un amoureux n'est jamais un témoin fiable.

C'était assurément vrai dans le cas du Dr Fentress, que Grace Westlake menait par le bout du nez.

L'oncle Phillip surprit tout le monde en se mêlant à la conversation.

— L'amour. Bah ! Cette fille est folle.

— Je suis bien d'accord, oncle Phillip, opina Hugh.

— Hein ? Comment ? aboya le vieux bougre.

— J'ai dit que j'étais d'accord avec vous, mon oncle. Louisa est folle et l'amour n'existe pas. Quels que soient les sentiments que vous éprouvez pour ma cousine, Norwich, ils ne dureront pas. Vous feriez mieux d'accepter la proposition de ma mère avant que Louisa ne vous piétine le cœur.

Charles était fasciné. Il avait l'impression d'être tombé dans le terrier du lapin d'Alice au pays des merveilles et de se retrouver dans un univers parallèle. Tous ces gens qui prétendaient si bien la connaître décrivaient une Louisa qui n'avait rien à voir avec la sienne.

Oui, elle était impulsive, et scandaleuse sans doute quand elle galopait à bride abattue à travers les collines, quand elle suppliait Charles de lui donner du plaisir et qu'elle criait sa jouissance sous lui. Mais c'était justement ce qu'il aimait chez elle : son honnêteté, son infatigable vitalité, sa fragilité.

Mais était-il possible qu'il soit aveuglé ? Il devait bien admettre que la jeune héritière l'éblouissait. Et sans doute n'était-il pas très bon juge de la nature humaine. Son expérience en Afrique avait faussé son point de vue, très probablement.

D'une pichenette, il fit tourner une noix sur la nappe immaculée.

— Je vais néanmoins prendre le risque, messieurs. Un mois avec Louisa, c'est comme une vie entière. Nous verrons bien ce que nous apportera la nouvelle année.

— Si vous survivez jusque-là. Méfiez-vous, Norwich. Votre femme a une prédilection pour les armes à feu.

Charles releva vivement la tête.

— On dirait que vous parlez d'expérience, Westlake.

— Cette fille a essayé de me tuer à plusieurs reprises. Elle est dangereuse.

— Et qu'aviez-vous fait pour mériter sa colère ?

— Qui sait ce qui peut déclencher la fureur de Louisa ? Elle est totalement imprévisible.

À en croire Louisa, Hugh avait tenté plusieurs fois de la compromettre.

— Il faudrait plus qu'une fille, même armée d'un pistolet, pour me tuer. En Afrique, j'ai eu affaire à de plus gros calibres, croyez-moi, rétorqua Charles.

Il s'aperçut tout de suite de son erreur.

Hugh haussa les sourcils.

— En Afrique ?

— Oui, en safari, se hâta de préciser Charles. Il y a des années. Je chassais le lion.

— J'ignorais que les lions se défendaient avec des pistolets, pouffa le Dr Fentress.

— Vous avez raison, leurs crocs et leurs griffes leur suffisent face à n'importe quel homme, si courageux soit-il. Les autres chasseurs étaient inexpérimentés, ils se sont montrés négligents. C'est comme cela que j'ai été blessé.

Miséricorde. Il s'enferrait. N'était-il pas censé avoir perdu son œil sur un ring ? Mais il était trop tard pour ravaler ses propos. Maximilian le Grand Chasseur blanc goba un cerneau de noix. La bouche pleine, on pouvait espérer qu'il débiterait moins de bêtises.

— Vous avez vraiment eu une vie intéressante, déclara le Dr Fentress. J'imagine que notre Louisa vous paraît bien inoffensive comparée aux fauves de la savane.

— Je vous parie que ce bon vieux Max a déjà senti le feu de ses dents et de ses griffes, railla Hugh.

Charles se retint à grand-peine de lui balancer la coupe de noix à la figure.

— En ce qui concerne mon mariage, je n'ai pas à me plaindre, répliqua-t-il pour leur clouer définitivement le bec.

Peine perdue.

— Vous n'en êtes qu'au tout début. Ne venez pas dire qu'on ne vous a pas prévenu, persifla encore Hugh.

Charles se leva.

— J'en ai assez de cette petite sauterie virile, déclara-t-il. Et je vous avertis, Westlake, si vous injuriez encore ma femme, je ne pousserai pas la charité chrétienne jusqu'à tolérer votre présence aux fêtes de Noël. Vous n'avez aucune position officielle à Rosemont, hormis celle du gamin dénaturé qui a tourmenté Louisa durant toute sa jeunesse. Et au fil des ans, vous êtes devenu encore plus pervers en tentant d'attirer cette innocente dans votre lit !

Hugh s'empourpra violemment.

— Mensonges ! Comme toujours. Il ne faut pas croire tout ce que raconte Louisa. Et de toute façon, elle n'est pas restée innocente très longtemps. Le plus étonnant, c'est qu'elle n'ait pas encore mis bas une portée de petits bât...

Hugh ne termina pas sa phrase. Charles avait contourné la table et écrasé le poing sur son nez aristocratique. La chaise de Hugh bascula en arrière et il s'affala sur le sol dans un fracas plaisant. Un instant, alors qu'il agitait bras et jambes pour tenter de se relever, il ressembla à une tortue retournée sur le dos. Mais Charles ne resta pas pour admirer le tableau. Il claqua la porte de la salle à manger et prit la direction du salon.

Ce soir, personne ne jouait de musique. Louisa avait l'air malheureux, assise dans son coin près de la fenêtre, une tasse de thé à la main, alors que les autres femmes étaient regroupées sur le divan et les fauteuils.

Charles marcha vers elle et lui tendit la main.

— Montons, mon ange.

L'assemblée féminine frémit en voyant le sang qui lui souillait les phalanges. Grace poussa une sorte de glapissement.

Louisa ne sourcilla même pas.

— Volontiers, Max chéri. Mesdames, si vous voulez bien m'excuser.

Ils sortirent sans plus attendre, gravirent l'escalier.

— Qu'avez-vous fait ? chuchota Louisa.

— Ce qui devait être fait. Votre cousin ne humera plus le parfum des roses avant un bon moment.

Louisa manqua une marche. Il la retint d'une main ferme.

— Vous l'avez *frappé* ? s'exclama-t-elle.

— Oui. Désolé si cela vous contrarie, mais il a dépassé les bornes.

— Hugh dépasse toujours les bornes. À une autre époque, il aurait passé son temps à se battre en duel. Moi-même, je l'aurais embroché avec joie un nombre incalculable de fois.

— Il n'y a eu ni duel ni combat de boxe. Et à ce propos, j'ai perdu l'usage de mon œil en participant à un safari en Afrique.

Louisa s'arrêta net.

— Mais j'ai dit à ma tante que vous aviez été blessé sur un ring !

— Je sais. Je m'en suis souvenu trop tard, l'histoire du safari était déjà sortie. Je ne suis pas naturellement doué pour le mensonge, je le crains.

Et Louisa ? Hugh accusait sa cousine de mentir de manière éhontée. Ses accusations étaient-elles fondées ? Elle n'avait eu certes aucun mal à inventer le personnage de Maximilian Norwich. Était-il possible que, depuis le début, elle lui ait raconté sa vérité et non pas la vérité ?

L'air préoccupé, Louisa fronça les sourcils.

— Espérons que tante Grace ait oublié ce détail, murmura-t-elle.

— Ne comptez pas trop là-dessus. Ce n'est pas son genre. Mais bon, le mal est fait. Je ne pouvais pas expliquer qu'un obus est tombé trop près de moi. Maximilian Norwich n'a rien à faire à la guerre. L'idée du safari était quand même meilleure.

— Ne me dites pas que vous iriez tuer un animal innocent pour le plaisir.

— Non, je préfère tirer sur des gens, mais seulement s'ils sont armés et qu'ils essaient de m'abattre. Vous êtes tout de même mal placée pour me faire des reproches ! D'où proviennent votre joli manteau et votre manchon de fourrure, selon vous ?

— Charles !

— Chut. Les murs ont des oreilles. Il y a peut-être un valet accroupi derrière le rideau du palier. Venez, allons nous enfermer avant que Hugh ne jaillisse de la salle à manger pour me provoquer en duel.

Il saisit Louisa par le coude pour qu'elle force l'allure.

Une fois dans leur suite, il poussa le verrou des deux portes qui communiquaient avec le couloir, et cala même le dossier d'une chaise sous les poignées par mesure de précaution.

Puis il retrouva Louisa qui allait et venait devant la cheminée.

— Kathleen ne pourra pas entrer si vous bloquez les issues !

— Et alors ? Vous n'avez pas besoin d'elle.

— Si… pour m'aider à me déshabiller.

Elle se tourna à demi. D'innombrables boutons fermaient le dos de sa robe.

— Je peux m'en charger, décréta-t-il.

— Oui, mais Kathleen et moi en profitons toujours pour bavarder. Nous raconter notre journée. C'est ma meilleure amie, vous comprenez.

— Eh bien, vous me parlerez à la place. Même si je sais très bien comment s'est déroulée votre journée.

Ç'avait été un véritable enfer.

— Ne croyez-vous pas que vous devriez laver cette main ? suggéra-t-elle.

Charles avait oublié ses doigts ensanglantés. Il gagna la salle de bains, nota au passage la chemise de nuit en dentelle rose, posée sur la courtepointe. Sans nul doute un choix délibéré de la diabolique Kathleen pour achever de lui faire perdre la raison. La pensée de Louisa vêtue de cette fanfreluche suffisait à lui donner envie de…

Sous le robinet, il se frotta la main avec détermination. S'il était malin, il irait s'enfermer à double tour dans sa chambre. Mais, apparemment, deux jours avaient suffi pour qu'il perde toute capacité de raisonnement.

Et Louisa l'attendait pour déboutonner ces milliers de boutons.

# 27

Ils étaient à l'abri, barricadés. Louisa ne craignait certes pas que Hugh vienne tambouriner à la porte. En cet instant même, il devait se plaindre auprès de sa mère. Elle imaginait sans peine leurs deux têtes blondes nimbées d'or à la lueur des bougies tandis qu'ils récriminaient et complotaient contre eux.

Elle s'était doutée que son retour à Rosemont ne se déroulerait pas dans des conditions idylliques, mais de là à penser qu'on en viendrait aux mains et aux tentatives de meurtre... Heureusement, elle avait posté sa lettre à Mme Evensong, ce n'était donc qu'une question de temps avant que les choses s'arrangent. En attendant, Charles et elle pouvaient s'installer dans leur petit royaume personnel. Pourquoi se forcer à prendre leurs repas avec les autres ? Ce serait comme autrefois, quand elle était enfermée dans sa chambre des semaines durant pour quelque bêtise sans importance.

Mais cette fois, ce serait son choix.

Charles revint de ses ablutions. Il avait tombé la veste et le gilet.

— Je ne dirais pas non à un petit remontant. Avons-nous un bar ici ?

Il avait évoqué une dépendance à l'alcool avant que Mme Evensong l'engage. Travailler pour Louisa était-il une telle source de tensions qu'il était prêt à replonger dans cet enfer après deux jours d'abstinence ?

Oui, sans doute.

Deux jours. Pas plus, excepté les quelques heures chez sa logeuse et dans les locaux de l'agence de Mount Street. Elle n'arrivait pas à croire que tant d'événements s'étaient déroulés en si peu de temps. Ils s'étaient confiés l'un à l'autre. Étaient devenus intimes. Avaient échappé à une agression. Et maintenant, c'était eux contre le monde entier – ou du moins les résidents de Rosemont.

Louisa alla ouvrir un cabinet d'angle qui contenait plusieurs carafes de cognac, whisky et quelques bouteilles de madère.

— Vous avez de la chance. Choisissez votre poison.

— Vous n'avez pas de gin, je suppose ?

— Les gens comme nous ne sont pas censés en boire.

— Mais je ne fais pas partie de votre monde, ma chère Lulu.

— Par pitié, ne m'appelez pas ainsi !

Elle attrapa un tire-bouchon, la bouteille de madère et deux verres à pied. Le madère était moins alcoolisé que le cognac ou le whisky. Elle n'avait pas du tout envie que Charles s'enivre. S'il voulait la protéger, comme il l'avait promis, il devait garder la tête claire. D'une main légèrement tremblante, elle remplit les verres.

Charles se tenait devant la fenêtre à meneaux, le regard perdu sur la surface sombre de l'océan.

— Voilà, fit-elle en lui apportant son verre. Tchin-tchin.

— À nous. Les vrais Charles et Louisa, pas « les gens comme nous ». Je me demande ce que demain nous apportera, dit-il avant de vider son verre d'un trait.

— Rien, j'espère. Nous n'avons qu'à passer tranquillement la journée ici.

Même si la proximité de Charles Cooper n'était pas à proprement parler reposante.

— Comment cela ? dit-il en pivotant face à elle.

— Nous ne sommes pas obligés de quitter la suite.

Elle tenta un sourire effronté. Comme ça, il penserait qu'elle avait des intentions coquines.

— Vous voulez vous cacher ? s'exclama-t-il.

Consciente de sa lâcheté, Louisa hocha la tête.

— Sornettes ! Je ne vous permettrai pas de rester terrée ici toute la journée. Nous avons à faire !

— Ah bon ?

— Le révérend Machin vous a demandé de fleurir l'église pour la messe de dimanche prochain, non ? Nous irons au village demain. À cheval, bien sûr. Je n'ai pas envie de remettre ma vie entre les mains de votre chauffeur mal embouché. Et tant que nous y sommes, nous devrions acheter des cadeaux de Noël pour Grace et Hugh. Qu'en pensez-vous ?

— Vous plaisantez ?

— Pourquoi ? On ne trouve pas de sacs de charbon dans la région ? Je n'ai pas bien regardé quand Robertson est venu nous chercher à la gare, mais j'ai quand même l'impression d'avoir vu une ou deux boutiques au village.

Il la taquinait, une fois de plus. Quand il la regardait ainsi, elle n'avait qu'une idée en tête : l'embrasser. Ce n'était pas possible. Ils étaient convenus de ne pas recommencer.

Sauf qu'elle en mourait d'envie.

— Vous ne devriez plus vous battre, lui conseilla-t-elle. Sinon ils vont tous penser que vous n'êtes pas très civilisé.

— À juste titre, répliqua-t-il en posant son verre. Je n'imagine pas rester impassible pendant qu'ils vous insultent, Louisa. Cela me met hors de moi.

— Merci.

— Attendez que je vous aie débarrassée d'eux pour me remercier. Hugh a pratiqué la boxe à l'université, non ? Je devrais peut-être le défier en combat singulier. Le perdant renoncerait à Rosemont.

— Non !

Louisa ne voulait pas que Charles se fasse écrabouiller la figure. Et elle n'avait aucune confiance en son cousin. Il ne jouerait jamais franc-jeu.

— Comme vous voudrez, dit-il. Mais je suis prêt à me battre pour vous.

Elle posa la main sur son bras.

— Je ne supporterais pas qu'il vous arrive malheur. Je me sens déjà tellement coupable pour ce qui vous est arrivé l'autre soir.

— J'ai la tête dure. Et pas que la tête, du reste, marmonna-t-il.

Elle savait déjà que certaines parties de son anatomie pouvaient durcir de manière incroyable. Et rien que d'y penser…

Elle sursauta en entendant la poignée de la porte tourner.

— Kathleen ?

— Mademoiselle Louisa ? Je ne parviens pas à ouvrir.

— Je… je sais. C'est parce que nous nous sommes enfermés. À cause de ce qui s'est produit l'autre soir. Nous ne nous sentons pas en sécurité sous ce toit.

Il y eut un silence prolongé de l'autre côté du battant, puis la voix de Kathleen s'éleva de nouveau :

— Aurez-vous besoin de mes services ?

— Nous allons nous débrouiller, merci.

C'était très bizarre de se parler ainsi de part et d'autre de la porte. Louisa attendit, guettant le bruit des pas qui s'éloignaient dans le couloir.

À la place, elle entendit un poing cogner contre le bois.

— Laissez-moi entrer, mademoiselle Louisa. Et ensuite, je suppose que vous n'aurez d'autre choix que de me chasser.

— Je te demande pardon ?

— Ouvrez cette porte, et je vous expliquerai tout. Oh, Robbie va me tuer ! J'ai gâché nos vies.

Louisa jeta un regard à Charles. Celui-ci hocha la tête et alla déplacer la chaise qui bloquait la poignée avant de tirer le verrou.

Kathleen pénétra dans la pièce, le visage aussi blanc que sa coiffe amidonnée.

— Vous feriez mieux de vous asseoir, prévint-elle. S'il vous plaît.

Elle s'immobilisa devant la cheminée en se tordant les mains.

Louisa s'assit sur la chaise, tandis que Charles s'installait sur le divan. Louisa n'avait jamais vu Kathleen aussi nerveuse. Sauf en voiture, lorsque c'était elle qui conduisait.

— J'ai fait quelque chose d'horrible, mademoiselle. Et je dois présenter mes excuses au capitaine. Plus personne ne s'en prendra à vous, je… je vous le jure. C'était moi.

— C'est vous qui m'avez frappé ? s'écria Charles, incrédule.

Kathleen redressa les épaules.

— Ce n'était pas ma main, mais c'était sur mon ordre. Je voulais juste protéger Mlle Louisa, vous comprenez. Je voyais bien qu'il se passait quelque chose entre vous, et j'ai pensé que si vous étiez victime d'un petit accident, eh bien, vous n'auriez plus envie de gaudrioler.

— Gaudrioler ?

— Vous voyez ce que je veux dire. Mais votre blessure ne vous a pas empêché de…

Kathleen s'empourpra, mais n'en continua pas moins :

— … de déchaîner vos pulsions bestiales, exactement comme je le craignais. Je suis revenue voir si tout allait bien et je vous ai entendus. Vous copuliez en couinant comme des lapins.

— Kathleen !

Louisa était sidérée par cette trahison. Sa meilleure amie et confidente avait failli tuer Charles ! Et maintenant, elle le comparait à un animal – bien que les lapins soient très mignons. Ces derniers couinaient-ils pendant l'acte ? Ce n'était même pas sûr. Ils criaient seulement quand on les tuait, et cela faisait un bruit horrible, disait-on, semblable au vagissement d'un bébé. Il faudrait qu'elle se renseigne auprès d'un jardinier pour en avoir le cœur net, mais quoi qu'il en soit, elle était certaine de ne pas avoir « couiné » pendant que Charles…

Sauf qu'en deux petites journées sa vie avait basculé et qu'à présent tout lui paraissait possible.

Mais elle s'égarait. Il fallait se concentrer sur l'instant. Était-elle en colère contre Kathleen ? Oh oui, alors !

Charles, de son côté, paraissait amusé par toutes ces révélations.

— Vous m'avez pris pour un Lothario[1] ? Vous avez cru que j'allais profiter de votre maîtresse, lui briser le cœur et empocher tout son argent au passage ?

Kathleen arbora l'expression indignée que Louisa lui avait vue tant de fois ces cinq dernières années.

---

1. Personnage de suborneur dans *La Pénitente juste* (1703), tragédie de Nicholas Rowe (1674-1718).

— Vous êtes bel homme, capitaine, et Mlle Louisa n'est pas toujours raisonnable. Si vous saviez tout ce qu'elle a fait l'an passé, vous vous inquiéteriez aussi.

De pire en pire !

— Ne parle pas comme si je n'étais pas là ! s'insurgea Louisa.

— Désolée, mademoiselle, mais vous savez bien que c'est vrai. J'essayais juste de vous protéger. On m'a raconté que le capitaine vous avait embrassée au dîner. C'est George, le valet, qui m'a dit que pour un peu il vous aurait troussée sur la table, devant tous les convives. C'était vraiment incorrect... et indécent ! Je vous aime comme une sœur. Mieux, même, car mes sœurs sont de vraies harpies et vous avez toujours été si gentille avec moi. J'ai été stupide de prendre le risque de perdre le meilleur emploi dont je puisse rêver, mais je ne voulais pas vous voir souffrir.

— Alors vous avez décidé de me faire souffrir à la place, conclut Charles avec un calme étonnant, comme s'il avait l'habitude de recevoir des coups de matraque sur le crâne chaque nuit.

— Je vous demande pardon, capitaine. Enfin, monsieur Norwich, marmotta Kathleen.

— Qui était votre complice ? Robertson ?

Kathleen baissa les yeux.

— Je préfère ne pas le dire.

— C'est déjà fait, objecta Charles. Vous avez crié à l'instant : « Robbie va me tuer ! » Et je suppose que c'est lui aussi qui a glissé ces vis dans la couverture de selle de Prince Pirate ?

— Je ne lui ai jamais demandé de faire ça ! C'était une initiative personnelle.

— Ce type a de la ressource. Il ira loin. Bien, Louisa, qu'allons-nous faire de ce couple de criminels ? J'avoue que j'avais très envie de désigner Hugh comme le coupable – je suis déçu.

— Comment pouvez-vous prendre les choses aussi bien ? dit Kathleen, éberluée. C'est vraiment terrible, ce que nous avons fait. Je m'en rends compte maintenant, vous n'êtes pas un mauvais bougre.

— J'apprécie votre confiance, Kathleen. C'est un réel soulagement d'apprendre que je ne suis pas voué à mourir à Rosemont. Je m'aperçois que je n'ai pas envie de mourir, en définitive. Où que ce soit. Merci de me délivrer de cette angoisse.

— Je vais faire ma malle et chercher du travail ailleurs. Mais je vous en prie, mademoiselle, ayez pitié de Robertson. Il m'a suivie à contrecœur.

— Faire ta malle ?

Le cœur Louisa se mit à battre la chamade. Que ferait-elle sans Kathleen ? Elle ne pouvait pas se dévêtir seule le soir, et d'ici quelques semaines Charles ne serait plus à sa disposition pour jouer les caméristes. Et surtout, furieuse ou pas, elle n'avait qu'une amie dans l'existence.

— Je ne vous demande pas de lettre de recommandation, mademoiselle. Et si vous décidez de me livrer aux autorités, je comprendrai. Mais Robbie est presque innocent, lui.

Charles leva les yeux au ciel.

— Kathleen Carmichael, vous êtes une espèce de sirène, non ? Vous charmez les hommes pour mieux les conduire à leur perte.

— Pas les hommes, capitaine. Juste un. Robbie et moi, nous voulons nous marier. Si je pars, il donnera peut-être sa démission pour me suivre. Je ne sais pas trop comment nous nous débrouillerons, mais…

— Oh, tais-toi, Kathleen ! explosa Louisa. Tu n'iras nulle part. Et dire que tu m'accuses d'être déraisonnable ! Ton idée était grotesque. Tu imagines, si le capitaine Cooper avait été gravement blessé ? Il n'est en rien un danger pour moi.

Quelle énormité. Deux jours avaient suffi à Charles pour s'approprier son corps et son cœur. Ce qui était ridicule. Elle le connaissait à peine.

— Je regrette tellement, mademoiselle. Capitaine, vous pouvez dormir sur vos deux oreilles désormais, croyez-moi. J'ai parlé à Robbie, il se sent encore plus coupable que moi. Il m'aime, vous comprenez, et il ferait n'importe quoi pour moi. Même si cela va à l'encontre de ses principes.

— Tu as bien de la chance, répliqua Louisa d'un ton acide.

Mais elle aussi en avait. Charles Cooper se posait comme son défenseur, il était prêt à satisfaire toutes ses exigences – sauf une. Et il l'avait même demandée en mariage. Peut-être pourraient-ils organiser une double cérémonie. Un gloussement lui échappa. C'était à cause de toute cette tension accumulée depuis la veille, aussi. Et soudain, sous le regard interloqué de Charles et de Kathleen, elle fut prise d'un fou rire inextinguible.

Elle était entourée de gens qui n'hésitaient pas à recourir à la violence pour la protéger, mais c'était *elle* qu'on taxait de folie ! Tout cela ressemblait à une farce à la française mâtinée d'une intrigue gothique. Comment s'étonner qu'elle soit quelque peu désorientée depuis son retour à Rosemont ?

La main fine de Kathleen se posa sur son épaule.

— Asseyez-vous, mademoiselle. Je vais aller chercher un linge humide pour vous calmer.

— Ça ira, Kathleen, intervint Charles. Je vais prendre soin de votre maîtresse.

— Oui, et je sais bien comment, grommela la domestique. J'ai peut-être promis de ne plus vous attaquer, mais je n'approuve pas vos manigances pour autant, sachez-le.

Charles ne trouvait plus la situation amusante, tout à coup.

— Je ne manigance rien du tout ! J'ai donné ma parole de ne plus la toucher. Faut-il donc que je vous en fasse le serment, à vous aussi ?

— Je… je suis toujours là, hoqueta Louisa, qui venait de s'écrouler sur une chaise.

Kathleen lui jeta un regard soucieux.

— Je devrais peut-être mélanger un calmant du Dr Fentress dans une tasse de thé.

— C'est ça, droguez-la ! Cela soulagera tout le monde, apparemment, rétorqua Charles, sarcastique. Maintenant que je vois comment on la traite, je ne suis pas surpris qu'elle soit malheureuse.

Louisa essuya les larmes qui ruisselaient sur ses joues.

— Je suis toujours là. Et je ne suis pas malheureuse !

— Alors vous êtes hystérique.

— Pas du tout ! Toute personne normalement constituée trouverait la situation… outrancière. Je veux que vous me laissiez seule. Partez, tous les deux. Je ne veux pas de calmant, pas de linge humide. Et sûrement pas de gaudriole. Je peux me débrouiller seule, comme je l'ai toujours fait. Dehors !

Ni Kathleen ni le capitaine n'esquissèrent un mouvement. Ils la considéraient d'un air soucieux. Nom d'un chien, ils allaient voir ce qu'ils allaient voir !

— Kathleen, tu es renvoyée. Au moins pour la soirée. Et vous, Charles, je vous libère de vos obligations. Faites votre malle. Robertson vous conduira à la gare demain matin. Je dirai que nous nous sommes disputés. Et d'ici un jour ou deux, je m'enverrai un télégramme, puis j'informerai tout le monde que vous avez eu un accident fatal à Londres. Une mauvaise rencontre dans un quartier mal famé. Maximilian ne se laisserait pas détrousser sans réagir, il tient beaucoup à son portefeuille en cuir, souvenir de son défunt père, et fabriqué à partir d'une peausserie très rare, sur laquelle apparaît le blason de la famille Norwich et…

— Non !

Kathleen et le capitaine s'étaient exprimés d'une même voix.

— Je vais la mettre au lit, capitaine Cooper. Quand elle commence à déblatérer ainsi, il est clair que son cerveau déraille. Elle a une telle imagination ! Elle racontera de merveilleuses histoires à ses enfants, mais pour l'heure elle est juste assommée de fatigue.

— Je ne suis pas fatiguée, protesta Louisa, boudeuse.

Et elle n'aurait jamais d'enfants à qui raconter des histoires. Enfin, elle n'y avait pas vraiment réfléchi puisqu'elle était sûre de ne jamais se marier. Pourtant, tout à coup, l'idée d'en avoir ne lui semblait plus si absurde. Un petit garçon brun, une petite fille aux boucles blondes, aux joues rondes, aux doigts pleins de confiture…

Bon sang, qu'est-ce qui lui arrivait ? Charles avait raison, elle était bel et bien hystérique.

— Au moins, vous allez bien dormir ce soir, intervint Charles d'un ton apaisant. Nous n'aurons plus à redouter d'intrusion. N'est-ce pas, Kathleen ? Robertson restera dans ses quartiers comme un bon garçon qu'il est, et demain matin nous serons tous de bonne humeur.

Il se dirigea vers la porte de communication, passa dans la chambre voisine. Louisa l'entendit ensuite se déplacer de pièce en pièce à travers leurs appartements.

Elle fusilla sa camériste du regard.

— Je ne sais pas si je te pardonnerai un jour.

Dire qu'elle avait cru pouvoir rester enfermée ici avec Charles Cooper pendant quelques jours.

— Je regrette, sincèrement, répéta Kathleen. Nous avons pris le capitaine pour un coureur de dot. D'ordinaire, vous savez les repérer au premier coup d'œil et vous tenir sur vos gardes, mais le capitaine a l'air de vous intéresser. Je me trompe ?

Louisa sentit ses joues s'enflammer.

— C'est un homme très intéressant.

— Il est doué au lit, pas vrai ?

— Kathleen !

Louisa n'avait pas beaucoup de points de comparaison, néanmoins elle était à peu près sûre qu'aucune femme ne se serait plainte de la technique du capitaine.

— En tout cas, soyez prudente, mademoiselle. Il ne faudrait pas que vous tombiez enceinte. Je suppose que vous n'avez pas ces petits pessaires bien pratiques dont on nous a parlé en Allemagne ? Non, vous me l'auriez dit.

Louisa s'obligea à ne pas se boucher les oreilles.

— Tu as raison, je suis épuisée. Je veux me coucher.

Tandis qu'elle attendait, assise à sa coiffeuse, que Kathleen lui démêle les cheveux et les lui tresse, Louisa s'efforça de ne pas penser que Charles ne reviendrait plus jamais la voir, et qu'ils ne boiraient jamais un verre de madère.

Une fois Kathleen partie – après l'avoir assommée en s'extasiant sur les innombrables qualités de Robbie Robertson –, Louisa traversa la salle de bains et tourna timidement la poignée de la porte qui communiquait avec la chambre du capitaine.

Le battant résista. Il avait poussé le verrou.

Naturellement.

# 28

*Samedi 5 décembre 1903*

Au moins ne serait-il pas enfermé dans cette maudite suite toute la journée, avec Louisa et le lit. Et personne n'essayait de le tuer, se rappela Charles au moment où son rasoir lui entaillait la joue. Non, il était assez grand pour le faire tout seul, visiblement. Il tamponna le sang à l'aide d'une serviette immaculée, espérant bien provoquer l'ire éternelle des lavandières de Rosemont.

Il avait tout juste eu le temps de s'habiller lorsque Louisa frappa à la porte qu'il avait eu le bon sens de verrouiller la veille.

— Charles, on nous a monté le petit déjeuner dans le salon, le prévint-elle.

Le ton était brusque, impérieux. L'ancienne Louisa Stratton était de retour.

— Merci. Je vous rejoins dans un instant.

Il avait mis sa tenue de cheval, convaincu que cela leur ferait un bien fou de s'éloigner du domaine pour visiter le village. Il ne connaissait rien aux fleurs, mais il pourrait toujours la regarder décorer la sacristie.

Après s'être battu avec son nœud de cravate, il gagna le salon en passant par le couloir, au cas où Louisa aurait encore été en déshabillé dans sa chambre.

L'odeur des saucisses grillées le fit saliver. Il était affamé et fut accueilli par la vision réjouissante de nombreux plats surmontés de dômes d'argent. Sa « femme » l'attendait, et deux autres personnes se trouvaient dans la pièce : un valet – aujourd'hui ce n'était pas William – qui disposait les plats sur la desserte sous l'œil vigilant d'une femme d'âge mûr, à l'allure distingué. La gouvernante, supputa Charles. Impassible, il s'approcha. Il ne devait pas oublier de lui présenter ses condoléances.

Assise près du feu, Louisa était vêtue d'une amazone bordeaux. Apparemment, elle s'était rappelé qu'il voulait monter à cheval. Le soleil brillait, et il faisait encore plus doux que la veille – Charles l'avait découvert en ouvrant la fenêtre de sa chambre un peu plus tôt. On avait d'ailleurs l'impression qu'il faisait bien meilleur à l'extérieur que dans cette maison-mausolée.

— Bonjour, ma chérie, dit-il, se glissant dans la peau de Maximilian.

— Max ! lança-t-elle avec une gaieté forcée. Puis-je vous présenter la gouvernante de Rosemont, Mme Lang. Madame Lang, voici mon mari, Maximilian Norwich.

Charles tendit la main.

— Ravi de faire votre connaissance, madame Lang. Je tiens à vous féliciter pour la tenue de cette maison. Et je vous présente mes condoléances les plus sincères pour la perte de madame votre mère.

Laquelle avait dû atteindre un âge canonique, car Mme Lang était ridée comme une pomme. Elle lui adressa un signe de tête hautain, sans daigner prendre sa main. Maximilian Norwich ne devait pas se montrer familier avec les domestiques, se rappela Charles, qui s'empressa de fourrer la main dans sa poche.

— Merci, monsieur. Et félicitations pour votre mariage.

Mme Lang ne sourit pas. Avait-elle encore toutes ses dents, cette vieille bique ? Impossible à dire. À en croire Louisa, elle était dans le camp de Grace, aussi Charles ne voyait pas pourquoi il perdrait son temps à essayer de lui arracher un sourire. À vrai dire, il l'aurait volontiers poussée dans les orties si cela avait pu épargner quelques migraines à Louisa.

— Tout cela a l'air très bon, madame Lang, déclara Louisa en s'approchant de la desserte recouverte d'une nappe blanche. Transmettez nos compliments à Miriam, s'il vous plaît. Nous nous servirons nous-mêmes, comme hier. Êtes-vous en appétit, Max ? Personnellement, je meurs de faim.

— Et moi plus encore.

— Aurez-vous besoin d'autre chose, madame ? Les domestiques restent à votre disposition. Mme Westlake m'a prévenue que vous désiriez opérer quelques changements à Rosemont.

— Oh, rien qui vous concerne, rassurez-vous !

Bonté divine, Louisa avait peur de sa gouvernante ! Et Charles aussi, un petit peu, il fallait l'avouer. Il respira plus librement lorsqu'ils se retrouvèrent enfin seuls. Curieusement, il craignait davantage que le personnel de maison découvre sa véritable identité. La différence de classe était tellement ancrée dans la société anglaise que sa façon de prononcer certaines voyelles pouvait suffire à le confondre. Il avait travaillé dur pour gommer son accent populaire, mais il ne fallait pas gratter longtemps la surface pour retrouver le gamin sans éducation qu'il n'avait jamais cessé d'être.

Il prit place à table, remarqua que Louisa s'était mis du fard à joues. Lui aussi avait passé une mauvaise nuit, à s'imaginer qu'il entendait le moindre de ses soupirs, le moindre froissement de drap trois portes plus loin. Avait-elle trompé sa frustration en se caressant, comme lui ? À ce rythme, il serait sourd en plus d'être borgne avant la fin du mois.

Mais il ne comptait pas partir. Pas avant que Louisa ait repris le contrôle de la domesticité, et même s'il devait perdre l'ouïe. Bon, il ne croyait pas vraiment à ces sornettes concernant la masturbation. Sinon les pensionnaires du collège de Harrow auraient tous été sourds comme des pots.

Il se servit deux saucisses. Une fois encore, il y avait plus de nourriture que deux personnes normalement constituées n'auraient pu en ingérer. Louisa se contenta d'un toast beurré découpé en triangle parfait. Elle ignora la viande et les œufs.

— Vous allez décliner si vous ne mangez pas plus, commenta Charles en lui tendant un ravier de cristal rempli de confiture de framboises.

— J'en doute. Vous n'avez jamais remarqué combien les gens comme nous mangent ?

— Encore eux.

— Vous savez ce que je veux dire. Toute cette nourriture, c'est excessif.

— Vous ne m'avez pas raconté que votre tante s'était astreinte à un régime drastique ?

— Elle est obsédée par sa silhouette. Pendant un temps, elle s'est nourrie exclusivement d'aliments de couleur verte.

— C'est sans doute à cause de cela qu'elle a dû s'aliter, observa-t-il, avant de gober un gros morceau de saucisse. Sans viande, une armée n'est pas opérationnelle, vous savez.

— Je n'ai rien contre une bonne tranche de gigot, mais pas au petit déjeuner.

— Vous devriez goûter une de ces saucisses. Elles sont excellentes. Il y a dedans une épice que je n'arrive pas à reconnaître.

— La cuisinière les fabrique elle-même. Je l'ai vue à l'œuvre. On ne devrait jamais assister à la fabrication des saucisses.

Charles s'esclaffa.

— Ainsi vous avez des compétences culinaires ?

— Je ne dirais pas cela, non. Je ne sais pas cuisiner. Juste faire bouillir de l'eau et étaler la pâte à biscuits au rouleau à pâtisserie. J'ai passé beaucoup de temps aux cuisines quand j'étais jeune. Mais en grandissant, j'ai préféré me réfugier dans le jardin d'hiver. Je peux vous le faire visiter, si vous voulez, avant que nous partions en promenade. Griffith a veillé en personne sur mes plantations, avec l'aide du jardinier en chef.

Son regard dériva vers le pot en céramique qu'on leur avait offert en cadeau de mariage et elle ajouta :

— Profitons-en pour descendre ce pot. Il y aura sûrement une plante à rempoter dans la serre.

— Vous avez la main verte, alors ?

— Jardiner est mon seul talent féminin. Ne me demandez pas de peindre, de chanter ou de jouer du piano. Quant à coudre, c'est absolument exclu.

Charles s'en moquait. Elle était bien assez féminine à ses yeux. Il se servit une autre saucisse.

— Je vous ai entendue chanter et je n'ai pas trouvé que vous étiez si mauvaise que cela.

— L'acoustique de la salle de bains est excellente. À cause du carrelage.

Ils s'attardèrent à table. Louisa consentit à manger un fruit et un petit bol de porridge pendant que Charles dévorait l'omelette aux champignons et les saucisses jusqu'à la dernière. Sans doute exagérait-il, mais il irait faire de l'exercice d'ici peu. Avant son arrivée à Rosemont, il avait vécu de maigres rations, par économie, mais aussi parce qu'il n'avait plus vraiment d'appétit. Rien ne l'intéressait à l'époque, hormis sa bouteille de gin et l'oubli qu'elle lui procurait. Quand il pensait à se nourrir, il ouvrait une boîte de conserve et buvait du thé fadasse qu'il réchauffait sur son petit réchaud à alcool. Il ne pouvait pas se permettre de payer le couvert à sa logeuse, même si d'alléchantes odeurs montaient de la cuisine de Mme Jarvis.

Une fois sa mission terminée, il aurait assez d'argent pour louer un logement décent. Et puisqu'il ne songeait plus à mettre fin à ses jours, autant accepter un emploi normal, comme le lui avait proposé George Alexander. Charles n'était pas certain d'être très qualifié pour ce type de postes, mais il était prêt à travailler dur et à occuper ses journées à une tâche utile.

Que ferait Louisa d'ici un mois ? Retournerait-elle à Paris, Vienne ou Berlin ? Ou passerait-elle ses journées dans le jardin d'hiver de Rosemont, un tablier noué autour de la taille, s'évertuant à faire fleurir de pauvres bulbes qui n'auraient d'autre choix que de se plier à sa volonté ? Comme lui. Louisa était une force de la nature, elle l'avait extirpé d'un trou noir et l'avait remis sur pied avec quelques mots bien sentis et une bouffée de violette.

À contrecœur, il quitta la table. Ce matin, Louisa était détendue. Ils avaient bavardé comme de vieux amis. Comme mari et femme, en fait. Mais c'était une illusion. Cela ne risquait pas d'arriver. Elle avait refusé sa demande en mariage.

— Allons voir votre petite jungle.

Il souleva le pot en céramique, le cala au creux de son bras. Maintenant qu'il le voyait de près, il remarquait qu'il n'était pas peint mais décoré d'une multitude de minuscules tesselles qui composaient une mosaïque au motif vaguement oriental, dont les arabesques bleu vif formaient un joli contraste sur le fond blanc pur.

Ce style faisait fureur au siècle dernier, il avait appris cela dans son encyclopédie de l'art.

Charles demeura bouche bée en pénétrant dans le jardin d'hiver. Il comprenait mieux pourquoi les domestiques avaient choisi ce pot en particulier.

Le pan de mur mitoyen avec la maison était recouvert de carreaux de faïence bleus et blancs, avec quelques touches de vert ici ou là. Une frise représentant des oiseaux, des fleurs et du feuillage courait sur toute sa longueur et se reflétait dans l'eau d'un bassin. Sur le sol de brique, de petits braseros disposés à intervalles réguliers maintenaient une température tropicale. Trois grandes tables chargées de plantes vertes et de fleurs étaient alignées le long du mur. Sous la grande verrière voûtée qui chapeautait la serre, les fenêtres en ogive étaient ornées de ferronneries tarabiscotées. Il régnait une chaleur oppressante qui donnait envie de se déshabiller et de plonger dans le bassin.

— Quel dommage, la fontaine est coupée ! s'exclama Louisa. C'est pourtant très agréable de travailler au son du ruissellement de l'eau.

Mal remis de sa surprise, Charles émit un long sifflement en posant le lourd pot en céramique à l'extrémité d'une table.

— C'est un endroit extraordinaire. On dirait une sorte d'église.

— La cathédrale de sainte Orchidée ? Ce sont mes fleurs préférées. Les orchidées sont réputées difficiles à faire pousser, et j'en ai perdu des quantités, mais je crois que Griffith a fait des merveilles en mon absence. Le jardin d'hiver est la seule chose qui m'ait manqué quand j'ai quitté Rosemont.

Elle effleura de son doigt ganté le pétale blanc d'une fleur dont Charles ignorait le nom.

— Je pourrais couper quelques fleurs pour l'autel de l'église. Les roses résistent bien au transport, et je vais y ajouter un peu de verdure et des rubans. Des herbes séchées aussi, pourquoi pas ?

Elle s'empara d'un sécateur et d'un panier remisés sur une étagère, puis s'approcha d'une rangée de rosiers en pots placés sous une fenêtre orientée au sud. Charles la regarda tailler les tiges de petits boutons de rose encore fermés, puis les déposer avec soin dans le panier. Sa silhouette se découpait dans la lumière dorée. Il regrettait qu'elle n'ait pas mis son pantalon, mais cela aurait sûrement fait un beau scandale à l'église.

— Il me reste à envelopper les tiges et nous pourrons y aller, annonça-t-elle.

Dans l'atmosphère saturée d'humidité, Charles avait soudain du mal à respirer. La tête lui tournait. Il se retint au bord de la table, inspira profondément. L'air chaud qui lui emplit les poumons lui rappela l'Afrique. Le palmier planté dans un coin parachevait l'illusion. Ses larges feuilles ondoyaient, et pourtant il n'y avait pas un souffle de vent dans la serre. La vision de son bon œil se troubla, se piqueta soudain de petits points noirs qui semblaient zigzaguer en tous sens.

Tout à coup, une violente douleur lui transperça l'estomac, l'obligeant à se courber en deux. Bon sang, il avait mangé trop de saucisses ! Ça lui apprendrait à être si glouton mais elles étaient si bonnes.

Louisa, qui s'était dirigée vers l'évier, ne se rendit pas compte qu'il était tombé à genoux. Miséricorde, il était en train de tourner de l'œil comme une héroïne de roman ! Il s'affala sur le sol, amortit le choc en se protégeant la tête du bras. Il lui restait donc encore un semblant de lucidité. Son estomac se tordit et il sentit la bile lui remonter dans la gorge. Il allait vomir son déjeuner. Ce qui n'était pas plus mal si cela pouvait mettre un terme à l'horrible douleur qui lui cisaillait le ventre.

Il eut le réflexe de basculer sur le côté pour ne pas s'étouffer dans son vomi – ce serait non seulement déplaisant, mais sa défection laisserait Louisa seule face à ses ennemis. Quelqu'un donnerait un coup de jet sur les briques, voilà tout. Il avait aperçu une évacuation sur le sol…

Ses pensées s'effilochèrent tandis qu'il roulait sous la table. Son estomac se vida d'un coup et il vomit tripes et boyaux, avec un manque d'élégance que ce cher Maximilian aurait sûrement condamné.

# 29

Louisa sursauta en entendant un drôle de gargouillis dans son dos. Elle pivota, mais Charles avait disparu.

— Max ? Nous n'avons pas le temps de jouer à cache-cache.

Elle ferma le robinet au-dessus de l'évier, enveloppa les tiges des roses dans un linge humide, avant de les enrouler dans du papier journal. Elle lia ensuite le tout avec de la ficelle.

— Êtes-vous prêt ? lança-t-elle encore.

Des particules de poussière tourbillonnaient dans les rayons du soleil qui entraient par la verrière. Charles n'était pas en train d'inspecter les plantations sur les tables. Il n'était pas non plus assis dans un des fauteuils en osier.

— Max ? Charles ?

Un autre gargouillis. Puis elle entendit :

— Ici… par terre…

— Pardon ? Où êtes-vous ?

— Par terre. Je suis… en train de… crever !

— Voyons, Charles !

Elle lâcha ses fleurs, contourna la première table en courant. Là, sur le sol, Charles gisait à côté de ce qui ressemblait de façon fort suspecte au reliquat de son petit déjeuner.

— Charles ! Vous êtes malade !

Elle s'agenouilla près de lui et le regretta aussitôt. Elle n'avait jamais eu le cœur bien accroché en de telles circonstances. Outre-Manche, elle avait pris l'habitude d'inonder de parfum ses mouchoirs et les poignets de ses manches, afin de pouvoir les renifler quand elle était incommodée par des relents corporels. Quoi qu'il en soit, elle était très sensible aux odeurs. Elle se pinça le nez, s'efforça de penser aux roses. Tout plein de roses de toutes les couleurs, à l'arôme entêtant, et rien qui ressemblât à un amalgame d'œufs et de saucisses mal digérés.

Elle ferma les yeux.

— Pouvez-vous vous lever ?

— Pas sûr. Ma tête... mal au ventre... comme des coups de poignard, haleta-t-il.

— Mon pauvre ! Je vous avais bien dit de ne pas manger autant.

— Inutile... de me... sermonner...

— Dois-je appeler des valets ?

— Maximilian Norwich ne se montrerait jamais... dans un tel état.

— Au diable, Maximilian Norwich !

Le teint de Charles avait pris la teinte gris-vert des épiaires, ces plantes à feuilles duveteuses, une jolie couleur au demeurant, mais déconcertante sur un visage humain. Il fallait qu'il bouge, sinon elle aussi allait rendre son déjeuner. L'odeur était infecte, on distinguait encore celle de toutes ces saucisses dont il s'était empiffré...

— Si vous n'arrivez pas à tenir debout, essayez de ramper un peu plus loin, s'il vous plaît, le supplia-t-elle, la manche plaquée contre son nez.

Il glousa.

— C'est comme les grandes manœuvres. On plonge à couvert, on rampe. Ils ne m'auront pas ! Ils ne m'ont même pas eu quand j'avais envie de mourir.

Là-dessus il émit un bruit répété censé évoquer le sifflement des balles.

— Oui, enfin... faites de votre mieux, dit-elle, déconcertée.

Le malheureux Charles se mit à ramper sur le sol à une allure d'escargot. Comment faisaient les infirmières pour supporter tous ces blessés ? L'autre soir, elle ne s'était pas évanouie en soignant sa plaie au crâne, pas plus qu'hier, quand il était entré dans le salon avec la main en sang. C'était bien la preuve qu'elle n'était pas si délicate, se dit-elle en ravalant un haut-le-cœur.

— Un peu plus loin encore, si vous pouvez.

Et de préférence dans le comté voisin.

Elle se releva, retourna à l'évier, humidifia une serviette et se tamponna le visage. Puis elle glissa un bouton de rose au creux de son décolleté pour un soulagement d'urgence. Entre-temps, Charles s'était traîné entre deux tables avant de s'effondrer un peu plus loin. Elle le rejoignit, lui essuya la figure à l'aide du linge humide, avant de lui tâter le front.

— Vous n'avez pas de fièvre, constata-t-elle.

— Maigre consolation. Je ne me sens pas bien du tout, Louisa. Je crois... que j'ai été empoisonné.

Elle en laissa presque tomber la tête de Charles sur le sol.

— Quoi ? Ne soyez pas ridicule ! Kathleen a promis de ne plus rien tenter contre vous.

— Ce n'est peut-être pas elle. Il n'y a pas pénurie d'ennemis, que je sache. Regardez, les voilà, les démons ! gronda-t-il en pointant le doigt en direction d'une haute rangée de Schefflera arboricola.

— Charles, vous avez abusé des saucisses, c'est tout. Combien en avez-vous mangé ? Six ? Sept ? Cela rendrait n'importe qui malade.

— Huit, mais peu importe. Je vois double, Louisa. Vous êtes deux. Pas très nettes, je dois dire. Tout bouge. Regardez là... vous ne voyez pas ce pied de table ? Il n'arrête pas de gigoter. Attention, les plantes vont tomber... Oh, Seigneur !

Charles se mit à rire comme un dément.

— Charles, ce n'est pas drôle.

Il ne fit que rire plus fort.

— La lumière blanche... elle m'éblouit. Il me faut des verres fumés... comme ceux de Mme Evensong. Pour mieux vous voir. Vous êtes un ange, Louisa. Vous n'avez pas d'ailes, mais vos nichons les remplacent avantageusement. Et qu'est-ce qu'on ferait d'une paire d'ailes au lit ? Les plumes, ça chatouille. Les nichons... ça, c'est doux, c'est rond. Comme des pêches. Ma chérie, j'ai envie de vous embrasser...

Il lui souffla son haleine fétide au visage. Louisa eut la nausée.

— Sûrement pas tant que vous n'aurez pas mâché une feuille de menthe ! s'exclama-t-elle.

Ou tout un pot.

Qu'avait-il donc ? Ses symptômes ne ressemblaient pas à ceux d'une banale indigestion. On aurait presque dit qu'il était... ivre. Ou idiot. En tout cas, très entreprenant, au moment le moins propice.

— Pourrais vous baiser jusqu'à la semaine prochaine... dur comme du bois...

Seigneur, il délirait !

— Croyez-vous pouvoir vous mettre debout ?

Il cilla, ferma les yeux.

— Impossible. Vos genoux sont trop confortables.

— Peut-être, mais je vais quand même vous reposer par terre et aller chercher de l'aide.

Elle ôta sa veste d'amazone, la glissa sous la tête de Charles. Puis, se relevant tant bien que mal, elle alla tirer le cordon près de la porte en priant pour que les domestiques réagissent rapidement.

Un valet apparut, qu'elle ne connaissait pas. Sans doute une des nouvelles recrues de tante Grace.

— Oui, madame Norwich ?

— J'ai un souci. Mon époux ne se sent pas bien.

Et n'était pas en possession de toutes ses facultés, manifestement.

— Allez chercher William pour vous aider à le transporter à l'étage. Prévenez Mme Lang et demandez-lui d'envoyer des bonnes pour nettoyer le sol du jardin d'hiver. Et puis, dites à la cuisinière de venir dans nos appartements dès que possible.

Personne d'autre ne devait toucher à ces saucisses suspectes, au risque de se retrouver dans le même état que Charles.

— Il va me falloir aussi du thé, très fort. Et peut-être du laudanum.

Le valet renifla et fronça le nez, avant de répondre :

— Bien, madame.

Kathleen l'aiderait à dévêtir Charles – si elle n'avait pas trempé dans ce coup fourré, mais Louisa en aurait bientôt le cœur net.

Le quart d'heure suivant fut assez trépidant. Pendant que deux valets transportaient Charles dans leurs appartements, ce dernier déclama des poèmes paillards. Il insista pour que les serviteurs s'arrêtent sur le palier pour le laisser étudier les motifs du papier peint qui, affirmait-il, avaient quelque chose à lui dire.

Kathleen était en train de ranger la chambre de sa maîtresse lorsque tout ce petit monde débarqua dans la suite. Elle jura ses grands dieux à Louisa que Robbie et elle n'avaient rien à voir avec cette histoire. Elle avait l'air aussi inquiète que Louisa.

Unissant leurs efforts, ils réussirent à déshabiller Charles et à lui enfiler un pyjama en soie. Une fois au lit, avec une bassine à portée de main, Louisa demanda à William d'aller chercher le Dr Fentress, qui rendait justement sa visite quotidienne à sa tante.

— Alors, Kathleen, que pensez-vous de mon cul maintenant que vous l'avez vu ? marmonna Charles.

— Du premier choix, monsieur, aucun doute, assura Kathleen, qui leva les yeux au ciel avant de chuchoter à l'adresse de Louisa : Ah, les hommes ! Même quand ils perdent la boule, il faut les flatter.

— Mais qu'est-ce qu'il a, sapristi ? Il prétend qu'il a été empoisonné, répliqua Louisa sur le même ton.

— C'est possible. S'il avait la fièvre, cela expliquerait son délire, mais il est presque froid au toucher. Et ses yeux sont bizarres.

— Mon œil, voulez-vous dire, rigola Charles, dont l'ouïe semblait intacte. Mais vous êtes encore plus bizarres que moi, les filles. Vous savez que vous avez des bestioles dans les cheveux ? Des araignées roses, je crois.

Louisa sursauta et dut se faire violence pour ne pas courir vers le miroir en hurlant. Charles avait des hallucinations. Il entendait parler les objets. Il racontait n'importe quoi.

— J'aimerais bien vomir encore une fois. Vous croyez que si je m'enfonce un doigt dans la gorge…

— Non ! cria Louisa. Le Dr Fentress sera là d'ici une minute. Et j'ai demandé qu'on nous monte du thé.

— Oh, une fille comme vous doit croire qu'une bonne tasse de thé guérit la chtouille !

— Charles !

Seigneur, il n'avait pas la syphilis, au moins ? Louisa avait entendu dire qu'au stade terminal de la maladie les gens commençaient à divaguer. Mais Mme Evensong aurait été au courant s'il avait souffert d'une telle affection.

— Max, corrigea-t-il. Vous oubliez notre petite pièce de théâtre. Je ne suis qu'un comédien, je joue ce que vous mettez en scène.

Mon Dieu. Et s'il tenait de tels propos devant le Dr Fentress ? Celui-ci s'empresserait d'aller tout raconter à Grace.

— Essayez de vous calmer, Max. Fermez les yeux, comme cela vous ne verrez pas toutes ces choses troublantes.

— L'œil, voulez-vous dire. Et vous êtes la seule à me troubler, vous savez.

De nouveau, il éclata de rire.

Néanmoins il consentit à fermer l'œil. Il avait presque l'air angélique. Louisa remarqua une petite entaille sur sa joue. Il s'était coupé en se rasant. Était-il possible qu'il se soit gravement infecté avec une lame de rasoir rouillée ? On ne perdait pas la tête en mangeant des saucisses, tout de même.

Le Dr Fentress entra dans la chambre sans prendre la peine de frapper.

— William m'a dit qu'il s'agissait d'une urgence. Mais je vois que le malade dort.

— Non, je ne dors pas, dit Charles sans rouvrir la paupière.

— Qu'est-ce qui ne va pas, monsieur Norwich ?

— J'ai été empoisonné, je crois. Avec des champignons.

Louisa resta bouche bée.

— Je n'en suis pas sûr, poursuivit-il. C'était peut-être les saucisses. Elles avaient un goût particulier. Mais je sais que certains champignons vénéneux donnent des hallucinations. Un jour, chez ma grand-mère, à la campagne, quand j'étais petit avec mes frères, on a ramassé des champignons. Après, on a été malades comme des chiens. Je ne me rappelle plus trop, mais Fred rigolait comme un bossu, et pourtant ce n'est pas le genre à rire.

Charles était très disert, tout à coup. Le Dr Fentress hocha la tête.

— Je me souviens d'un cas similaire rapporté dans un vieux numéro de la *Revue médicale*. Faites monter la cuisinière, Louisa.

— J'ai déjà demandé qu'elle vienne au plus vite. Que pouvons-nous faire, docteur ?

— Il faut qu'il se purge. Kathleen, envoyez un valet chercher de l'eau de mer. Une bonne quantité. Cela devrait marcher. Ensuite, il faudra le mettre sous bonne garde, pour éviter qu'il ne se blesse ou blesse quelqu'un. Je pense que les effets du poison devraient se dissiper dans l'après-midi.

— Pas avant ? se récria Louisa.

— Qu'y a-t-il, ma femme ? Vous avez peur de passer la journée au lit avec moi ? Je ne veux pas d'un fichu valet. C'est vous que je veux, même avec vos araignées roses !

— Je vais rester avec vous, mademoiselle... euh, je veux dire madame Norwich, offrit Kathleen. William n'aura qu'à se poster dans le couloir, prêt à intervenir en cas de besoin.

La caméristé sortit de la chambre au moment où Miriam et Mme Lang faisaient leur entrée. Le visage de la cuisinière était aussi blanc que son tablier, elle qui avait d'ordinaire le teint fleuri.

— Nous pensons qu'il est malade à cause des champignons qu'il a mangés au petit déjeuner. Où les avez-vous trouvés ? demanda le médecin.

— Les filles vont toujours les ramasser dans les bois. Oh, mon Dieu, je suis tellement désolée !

— Nous ne vous reprochons rien, assura Louisa, tout en pensant que la cuisinière était peut-être aussi retorse que Kathleen et Robbie. S'il vous en reste, jetez-les. Et je m'interrogeais aussi à propos des saucisses.

— Des saucisses ?

— Ch… Max en a mangé beaucoup. Elles avaient l'air très bonnes, mais…

— Oui, c'est ma recette personnelle. Personne ne s'est jamais plaint.

— Voyons, Miriam, personne ne critique votre cuisine, intervint Mme Lang, avant de pivoter vers Louisa : Madame Norwich, j'imagine qu'après ce déplorable incident vous voudrez quitter Rosemont et retourner en France.

— Pas dans la minute, répliqua Louisa d'un ton sec.

Le pauvre Charles n'était pas en état de voyager, de toute façon.

— Que pouvons-nous faire ? se désola la cuisinière.

— Je l'ignore. Y a-t-il d'autres remèdes que l'eau de mer ? s'enquit Louisa en se tournant vers le médecin.

— Non, rien tant qu'il ne s'est pas entièrement vidé l'estomac. À mon avis, il n'aura pas faim avant un certain temps. Quand il s'alimentera de nouveau, préparez-lui quelque chose de simple. Veillez à ce qu'il soit installé le plus confortablement possible, et ne vous alarmez pas s'il a encore des hallucinations ou s'il délire. Vous voyez bien qu'il raconte n'importe quoi, il vient de parler de ses frères alors qu'il est fils unique, d'après ce que vous nous avez dit. C'est comme ce petit camarade de jeu que vous vous étiez inventé, Louisa, vous vous rappelez ? Comment l'aviez-vous surnommé déjà… Melvin ? Malvern ? Oh, je crois que c'était Maxwell ! Quelle drôle de coïncidence que vous ayez épousé un homme qui porte presque le même prénom. Bien, je vais passer la journée ici pour garder un œil sur lui. Envoyez-moi chercher dans les appartements de votre tante le cas échéant.

Louisa n'avait pas repensé à son ami imaginaire depuis très longtemps. Et elle aurait préféré que le Dr Fentress l'ait oublié, lui aussi. Mais à l'époque, il était presque le seul à faire attention à elle. Au fond, hormis le fait qu'il était sous la coupe de Grace, c'était un brave homme. Il semblait d'ailleurs enchanté d'avoir un prétexte pour prolonger sa visite à Rosemont.

Louisa renvoya tout le monde et posta William dans le couloir. Charles ne semblait pas en proie à des accès de violence, mais elle aurait peut-être besoin d'aide s'il voulait aller aux toilettes, par exemple.

Le croyant endormi, elle lui tâta le front. Il ouvrit l'œil.

— Je vous veux nue dans ce lit, à côté de moi. Là où est votre place.

— Pas maintenant, Charles. Quand vous irez mieux, mentit-elle.

Elle n'allait quand même pas lui reprocher des propos tenus sous l'influence d'une drogue.

— Promis ? insista-t-il.

— Vous changerez peut-être d'avis entre-temps. Nous verrons cela quand vous aurez les idées plus claires.

Il lui agrippa la main, la plaqua sur son cœur qui battait de manière anarchique.

— J'ai été idiot, Lulu. Épousez-moi. S'il vous plaît.

Le champignon vénéneux continuait de lui faire dire n'importe quoi.

— Vous ne parlez pas sérieusement.

— Si. Je veux vous épouser. Si je survis.

— Bien sûr que vous allez survivre. Seigneur, où est passée Kathleen ?

— Ce n'est pas elle que je veux, c'est vous. C'est la première fois que je veux me marier, vous savez ? Et il faut que je tombe amoureux d'une héritière inaccessible ! Vous pourriez aussi bien vivre sur la lune. Descendez sur terre, Lulu. Je passerai le reste de ma vie à essayer de vous rendre heureuse.

Les yeux de Louisa s'emplirent de larmes. Si seulement il avait eu toute sa raison…

# 30

Kathleen, qui avait apparemment une tête de trop, se pencha sur Charles. Elle avait à la main un flacon de verre qui contenait un liquide verdâtre d'aspect maléfique.

— J'ai enlevé le plus de sable possible, dit-elle.

— Je vais en verser dans une tasse. Pouvez-vous vous asseoir, Charles ? demanda Louisa.

Ç'aurait été tellement plus facile de se faire vomir en s'enfonçant deux doigts dans la gorge. Maintenant qu'il avait compris ce qui lui arrivait dans un bref accès de lucidité, les sensations étaient devenues moins pénibles. Certes, c'était déconcertant de voir ces éclairs colorés traverser son champ de vision et tous ces objets ondoyer autour de lui, mais il avait un peu l'impression de flotter dans une mer tiède et calme. Il n'avait toutefois pas du tout envie de boire la mer pour revenir dans le monde réel.

Cependant, Louisa avait une expression si anxieuse qu'il avala docilement l'eau salée, d'un trait, et en redemanda même.

Ce fut odieux, même si cette purge était certainement nécessaire. Il vomit à plusieurs reprises, en ayant quelques difficultés à bien viser car les mains de la pauvre Louisa qui tenait la bassine tremblaient.

— Dites à Kathleen de vous remplacer, murmura-t-il, épuisé. Vous n'êtes pas faite pour ce genre de tâches.

Louisa passa la bassine à Kathleen qui se hâta vers la salle de bains, l'air à peine moins écœuré que sa maîtresse.

— Je me sens responsable, avoua-t-elle.

— Pourquoi ? Parce qu'une fille de cuisine s'est trompée en ramassant une amanite ? Ça peut arriver à n'importe qui.

Louisa quitta son chevet pour s'approcher de la fenêtre. Vue à travers son unique œil valide, elle clignotait comme un arbre de Noël.

— Je n'aime pas les champignons, vous savez. Je leur trouve une texture caoutchouteuse.

— Vous êtes difficile. Pas de saucisses, pas de champignons…

Son estomac se révolta dans un grondement caverneux. Kathleen avait intérêt à revenir vite fait avec la bassine.

— Et si on vous avait empoisonné exprès ? Tout le monde connaît mes goûts culinaires.

— Quoi ? Vous soupçonnez cette pauvre cuisinière ? Elle était dans tous ses états.

— Ou peut-être bourrelée de remords. À moins qu'on n'ait glissé des champignons vénéneux dans les œufs entre la cuisine et notre suite.

— Ces histoires avec Robertson faussent votre jugement, Louisa. Personne n'en veut à ma vie

Et s'il se trompait ? Alors qu'on en finisse au plus vite. Car il ne se sentait vraiment pas bien. Les hallucinations s'étaient un peu calmées, mais ses entrailles le faisaient souffrir comme un damné.

Quel gâchis. Il était là, cloué au lit, à côté de cette femme magnifique. Et l'idée d'une intimité physique avec elle, bien qu'attrayante, arrivait bien loin derrière une longue liste de priorités.

— Il faut que je me lève, Louisa. Et je ne suis pas sûr d'y arriver. Pouvez-vous demander à William de me prêter assistance ?

Quelques heures plus tard, Charles s'éveilla d'un rêve très confus, mais plaisant, dans une chambre plongée dans la pénombre. Pelotonnée dans le fauteuil, Louisa portait toujours son amazone froissée. Un livre retourné reposait sur ses genoux. Elle fixait les flammes dans la cheminée. Jamais elle ne lui avait paru aussi belle.

— Hello, Lulu.

Sa voix était éraillée comme si on lui avait râpé les cordes vocales au papier de verre.

— Charles ! s'exclama-t-elle. Comment vous sentez-vous ?

— Je ne vois qu'une seule Louisa, ce qui est fort dommage. Plus il y en a, mieux je me porte. Ai-je raté quelque chose ?

La main fraîche de la jeune femme se posa sur son front.

— Même tante Grace est venue prendre de vos nouvelles. Elle veut renvoyer toutes les employées des cuisines.

— C'est un peu extrême. Je suis sûr qu'il s'agissait d'une simple erreur.

— Le Dr Fentress va passer la nuit à Rosemont au cas où votre état empirerait. Miriam s'est enquise de vos préférences pour vous préparer un souper léger, mais, évidemment, je n'ai pas su quoi lui répondre. J'espère que vous aimez le bouillon de poule et le gâteau de riz. C'est le genre de nourriture qu'on sert à un malade. Hugh vous a fait porter une bouteille de son meilleur cognac. Il espère votre prompt rétablissement afin de pouvoir vous affronter sur un ring. Je crois que vous lui avez cassé le nez – ce qui lui en tient lieu ressemble à présent à une pomme de terre.

— C'est une perspective réjouissante.

— Le combat de boxe ou le gâteau de riz ?

— Les deux. Une bonne bagarre pourrait assainir l'atmosphère à Rosemont. Et j'espère que la cuisinière met des raisins secs dans son gâteau de riz.

Louisa referma son livre et se leva.

— Je peux aller lui poser la question.

— Non, je vous en prie. Je préfère de loin le plaisir de votre compagnie à quelques raisins secs.

Louisa se rassit, glissa une mèche blonde derrière son oreille.

— Vous vous sentez vraiment mieux ?

Charles avait l'impression que toute sa tuyauterie interne avait été décapée à l'acide chlorhydrique.

— Je crois que je suis purgé de tout le mal qui persistait en moi. Merci de m'avoir soigné. Ça n'a pas dû être facile.

— Oh, je n'ai pas été très utile ! protesta-t-elle en rougissant.

— Votre simple présence m'a aidé. Et vous devriez augmenter les gages de William.

— Il m'a dit qu'il avait vu ses frères dans un état bien pire après certaines fêtes très arrosées.

Louisa lissa ses jupes. Charles aurait voulu qu'elle pose de nouveau la main sur son front.

— Miriam se sent terriblement coupable. Désormais elle refuse que quiconque en dehors d'elle touche votre plateau.

— Dites-lui que ça va beaucoup mieux. Je bouge encore, voyez...

Il remua vaguement le pied sous les couvertures.

— Vous le lui direz vous-même. Elle va vous monter votre dîner, ou au moins accompagner le valet pour être sûre que personne ne tentera quoi que ce soit.

Il avait beau avoir dormi toute la journée, Charles était encore trop fatigué pour répéter que tout ceci n'était sans doute qu'une simple méprise. Il parvint non sans mal à se redresser en position assise. Et retint un ricanement. Un pyjama de soie ! C'était la première fois qu'il portait un truc pareil, et il n'était pas trop sûr d'en apprécier le contact sur sa peau. En dépit de la couleur vert sapin qui se voulait masculine et du monogramme plutôt austère, le vêtement lui semblait plus approprié pour Louisa.

— Vous devez être épuisée. Déshabillez-vous et venez là, suggéra-t-il en tapotant la place vacante à son côté.

— Non, ce ne serait pas convenable.

— Je ne vois pas pourquoi M. et Mme Norwich ne pourraient pas partager leur dîner au lit.

Louisa détourna les yeux.

— Cela suffit, je pense. Je crois que nous devrions dire la vérité. Vous n'êtes ici que depuis trois jours, et chaque journée a apporté un nouveau drame. Le sort s'acharne contre vous. Et je crois... oui, que vous devriez partir. Qu'est-ce qui m'a pris de mettre sur pied une histoire pareille ! Tous ces mensonges...

— Louisa...

— Bien sûr, je vous paierai votre dû entièrement, se hâta-t-elle de préciser.

— Je me fiche de l'argent !

En cet instant, c'était la stricte vérité.

— Il ne tient qu'à vous de transformer le mensonge en réalité. Vous n'avez qu'à m'épouser.

— Vous ne parlez pas sérieusement.

— Je vous ai demandé de devenir ma femme hier, et je crois bien avoir recommencé dans mon délire. Vous avez besoin d'un homme à vos côtés, même si vous pensez le contraire.

Elle se leva d'un bond – le livre tomba par terre – et courut presque vers la fenêtre.

— Je n'ai besoin de personne ! Je n'ai jamais eu personne et cela me convient tout à fait.

— Vous êtes une fille têtue.

— Je ne suis pas une fille, je suis une femme. Et je n'ai pas besoin qu'un homme vienne me dire de quoi j'ai besoin ou pas.

Ses doigts traçaient nerveusement un dessin sur la vitre sombre. Il s'y prenait comme un pied, ce qui était somme toute normal : il n'avait pas l'habitude de demander en mariage des héritières éprises d'indépendance.

— Et si je vous disais que je vous aime ?

— Je n'en croirais pas un mot, rétorqua-t-elle en tournant vers lui un regard dédaigneux.

— Pourquoi ? Vous n'êtes pas digne d'être aimée ?

— Je... vous ne me connaissez même pas.

Charles hésita. Avait-il la force de marcher jusqu'à la fenêtre ? Décidant que oui, il balança une jambe sur le côté du lit.

— Que faites-vous ? s'alarma-t-elle. Vous n'êtes pas censé vous lever !

— J'ai du mal à tenir en place quand je suis avec vous, Lulu. Ce qui est bon signe.

Il s'obstina, en dépit de son vertige. Parvenu près d'elle, il lui saisit la main pour assurer son équilibre et elle ne chercha pas à se libérer.

— Savez-vous qu'avant de faire votre connaissance je voulais mourir ?

Les yeux noisette s'écarquillèrent. Il aurait pu les contempler jusqu'au cœur de la nuit.

— Qu... que dites-vous ?

— Je vous ai raconté ce que j'ai vécu en Afrique. Je ne pouvais m'ôter ces images de l'esprit. J'avais perdu le sommeil et l'appétit. Tout m'indifférait. Mais avec vous, je retrouve l'envie de vivre. Je ne pense plus qu'à vous. Vous m'obsédez.

— C'est... c'est ridicule.

— Sans doute. Mes sentiments échappent à toute logique. Comment quelqu'un comme moi pourrait-il caresser l'espoir de vivre avec quelqu'un comme vous ? C'est absurde. Nous n'avons rien en commun. Et quand votre tante apprendra de quel milieu je suis issu, elle en fera une apoplexie.

— La différence de classe ne devrait avoir aucune importance.

Il lui embrassa le bout des doigts.

— Oh, mais elle en aura, ma petite naïve chérie ! Tout le monde dira que je vous ai épousée pour votre argent.

— Nous n'allons pas nous marier.

Elle s'était exprimée avec si peu de conviction que Charles reprit espoir.

— Donnez-moi une semaine pour vous faire changer d'avis. Que pourrait-il arriver de pire ?

— Que vous mouriez ! Et que tante Grace me fasse enfermer à l'asile.

— La princesse dans sa tour. Si vous étiez ma femme, je vous sauverais. Vous pourriez vivre comme bon vous semble, je ne me mêlerais pas de vos projets, si farfelus soient-ils.

Il la prit dans ses bras. Elle se fondit si naturellement contre lui qu'il l'embrassa, comme si cela coulait de source. Et parce qu'il s'était brossé les dents depuis la dernière vidange de son estomac, il n'eut aucun scrupule à lui donner un vrai baiser.

Bouche entrouverte, elle s'abandonna, mais Charles perçut sa réserve. Pour peu qu'elle l'y autorise, il lui prouverait son amour, par ses actes, par leurs étreintes. Finalement, il voulait bien qu'elle se serve de son corps. Pour parvenir à ses fins, il était prêt à utiliser toutes les armes à sa disposition, sa fierté masculine dût-elle en pâtir.

— J'ai eu tellement peur, souffla-t-elle lorsqu'il lâcha ses lèvres. Vous déliriez, vous racontiez n'importe quoi. Comment puis-je être sûre que vous n'êtes plus sous l'emprise des champignons vénéneux ?

Riant, il répéta :

— *L'Emprise des champignons vénéneux*. On dirait le titre d'un roman gothique. Je peux juste vous dire que j'ai les idées claires, en tout cas aussi claires que possible quand vous êtes dans les parages, petite ensorceleuse.

— Je ne sais pas si je dois le prendre comme un compliment.

— C'en est un, Louisa. Je ne vous demande pas de renoncer à votre chère indépendance. Vous trouverez en moi le plus compréhensif des époux. Je n'ai pas l'intention de vous donner des ordres. Je l'ai suffisamment fait dans l'armée, croyez-moi.

Elle s'écarta légèrement et soupira :

— Je suis incapable de réfléchir pour le moment.

Tant mieux s'il lui faisait de l'effet au point de lui embrouiller l'esprit.

— Vous n'êtes pas obligée de me donner une réponse tout de suite. Nous avons encore sept jours pour apprendre à mieux nous connaître. Je vous raconterai comment mes frères aînés m'ont pris comme souffre-douleur, et vous dénigrerez ce salopard de Hugh à loisir.

— Je l'ai déjà fait. Et je n'aime pas ruminer le passé.

Et lui, depuis peu, était capable d'envisager l'avenir. Grâce à Louisa.

Même si elle refusait de l'épouser, il savait qu'il ne se laisserait plus sombrer dans le désespoir. Il avait fait preuve de faiblesse en noyant son mal dans l'alcool et en s'apitoyant sur son sort. C'était fini, tout cela. Il avait sûrement des choses à donner, des talents susceptibles d'être perfectionnés.

Et si Louisa acceptait de devenir sa femme, il n'avait pas l'intention de vivre à ses crochets. Il n'avait pas une mentalité de profiteur. Il lui faudrait trouver un emploi de toute façon.

M. et Mme Cooper choqueraient la bonne société anglaise. Il s'en moquait, mais Louisa risquait d'être blessée par les mauvaises langues. Et leurs futurs enfants auraient du mal à trouver leur place en dépit de la fortune de leur mère.

Mais ils affronteraient ces problèmes un par un le moment venu. Ensemble, ils pourraient surmonter toutes les épreuves, Charles en était convaincu. Et ce soir, il voulait juste Louisa dans son lit.

Ou plutôt, c'était lui qui était dans le sien. Enfin, qui y serait bientôt s'il trouvait la force de s'y traîner.

Quelle merveilleuse perspective, eut-il le temps de songer, avant de perdre connaissance.

# 31

À l'heure du dîner, Charles avait un peu récupéré. Il s'assit dans le lit pour avaler un grand bol de bouillon et une part de gâteau de riz à la cannelle et aux raisins secs.

Après, il parut un peu apathique, l'esprit moins affûté que d'ordinaire, aussi Louisa décida-t-elle de le laisser dormir dans son lit une nuit de plus – simple mesure de précaution, bien sûr.

Kathleen avait suggéré que Charles retourne dans sa chambre, et proposa les services de Robertson pour jouer les chiens de garde durant la nuit. Le chauffeur se présenta d'ailleurs de sa propre initiative pour se faire pardonner ses récentes agressions, mais Louisa le renvoya. Elle estimait que Charles était sous sa responsabilité.

Au demeurant, rester auprès de lui toute la nuit n'était pas un tel sacrifice.

Après dîner, il avait pris un bain, seul, bien qu'elle lui ait obligeamment proposé son assistance. Il sentait maintenant très bon dans son pyjama de soie à rayures bleu marine qui faisait ressortir le bleu de son œil.

— Voulez-vous que je vous aide ? offrit-elle en le voyant se battre avec le lacet de son cache-œil.

— J'ai l'impression d'avoir des saucisses à la place des doigts. Aïe, je n'aurais pas dû employer ce mot ! Je crois que je ne pourrai plus jamais regarder les saucisses de Miriam.

Il s'immobilisa pour lui permettre de dénouer le lacet. Cela fait, elle suivit du bout du doigt le tracé de la fine marque rouge que le cache avait laissée sur sa pommette.

— Il faut se féliciter, en définitive, que vous ayez été aussi vorace. Le poison aurait peut-être agi de manière plus violente si vous aviez eu l'estomac vide.

— Et l'eau de mer a fait le reste. Mais je n'irai peut-être plus jamais nager non plus.

Il tourna la molette de la lampe de chevet pour éteindre la mèche, plongeant la pièce dans une semi-pénombre que n'éclairaient plus que les flammes dans l'âtre.

Louisa aurait bien aimé voir Charles nager l'été prochain, admirer son corps mince fendant les vagues. Mais envisager l'été prochain supposait qu'il aurait réussi à la convaincre de l'épouser. Ils seraient vraiment mari et femme, vivraient à Rosemont et partageraient le même lit. Et là, le capitaine Cooper aurait « du boulot ». Mais c'était sa faute, aussi. Alors qu'elle s'était résignée à finir vieille fille, il avait réveillé en elle des désirs qu'elle croyait endormis depuis longtemps.

Cependant, le mariage durait toute la vie. À moins de se résoudre au divorce, procédure coûteuse et semée d'embûches qui demeurait entachée d'un parfum de scandale en dépit d'un développement exponentiel outre-Atlantique. En cas de doute, mieux valait ne pas se marier du tout et vivre dans le péché.

Alors pourquoi ne pas se contenter d'avoir une liaison ?

Elle irait à Londres une fois par mois, descendrait au Claridge ou au Savoy. Là, ils s'offriraient quelques nuits de plaisir. Pas d'attaches. Pas d'obligations.

Sauf que Charles n'accepterait jamais. Il penserait qu'elle se servait de lui, et il aurait raison.

*Le mariage.* Louisa repoussa les couvertures de son côté du lit, comme elle l'avait fait des années durant. Il y avait quelque chose de familier et de réconfortant dans la présence de Charles, ce qui en toute objectivité était absurde. Elle le connaissait moins bien que ses orchidées !

Cela dit, ils avaient traversé ensemble des moments difficiles ces derniers jours. Louisa l'avait vu dans ses pires moments, et dans ses meilleurs. Et le meilleur chez cet homme était quand même très tentant.

— On est bien, non ? D'où je suis, je peux voir les étoiles clignoter dans le ciel, observa Charles à mi-voix.

Il y avait encore de l'espace entre eux. Louisa se rapprocha de lui, tendit le cou vers la fenêtre et ne put qu'acquiescer. Qu'on sache ou pas reconnaître les constellations, le spectacle était magnifique.

— Le ciel est dégagé. Nous avons de la chance, c'est vraiment un très beau mois de décembre, dit-elle.

— Louisa Stratton, vous avez un homme dans votre lit et vous lui parlez du temps qu'il fait ?

À son ton, elle devina qu'il souriait.

— Vous êtes toujours en convalescence, lui rappela-t-elle.

— Je connais un bon moyen de hâter ma guérison.

— Vraiment ? Et je peux savoir lequel ?

Elle pensait qu'il allait se tourner vers elle pour l'enlacer, mais Charles Cooper avait décidément le don de la surprendre.

— Chantez-moi une chanson.

— Pardon ?

— Ma mère me chantait des berceuses quand j'étais petit. Jusqu'au moment où mes frères se sont moqués de moi en me traitant de bébé. Alors j'ai demandé à ma mère de ne plus chanter, et je crois bien que je lui ai brisé le cœur.

— Quel âge aviez-vous ?

— Quatre ou cinq ans.

— Mais vous étiez bel et bien un bébé !

Louisa avait quatre ans à la mort de ses parents. Elle suçait encore son pouce et dormait avec un ours en peluche mité. « C'est répugnant ! » avait décrété Grace, avant de jeter l'ours à la poubelle. Puis elle lui avait badigeonné les doigts avec un produit très amer pour l'empêcher de sucer son pouce. Aujourd'hui, Louisa avait les dents parfaitement alignées et pouvait en remercier sa tante, mais elle se souvenait encore du terrible sentiment de solitude qui l'avait submergée.

— Dans mon monde, j'étais presque assez vieux pour aller travailler à l'usine, objecta Charles. George Alexander n'était pas du genre à embaucher un ouvrier si jeune, mais d'autres l'auraient fait sans problème.

— C'est ahurissant. Je croyais qu'il y avait des lois contre cela ?

— Dans l'industrie textile, peut-être. Mais il faut bien que les familles mangent, et nombre d'enfants sont envoyés dans les usines à un âge très tendre. J'ai commencé à huit ans. Et je n'ai pas eu la vie facile, parce que mon père était contremaître. Il ne voulait pas prendre le risque qu'on l'accuse de favoritisme, vous comprenez.

— Pauvre Charles.

— Je recevais des beignes à tout bout de champ, sans raison valable, de la part de mon père et de mes frères. Alors vous voyez, je mérite bien une petite chanson.

— Oui, je suppose. Mais je ne connais pas beaucoup de berceuses.

Louisa ne se rappelait pas avoir écouté sa nourrice lui en chanter le soir, sans doute parce que cela faisait partie des choses interdites par Grace.

— Regardez par la fenêtre, cela va vous inspirer, dit-il, avant de se mettre à fredonner quelques mesures d'une mélodie bien connue.

— Ah oui, bien sûr !

Elle prit une inspiration, puis sa voix claire d'alto rompit le silence de la chambre :

*Brille, brille, petite étoile.*
*Tu es si belle,*
*au-dessus des voiles,*
*comme un diamant dans le ciel.*

*Quand le soleil s'éteint,*
*que sa lumière s'évanouit,*
*tu nous fais attendre demain,*
*Brille, brille, toute la nuit.*

Il y avait d'autres couplets, mais elle les avait oubliés. Alors elle se contenta de répéter les deux premiers, jusqu'à se sentir un peu idiote. Charles était adulte, il n'avait plus quatre ans. Pourtant elle sentit son corps se détendre à son côté.

— Merci beaucoup. C'était très joli. Faites de beaux rêves, Louisa.

Il n'esquissa pas un mouvement dans sa direction.

Au bout de quelques minutes, elle s'éclaircit la voix.

— Vous ne voulez pas que je vous embrasse pour vous souhaiter bonne nuit ?

— Je ne serai pas capable de m'arrêter à un seul baiser.

— Qui vous le demande ? le défia-t-elle.

— Vous avez oublié ? J'ai l'intention de vous courtiser. De prendre mon temps. D'apprendre à mieux vous connaître. Je ne veux pas vous sauter dessus, et de toute façon je n'en serais sans doute pas capable ce soir.

Il roula sur le côté, mettant ses lèvres hors d'atteinte.

Louisa aurait pu prendre l'initiative. À dire vrai, cela ne lui aurait pas déplu. Charles resterait allongé sur le dos, et elle le chevaucherait jusqu'à la ligne d'arrivée. Toutefois, elle ne voulait pas passer outre à son sens de l'honneur. Il avait déclaré souhaiter prendre de la distance. Bien sûr, dans son délire, il n'avait pas ces réticences et avait même exprimé son désir très crûment.

*Je pourrais vous baiser jusqu'à la semaine prochaine.*

À ce souvenir, elle frissonna. C'était vraiment très, très indécent. Même si la semaine prochaine commençait demain et…

Mon Dieu ! Elle était censée accompagner le reste de la famille à l'église que, dans la panique générale, elle n'avait pas eu le temps de fleurir. Pourvu que quelqu'un d'autre s'en soit chargé.

Seigneur, elle s'égarait de nouveau. Elle pensait église et fleurs au lieu de se concentrer sur Charles.

Immobile, elle écouta sa respiration. Elle était bien trop consciente de sa proximité pour dormir. Et comment était-elle censée le veiller dans une chambre obscure ? Et s'il faisait une rechute ? Si ses cauchemars le reprenaient ? Elle fut tentée de rallumer la lampe, se ravisa de peur de le déranger. Il avait besoin de repos après une telle journée. Demain, ils prendraient un nouveau départ. Et peut-être Charles se sentirait-il assez bien pour l'accompagner à l'église. Il n'y aurait plus jamais d'accidents et ils couleraient des jours heureux jusqu'à la fin des temps.

Berceuses et contes de fées. On n'abandonnait jamais complètement son enfance, et ce désir de chaleur et de sécurité qui y était attaché. Louisa n'aurait jamais cru les trouver l'un et l'autre à Rosemont. Mais elle n'avait jamais eu non plus Charles Cooper pour la défendre.

Il voulait l'épouser, prétendait n'avoir aucune intention d'interférer dans sa vie. Était-ce possible ? Selon son expérience, les hommes dirigeaient le poulailler.

Même son père, qui avait adoré sa mère, avait toujours eu le dernier mot dans leur couple. Les paysages qui décoraient les murs de leur chambre faisaient partie de sa collection. Le bateau à bord duquel ils avaient trouvé la mort lui appartenait. Et si Grace pliait parfois, c'était devant Hugh, son propre fils. La domination masculine était dans l'ordre des choses. N'étaient-ils pas plus grands, plus forts, plus autoritaires ?

Pourtant une seule petite abeille pouvait terrasser un homme.

Louisa sentit un agréable bourdonnement l'envahir.

— Charles, chuchota-t-elle. Vous dormez ? J'ai envie de vous. Enfin, si vous aussi vous avez envie de moi.

Dans la seconde, elle eut sa réponse. Il fit volte-face, et ses dents étincelèrent dans la pénombre. Elle sentit ses doigts sur sa joue.

— J'ai bien cru que vous ne vous décideriez jamais, avoua-t-il. Je me maudissais de m'être cramponné à ma vertu.

— Au diable, votre vertu. C'est une qualité très surestimée.

— Je suis bien d'accord. Maintenant, ma chérie, dites-moi exactement où vous avez envie de moi ?

— Partout, répondit Louisa en remerciant l'étoile à laquelle elle avait adressé son vœu.

# 32

*Dimanche 6 décembre 1903*

Charles allait beaucoup mieux, il avait meilleure mine et davantage d'énergie. Il était déjà habillé pour l'église, alors que Louisa traînait encore à la table du petit déjeuner, vêtue d'un déshabillé vaporeux. Les saucisses étaient absentes, et on n'avait trouvé de champignons nulle part.

Louisa se sentait délicieusement décadente, autant qu'on puisse l'être avant d'aller à l'office du dimanche. La nuit ne lui avait apporté que des satisfactions. Et à plusieurs reprises. Elle ravala un sourire, tâcha de ne pas exulter ouvertement. Il n'était pas question que Charles se croie manipulé. Quoique, au vrai, chacun avait sans doute manipulé l'autre pour parvenir à ses fins.

— Ma chère, c'est le maximum que mon fragile estomac pourra supporter ce matin.

Il avait laissé dans son assiette un bout de toast, mais avait mangé un peu d'œufs au bacon, et bu deux tasses de café. Un peu plus tôt, la cuisinière avait accompagné le valet à l'étage et juré avoir goûté elle-même tous les plats. La pauvre femme avait été jusqu'à poster un marmiton à la porte du garde-manger jour et nuit.

— Combien de Louisa voyez-vous ? le taquina-t-elle.

À présent, elle pouvait en rire, mais la veille, elle avait eu la peur de sa vie.

— Une seule, mais c'est amplement suffisant pour un homme. Dois-je vous aider à vous habiller ?

— Vous êtes plus doué pour me déshabiller. Je vais sonner Kathleen.

— Bien. Je vais aller me morfondre dans ma chambre en attendant.

Louisa posa sa tasse de thé.

— Avez-vous tenu votre journal depuis notre arrivée ?

— Non. Les journées ont été plutôt bien remplies. Et puis, je n'en éprouve plus autant le besoin, admit-il en tripotant son bouton de manchette. Le désespoir que je ressentais a presque disparu, il n'en reste plus que des ombres. Bizarre, non ? Je dors, et quand je m'éveille, j'aime plutôt ma vie dans les souliers de Maximilian Norwich. Il a été en Afrique lui aussi, mais pour faire un safari. C'est plus drôle que la guerre.

Il haussa les épaules, lui adressa son fameux sourire en coin.

— J'aimerais bien lire votre journal, pourtant. Y verriez-vous un inconvénient ? s'enquit-elle.

— Vous n'en aimeriez pas le contenu, Louisa.

— Je m'en doute, si vous y évoquez l'idée de mettre fin à vos jours.

Si la demande en mariage de Charles était sérieuse, s'il envisageait vraiment de faire sa vie avec elle, ils devraient regarder son passé en face. On la traitait de tête brûlée, mais lui avait affronté de vrais démons et il leur avait presque permis de triompher.

Charles regardait par la fenêtre. Il prit son temps pour répondre :

— Vous savez, je ne crois pas que j'aurais été jusque-là. Mais je ne voyais aucun moyen de sortir de ce trou que j'avais creusé moi-même. J'ai saccagé ma carrière militaire, j'ai perdu l'usage d'un œil, je me suis mis à dos toute ma famille... En fait, je geignais sur mon triste sort. Aujourd'hui, j'ai l'impression de me réveiller d'un mauvais rêve. Comme si j'étais Cendrillon et vous le prince charmant.

— Non, c'est moi la princesse charmante ! Et Mme Evensong est notre bonne fée.

Louisa imagina l'étrange petite bonne femme en robe noire, pourvue d'une paire d'ailes de la même couleur.

— C'est une femme remarquable, en effet, acquiesça Charles. Je lui dois beaucoup. Croyez-vous que nous aurons bientôt de ses nouvelles ?

— Oh, j'ai oublié de vous le dire ! J'ai reçu un télégramme d'elle hier, lorsque vous dormiez. Elle a exigé que M. Baxter lui ouvre les portes de la banque Stratton. Un samedi ! C'est incroyable, non ?

— Je la crois capable de tout. Elle a bien réussi à m'amener ici, ce qui est un miracle en soi.

Louisa se souvint de la chambre sordide dans laquelle il vivait, de la misère qui transpirait de chaque recoin. Il fallait vraiment être déprimé pour accepter de loger dans un endroit pareil. Charles était quand même un héros de guerre ! Il avait le sens de l'honneur et du devoir, un instinct de protection aiguisé. Il suffisait de voir comment il avait réagi vis-à-vis de son horrible logeuse quand il avait cru à une attaque.

Louisa se demanda soudain où était sa bruyante petite automobile. Elle aurait adoré emmener Charles se promener dans la campagne avant qu'il fasse trop froid. Ce temps clément n'allait pas durer.

Noël approchait. Grace avait certainement déjà tout organisé pour le réveillon, invité les Merwyn, les

Naismith, le Dr Fentress, et aussi M. Baxter. Ces figures familières avaient entouré Louisa presque toute sa vie.

— Vous savez, M. Baxter est le curateur qui a géré mon capital depuis que je suis entrée en possession de mon héritage.

— Il n'a pas été très bon gestionnaire d'après ce que vous m'avez dit.

— C'est ce que Mme Evensong voudrait tirer au clair avant de chercher éventuellement quelqu'un pour le remplacer. Dans le pire des cas, je pourrais transférer mes fonds dans un autre établissement, mais ce serait désavouer publiquement Stratton & Fils. Si je ne fais pas confiance à la banque de ma propre famille…

Une telle déloyauté ferait se retourner son grand-père dans sa tombe. Et ce dernier avait travaillé si durement pour permettre aux Stratton de vivre sur un grand pied.

— Je comprends. C'est délicat, n'est-ce pas ?

Louisa acquiesça :

— M. Baxter était l'ami de mon grand-père. Peut-être ses facultés se sont-elles simplement émoussées avec le temps. Grace le mène par le bout du nez. Quand elle le veut, elle peut être charmante.

— J'aimerais vivre assez vieux pour voir ça moi-même.

— Bien sûr que vous vivrez vieux !

L'idée de « tuer » Max avait totalement déserté son esprit.

— Je l'espère, dit-il en lui prenant la main. Merci pour cette nuit, Louisa. Même si tout cela se révèle n'être que… temporaire, j'aurai appris quelque chose que je ne suis pas près d'oublier.

Sa main était chaude. Rassurante. Et cependant le cœur de Louisa s'affolait. Mieux valait renvoyer Charles tout de suite, sinon ils allaient finir au lit.

— Je dois vraiment sonner Kathleen. Nous allons être en retard à l'église, et tante Grace sera furieuse.

Elle est probablement déjà partie dans le buggy avec Mlle Spruce et Isobel.

— Et nous ? C'est Robertson qui nous conduira, je suppose.

— Oui. Vous ne serez pas trop sec avec lui, n'est-ce pas ? Il est vraiment bourrelé de remords.

— J'ai réussi à ne pas étriper Kathleen alors que l'idée venait d'elle, lui rappela-t-il.

— Oui, vous avez été formidable. Maintenant, pour un peu, vous seriez son idole.

— J'en doute fort. Elle m'a quand même vu dans une situation plutôt dégradante.

Kathleen lui avait au moins une fois tenu la bassine pendant qu'il vomissait et que Louisa détournait pudiquement les yeux.

— Même quand vous déliriez, vous étiez très gentil.

— Qu'est-ce que j'ai raconté au juste ?

— Oh, peu importe !

Elle n'allait pas lui répéter toutes ses grivoiseries, surtout un dimanche matin.

— Il faut *vraiment* que je m'habille, dit-elle en libérant sa main.

— Retrouvons-nous en bas, alors. Avec un peu de chance, je vais croiser Hugh.

— N'allez pas vous bagarrer avec lui !

— Il n'en est pas question, promit-il. Je n'ai pas assisté à un office religieux depuis longtemps. J'espère que je n'ai pas oublié comment cela se passe.

La petite chapelle était pleine à craquer. À croire que tout le voisinage était venu reluquer la fille prodigue et son nouveau mari. Louisa n'avait pas mis les pieds dans une église depuis une éternité. En Europe continentale, Kathleen et elle avaient visité les grandes cathédrales, mais en tant que touristes. Elle se souvint de ce dimanche matin, dans un hôtel chic parisien, quand les cloches des églises de la ville s'étaient mises à sonner à toute volée alors qu'elle sirotait un chocolat chaud dans sa chambre. « Vous irez griller en enfer », avait prédit Kathleen. Mais Louisa ne craignait pas la damnation éternelle. Dieu devait connaître son cœur, tout meurtri soit-il.

Sur l'autel, les fleurs fanées dans leurs vases ressemblaient à des bottes de mauvaises herbes. La semaine prochaine, pour l'Avent, elle veillerait à ce que la chapelle soit correctement décorée. Charles avait reçu un accueil plutôt chaotique à Rosemont, mais les jours à venir seraient sûrement plus calmes. Elle aurait le temps de fleurir l'église et de faire ses achats de Noël au village. Peut-être aussi d'aller à Londres un jour ou deux, histoire d'échapper à l'ambiance pesante de la maison.

Tante Grace n'avait pas l'air d'humeur charitable quand Louisa et Charles se glissèrent dans la rangée réservée à la famille Stratton, quelques secondes avant le début de l'office. Dieu merci, Hugh était absent. Le pauvre révérend Naismith aurait eu une attaque si deux de ses ouailles avaient entamé un pugilat dans son église.

Louisa écouta le sermon d'une oreille distraite, puis chanta sans grand enthousiasme tandis que Mme Naismith plaquait des accords sur le vieil orgue. Les chants de l'Avent étaient si lugubres. Charles avait une agréable voix de baryton, et c'était une tentation en soi que d'être si près de lui tandis qu'ils se partageaient le livre de cantiques. Les pensées de Louisa s'égaillaient parfois très loin des paroles larmoyantes. Elle n'avait pas de raison de se lamenter. Même si son retour à Rosemont avait été mouvementé, Charles était à ses côtés.

Elle jeta un coup d'œil du côté du banc réservé aux Delacourt. Sir Richard avait son propre livre de cantiques, mais il ne chantait pas. Il semblait s'ennuyer ferme, mais, heureusement, il ne balayait pas la foule de son regard si froid, aussi ne remarqua-t-il pas l'attention de Louisa. Contrairement à sa femme, lady Blanche, qui croisa son regard. Et lui adressa un sourire timide avant d'entonner le couplet suivant. Louisa sentit une pointe de nostalgie l'envahir. C'en était bien fini du temps des confidences et des gloussements entre filles.

Presque aussitôt après avoir déshonoré Louisa, sir Richard avait courtisé Blanche et l'avait épousée dans la foulée. Il n'avait fait l'objet d'aucun ostracisme social pour s'en être pris à une jeune fille. Au début, Louisa s'était sentie trahie, mais aujourd'hui elle s'estimait chanceuse. Nantie d'un époux pareil, la pauvre Blanche était plus à plaindre.

Deux petites filles étaient assises entre Blanche et une femme qui devait être leur gouvernante. Quant à l'héritier du prieuré, il n'avait pas encore soufflé sa première bougie et était resté à la nursery. Sir Richard avait une vie parfaite : une jolie femme riche, des enfants en bonne santé, et une belle demeure ancestrale. Et sans doute n'avait-il aucun scrupule à ne pas respecter ses vœux de fidélité dès que l'envie l'en prenait.

Lui n'avait pas été enfermé des années durant, avec interdiction de rencontrer qui que ce soit ou de monter à cheval.

Comme s'il avait senti qu'elle ruminait, Charles glissa le bras autour de sa taille et l'attira contre lui. Il faisait frisquet dans l'église et, réconfortée, Louisa se nicha contre son corps chaud avec bonheur. Non loin, tante Grace émit un claquement de langue réprobateur, mais Isobel capta le regard de Louisa et lui adressa un clin d'œil.

Lorsqu'ils se rassirent, Charles ne lâcha pas sa femme. Le révérend Naismith ne trouva rien à redire à cette marque de tendresse conjugale et administra sa bénédiction finale les yeux rivés sur Louisa, ce qui lui réchauffa aussi le cœur.

Contre toute attente, les Delacourt s'attardèrent après l'office. Peut-être serait-il un jour possible de renouer avec Blanche, songea Louisa. Du moins si Richard le permettait. Car si Louisa restait à Rosemont, ils se côtoieraient fatalement, même si elle ne comptait pas fréquenter l'association des paroissiennes. L'idée d'assister à une réunion des amies de tante Grace qui la jaugeraient derrière leurs lunettes suffisait à la rendre nerveuse.

— Qu'est-ce qui est prévu pour cet après-midi ? s'enquit Charles en l'aidant à monter dans la Daimler.

— Nous organisons toujours un grand déjeuner dominical qui traîne en longueur. Le dimanche est peut-être le jour du repos, mais pas pour les domestiques. Tante Grace exige qu'ils assistent à la première messe du matin pour être libérés tôt et s'échiner ensuite à l'office.

— Allons-nous prétendre que je ne me sens pas assez solide pour assister à ce déjeuner ?

Il lui offrait une échappatoire, mais elle secoua la tête :

— Non, nous devons nous montrer braves.

Une demi-heure plus tard, ils pénétraient dans la salle à manger inondée de soleil. Hugh était toujours invisible, mais les convives étaient plus nombreux que jamais. Une fois de plus le pauvre Charles se retrouva assis entre Isobel et Grace, ce qui ne parut cependant pas le déranger. Louisa entendit sa cousine rire avec une spontanéité qui changeait des trilles suraigus auxquels elle les avait habitués. Charles mangea frugalement sous l'œil attentif du Dr Fentress. Il s'engagea avec Grace dans une conversation qui paraissait relativement courtoise. En fait, le repas se déroula dans un climat agréable pour la première fois depuis le retour de Louisa à Rosemont. Pour un peu, elle aurait presque cru qu'il leur était possible de vivre en harmonie sous ce toit.

Presque.

# 33

On avait convaincu Charles de se reposer le reste de l'après-midi, comme si mâcher l'excellent déjeuner avait été une tâche ardue. Il aurait préféré se « reposer » avec Louisa, mais elle projetait de chiper la Daimler à Robertson pour faire un tour sur la propriété pendant que le temps le permettait. Bien que Charles ait confiance en Louisa, il n'était pas prêt à monter dans son automobile… si c'était elle qui était au volant.

Il était donc installé dans le fauteuil de cuir après avoir tombé son gilet, un livre sur les genoux. Par la fenêtre, il apercevait la crête des vagues qui étincelait au soleil. Ce spectacle lui donna envie de se promener sur la plage, mais il ne voulait pas s'attirer les foudres de Louisa, aussi se laissa-t-il aller contre le dossier en fermant les yeux.

Il avait déjà plongé dans un état de profonde détente proche du sommeil quand on frappa à la porte.

— Entrez.

Griffith, le majordome, pénétra dans la pièce, la mine chagrine.

— Je suis désolé de vous déranger après tout ce que vous avez déjà subi, monsieur Norwich, mais il y a une dame en bas qui arrive de Londres et demande à vous voir, Mlle Louisa et vous.

Charles ne connaissait aucune dame, de Londres ni d'ailleurs. Il n'imaginait pas Mme Jarvis prenant le train pour le Kent, du reste, elle ignorait qu'il s'y trouvait.

— A-t-elle donné son nom ?

— Oui, monsieur. C'est une personne très respectable. Nous avons déjà eu affaire à son agence, mais je ne l'avais jamais rencontrée en personne. Il s'agit de Mme Evensong.

Mme Evensong ici, à Rosemont ? Louisa avait parlé d'un télégramme. Quoi que cette femme ait découvert à la banque, ce devait être important pour qu'elle s'autorise une visite surprise un dimanche après-midi.

— Je descends dès que je suis présentable, Griffith.

— Voulez-vous que je vous envoie un valet, monsieur ?

— Je sais encore m'habiller, merci. Veillez au confort de Mme Evensong, je vous prie. J'en ai pour un quart d'heure tout au plus.

Charles avait l'intention d'enfiler une chemise propre, puis il décida finalement de se changer entièrement. Il ne voulait pas que Mme Evensong le soupçonne de ne pas porter les beaux habits qu'elle lui avait achetés en quantité. Dernièrement, il s'était laissé un peu aller, surtout quand il devait faire sa lessive lui-même. Ses caleçons étaient dans un si piteux état que, tel un Écossais, il allait le plus souvent les génitoires à l'air sous ses braies.

Il ouvrit le tiroir de la commode et réprima un cri de surprise quand une puce atterrit sur sa main. Il l'écrasa d'un coup de poing, se meurtrissant la phalange par la même occasion. Son regard tomba sur la pile de sous-vêtements. Le tissu blanc était semé de petits points noirs. Dieu merci, la plupart des insectes étaient morts, grâce aux billes en bois de cèdre, aux feuilles de menthe et de romarin qui avaient été déposées au fond du tiroir par les domestiques. Quelqu'un lui avait joué un mauvais tour, mais le chat des cuisines devait être ravi que ses puces soient parties en villégiature.

Charles attrapa la pile de caleçons et la balança par la fenêtre. Ils s'éparpillèrent sur la pelouse, tels des flocons de neige géants. Quelqu'un les ramasserait pour les emporter à la blanchisserie, mais au cas où il y aurait des survivantes, il leur avait offert un petit vol plané. Son corps se mit à le picoter. Il avait envie de se gratter partout et envisagea un instant de passer la commode tout entière par la fenêtre.

Une minute. Et son journal ?

Il s'empara du recueil au fond du tiroir, le secoua dehors. Ouf ! Il n'était pas infesté. Il le rangea dans le coffre à monogramme, donna un tour de clé. Si le petit farceur aux puces avait mis le nez là-dedans, il l'aurait très probablement emporté afin de le faire chanter ensuite.

Ainsi il n'avait plus de caleçon propre à enfiler en l'honneur de Mme Evensong. Il ne restait plus qu'à espérer qu'elle n'était pas équipée de la machine expérimentale de Röntgen[1]. Il s'habilla à la hâte après avoir fait une rapide toilette au cas où des puces se seraient égarées sur lui, puis il rejoignit le rez-de-chaussée.

Griffith rôdait dans le hall. Charles lui apprit ce qu'il avait trouvé dans sa commode et lui demanda que la chambre soit inspectée et nettoyée de fond en comble. Le majordome haussa ses sourcils blancs lorsque Charles lui avoua ce qu'il avait fait de ses caleçons. Il crut même discerner l'ombre d'un sourire sur les lèvres du vieux domestique.

---

1. Wilhelm Conrad Röntgen (1845-1923), physicien allemand qui a découvert les rayons X.

— Permettez-moi de vous dire que vous avez bien réagi, monsieur Norwich.

Charles avait été dans l'armée suffisamment longtemps, il avait l'habitude des puces, poux et autres parasites en tout genre.

— Griffith, il y a une personne à Rosemont qui ne m'aime pas. Peut-être plusieurs. Pourriez-vous mener l'enquête afin de savoir qui est derrière cette plaisanterie d'un goût douteux ? Louisa affirme que vous êtes le centre névralgique de Rosemont.

Griffith frotta ses mains gantées de blanc l'une contre l'autre.

— Je n'irais peut-être pas jusque-là, monsieur. Mais soyez sûr que je vais faire mon possible pour découvrir l'identité du coupable. Ce genre d'incident déplorable nous plonge tous dans la honte. Miriam, Mme Lang et moi-même sommes les plus anciens domestiques au service de la famille Stratton et nous prenons nos responsabilités très au sérieux. C'est bien la première fois que de semblables événements se produisent ici, je vous assure.

— Je veux bien vous croire. Et jusqu'à présent, personne n'est mort, n'est-ce pas ?

Le majordome frémit.

— À Dieu ne plaise, monsieur ! Mme Evensong vous attend dans le petit salon bleu. Savez-vous où il se trouve ? Je vais vous y conduire. C'est plus tranquille, là-bas.

« Petit » était un terme tout relatif. Néanmoins, le mobilier du salon bleu était plus simple et plus confortable que celui des grandes pièces d'apparat.

Mme Evensong était assise sur le sofa, une tasse de thé à la main. Elle attendit que Griffith se soit retiré pour prendre la parole :

— Bonjour, capitaine. J'espère que tout se passe bien ?

— Pas vraiment, confessa Charles en prenant place à côté d'elle. Oh, tranquillisez-vous, personne ne soupçonne que je ne suis pas celui que je prétends être ! Mais la situation est tendue. Aujourd'hui, quelqu'un a mis des puces dans ma commode. Et hier on m'a empoisonné avec des champignons vénéneux qui m'ont donné des hallucinations.

— Quoi !

Charles avait le sentiment qu'il en fallait beaucoup pour choquer Mme Evensong. Il était plutôt fier d'y être parvenu.

— Sans parler du chauffeur qui a essayé de me tuer, mais il s'agissait en fait d'une méprise. Vous voyez, je mérite amplement mon salaire, même si l'argent de Louisa ne m'intéresse pas. Mais vous venez sans doute apporter des nouvelles à ce sujet.

Mme Evensong prit un instant pour digérer ce qu'il venait de lui apprendre. Une fois remise, elle déclara :

— Je crains que ces nouvelles ne concernent que Mlle Stratton.

— J'ignore quand elle doit rentrer. Elle est partie faire un tour en automobile, histoire de terroriser quelques moutons et autres bestioles.

— C'est ce que m'a dit le majordome. Je vais attendre. En fait, Mlle Stratton m'a invitée à passer quelques jours à Rosemont, bien qu'elle ait omis d'avertir les domestiques de mon arrivée imminente. Un oubli compréhensible, j'imagine, étant donné ce qui se passe ici. Que pensez-vous des automobiles, capitaine ?

— Je n'y connais rien. Mais Louisa les adore, et je suppose qu'il faut savoir s'ouvrir à la modernité.

— Ce n'était pas une question en l'air. Avant de quitter Londres, j'ai rencontré George Alexander.

— Ce vieux George, comment va-t-il ?

Comme d'habitude, George ne pouvait s'empêcher de se mêler de tout. Il avait sans doute une idée précise de l'avenir de Charles, une idée toute prête et emballée dans un beau papier cadeau.

— Il va très bien. Il m'a proposé un bon investissement. Cela va peut-être vous surprendre, mais moi aussi je m'intéresse aux automobiles.

— Vraiment ?

Charles imagina Mme Evensong au volant d'un bolide, son strict chapeau noir emporté par le vent.

— Oui. Saviez-vous que M. Alexander a racheté la Pegasus Motor Company ?

— Non, je l'ignorais. Tant mieux pour lui.

— Il m'a demandé de vous…

Charles leva la main.

— Je sais qu'il a les meilleures intentions du monde, mais il ne peut pas passer sa vie à me sauver la mise. Je vous le répète, je ne connais rien aux voitures.

— Mais vous savez commander une équipe. Et vous êtes d'une honnêteté sans nom, quand vous ne faites pas semblant d'être Maximilian Norwich. Voilà de quoi il s'agit : M. Alexander a l'intention de construire une usine près de New York et d'ouvrir un magasin d'exposition sur la Cinquième Avenue. Il aimerait que vous preniez la direction de cette filiale américaine, avec tout ce que cela comporte comme responsabilités : recruter les ouvriers, les vendeurs, un architecte, rencontrer les ingénieurs et les concepteurs pour faire en sorte que la Pegasus soit en tête des moyens de transport du XXe siècle.

Charles s'esclaffa. L'idée était absurde. Autant lui demander de coller des ailes sur un vrai cheval !

— Il s'adresse à la mauvaise personne. Vous devriez plutôt en parler à Louisa.

— Je crois que c'est *vous* qui devriez lui en parler, répliqua Mme Evensong, impassible.

— Je ne comprends pas. Que voulez-vous dire ?

— Il est évident que vous vous êtes attaché à elle, bien que vous la connaissiez depuis peu. Si vous partez pour New York, vous devriez lui demander de vous accompagner.

Sapristi, cette femme n'était pas là depuis plus de cinq minutes. Comment avait-elle pu deviner qu'entre lui et Louisa...

— Madame Evensong, seriez-vous en train de jouer les marieuses, par hasard ?

— Faut-il recommencer ? Je pensais avoir réussi du premier coup.

— Vous vous doutiez que Louisa et moi... que nous allions...

Il s'interrompit, hésitant à employer le mot « amants », sans parler d'une expression plus triviale.

— Devenir intimes ? suggéra-t-elle. Bien sûr. Vous étiez tous deux mûrs pour une liaison. Mlle Stratton mérite de rencontrer quelqu'un de bien.

— Je ne pense pas que j'entre dans cette catégorie. Avez-vous *vraiment* enquêté sur mon passé ?

— Naturellement. Et de manière scrupuleuse. L'agence Evensong n'a pas coutume de bâcler le travail.

Charles se leva et se dirigea vers la fenêtre. La tête lui tournait de nouveau alors qu'il n'avait pas approché le moindre champignon.

Au milieu de la pelouse, une petite bonne était occupée à récupérer un caleçon égaré sous un massif.

— Mlle Stratton connaît des difficultés avec sa famille. Il ne sera peut-être pas possible de réparer la fracture. Je réalise des miracles, mais j'avoue que Grace Westlake représente une sacrée gageure, même pour moi. Mlle Stratton serait sans doute bien avisée de quitter Rosemont, cette fois en compagnie de quelqu'un qui l'estime à sa juste valeur. Car vous avez de l'estime pour elle, n'est-ce pas, capitaine ?

Charles avait la bouche sèche comme s'il avait avalé une poignée de sciure. Il se borna à hocher la tête. Il ne pouvait mettre en mots ce qu'il éprouvait à l'égard de Louisa, de toute façon.

— Parfait. Eh bien, nous allons voir comment la situation va évoluer, reprit Mme Evensong. J'ai dans mon sac une lettre de M. Alexander qui explique tout en détail. Ses conditions sont très généreuses. Elles vous permettront d'entretenir sans problème une famille.

Elle tendit à Charles une épaisse enveloppe. Décidant qu'il la lirait quand il aurait les idées plus claires, il la glissa dans la poche de sa veste.

*Une famille.* Était-ce possible ? S'il avait de telles perspectives professionnelles, Louisa accepterait-elle de l'épouser ? Il savait bien qu'elle n'avait pas pris au sérieux sa première demande en mariage.

— Voulez-vous que je vous serve une tasse de thé, capitaine ? Vous avez l'air un peu déstabilisé.

— Oui, merci, madame Evensong. Vous serez sans doute contente d'apprendre que désormais le thé m'apaise autant que le gin jadis.

— Cela ne m'étonne pas du tout. À l'instar de George Alexander, je sais reconnaître l'argent sous le vert-de-gris. Ah, mais je crois entendre un bruit de moteur !

Son ouïe était excellente pour une femme de cet âge.

Quelques minutes plus tard, Louisa les rejoignait dans le salon. Les joues rosies, les yeux brillants, elle était presque – *presque* – aussi belle qu'après l'orgasme.

— Madame Evensong, vous voilà ! Bienvenue à Rosemont.

— Je vous avais dit que je viendrais dès que j'aurais des nouvelles à vous communiquer. Puis-je parler en toute liberté devant le capitaine Cooper ?

— Bien sûr. Je lui fais toute confiance.

Louisa sourit à Charles avec une spontanéité qui lui transperça le cœur.

— M. Baxter et moi-même avons passé plusieurs heures à vérifier vos comptes bancaires hier, reprit Mme Evensong. À ce propos, il vous présente ses excuses, car il est apparu qu'il aurait dû se montrer beaucoup plus vigilant. Vous aviez raison de vous méfier. Quelqu'un a détourné des fonds.

— Qui ?

— J'en saurai plus à ce sujet demain. En ce moment même, M. Baxter s'entretient avec la personne en question. Mais ne vous inquiétez pas, l'argent qui a disparu est en sécurité sur un autre compte, à votre nom. En fait, rien n'a été volé.

— Je ne comprends pas.

— Une fois encore, je vous en dirai davantage demain. Et je compte profiter du temps que je vais passer à Rosemont pour découvrir qui s'en est pris au capitaine Cooper.

Louisa fronça les sourcils.

— Charles, je croyais que vous étiez d'avis que cette histoire de champignons vénéneux n'était finalement qu'un malheureux accident ?

— Peut-être, mais cela n'explique pas les puces, rétorqua-t-il.

— Les puces !

— Pas de panique, la plupart étaient mortes. Quelqu'un les a mises dans mes caleçons.

— Comment ? Quand ?

— Je l'ignore. Vous savez bien que je ne les porte pas.

Louisa rougit légèrement, mais ce fut tout. Elle ne paraissait pas avoir honte de leur intimité.

— Eh bien, je constate que vous vous entendez bien, murmura Mme Evensong.

— Très bien, confirma Louisa. Mais, mon Dieu, vous croyez que quelqu'un aurait pu mettre des puces dans mon tiroir à lingerie ? Si c'est le cas, Kathleen va hurler.

— Je crois qu'elle s'en serait déjà aperçue, la rassura Charles. Je pense plutôt que quelqu'un s'est introduit hier dans ma chambre, pendant que j'étais dans la vôtre, ou bien ce matin, quand nous étions à l'église.

— Je vais chercher Kathleen. Madame Evensong, vous voulez bien m'excuser ?

— Bien sûr, ma chère. Il est du reste temps que j'aille faire un petit tour sur la propriété. Profitez-en pour passer ensemble le reste de l'après-midi, jeunes gens.

— Charles, si vous vous sentez en forme, nous pourrions faire une promenade dans le parc ?

Charles était ouvert à n'importe quelle proposition dès lors qu'elle impliquait la participation de Louisa Stratton.

# 34

Le ciel était d'un gris sale. Le crépuscule approchait, mais Louisa n'était pas pressée de rentrer et de s'habiller pour le dîner. Elle préférait laisser du temps à l'escadron de femmes de chambre qui inspectait leurs appartements à la recherche de bestioles indésirables.

Toutefois ce n'étaient pas lesdites bestioles qui l'inquiétaient. Qui avait bien pu jouer un aussi mauvais tour à Charles ?

Si Hugh avait encore été un garnement de douze ans, elle l'aurait tout de suite désigné. Mais personne ne l'avait vu de la journée. Et puis, cela paraissait trop idiot, même de sa part.

Kathleen et Robertson se sentaient coupables, avec raison. C'était eux qui avaient engagé les hostilités en voulant protéger la vertu de leur maîtresse alors qu'on ne leur demandait rien. À présent, la boîte de Pandore était ouverte. Quelle nouvelle catastrophe allait s'abattre sur ce malheureux Charles ?

Cela dit, il n'avait pas l'air malheureux du tout tandis qu'il examinait en souriant l'une des gargouilles de son grand-père. Celle-ci montait la garde devant une couronne de roses anciennes de variété Bourbon, Damas et Gallica, réduite pour l'heure à l'état d'épines et de tuteurs. Cette gargouille, qui appartenait en fait à la catégorie des grotesques, était presque aussi grande que Charles. Avec ses cornes, ses sabots et sa langue fourchue, elle était particulièrement hideuse et avait toujours été la préférée de Louisa.

— Et comment s'appelle cette jolie dame ?

— Chouquette.

— Vous plaisantez ?

— Pas du tout. Elle est terrifiante, alors je lui ai donné un nom gentil pour compenser. Je me suis toujours imaginé que sous cette carapace de granit battait un cœur tendre. Et qu'elle était triste parce qu'on la jugeait sur les apparences.

— Il est vrai que les apparences peuvent être trompeuses. La première fois que je vous ai vue, vous m'avez ébloui, mais je vous ai prise pour…

— Une écervelée de la haute ? Oui, je m'en souviens.

— J'ai du mal à croire que cela se passait il y a quelques jours seulement.

Il lui prit le bras, le glissa sous le sien et l'entraîna vers l'allée de graviers qui reliait les jardins entre eux. Louisa aurait voulu qu'il voie tous ces massifs de roses si romantiques au moment de la floraison. Le jardin de Rosemont semblait fait pour les amoureux.

Était-elle amoureuse de Charles ?

Oui.

Elle était à deux doigts d'accepter sa demande en mariage. Il était fiable, solide, drôle, mais il ne riait jamais à ses dépens. Quand elle était avec lui, elle ne ressentait plus le besoin d'inventer un quelconque Maximilian Norwich. Charles lui suffisait et elle ne voyait pas l'utilité de recourir à ses divagations habituelles.

— Vous n'avez pas froid ? s'inquiéta-t-il. Il va bientôt faire nuit.

— Ça va, assura-t-elle en lui pressant le bras.

— Je peux rentrer vous chercher un châle, si vous voulez. Pourquoi n'avez-vous pas mis votre manteau de fourrure ? Ce soir, c'est un vrai temps de décembre.

— J'ai parfois honte de le porter. Toutes ces belles petites hermines blanches qui ont été tuées et cousues ensemble pour me tenir chaud.

— Oh, alors vous bouderez aussi le rôti d'agneau du dîner ?

— Ce n'est pas pareil. On ne mange pas d'hermine. Ce serait comme… manger du rat !

— Il paraît que le rat a plus ou moins goût de poulet.

— Charles !

— Vous savez, les prisonniers s'estiment parfois heureux de pouvoir en attraper un. Les femmes boers…

Il s'interrompit, se rembrunit. Ils marchèrent dans un silence gêné, seulement troublé par le crissement des graviers sous leurs pieds et le cri des goélands qui tournoyaient au-dessus de la mer.

« Que dire pour l'apaiser ? » s'interrogea Louisa.

— Vous n'oublierez jamais.

— Comment le pourrais-je ? répliqua-t-il sans la regarder.

— C'est impossible. Et il ne faut pas. Ce qu'il faut, c'est publier votre journal, afin que d'autres sachent et empêchent que ces horreurs se reproduisent. Je peux vous aider, trouver un éditeur, et même payer une édition à compte d'auteur s'il le faut.

Il se dégagea, alla s'asseoir sur un banc en fer forgé.

— Je ne veux pas gâcher notre histoire, Louisa. Je crains, si je rouvre ce journal, de tuer le bonheur que j'éprouve en ce moment. Le premier vrai bonheur de mon existence. La culpabilité sera toujours présente, mais quand je suis avec vous, elle n'est pas aussi… aiguë.

— N'est-ce pas vous qui disiez qu'on ne devait pas laisser les erreurs du passé déterminer ce que nous sommes ?

Ce n'étaient peut-être pas exactement ses mots, mais c'était du moins la leçon qu'elle avait retenue grâce à lui.

— À vous entendre, on dirait que j'apparais plus sage que je ne le suis.

Louisa s'assit près de lui.

— Essayons d'être sages ensemble. Ma tante me verra toujours comme une gamine indisciplinée et, à dire vrai, je mérite ses critiques. J'ai tout fait pour enfreindre les règles qu'elle édictait. Regardez où cela m'a menée.

— Hé, une minute ! Vous êtes avec moi, au crépuscule, avec le bruit du ressac de l'autre côté des haies. Vous ne vous êtes pas trop mal débrouillée, je trouve.

— En effet, chacune de mes erreurs passées m'a conduite jusqu'à vous.

— Oh, Louisa ! souffla-t-il en encadrant son visage de ses mains. Je vous aime.

Son baiser – brûlant, vibrant d'espoir et de désir – lui en apporta la preuve irréfutable. Si elle l'épousait, il l'embrasserait ainsi chaque soir, chaque matin, et entre les deux.

*Je vous aime.* Personne ne le lui avait jamais dit en étant sincère, sauf peut-être ses parents quand elle était enfant et trop jeune pour s'en souvenir.

Elle s'abandonna au plaisir de l'instant, oubliant tout ce qui n'était pas ses mains caressantes et la danse délicieuse de sa langue. Elle ressentait bien plus que le simple désir d'être physiquement possédée. Elle avait envie de se donner à cet homme corps et âme. Et justement il lui avait offert le moyen de réaliser ce rêve. Elle n'avait qu'un mot à dire.

Mais alors il aurait dû cesser de l'embrasser, et c'était hors de question. Elle aurait tout le temps, plus tard, de lui avouer ce qu'elle ressentait. Pour le moment, elle voulait juste continuer de l'embrasser comme si sa vie en dépendait.

Son baiser était tantôt doux, tantôt fiévreux. Les sensations la berçaient, puis l'électrisaient. Elles étaient pures, et la seconde suivante si sensuelles qu'elle se surprit bientôt à tirer sur les boutons de Charles. Il saisit sa main tremblante et la pressa contre son érection. Une onde brûlante embrasa Louisa. Elle souhaitait que les heures se mettent à défiler à toute allure, qu'ils se retrouvent enfin seuls, dans leur lit.

Mais il allait devoir supporter le dîner à venir et s'occuper de Mme Evensong. À regret, elle s'écarta, lissa son cache-œil après l'avoir remis en place. Son iris était d'un bleu profond tirant sur le violet, et le désir qu'elle y lut la fit frissonner.

— Louisa, souffla-t-il.

— Je vous aime, Charles. Je veux vous épouser.

Différentes émotions se succédèrent sur ses traits : surprise, joie, peur aussi. Il l'embrassa de nouveau, cette fois avec une telle tendresse qu'elle eut envie de pleurer. Du pouce, il lui effleura les cils, et elle se rendit compte qu'elle pleurait vraiment, juste un peu. Elle n'avait jamais été aussi heureuse de sa vie, pas même quand elle avait réussi à fuir Rosemont.

— Vous ne le regretterez pas un instant, je vous le promets, articula-t-il gravement.

— Tandis que vous, vous le pourriez. Je ne suis pas de tout repos, paraît-il, répliqua-t-elle avec un rire tremblant.

— Auprès de vous, je n'ai nulle envie de me reposer. Quand pourrons-nous nous marier ?

— Oh, Seigneur ! Ma famille nous croit déjà mariés. Il va falloir nous esquiver, obtenir une dispense de bans. Bonté divine, c'est l'Avent. Aucun prêtre n'acceptera de nous marier.

— Alors il va falloir continuer de vivre dans le péché, fit-il avec un petit sourire égrillard qui lui valut une tape sur l'épaule.

— Vous êtes immoral !

— Il paraît, oui. Et si nous options pour un mariage civil ? À moins que vous n'ayez toujours rêvé de vous marier à l'église.

— Vous savez parfaitement que je ne pensais pas me marier du tout. Je n'ai rien envisagé.

— Jusqu'au jour où vous m'avez rencontré.

— Vous devenez très imbu de vous-même, Charles. Je suis sur le point de changer d'avis.

— Vous ne seriez pas si cruelle, protesta-t-il en posant la main de Louisa sur son cœur.

Non, elle ne le serait pas. La vie aux côtés de Charles promettait d'être passionnante. Louisa n'avait aucune idée de ce qu'il fallait faire pour être une épouse convenable, mais elle avait le sentiment que Charles n'avait pas particulièrement envie qu'elle devienne « convenable ».

Elle avait toutefois du mal à l'imaginer vivant à Rosemont, au milieu de toutes ces dorures. Il faudrait tout vendre et tante Grace allait hurler...

— Pourquoi froncez-vous les sourcils ? Vous êtes censée exulter de bonheur, la taquina Charles.

— C'est le cas. Je pensais juste à des problèmes très terre à terre.

— Arrêtez tout de suite. Je préfère vous voir sourire.

Louisa s'exécuta aussitôt – ce n'était pas difficile quand elle regardait son beau visage. Il était tellement plus séduisant que Maximilian, qui ne serait pas obligé de mourir, finalement.

— Oh, mon Dieu ! s'exclama-t-elle.

— Quoi ?

— Qu'allons-nous dire à ma famille pour votre nom ? Vous n'allez pas passer le reste de votre vie sous une fausse identité !

Sans lui lâcher la main, Charles s'adossa au banc.

— Ma chérie, il vous suffit de leur avouer que tout ceci était une farce, que si on ne vous avait pas tant maltraitée durant votre enfance, vous n'auriez pas été obligée d'inventer ce personnage. Il faut vous montrer franche avec eux.

Louisa avala sa salive, imaginant la fureur de Grace.

— Je crois que nous devrions d'abord nous marier, murmura-t-elle. Ainsi ma tante ne pourra pas me faire enfermer à l'asile. Vous vous y opposerez.

— Possible. Il faudra que vous soyez très gentille.

— Charles !

Elle s'empourpra de nouveau, son regard ardent ne laissant planer aucune ambiguïté quant aux faveurs qu'il attendait d'elle – et qu'elle lui accorderait volontiers.

— Nous nous inquiéterons de tout cela en temps voulu. Vous avez la chair de poule, Lulu. Rentrons vérifier que d'autres poisons ne nous attendent pas dans notre chambre. En plus de Kathleen, veux-je dire.

Il venait de l'appeler « Lulu » et cela ne la dérangeait même pas. Fallait-il qu'elle soit éprise.

— Je le lui répéterai, menaça-t-elle.

— Faites donc. Elle a juré de ne plus me frapper sur la tête, je suis curieux de voir si elle tiendra parole.

Il l'étreignit brièvement avant de se lever.

La nuit était presque tombée, à présent. Rosemont se dressait devant eux, les fenêtres du rez-de-chaussée dessinant des rectangles lumineux sur la pelouse. On voyait à travers les carreaux les domestiques occupés à mettre le couvert dans la salle à manger. Griffith veillait au grain. Même si le dîner dominical était léger, l'argenterie ne restait pas pour autant dans les placards.

Au bout de l'aile gauche, une porte-fenêtre s'ouvrit en grinçant. Intriguée, Louisa tourna la tête. Bizarre. L'armurerie était plongée dans l'obscurité, pourtant elle vit une silhouette en sortir. Elle regarda Charles afin de lui demander s'il l'avait vue, lui aussi, mais avant qu'elle puisse lui poser la question, il y eut un bref claquement, suivi d'un sifflement. Près d'eux, la tête de Chouquette explosa. Des éclats de granit volèrent en tous sens.

Charles bascula en arrière, entraînant Louisa avec lui, avant de rouler sur elle, exactement comme il l'avait fait avec l'acariâtre Mme Jarvis quand le moteur de l'automobile s'était mis à pétarader dans la rue.

Quelques secondes passèrent.

— Ça va, Charles, je n'ai rien, dit-elle quand elle eut repris son souffle.

Il pesait sur elle de tout son poids. Silencieux. Louisa voulut lui redresser la tête et aperçut une substance sombre et gluante sur son gant.

*Du sang.*

Quelqu'un venait de tirer sur Charles.

Les hurlements de Louisa suffirent à alerter les domestiques qui accoururent, mais pas à sortir Charles de l'inconscience.

# 35

Non, non, non ! Cela n'avait pas pu arriver ! Louisa avait passé sa vie à inventer des histoires et à les modifier au gré de sa fantaisie. Dans ses fantasmes, ses parents n'étaient pas morts, sa tante l'aimait tendrement, Hugh ne lui tirait jamais les cheveux et ne glissait pas d'araignées dans son lit.

Charles n'était donc *pas* étendu sur le lit, immobile, une estafilade sanglante en travers du sourcil gauche. Le Dr Fentress n'avait *pas* été appelé de toute urgence pour le recoudre. Elle n'était *pas* en train de presser un linge humide sur son front pour arrêter le saignement.

Non, ils étaient en ce moment même assis sur le banc, dans le jardin, enlacés, à se murmurer des mots d'amour entre deux baisers. À organiser leur mariage. Dans quelques secondes, ils se lèveraient et prendraient un autre chemin pour regagner la maison. Il n'y aurait pas de coup de feu, pas de destruction de gargouille. Ils dîneraient en famille, dans une ambiance cordiale et bienveillante.

Quand Louisa était petite, elle se plaquait les mains sur les yeux et parvenait presque à voir ces vies de rechange qu'elle s'inventait. Une larme lui échappa.

Elle l'écrasa d'un geste irrité. Ce n'était pas le moment de s'égarer dans le pays des rêves.

Kathleen et Robertson étaient près d'elle. Ce dernier avait été le premier à accourir au moment du drame. Il avait soulevé Charles comme s'il ne pesait rien et l'avait monté dans leur chambre. Les femmes de chambre étaient encore en train de s'activer avec leurs chiffons et désinfectants, mais sur l'ordre de Kathleen, elles avaient décampé en toute hâte.

— Pourquoi ne se réveille-t-il pas ?

— Mademoiselle Louisa, il a la tête dure, nous le savons tous. Donnez-lui un peu de temps, je suis sûr qu'il va se remettre. Vous verrez, il sera comme neuf.

Louisa n'était pas dupe.

— Et s'il ne se remet pas ? S'il ne me reconnaît pas ou a même oublié qui il est ?

— Vous lisez trop de romans. Les cas d'amnésie ne sont pas courants dans la vraie vie. Et si vous voulez mon avis, c'est un truc utilisé trop souvent dans les intrigues.

Mais Louisa était bien trop inquiète pour se soucier de littérature.

— Que fait le Dr Fentress ? Pourquoi met-il tant de temps ?

— Le pauvre est rentré chez lui il y a seulement quelques heures. Ce n'est pas facile pour lui, votre tante voudrait qu'il soit à son entière disposition vingt-quatre heures sur vingt-quatre.

— Il ferait peut-être mieux de s'installer ici de manière définitive.

Avant sa récente maladie, tante Grace avait toujours eu une santé de fer, et pourtant le médecin traînait toujours dans les parages. S'ils avaient une liaison, pourquoi diable n'officialisaient-ils pas la chose, à leur âge ?

— Regarde, tu as vu ? s'exclama soudain Louisa. Ses paupières ont frémi ! Charles ! Pouvez-vous parler ? C'est moi, Louisa. Lulu.

Charles ne bougea pas. Sa respiration était régulière, mais il ressemblait un peu à ces gisants de marbre qu'elle avait vus un peu partout dans les églises d'Europe continentale.

— Peut-être vaut-il mieux qu'il reste inconscient pour le moment, mademoiselle, intervint Robertson. On m'a recousu une fois ou deux à vif, et je vous assure que ce n'est pas une partie de plaisir.

— Il a beaucoup de chance d'être encore en vie, renchérit Kathleen. Il aurait pu recevoir cette balle au lieu d'être juste touché par un éclat de granit.

Sans doute. Mais quelqu'un lui avait tiré dessus. Et Louisa se maudissait d'être revenue à Rosemont.

— Robertson, je veux que vous restiez ici, avec nous. Vous pourrez dormir dans la chambre de Charles. Il a besoin d'un garde du corps. Kathleen, tu iras demain à l'auberge du village pour commander toute notre nourriture. Je ne veux prendre aucun risque.

— Et ce soir ?

— Je suis trop bouleversée pour avaler quoi que ce soit, et si Charles se réveille, il sera sans doute de nouveau malade. Il n'est pas rare que les gens victimes de blessures à la tête vomissent. Oh, je n'arrive pas à croire que cela recommence ! gémit-elle en se tordant les mains.

On frappa à la porte.

— C'est Griffith, mademoiselle. Mme Evensong aimerait vous parler si vous êtes disponible.

Louisa fut déçue. Elle s'attendait que ce soit le Dr Fentress.

— Je vais la rejoindre dans le salon. Kathleen, s'il te plaît, reste ici pour veiller sur Charles et préviens-moi au moindre changement.

Louisa se pencha pour donner au blessé un long baiser dans l'espoir qu'il se réveille telle la Belle au bois dormant ou Blanche-Neige. Hélas, sans succès.

Mme Evensong s'était habillée pour le dîner, qui avait été retardé. Elle portait une jolie jaquette de velours noir et des gants bordés de dentelle de même couleur. Elle était étonnamment mince pour une femme de cet âge.

— Asseyons-nous, ma chère, proposa-t-elle d'emblée. Vous devez être morte d'inquiétude.

Louisa s'installa avec elle sur le divan.

— Il m'a demandée en mariage et j'ai accepté, avoua-t-elle sans ambages. Je ne veux pas le perdre !

— Je ne vais pas vous retenir loin de lui trop longtemps, mais je voulais vous dire que je fais tout ce qui est en mon pouvoir pour découvrir ce qui se trame à Rosemont. Il ne faudrait pas que d'autres accidents surviennent. Si ma mission n'a pas été couronnée de succès d'ici demain ou après-demain, il vaudra mieux partir dès que le capitaine Cooper sera suffisamment rétabli.

— Je suis d'accord, mais Charles est si têtu. Il trouvait que fuir en laissant tante Grace régner à Rosemont constituait une lâcheté. Seulement, s'il lui arrivait malheur…

Louisa fut incapable d'achever sa phrase. Charles était devenu si important pour elle qu'elle ne pouvait concevoir la vie sans lui.

— J'espère que tout va rentrer dans l'ordre. Et soyez vous-même vigilante. Cette balle vous était peut-être destinée, qui sait ? Je suis invitée à boire un verre de xérès avec votre tante. Nous nous méfions l'une de l'autre et nous allons faire plus ample connaissance. Mais d'abord, un petit tour à l'office s'impose. Mon agence a placé plusieurs domestiques ici. Je vais aller leur poser quelques questions et voir si certains ont des choses à me raconter en ces temps où les plaisantins pullulent. Les domestiques sont toujours au courant de tout.

Les plaisantins. Un doux euphémisme. Cette fois, on leur avait tiré dessus ! Louisa n'oublierait jamais le moment où elle avait senti le corps inerte de Charles s'appesantir sur le sien.

Évidemment, cela aurait pu être pire.

— J'ai une idée, dit-elle soudain.

— Laquelle, ma chère ?

— Quand Charles reprendra conscience, il pourrait feindre d'être plus gravement blessé qu'il ne l'est en réalité.

Tout en émettant cette suggestion, Louisa pria intérieurement pour qu'il n'ait aucune séquelle.

— Et ? l'invita à poursuivre Mme Evensong.

— En le voyant si mal, le ou la coupable trahira peut-être une certaine satisfaction, voire de la jubilation. Ou, à l'inverse, exprimera d'une manière ou d'une autre un sentiment de culpabilité. Ou encore oubliera toute prudence et tentera de l'achever. Mais nous le protégerons, bien sûr.

— C'est une bonne idée, je regrette de ne pas y avoir pensé moi-même. Il n'y a plus qu'à espérer que Charles sera en état de jouer le jeu à son réveil. Sur ce, bonne nuit, mademoiselle Stratton. Et restez vigilante.

Dans un élan spontané, Louisa l'étreignit. Sans ses chapeaux noirs monstrueux et son parapluie, elle était beaucoup moins intimidante.

— Merci, madame Evensong.

— Allons, allons, murmura Mme Evensong en tirant un mouchoir de la petite minaudière ornée de perles de jais qui pendait à son poignet. Tenez, gardez-le, j'en ai un autre. Il faut toujours parer à toute éventualité, n'est-ce pas ?

— Je déteste pleurer, dit Louisa après avoir trompeté dans le mouchoir.

— Ne voyez dans les larmes aucun signe de faiblesse. Elles montrent votre force, au contraire. Vous aimez, et c'est une bonne chose. La plupart des gens se contentent de traverser l'existence sans s'attacher à rien ni à personne.

Une expression nostalgique s'inscrivit fugitivement sur le visage lisse de Mme Evensong. Elle se reprit aussitôt, pressa l'épaule de Louisa, puis se leva.

L'idée qu'elle reste quelques jours à Rosemont était rassurante. Quand Louisa l'avait invitée, elle n'avait pas vraiment cru qu'elle accepterait. L'agence de Mount Street représentait une énorme charge de travail, Louisa s'en était rendu compte le jour où elles avaient pris le thé ensemble. Il y régnait une activité trépidante et son réseau d'influence s'étendait sans doute jusqu'au roi Édouard en personne. Les locaux grouillaient de jeunes gens énergiques qui parlaient dans des téléphones ou circulaient entre les bureaux et les machines à écrire. Qui avait pris en main la direction de l'agence durant l'absence de la patronne ? La question intriguait Louisa, mais Mme Evensong venait sans doute de lui livrer une partie de la réponse : en toutes circonstances, elle parait à toute éventualité.

Louisa retourna dans la chambre où elle trouva le Dr Fentress au chevet de Charles, occupé à suturer sa plaie.

— Ah, Louisa, vous voilà ! Ne vous tracassez pas, je n'ai pas perdu la main. La cicatrice se verra à peine. Et cette zone a déjà été lésée auparavant. Comment s'est-il blessé l'œil ? Lors d'un safari, c'est cela ?

— Euh, oui, je crois. Cela s'est passé bien avant notre rencontre. Un de ses compagnons avait la détente facile et ce pauvre Max en a fait les frais... Heureusement pour le lion, bredouilla Louisa.

Kathleen, qui portait le plateau sur lequel reposaient les instruments chirurgicaux, leva les yeux au plafond.

— C'est ce qu'il a raconté au dîner l'autre soir, mais Grace m'avait dit qu'il avait reçu un mauvais coup au cours d'un combat de boxe. Hugh meurt d'envie de tester les talents de votre époux sur un ring, dès qu'il sera remis sur pied.

— C'est vrai, il y a aussi une histoire de coup de poing qui lui a ouvert l'arcade sourcilière. Je confonds peut-être. En tout cas, il ne boxera plus, je le lui ai interdit.

Il fallait mettre un terme à tous ces mensonges. Charles avait raison. Veiller à ce que toutes les versions se recoupent constituait un travail à temps plein.

— Vous devriez le lui rappeler. M. Norwich est tombé sur le poil de votre cousin l'autre jour sans crier gare. Hugh l'avait provoqué, je vous l'accorde, mais à quoi peut-on s'attendre de la part d'un garçon dont tous les rêves s'écroulent ?

— Que voulez-vous dire ?

— Vous savez sûrement que votre cousin voulait vous épouser. C'était son souhait le plus cher, mais aussi celui de sa mère.

— Et je ne comprends absolument pas pourquoi, étant donné que leur passe-temps préféré consiste à me critiquer.

— Ils vous critiquent parce qu'ils tiennent à vous, précisément.

Louisa n'avait pas envie d'entrer dans ce genre de discussion quand la vie de Charles était en danger.

— Quand en saura-t-on un peu plus sur son état ? s'enquit-elle.

— Difficile à dire. En tout cas, il doit rester sous surveillance constante. Je vais passer la nuit ici, mais je suppose que vous voudrez rester à son chevet. Ma gouvernante va être enchantée d'être une fois de plus débarrassée de moi.

La gouvernante. Zut. Mme Lang devait être furieuse parce que Louisa avait omis de la prévenir de la venue de Mme Evensong. Mais elle-même avait été prise au dépourvu. Dès qu'elle aurait une minute, elle irait présenter ses excuses au vieux dragon. À dire vrai, elle aurait préféré lui montrer la porte. La gouvernante avait beau diriger Rosemont de main de maître, Louisa n'était jamais à l'aise sous son regard réprobateur. Elle savait bien qu'elle n'arriverait jamais à la cheville de tante Grace.

Une fois de plus, elle se demanda pourquoi elle était rentrée en Angleterre. Cela dit, si elle était restée en France, jamais elle n'aurait rencontré Charles. Jamais elle n'aurait su ce que c'était que d'être embrassée, caressée avec sensualité, chérie. Il la faisait rire, il l'émouvait. Pendant un an, elle avait fait les quatre cents coups en éludant la réalité. Mais à présent, elle avait toutes les raisons de se calmer et de suivre les élans de son cœur. Car elle en avait un, contre toute attente.

— Merci, docteur. S'il… quand il se réveillera, je vous ferai appeler.

— Vous êtes bien secondée, heureusement. Relayez-vous à son chevet au cours de la nuit, et n'oubliez pas de vous reposer également, conseilla le Dr Fentress en lui tapotant l'épaule. Je laisse ma sacoche et mes instruments ici en cas de besoin, mais ne vous amusez pas à essayer de le soigner vous-même. Sinon pour changer le pansement. Il est susceptible de s'agiter dans son sommeil, et même de devenir violent.

Une fois le médecin parti, Louisa, Kathleen et Robertson échangèrent un regard un peu désemparé.

— Je vais prendre le premier tour de garde, décida Louisa. Kathleen, tu devrais descendre à l'office avec Robertson pour manger quelque chose.

— Si vous êtes sûre de pouvoir vous débrouiller seule pendant ce temps, mademoiselle. Voulez-vous que je vous remonte du thé ?

— Veille juste à ce qu'il ne soit pas empoisonné ! Enfin, j'exagère. Cette histoire de champignons vénéneux était peut-être un accident malencontreux. En revanche, les puces ne sont pas arrivées toutes seules dans la commode de Charles, et je ne crois pas qu'un braconnier rôdant dans le jardin nous ait attaqués.

Elle s'assit près du lit, se pencha pour caresser la joue de Charles.

— Si je tenais vraiment à lui, je l'enverrais au loin, murmura-t-elle.

— Il ne s'en ira pas sans vous, mademoiselle.

Louisa leva un regard surpris sur Robertson qui venait de prononcer ces mots.

— Pourquoi dites-vous cela ?

— Il est venu me voir ce matin, après l'office. Je lui ai dit que s'il avait envie de me balancer son poing dans la figure, à cause de ce que je lui ai fait l'autre soir, il pouvait y aller. Mais c'est un chic type. Il a dit que vous n'aviez pas eu la vie rose en dépit de tout votre argent, et que Kathleen avait eu raison de chercher à vous protéger. Il m'a parlé d'homme à homme. Et j'ai compris qu'il était fou de vous, mademoiselle. Je le sais, parce que c'est ce que je ressens moi-même pour ma Kathleen.

— Robbie, tais-toi ! lui intima Kathleen, rougissante.

— Je ne dis rien d'autre que la vérité. Je n'ai pas de fierté mal placée. Mademoiselle Louisa, nous voudrions nous marier dès que les choses iront mieux. Je sais que ce n'est pas vraiment le moment de parler de cela, alors que vous vous inquiétez tant de la santé du capitaine, mais… il va se rétablir, soyez sans crainte.

— J'espère tellement que vous avez raison.

Louisa se demanda si elle avait l'air aussi niais que Kathleen quand celle-ci regardait son amant avec un sourire béat. Probablement. Il n'y avait rien de tel que l'amour pour vous dépouiller de toute raison et de toute dignité.

Robertson se frappa le front.

— Oh ! Je voulais rendre ça au capitaine ! Vous en aurez peut-être besoin ce soir.

L'air penaud, il pêcha dans sa poche le pistolet de Charles.

— Désolé, marmonna-t-il encore.

— Je sais, tout est la faute de Kathleen, déclara Louisa en fourrant l'arme dans le tiroir de la table de chevet. Allez-y, tous les deux. Et prenez votre temps. Je ne crois pas que je fermerai l'œil de la nuit.

En vérité, elle avait hâte d'être seule avec Charles.

Poings serrés, les yeux clos, elle imagina, comme quand elle était petite, qu'il sautait du lit et allait se poster devant la fenêtre pour contempler l'océan. Ensuite il lui proposerait d'aller se promener sur la plage, seulement vêtue de sa chemise de nuit… Hop, d'un clignement de paupières, elle changeait l'hiver en été, la bise en brise douce au parfum iodé. Elle sentait sous ses pieds nus le sable tiède. Ils marcheraient un moment dans les vaguelettes. Puis Charles lui décocherait ce regard – le clair de lune lui permettait de distinguer son expression – et il ferait passer sa chemise par-dessus sa tête. Il inclinerait son visage vers sa poitrine pour happer la pointe durcie de son sein dans sa bouche. Ses jambes se déroberaient sous elle, mais il la retiendrait sans cesser de la caresser jusqu'à ce que toute pensée déserte son esprit. Ses doigts s'immisceraient entre les pétales de son sexe pour la préparer à ce qui suivrait, ce dont elle se languissait follement, et des étoiles scintilleraient sous ses paupières juste avant qu'il plonge en elle.

La scène lui semblait si réelle que son pouls s'emballa. Elle rouvrit les yeux, scruta le visage de Charles. « Réveillez-vous, réveillez-vous, je vous en supplie ! implora-t-elle en silence. Que ce rêve devienne un jour réalité. »

Tout à coup, il sursauta, puis commença à s'agiter comme si on l'attaquait.

— Non, bon sang, non !

Il poussa un cri guttural, sinistre et, à la grande stupeur de Louisa, se mit soudain à sangloter comme s'il avait le cœur brisé.

— Charles ! Vous rêvez. Réveillez-vous, mon chéri !

Elle voulut le prendre dans ses bras, mais il se débattit et la repoussa. Il lui fallut un long moment pour se calmer et se redresser en position assise, le visage semblable à un masque douloureux.

Comme le silence se prolongeait, Louisa eut peur qu'il ne soit retombé dans une sorte de torpeur hébétée. Elle agrippa sa main inerte.

— Charles, que se passe-t-il ? Qu'avez-vous ?

Une bonne minute s'écoula avant qu'il réponde :

— Je ne sais pas. Rien. Et tout. Vous ai-je fait mal ?

Il libéra sa main.

— Non, bien sûr que non. Vous ne me feriez jamais de mal.

— Croyez-vous ? Vous ignorez de quoi je suis capable.

Il inclina la tête, la secoua et tressaillit.

— Que s'est-il passé ?

— On nous a tiré dessus, mais c'est Chouquette qui a reçu la balle. Un éclat de granit vous a atteint à l'arcade sourcilière.

Il tâta le pansement qui lui recouvrait en partie le front.

— Pouvez-vous approcher la lampe, s'il vous plaît ?

Elle obtempéra, puis, sachant qu'une forte luminosité lui était pénible, elle proposa :

— Je peux aller chercher votre cache-œil si vous voulez. Celui que vous portiez a été abîmé. Vous avez une coupure de l'arcade à la joue, mais pas d'inquiétude, le Dr Fentress l'a suturée. Vous ne risquez pas d'être défiguré.

— Je me fiche de mon apparence, Louisa. À l'instant, j'ai cru que j'avais recouvré une vision normale de l'œil gauche, mais maintenant tout est redevenu comme avant. Peut-être même pire. Je... je ne crois pas que nous devrions nous marier, finalement.

# 36

Les médecins de l'armée lui avaient dit que sa vue était susceptible de s'améliorer un jour, mais il n'avait pas voulu se raccrocher à cet espoir.

Ce jour-là ne viendrait peut-être jamais.

Il pouvait vivre sans voir d'un œil. Mais il ne pouvait vivre avec ses rêves.

À son réveil, sa vision était nette. Précise, même. Et puis l'instant d'après…

Peut-être prenait-il ses désirs pour des réalités. Ou peut-être revivait-il de vieux souvenirs de sa vie d'avant, quand le monde était encore plein de couleurs vives, et non noyé dans un camaïeu de gris.

Ce cauchemar juste avant… c'était horrible !

Louisa, étendue sous lui. Morte.

Comme Marja.

Il était un monstre. Un homme brisé. Comment imposer cela à Louisa ? Ç'aurait été trop injuste !

Il risquait de lui faire du mal, de la tuer peut-être.

Comme il avait tué Marja.

Non, il ne pouvait pas l'épouser.

Et à quoi bon aller à New York s'il n'était même pas fichu de distinguer la colonne des profits de celle des pertes ? De toute façon la plupart des gens se moquaient bien des automobiles. Ils n'avaient pas les moyens de s'en payer une, contrairement à Louisa Stratton. Si Charles prenait la direction de la filiale américaine sans réussir à faire décoller les ventes, les ouvriers se mettraient en grève, l'entreprise ferait faillite...

Et comment demander à Louisa de quitter Rosemont ?

C'était sa maison. Elle avait assez souffert dans sa jeune vie, cette maison lui appartenait, elle devait y trouver sa place. Rien ne devait l'en empêcher, et surtout pas un clochard borgne qui avait la prétention de se hisser au-dessus de sa condition. Après tout, il n'était que fils de contremaître.

Diantre, il était sévère avec lui-même, mais il ne parvenait pas à se débarrasser du sentiment de panique grandissant qui l'envahissait. Son cauchemar avait craquelé le vernis de civilisation sous lequel il se dissimulait pour incarner Maximilian Norwich. Et dessous apparaissait un personnage terrifiant.

Il avait un mal de tête épouvantable. Des nuées de petits points noirs virevoltaient devant ses yeux, et l'ombre grise qui voilait sa vision périphérique était encore plus large qu'à l'accoutumée.

— Vous... vous n'êtes pas sérieux ? balbutia Louisa.

— Au contraire. Vous ne pouvez pas, ne devez pas faire votre vie à mes côtés, Louisa. Vous méritez bien mieux.

— Oh, vous êtes impossible ! N'allez pas décider à ma place de ce que je mérite ou pas. Je sais ce que je veux. Vous !

Il la distinguait mieux à présent. Sa robe était tachée de sang. Son chignon avait glissé sur le côté. Sa précieuse petite princesse avait l'air d'un épouvantail.

Voilà ce qui arrivait à ceux qui passaient du temps avec lui. Ils risquaient la destruction.

La mort.

Il détourna les yeux.

— Ainsi, quelqu'un nous a tiré dessus, murmura-t-il. Cette fois, c'est autrement plus grave que les vis et les puces.

Une tentative de meurtre. Comment être sûr que Louisa serait en sécurité à Rosemont une fois qu'il serait parti ?

Il retint un ricanement. Qui croyait-il abuser ? Depuis le début, il s'était montré incapable de la protéger. C'était elle qui, la moitié du temps, avait dû le soigner.

— C'est grave, en effet. Mais Mme Evensong et moi avons un plan. Je vous en parlerai plus tard. Seulement, n'allez pas croire que je vais vous laisser partir, Charles. Nous discuterons de tout cela quand vous serez redevenu vous-même.

— Je suis moi-même, je vous assure. J'ai retrouvé ma lucidité en comprenant enfin que nous ne pouvions pas nous marier. Cette union serait trop déséquilibrée. Improbable. Incorrecte.

— Vous comptez me réciter tout le dictionnaire ?

— J'ai été fou de vous demander en mariage.

Il ferma les yeux. Les points noirs continuèrent de danser sous ses paupières. Bien sûr, il pouvait partir seul pour New York, réussir à force de travail, faire fortune… et revenir.

Non. Jamais il ne serait digne d'elle.

— Lâche !

Il rouvrit vivement les yeux.

— Je vous demande pardon ?

— Voilà que vous recommencez à vous apitoyer sur votre sort. Je croyais ce temps-là révolu ?

— Apparemment pas, rétorqua-t-il d'un ton amer.

Il avait l'impression que les quelques jours qui venaient de s'écouler n'avaient été qu'un rêve. De nouveau, le désespoir le submergeait.

Le regard réprobateur de Louisa pesait sur lui.

— Comme je vous l'ai dit, nous discuterons de notre mariage plus tard, décréta-t-elle. Pour l'heure…

— Il n'y a aucune raison d'en discuter. Je retire ma demande, et vous devriez danser de joie.

— Ne me dites pas ce que je dois faire, vous savez très bien que je ne le supporte pas. Vous êtes en train de me chercher querelle, Charles, je m'en rends parfaitement compte.

— Remerciez plutôt votre bonne étoile d'être débarrassée de moi. Maintenant que Mme Evensong est là, mon rôle devient superflu.

Louisa laissa échapper un soupir las.

— Il est de toute évidence inutile d'essayer de vous raisonner. Fort bien. Je vous ai engagé pour tenir un rôle, et je vais avoir besoin de vous très bientôt. Ensuite, si vous souhaitez toujours partir, je ne peux pas vous en empêcher, pas vrai ? fit-elle avec un geste d'impuissance. Vous êtes libre. Si tel est votre choix, retournez à Londres vivre dans votre chambre…

— Le mot que vous cherchez est « sordide ».

— Si vous le dites. Vous êtes champion de vocabulaire depuis peu. Je ne vais pas gaspiller ma salive à me disputer avec vous. Je ne perds pas espoir qu'on vous tire dessus encore une fois et que cela vous ramène à la raison.

Miséricorde. Elle était persuadée qu'il s'agissait d'une saute d'humeur, qu'il se raviserait. Que fallait-il donc pour la convaincre qu'ils n'étaient pas faits l'un pour l'autre ?

— Vous allez avoir besoin de mes services, mademoiselle Stratton ? Que vais-je devoir faire ? J'espère que vous ne mégoterez pas sur mon cachet. Maintenant que je ne suis plus le gigolo d'une héritière, il faut bien que je gagne ma croûte.

On ne pouvait faire plus brutal et plus mufle. Ça lui apprendrait.

Comme elle ne réagissait pas, il porta le coup de grâce :

— Savez-vous quand votre ancien amant nous fera l'honneur d'une visite ? C'est bien lui le magistrat local, non ?

Elle ne cilla pas, mais il aperçut le bout de sa langue à la commissure de ses lèvres, seul signe visible que ses paroles commençaient à la perturber.

— Je ne pense pas que quiconque ait songé à prévenir les autorités. Oui, sir Richard est magistrat, mais je n'ai aucune envie qu'il vienne fourrer le nez dans les affaires de Rosemont.

Elle aurait dû être furieuse contre lui. Il se comportait comme un goujat, mais n'osa pas aller plus loin. À chaque parole hostile prononcée, la douleur augmentait dans sa tête.

Et dans son cœur.

Louisa finirait bien par comprendre qu'elle commettait une énorme erreur en persistant à vouloir l'épouser.

— Louisa, quelqu'un nous a tiré dessus. Quelqu'un qui vit sous ce toit. Cette personne doit être arrêtée et punie.

Dire qu'elle aurait pu être blessée ! Cette idée le révulsait et le faisait trembler de fureur. Son regard tomba sur sa main qu'il mourait d'envie de saisir. Elle portait l'alliance toute simple achetée par Mme Evensong. Comme il aurait aimé pouvoir un jour glisser un anneau à son doigt en prononçant ses vœux.

Louisa secoua la tête.

— Je ne pense pas qu'on voulait vraiment nous tuer. Nous n'étions pas tout près de la gargouille.

— Il faisait sombre. Un tireur malhabile aurait pu louper son coup. Et un tireur d'élite aurait pu faire exprès de rater sa cible. Je suppose que votre cher cousin Hugh sait manier le pistolet depuis son plus jeune âge ?

— Oui. Mais… je n'arrive pas à croire qu'il puisse commettre un tel acte. Les puces sont bien plus son genre.

— Tous ces « accidents » sont des avertissements. Même Kathleen et Robertson n'avaient pas d'autre but. On veut me – nous – pousser à partir. D'ailleurs, votre gouvernante a demandé si vous comptiez bientôt retourner en France.

— Alors faisons-le. Je ne supporte pas l'idée qu'il puisse vous arriver quelque chose.

— Vous perdez votre temps à vous inquiéter pour moi. Vous êtes ici chez vous. Moi, je m'en irai dès que je serai en état de voyager ou que j'en aurai terminé avec ce pour quoi vous m'avez engagé.

Louisa s'en remettrait. Elle était riche, belle, pleine de vie. Elle trouverait un homme de sa condition, fortuné, quelqu'un qui ne serait pas affligé de tares, qui ne risquerait pas de la faire souffrir.

Ni d'être un fardeau pour elle.

— Vous avez donc un plan pour démasquer le coupable ? reprit-il. Expliquez-moi cela.

— Vous allez faire semblant d'être devenu aveugle.

Charles éclata d'un rire rauque qui lui vrilla douloureusement le crâne.

— Je n'aurai pas à me forcer beaucoup. Ma vue a encore baissé.

— Elle va redevenir normale, j'en suis sûre.

Évidemment. Louisa Stratton vivait dans un monde où toutes les fantaisies étaient possibles.

— Auriez-vous fréquenté les bancs de la faculté de médecine pendant que j'étais inconscient ?

Ignorant le sarcasme, elle enchaîna :

— Nous voulons surveiller les réactions des gens, ce sera sans doute instructif. Mme Evensong va interroger le personnel, et je l'y aiderai. Elle est astucieuse et perspicace.

— Vous pensez vraiment que ça va marcher ? Qu'ils vont vous révéler tous leurs petits secrets ? C'est absurde ! Et moi, pendant ce temps, je suis censé me cogner dans les meubles ? Il va vraiment falloir m'augmenter !

— Je ne vous demande pas de vous casser la figure toutes les trois minutes. Et Robertson ne vous quittera pas, au cas où le tireur s'en prendrait de nouveau à vous.

— Merveilleux. Nous nous ferons descendre tous les deux et il faudra que vous vous expliquiez avec Kathleen. Je n'aimerais pas être à votre place à ce moment-là.

Louisa n'avait pas quitté la chambre malgré toutes les horreurs qu'il lui avait dites. Têtue comme une mule, elle s'était endormie dans le fauteuil.

Il était maintenant minuit passé. Pour sa part, Charles n'était pas près de fermer l'œil. Il avait mal au crâne et la couverture sur sa poitrine lui donnait l'impression d'être pris dans un étau.

Il partirait demain, après s'être livré à cette ultime mascarade. Louisa pourrait alors annoncer qu'elle se séparait de lui. Qui voudrait d'un aveugle pour époux ?

Kathleen et Robertson s'étaient déjà arrangés pour laisser entendre à l'office qu'il était devenu complètement miraud. Ce soir, Louisa les avait libérés pour leur permettre de passer la nuit ensemble, dans l'appartement de Robertson. La vieille Mme Lang n'avait pas besoin de savoir que Kathleen ne dormait pas sagement dans le dressing de sa maîtresse.

Kathleen avait été enchantée de jouer ce tour à la gouvernante.

— Quelle plaie, celle-là ! Ça me fait bien plaisir de la duper, avait-elle jubilé.

Louisa, plus charitable, avait déclaré que Mme Lang était sans doute énervée par le chaos qui régnait à Rosemont. À quoi Kathleen avait rétorqué que la vieille bourrique ne se souciait de rien, hormis du bien-être de Grace qu'elle passait son temps à dorloter.

On frappa doucement à la porte. Pelotonnée sous sa couverture, Louisa ne réagit pas. Charles se redressa.

— Entrez.

Kathleen pénétra dans la chambre, un bougeoir à la main. Voyant que Charles était torse nu, elle détourna vivement les yeux.

— Je vous demande pardon, capitaine, chuchota-t-elle, mais il faut absolument que je réveille Mlle Louisa. Il s'est passé quelque chose.

— Quoi donc ? Êtes-vous vraiment obligée de la déranger ?

— Oh oui ! Ses plantations, dans le jardin d'hiver. Quelqu'un a tout saccagé !

Charles revit la serre magnifique et sa végétation luxuriante. Louisa adorait ses fleurs, les seules choses qui lui aient manqué lorsqu'elle était au loin.

Les salopards.

— Toutes les plantations ?

— Non, surtout les orchidées. Ses fleurs préférées. On les a arrachées, jetées par terre et piétinées. Griffith est presque en deuil. C'est lui qui a pris l'initiative de veiller sur les plantes pendant notre absence, et il s'est vraiment donné du mal. Celui qui a fait ça a pris soin de ne pas briser les pots pour ne pas attirer l'attention.

— Il ne se contente apparemment pas des méfaits qu'il a déjà commis, commenta Charles, la mine sombre.

Cela dit, comment Kathleen avait-elle appris l'incident, puisqu'elle était supposée passer la nuit avec Robertson au-dessus du garage ?

À moins qu'ils ne soient là aussi impliqués.

— Mme Lang attend les instructions de Mlle Louisa avant de donner l'ordre aux domestiques de nettoyer tout ce gâchis. On peut peut-être encore sauver quelques spécimens.

Kathleen n'avait pas l'air coupable, juste fatigué, comme si elle avait très peu dormi.

— Comment se fait-il que vous soyez debout ? voulut savoir Charles.

— Je suis allée à l'office préparer des sandwichs, et je suis tombée sur Mme Lang qui effectuait sa dernière ronde. Alors j'ai menti en disant qu'ils étaient pour Mlle Louisa et vous.

Une explication plausible. Mais était-elle vraie ?

— Bien, dites à Mme Lang d'attendre un peu. Je vais réveiller Louisa et nous descendrons. Faites rassembler tous les domestiques qui logent sous ce toit. Et demandez aussi à Mme Evensong de venir.

Kathleen écarquilla les yeux.

— À cette heure, monsieur ? Il est plus d'1 heure du matin ! La plupart des domestiques prennent leurs fonctions à 5 heures. Et Mme Evensong est une invitée, je ne sais pas si…

— Dites aux serviteurs qu'ils auront la permission de dormir deux heures de plus.

— Mme Westlake ne sera pas contente.

— Je m'en moque. Il est grand temps d'en finir avec ces absurdités. Il faut battre le fer tant qu'il est chaud, comme on dit.

La mine dubitative, Kathleen hocha néanmoins la tête et se retira.

Maudissant Rosemont et tous ses habitants, Charles enfila un pyjama et une robe de chambre. Puis il se pencha sur le fauteuil.

— Louisa, réveillez-vous.

— Pas tout de suite, marmonna-t-elle. Ce n'est pas déjà le matin, quand même ?

— Non, mais j'ai de mauvaises nouvelles. Enfin, tout le monde va bien à Rosemont, tranquillisez-vous. Quelqu'un doit même se réjouir en secret.

Elle soupira, ouvrit les yeux.

— Qu'y a-t-il ?

— Un vandale a saccagé le jardin d'hiver. Il faudrait que vous descendiez pour constater l'étendue des dégâts et sauver ce qui peut encore l'être.

Elle se redressa abruptement.

— Cela suffit. Nous partons aujourd'hui même. Je ne supporte plus ce… ce cirque. Je hais Rosemont ! Je n'ai jamais été heureuse ici, sauf quand j'étais bébé, et un bébé ne se rend compte de rien.

— Je ne partirai pas tant que nous n'aurons pas élucidé cette affaire. Vous désiriez interroger les domestiques. J'ai ordonné qu'on les rassemble. Kathleen est en train de réveiller tout le monde.

— Vous voulez que je parle aux domestiques maintenant ? En pleine nuit ?

— Oui. Le coupable n'est pas couché depuis longtemps. Je ne parle pas de Grace ou de Hugh, je ne les imagine pas se salir les mains, même pour vous nuire, et même si au fond je souhaiterais qu'ils soient derrière tout cela. Allons, habillez-vous.

— Vous me donnez encore des ordres, fit remarquer Louisa d'un ton d'avertissement.

Charles l'ignora.

— Nous arrivons au bout du chemin, Louisa. Cette nuit, nous allons affronter les domestiques, et demain

Mme Evensong vous fera son rapport sur votre situation bancaire.

— Je peux bien être ruinée, je m'en moque totalement ! s'exclama-t-elle en nouant la ceinture de son peignoir.

— Ne dites pas de bêtise. Je veux être payé, moi. Dieu sait que j'ai mérité mon salaire.

Ce n'était pas facile de jouer les sales types sarcastiques, mais il faisait de son mieux.

Il refusa la main que lui tendait Louisa pour le guider et gagna le rez-de-chaussée en trébuchant, les mains tendues devant lui.

Lorsqu'ils entrèrent dans la serre, les yeux de Louisa s'emplirent de larmes. À cette vue, Charles sentit son cœur se briser. Il dut faire appel à toute sa volonté pour ne pas aller la prendre dans ses bras. Il avait un rôle à jouer, pas vrai ? Or il était censé être aveugle désormais.

# 37

Louisa domina son émotion. Elle n'allait pas s'effondrer devant tous ces gens à cause de simples fleurs, quand même. On la prendrait pour une folle. En ce monde, les gens étaient confrontés à de vrais problèmes.

Il y en avait partout, des plantes écrasées et des domestiques à moitié endormis. Grace n'avait pas lésiné sur les embauches afin que la maison soit parfaitement tenue.

Louisa planterait d'autres orchidées. Elle avait de l'argent, même si une certaine partie de ses comptes était siphonnée par un indélicat. Ce dont elle manquait en ce moment, en revanche, c'est de patience.

Charles lui donnait du fil à retordre. Elle ignorait quelle mouche l'avait piqué depuis qu'on lui avait tiré dessus, mais il fallait y mettre bon ordre.

Elle n'avait pas décidé de l'épouser sur un coup de tête. Elle commençait à le connaître maintenant. Certes, il n'était pas toujours facile et ne le serait jamais. Son passé était trop lourd pour être effacé par quelques baisers. Ils avaient cela en commun, même si Louisa se savait moins fragile que lui sur ce plan. Les hommes n'aimaient pas se sentir vulnérables. Ils étaient supposés traverser l'existence au pas de charge en hurlant des ordres et en cassant tout sur leur passage, éventuellement pour tout réparer ensuite de leurs doigts malhabiles. Un homme devait toujours rester maître de lui, afficher une force inébranlable. Et quand il ne braillait pas, il devait se taire.

Louisa pensait avoir renoncé aux hommes depuis longtemps, mais Charles l'avait réconciliée avec l'amour. Et quoique circonspecte au début, désormais, elle n'envisageait plus sa vie sans lui.

Il était possible qu'il ne recouvre jamais une vision normale. Et après ? Il n'était pas obligé de la voir pour la toucher – jusqu'à présent, il s'était débrouillé aussi bien la nuit que le jour. Et il ne serait pas obligé de chercher un emploi puisqu'elle avait de l'argent à ne plus savoir qu'en faire.

Lui, bien sûr, ne voyait pas les choses ainsi. D'ailleurs, en cet instant, il faisait beaucoup d'efforts pour prouver qu'il ne voyait rien du tout. Ses tâtonnements et gesticulations impressionnaient fort les domestiques, qu'on avait rassemblés dans la bibliothèque. Ils regardaient ce spectacle affligeant comme une tragédie shakespearienne. Et Louisa soupçonnait Charles d'avoir flanqué volontairement un coup de coude dans les côtes de cette pauvre Mme Lang, quelques minutes plus tôt.

La gouvernante s'était mise hors de portée d'un bond, et ses clés avaient cliqueté à sa ceinture.

C'était là que Louisa avait eu une illumination.

Saperlipopette !

Les domestiques étaient enfermés la nuit dans leurs dortoirs respectifs, les hommes avec les hommes, les femmes avec les femmes. Louisa s'était du reste demandé si cela ne risquait pas d'être dangereux. Comment pourraient-ils évacuer les lieux en cas d'incendie, par exemple ? Mais Grace était demeurée intraitable. Personne ne devait traîner dans les couloirs de Rosemont passé une certaine heure. Et personne n'avait le droit de batifoler sous son toit.

Tante Grace passait son temps à séquestrer les gens. Cela lui procurait sans doute un sentiment de toute-puissance.

Louisa prit la parole, présenta Mme Evensong à ceux qui ne la connaissaient pas encore et expliqua qu'elle avait des questions à leur poser.

— Griffith, confirmez-vous que le personnel masculin était enfermé ce soir ?

— Oui, mademoi... madame Norwich. Et avant de venir, j'ai vérifié toutes les portes qui ouvrent sur l'extérieur. Aucune n'a été forcée.

Hum. Kathleen était entrée par le garage, mais Louisa ne jugea pas utile de donner cette précision, au risque de heurter le majordome. Futée comme elle l'était, Kathleen avait sûrement plusieurs jeux de clés. Et elle n'était sans doute pas la seule à Rosemont.

Louisa étudia les visages aux traits tirés par la fatigue. Aucun n'attira son attention en particulier. Et à sa connaissance, elle n'avait de contentieux avec personne.

Pourtant, s'attaquer à ses plantes revenait à l'agresser directement. Grace aurait pu commanditer ce forfait, mais plus elle y pensait, moins elle y croyait.

Mme Evensong avait pris place sur le sofa capitonné. Ses cheveux gris étaient relevés en un chignon impeccable, comme si elle n'avait pas posé la tête sur l'oreiller de toute la nuit.

— Vous répondez donc des hommes ? demanda Mme Evensong au majordome.

— Sur ma vie. Je me fais peut-être vieux, mais je connais mes devoirs. Je suis vraiment désolé pour vos orchidées, madame Norwich. Je les avais tellement dorlotées pendant votre absence.

Le majordome avait l'air encore plus bouleversé qu'elle-même, songea Louisa.

— Madame Lang, pouvez-vous nous donner la même assurance concernant les femmes ? demanda-t-elle à la gouvernante.

— Bien sûr, hormis pour votre femme de chambre, que j'ai trouvée dans la cuisine tout à l'heure. Elle m'a dit qu'elle était venue préparer des sandwichs pour votre époux et vous.

À en juger par son ton, il était clair que Mme Lang voyait en Kathleen une coupable toute désignée. Heureusement Robertson n'était pas là, sinon il n'aurait pu s'empêcher de défendre l'honneur de sa bien-aimée. Mais il était dans sa chambre, au-dessus du garage, et se demandait probablement où étaient passés ses sandwichs.

— En effet, je lui ai réclamé un en-cas, confirma Louisa. Vous comprenez, depuis qu'il ne voit plus clair, le cap… mon mari préfère manger des sandwichs. C'est plus facile pour lui.

Elle referma la main sur celle de Charles. Devant tous ces gens, il ne pouvait pas l'envoyer paître.

— Qui est-ce ? s'enquit-il en fronçant les sourcils.

— C'est moi, mon chéri. Ne vous inquiétez pas, je vais prendre soin de vous. Moi aussi, je connais mes devoirs. Pour le meilleur et pour le pire, riche ou pauvre, malade ou valide, jusqu'à ce que la mort nous sépare.

Cette déclaration déclencha quelques soupirs dans l'assemblée. De son côté, Mme Evensong devait scruter les expressions. Qui était ému ? Qui se retenait de ricaner ?

Charles lui serra la main, si fort qu'il lui fit mal. Puis il s'inclina vers elle dans l'attitude d'un mari aimant.

— Vous en faites trop, lui chuchota-t-il à l'oreille.

Son souffle tiède lui chatouilla le cou et déclencha une vague de frissons. Il était si proche et cependant si distant. Louisa leva la main pour lui caresser la joue en un geste de tendresse toute conjugale.

Il se raidit imperceptiblement.

— Parlez, vous, si vous pensez faire mieux que moi, répliqua-t-elle sur le même ton. Et était-il nécessaire de briser ce vase, dans le couloir ?

— Vous vouliez du spectacle, je vous en donne. Ce vase était affreux.

— Surveillez les visages. Personne ne se méfiera puisqu'on vous croit aveugle.

— J'ai déjà des soupçons.

— Sur qui ?

— Pas maintenant.

Il s'était renfrogné. Louisa laissa retomber sa main.

Elle pria les domestiques de sortir et d'attendre leur tour dans le couloir. Ils obtempérèrent en traînant les pieds. Certains avaient l'air impressionnés, d'autres contrariés. D'autres encore semblaient trop épuisés pour seulement se demander ce que leurs maîtres leur réservaient encore.

Charles demeura à son côté, morose et silencieux, tandis que, sous la férule de Griffith, les employés défilaient pour être interrogés un à un.

Peu avaient accès à l'armurerie, mais l'un d'eux pouvait avoir subtilisé les clés. Quant au jardin d'hiver, il était ouvert à tous. Mme Evensong posait des questions aussi concises que précises. Bien entendu, chacun jura de son innocence et Louisa sentit bientôt sa frustration augmenter. À quoi s'attendait-elle donc ? Ç'aurait été bien commode, en effet, qu'un valet tombe à genoux sur le tapis turc sous le poids des remords. Elle avait été bien naïve de croire que son plan fonctionnerait. Et à présent, elle se sentait juste lasse et engourdie.

Mme Evensong venait de se retirer de son pas alerte. Elle était décidément infatigable. Louisa s'attarda dans le canapé, lovée contre Charles qui s'était endormi un peu plus tôt, assommé d'ennui par ces interrogatoires qui se succédaient sans rien donner.

Dans son sommeil, il s'était détendu, et sa tête reposait sur l'épaule de Louisa. Mais il ne fallait pas voir là une marque d'affection. Les soldats avaient l'habitude de s'endormir n'importe où, dans n'importe quelles conditions, afin de récupérer au plus vite.

Charles l'aimait, Louisa en était certaine, mais cela ne l'empêcherait pas de partir. Et il était aussi têtu qu'elle. De toute façon, il était libre. Elle ne pouvait rien lui interdire, mais elle aurait tant voulu le convaincre qu'ils avaient un avenir ensemble.

L'argent ne le ferait pas changer d'avis, et elle ne l'aurait pas aimé s'il en avait été autrement.

Elle pouvait toujours utiliser son corps comme argument, et l'idée était plutôt tentante, mais la méthode semblait un peu fourbe et désespérée. De surcroît, elle manquait quelque peu d'expérience dans ce domaine.

Elle n'avait donc plus qu'une seule solution : la vérité. Elle devait lui dire qu'elle était amoureuse de lui et ne pouvait envisager la vie sans lui. Il le savait déjà, mais elle le lui répéterait, encore et encore, jusqu'à lui faire entendre raison. Alors ils pourraient affronter leurs démons ensemble.

Car il n'était pas le seul à faire des cauchemars.

L'horloge sonna 3 heures.

— Charles, appela-t-elle dans un souffle.

Elle ne s'inquiétait pas à l'idée qu'on l'entende prononcer son vrai prénom – les domestiques étaient retournés se coucher, avec la permission de se lever plus tard le lendemain. Louisa affronterait tante Grace à ce sujet.

Avant de rejoindre elle-même sa chambre, Mme Evensong avait comparé ses notes à celles de Louisa. Toutes deux avaient abouti à la même conclusion concernant une personne bien précise. Celle-ci avait eu l'occasion d'agir, et avait également un mobile. Des mots qui semblaient tout droit sortis d'une enquête policière.

— Charles, réveillez-vous.

Elle n'allait pas le laisser passer la nuit sur le sofa.

Elle voulait qu'il dorme dans son lit, dans ses bras. Elle avait commencé sa nuit dans le fauteuil, mais n'avait aucune envie d'y retourner.

Les paupières de Charles frémirent. Puis il tressaillit violemment, comme s'il avait posé la main sur un poêle brûlant.

— Désolé, mademoiselle Stratton, je me suis endormi. C'est impardonnable de ma part.

*Mademoiselle Stratton ?* Oh, Charles ! Comme si cette froideur pouvait suffire à la rebuter.

— Vous avez eu une journée difficile, capitaine. Je vous pardonne. Alors, quel est votre avis ?

— À quel sujet ?

Il se leva. Il avait une mine délicieusement chiffonnée.

— Les interrogatoires, idiot ! Mme Evensong et moi nous sommes concertées, et nous sommes quasiment sûres que le coupable est…

— Kathleen, bien sûr.

— Kathleen ? se récria Louisa en bondissant sur ses pieds. Ne soyez pas ridicule. Elle n'a rien à voir là-dedans.

— Nous ne pouvons pas nous disputer ici, on va nous entendre.

Il avait raison, le bougre.

— D'accord, mais ne croyez pas vous en tirer à si bon compte. Comment osez-vous l'accuser ? chuchota-t-elle furieusement.

Charles tapota son menton râpeux.

— Voyons voir… Un coup de matraque. Des vis dans le tapis de selle. Les champignons. Les puces. J'admets qu'elle ne doit pas savoir manier une arme à feu, néanmoins elle a pu envoyer Robertson faire le boulot à sa place. Elle le mène par le bout du nez. Et elle seule a pu déambuler dans la maison à sa guise, alors que toutes les autres filles étaient bouclées dans leurs quartiers. Il est évident que c'est elle.

Il se leva, quitta la bibliothèque et fonça vers l'escalier qu'il gravit d'un pas martial, si vite que Louisa eut du mal à le rattraper.

— Non, cela n'a rien d'évident ! siffla-t-elle. Vous vous trompez sur toute la ligne.

— Au contraire, je vois clair ! Enfin, façon de parler.

— Vous êtes dans l'erreur la plus totale, vous ne pourriez pas l'être plus, même si vous aviez un troisième œil au milieu du front ! Kathleen et Robertson se sont confessés de leur plein gré, ils ont présenté leurs excuses.

À bout de souffle, Louisa claqua la porte de leur chambre et donna un tour de clé.

— Des paroles en l'air que tout cela, objecta Charles, avant de pousser la commode contre le battant.

— Oui, et les paroles en l'air, c'est votre spécialité ! Vous avez demandé ma main, et puis vous vous êtes ravisé. Après m'avoir fait croire que vous… vous m'aimiez ! hoqueta-t-elle.

Elle arracha son peignoir, envoya une pantoufle valser à l'autre bout de la pièce.

— Vous serez bien mieux sans moi, rétorqua-t-il d'une voix sourde.

— Qui dit cela ?

— Moi, petite dinde. Je ne sais pas ce qui m'a pris de croire que nous pouvions aller jusqu'au mariage.

— Mais nous sommes faits l'un pour l'autre ! cria-t-elle, à bout. Vous ne le voyez donc pas ?

Il s'approcha, la saisit par les coudes.

— Ce que je vois, c'est que je ne peux pas vous épouser. Je suis incapable de vous protéger, mais heureusement ce ne sera bientôt plus nécessaire. Mme Evensong et vous n'allez pas tarder à résoudre ce mystère. Puis vous prendrez la direction de Rosemont, et vous finirez par dénicher un brave gars qui fera vos quatre volontés et écoutera votre babillage incessant sans broncher.

Louisa contempla son beau visage las.

— Arrêtez, Charles. Je vous en prie. Rien ne m'empêchera de vous aimer. Alors je vous en supplie, dites-moi ce qui vous torture vraiment.

# 38

Il s'assit sur le lit. Cette nuit ne finirait donc jamais ?

— Que dire ? Je me suis déjà expliqué.

— Non, ce n'est pas vrai !

Louisa s'assit près de lui.

S'il décrivait ses cauchemars, il était sûr d'anéantir les espoirs puérils de Louisa. Mais sa langue semblait paralysée. Les mots étaient puissants. Il n'avait pas envie de libérer ces images infernales et de lire l'horreur et la pitié dans le regard de Louisa.

La peur aussi.

Une fois de plus, il se déroba.

— Non, je ne peux pas.

— Charles, j'ai passé des années sans personne à qui parler. Puis j'ai connu Kathleen et les choses se sont arrangées. Cela soulage de se confier à quelqu'un, vous savez.

— Vous êtes psychiatre, maintenant ?

— Ne vous moquez pas de moi. Je vous aime et rien de ce que vous pourrez dire ne saurait me détourner de vous. À moins que vous ne m'aimiez pas en retour.

Ç'aurait été si simple de proférer ce mensonge-là. Mais il en était incapable.

Il lui prit la main.

— Vous savez que je fais des cauchemars.

Elle hocha la tête.

— Parfois, ils me paraissent plus vrais que la réalité. Je ne sais jamais à quel moment ils peuvent survenir. Ils sont... horribles ! Et j'ai peur de vous faire du mal, Louisa.

— C'est tout ? fit-elle en battant des paupières.

— Cela ne vous suffit pas ? Non, ce n'est pas tout. Nous venons de deux mondes très différents. En m'épousant, vous commettriez une mésalliance.

— Au nom du Ciel, Charles, vous êtes si snob !

— Pas du tout ! se défendit-il, piqué au vif.

— Ne me parlez pas de la barrière de classe. Nous ne vivons pas aux Indes et vous n'êtes pas un intouchable ! Le XXe siècle est devant nous. Les choses sont en train de changer.

Elle s'exprimait avec une telle conviction. Lequel des deux se voilait la face ?

— Louisa, vous ne comprenez donc pas ? Cela n'a aucune importance que je vous aime. Nous ne pouvons pas nous marier.

— L'amour est la seule chose qui compte, protesta-t-elle en lui enfonçant ses ongles dans le bras. Le reste n'est que... poussière. Du vent. Je sais que vous souffrez, que vous avez été témoin d'ignominies que je n'ose même pas imaginer. Et si vous ne voulez pas les évoquer, rien ne vous y oblige. Nous pouvons demeurer l'un près de l'autre et garder le silence le reste de notre vie, l'important, c'est d'être ensemble.

— Et si je vous tue pendant mon sommeil ?

Elle eut le culot de rire.

— Eh bien, nous ferons chambre à part, si cela peut vous rassurer. Du moment que vous me rendez visite régulièrement.

— Louisa, ce n'est pas drôle. Je peux... je *suis* quelqu'un de violent.

— Je sais.

Excédé, il lança :

— Bon sang, si je vous disais que je suis Satan en personne…

— Alors il faudrait que je pèche encore davantage pour pouvoir passer l'éternité auprès de vous. Charles, je vous aime. Les événements du passé n'ont servi qu'à nous rapprocher. Je ne suis plus cette fille fantasque et superficielle, et vous n'êtes plus cet ivrogne dépenaillé. Mais nous aimerions-nous aujourd'hui si nous n'avions pas été ainsi ?

— Je n'ai pas dit que je vous aimerais pour toujours, marmonna-t-il, têtu.

— C'est inutile. Je le sais.

Voilà qu'elle recommençait.

— Je ne peux pas me débarrasser de vous, pas vrai ? soupira-t-il. Pas même dans votre propre intérêt.

— Laissez-moi juge de ce qui est bon pour moi, Charles Cooper. Et sachez que vous êtes bon pour moi.

— Oh, Louisa…

Une flamme minuscule s'alluma dans le cœur de Charles. Était-il possible de trouver le bonheur ? Il ne savait plus où il en était.

Devait-il accepter la proposition de George et partir pour l'Amérique avec Louisa ? Étaient-ils à l'aube d'une nouvelle vie dans ce siècle de modernité auquel elle croyait tant ?

Il ne connaissait rien aux voitures ni au milieu des affaires, mais il pouvait apprendre.

Ou était-il fou de lui demander de quitter Rosemont, ses tourelles, ses gargouilles et ses roses ?

— Si vous pouviez aller n'importe où, prendre un nouveau départ, où iriez-vous ? lui demanda-t-il à brûle-pourpoint.

— Eh bien, avant tous ces événements – avant de faire votre connaissance –, j'avais envie d'aller à New York.

Quelle coïncidence ! Charles s'efforça de maîtriser l'excitation joyeuse qui montait en lui.

— Vraiment ?

— Vous savez que ma mère était new-yorkaise.

— Oui, vous l'avez mentionné.

— Mais je ne veux pas vivre une valise à la main toute ma vie. Soyez sans crainte, je ne continuerai pas d'écumer le monde quand nous serons mariés.

— Quand nous serons mariés, répéta-t-il.

Elle semblait si sûre d'elle. C'était donc si simple, vraiment ?

— J'aimerais avoir une maison, reprit-elle. Faire mon nid. Kathleen n'aime pas voyager, de toute façon. Une fois qu'elle aura épousé Robertson, elle ne voudra plus m'accompagner. À propos, allez-vous admettre que vous faites fausse route en ce qui la concerne ?

— Peut-être...

Il avait la tête qui tournait, tout à coup.

— Pourquoi m'avez-vous demandé où je souhaitais partir ? Se pourrait-il que j'aie réussi à vous convaincre de m'épouser ? fit-elle en souriant.

Il lui pressa la main. Ses résistances étaient en train de céder.

— Vous êtes très persuasive, Louisa. Mais je m'expliquerai plus tard. Quand nous serons arrivés au bout du bout. Si, à ce moment-là, vous désirez quitter Rosemont, je crois que je connais l'endroit où nous pourrions aller.

Il ne pouvait pas lui parler de cette offre qui lui était faite alors qu'il n'avait pas encore pris la moindre décision. Il lui semblait quand même aberrant de diriger une filiale automobile en n'ayant pas la moindre compétence en mécanique.

Il pourrait toujours demander à Louisa de lui apprendre à conduire – même s'il était conscient des risques courus ! Il retrouverait alors son ancienne vie. Non, celle-ci ne valait pas tripette. Ce serait une nouvelle vie.

Pour oublier, il avait bu jusqu'à la stupeur. Cela n'arriverait plus. Il vivrait auprès de la femme qu'il aimait. Et il réfléchirait à l'éventualité de publier son journal intime. Si sa parole pouvait changer un tant soit peu les choses dans les guerres qui ne manqueraient pas de survenir, cela valait le coup.

— Charles, vous n'allez pas me laisser sur le gril !

— C'est mon secret, pour le moment. Et vous pourrez bien m'embrasser autant que vous voudrez pour me soutirer des renseignements, je ne dirai rien.

— Vous avez envie que je vous embrasse ? fit-elle, un peu étonnée.

— Vous ne savez donc pas tout, la taquina-t-il.

— Cette conversation est-elle terminée ?

— Je crois.

— Êtes-vous décidé à m'épouser ?

— Possible.

Elle lui décocha un petit coup de coude dans les côtes.

— Voulez-vous, oui ou non, m'épouser ?

Au diable, la prudence. Ils pourraient toujours dormir dans des lits séparés. Si nécessaire, il demanderait à Robertson de l'attacher et de le bâillonner tous les soirs.

Mais seulement après avoir fait l'amour à sa femme.

— J'hésite. Je crois qu'il me faut un baiser pour me décider. Ou deux. Un ne suffira pas.

— Vous ignorez le pouvoir de mes baisers, capitaine Cooper.

— J'en doute, mais j'ai besoin qu'on me rafraîchisse la mémoire.

Elle haussa les sourcils.

— Je crois que vous essayez de me manœuvrer.

— Êtes-vous manœuvrable ?

— Par vous, sûrement.

— Tant mieux !

Il se cala contre l'oreiller. Son vertige avait disparu. Louisa se pencha pour effleurer ses lèvres des siennes, d'abord timidement, comme si elle craignait de le briser. Bientôt il retrouverait sa vigueur, mais pour le moment, étant donné ce qu'il avait subi, il trouvait qu'il ne récupérait pas trop mal.

Il laissa Louisa prendre l'initiative, histoire de voir jusqu'où elle irait dans l'exercice de ce pouvoir tout neuf qu'elle revendiquait. Sa langue jouait habilement avec la sienne, mais ses mains restaient posées sur ses épaules. Charles aurait aimé qu'elles se montrent un peu plus créatives. Il avait ôté sa veste de pyjama et sentait la chaleur de ses paumes sur sa peau, le léger tremblement de ses doigts.

« Va, explore, l'exhorta-t-il en silence. J'en ai besoin. J'ai besoin de toi. »

Il frissonna lorsque ses doigts hésitants trouvèrent son téton et le caressèrent en un mouvement circulaire qui imitait celui de sa langue dans sa bouche. C'était comme une danse dont elle seule connaissait les pas. Elle menait, et Charles s'abandonna. On ne lui avait jamais appris à danser dans la chaumière familiale, mais un officier de l'armée devait savoir se tenir en société. Cependant, rien ni personne ne l'avait préparé à Louisa Stratton.

Il demeura immobile aussi longtemps qu'il le put, tandis que les mains de Louisa se déplaçaient, s'aventuraient plus bas, sur les plis du pyjama en soie. Elles s'immobilisèrent au-dessus de la braguette, firent sauter un bouton, puis Louisa rompit leur baiser.

— Allez-vous me le dire, à présent ?

— Vous dire quoi ?

Charles avait presque oublié que cette entreprise de séduction avait un but.

— Décidément, vous êtes horripilant.

— Vous n'êtes pas assez persuasive. N'oubliez pas que j'ai subi un entraînement militaire. Je sais me taire sous la torture.

— Je n'ai même pas *commencé* à vous torturer, capitaine Cooper.

— Vous avez l'air féroce. Je suis terrifié, mademoiselle Stratton.

Et très impatient de voir ce qu'elle lui réservait.

Ce qui se passa ensuite balaya ses dernières réticences, du moins temporairement. Elle fit sauter les boutons de son pyjama un à un, puis le prit dans sa bouche, et avec une générosité infinie, lui offrit la plus exquise des agonies.

Aucun homme n'aurait pu réfléchir à des détails pratiques en de telles circonstances. Il n'allait pas gaspiller une seconde à douter de l'avenir alors qu'il se trouvait entre les mains d'une femme aussi ensorcelante.

Une femme qui l'aimait et s'évertuait à le lui prouver. Il s'était cru indigne d'elle, mais à présent, il se sentait aussi indispensable que l'air qu'elle respirait. Et cela lui semblait tout naturel.

Il appartenait à Louisa comme jamais il n'avait appartenu à personne. Elle pouvait faire ce qu'elle voulait de lui, car désormais ils regardaient dans la même direction. Et pour la première fois depuis des années, il se sentait entier. Humain. Grâce à cette femme qu'il passerait le restant de ses jours à remercier.

# 39

— Je m'en suis occupée moi-même, mademoiselle, vous n'avez rien à craindre. Il n'y a que des toasts et du thé. J'ai pris le pain et le beurre sur la table de l'office, étant donné que personne n'est tombé raide mort après le petit déjeuner. Miriam voulait vous préparer quelque chose de plus consistant, mais je ne l'ai pas laissée faire. Il faudra peut-être la calmer. Quand je suis partie, elle pleurait à chaudes larmes et menaçait de rendre son tablier. Mme Lang aussi insistait pour que je vous monte un pot de confitures, « idéal pour les convalescents », m'a-t-elle assuré. Je les ai envoyées promener toutes les deux.

— Tu as bien fait, Kathleen. En attendant notre entrevue avec Mme Evensong, je ne veux prendre aucun risque.

Ils avaient trouvé une convocation sur le plateau du petit déjeuner : *11 heures, dans le salon.*

— Que manigance-t-elle maintenant, cette vieille chouette ? marmonna Charles avant de mordre dans une tranche de pain rassis.

Louisa et lui n'avaient pas beaucoup dormi et son estomac criait famine.

Mais il n'avait pas fait de cauchemar, et cela seul importait.

— On dirait un inspecteur de Scotland Yard, expliqua Kathleen. Ce matin, à l'aube, elle discutait avec les domestiques à l'office comme si c'était tout à fait normal, alors qu'elle a à peine dormi quelques heures. Même le vieux Griffith lui a ouvert son cœur. C'est votre plus loyal serviteur, mademoiselle, et il est aux cent coups après tout ce qui s'est passé. Voulez-vous que je reste pour vous aider à vous habiller ?

— Je m'en charge, Kathleen, intervint Charles. Descendons en grande pompe, Lulu. Sortez tous vos diamants. Et je vais faire en sorte que ce vieux Max soit sur son trente et un, lui aussi.

— Vous avez raison. Dieu, ce que cela m'énerve quand vous avez raison !

— Cela ne m'arrive que depuis notre rencontre. C'est vous qui m'avez fait.

Louisa le gratifia d'un sourire tremblant.

— Que c'est gentil de dire cela !

— Ce n'est que la stricte vérité.

Elle semblait fatiguée, nota-t-il. Nerveuse. Les tensions de ces derniers jours commençaient à saper ses forces. Elle avait disparu ce matin sans lui dire où elle allait. Il avait hâte de l'emmener loin d'ici.

Si elle acceptait de partir.

Il lui servit une tasse de thé.

— Suis-je toujours aveugle ? Je meurs d'envie de fracasser les affreux bibelots de Grace.

— Tenez-vous correctement.

— Impossible. Quand vous êtes là, j'ai envie de mal me conduire. C'est plus fort que moi.

Voilà, au moins il avait gagné un sourire.

— Je crois que votre prestation nocturne a suffi. Soyez normal.

Hum. Ce matin, en se regardant dans la glace, il s'était demandé comment Louisa pouvait poser les yeux sur lui sans hurler d'horreur. Il avait refait son pansement et noué son cache-œil, mais il avait l'air tout sauf normal. Chouquette n'avait pas été tendre avec lui.

Il n'y avait pas foule dans le salon lorsqu'ils y pénétrèrent. Les domestiques étaient représentés par Griffith et Mme Lang, au garde-à-vous. Grace trônait dans son habituel fauteuil doré, à côté du Dr Fentress. Hugh était également présent, tout comme M. Baxter.

— Parfait, déclara Mme Evensong. Vous êtes tous là.

— Je ne vois pas de quel droit vous nous convoquez dans ma propre demeure, se plaignit Grace. Enfin, celle de ma nièce. Vous n'êtes qu'une invitée, madame Evensong !

— J'ai prié Mme Evensong de venir à Rosemont parce qu'elle a une déclaration importante à faire, intervint Louisa.

— Alors qu'attendons-nous ? s'impatienta sa tante.

Le Dr Fentress intervint :

— Calmez-vous, très chère. Vous savez que vous êtes fragile en ce moment.

Charles ravala un ricanement. Grace Westlake était une arme de guerre bien affûtée qui leur survivrait à tous.

— Mlle Stratton... je veux dire Mme Norwich m'a engagée pour enquêter sur certains mouvements suspects dans ses finances, commença Mme Evensong.

— Dans notre banque ? s'indigna Grace. Voyons, Stratton & Fils a une réputation sans tache !

— Nous y viendrons plus tard. Pour l'heure, j'aimerais parler des désagréments qui se sont abattus sur M. et Mme Norwich depuis leur arrivée à Rosemont. Monsieur Norwich, je vais vous prier d'examiner un indice.

— Je croyais qu'il était aveugle ! s'exclama Mme Lang, interdite.

— Ma vue s'est sensiblement améliorée aujourd'hui, mais ce n'est pas grâce à mon agresseur, commenta Charles.

Il disait vrai : sa vision allait mieux, assez en tout cas pour lui rendre un semblant d'espoir.

— Il paraît que lorsqu'un sens est amoindri, les autres deviennent plus sensibles. Je serai ravi de vous apporter mon aide, madame Evensong.

Cette dernière saisit la main de la gouvernante, qui se mit à trembler. Ses doigts étaient parfaitement propres, à l'exception d'une trace brune sous l'ongle du pouce.

— C'est du terreau, il me semble.

— Oui, j'ai aidé les bonnes à nettoyer le jardin d'hiver, se défendit Mme Lang.

— C'était la moindre des choses, dans la mesure où c'est vous qui avez tout saccagé. Et on sent encore une très légère odeur de poudre sur vos doigts, même si vous les avez lavés cent fois, j'imagine, reprit Mme Evensong, avant de demander : Pouvez-vous confirmer mes dires, monsieur Norwich, vous qui avez l'expérience des armes à feu ?

Charles se pencha pour renifler les doigts de la gouvernante.

Bien qu'il n'ait pas l'odorat aussi fin que Mme Evensong, il opina.

— C'est de la poudre, sans le moindre doute.

— Voyons, c'est absurde ! protesta Mme Lang en se raidissant.

— Vraiment ? fit Mme Evensong d'un air pensif. À votre retour des obsèques de votre mère, vous avez appris que M. Norwich avait menacé de chasser les Westlake de Rosemont. Cela vous a mise en rage. Vous vivez ici depuis que Grace était enfant. Vous l'adorez et vous avez aussi beaucoup d'affection pour son fils,

Hugh. Vous avez également appris que M. Norwich avait été attaqué à deux reprises. On ne parlait que de cela à l'office.

— Alors, poursuivit Louisa, quand vous êtes venue nous saluer le lendemain matin, vous avez glissé quelques champignons vénéneux dans les œufs. Vous saviez que je n'aimais pas cela. Je suppose que vous avez agi par dépit plus que par réelle intention de nuire. Vous vouliez effrayer mon mari, rendre son séjour le plus pénible possible pour qu'il me persuade de retourner en France.

La gouvernante avait pâli.

— Vous avez également mis des puces dans ses caleçons, sans savoir que M. Norwich n'a pas forcément l'habitude d'en porter, ajouta Mme Evensong dont les joues rosirent joliment. Du coup, les puces sont mortes, à cause des plantes que les chambrières mettent dans les tiroirs pour lutter contre les mites et autres insectes. Voyant que M. Norwich ne se grattait pas comme il l'aurait dû, vous êtes passée à des mesures plus radicales.

« Grace Westlake et M. Griffith sont les seuls en dehors de vous à posséder les clés de l'armurerie. Quand le coup de feu a été tiré, Mme Westlake se trouvait dans ses appartements en compagnie de sa camériste et de sa secrétaire, qui ont pu en témoigner. Quant à M. Griffith, il supervisait le travail des valets dans la salle à manger.

— N'importe qui peut forcer une serrure, objecta Hugh. Même moi, bien que je ne sois pas coupable, je le jure.

— Je sais où vous étiez, monsieur Westlake. M. Baxter peut en attester. Je me suis renseignée sur les faits et gestes de tous les habitants de Rosemont à l'heure qui nous intéresse. Mais personne ne sait où se trouvait Mme Lang. Puis-je terminer ? s'enquit Mme Evensong en jetant à Hugh un regard appuyé. Madame Lang, vous êtes entrée dans l'armurerie, vous avez dérobé un revolver et vous avez tiré sur M. Norwich alors qu'il se promenait dans le jardin avec sa femme. Vous ne vouliez pas vraiment l'atteindre, j'imagine, mais vous n'avez pas eu de chance. Ou disons plutôt que M. Norwich n'en a pas eu, puisqu'il a été blessé par un morceau de granit quand la gargouille a volé en éclats.

Les lèvres pincées, Mme Lang ne répondit pas. Elle ne semblait pas du tout sur le point de passer aux aveux.

— Et puis vous avez commis une erreur fatale, reprit Louisa en avançant d'un pas. Vous avez emporté le pistolet dans vos quartiers.

Elle tira un revolver de sa poche. Cette fois, la gouvernante sursauta. Charles écarquilla les yeux. Nom d'un chien, il connaissait cette arme ! Il l'avait portée pendant presque dix ans…

— Non, ce n'est pas vrai ! Je l'ai remise en pl…

Mme Lang se tut, comprenant qu'elle venait de se faire piéger. Puis elle s'effondra sur la chaise que Charles avait eu la présence d'esprit de pousser derrière elle.

— Sapristi, j'ai un œil de lynx, maintenant ! lança-t-il à la cantonade.

— C'est par pure malveillance que vous avez saccagé le jardin d'hiver dans la nuit, reprit Mme Evensong. Pour passer vos nerfs, et soulager votre frustration. M. Norwich était blessé, même plus en état de quitter la propriété. Alors vous vous êtes attaquée à la seule chose qui comptait aux yeux de Mme Norwich. C'était bas et mesquin, madame Lang. Très mesquin.

Mme Evensong ajusta ses lunettes avant de pivoter vers Hugh Westlake.

— Maintenant, en ce qui concerne les soucis bancaires de Mme Norwich, M. Baxter et moi avons passé au peigne fin les livres de comptes samedi dernier. Lundi, nous avons eu une explication avec M. Hugh Westlake qui a avoué avoir commis quelques détournements afin de hâter le retour de Mme Norwich. Il était perturbé parce qu'elle ne répondait pas à ses lettres et qu'elle venait d'épouser un inconnu sur un coup de tête. Grace Westlake était si inquiète qu'elle avait perdu l'appétit, au point de devoir s'aliter. Hugh a expliqué qu'il n'a agi comme il l'a fait que pour soulager sa mère de ses angoisses. Nous allons le croire sur parole, je suppose.

Mais à son ton, Mme Evensong n'était qu'à demi convaincue.

— Voici donc la situation éclaircie. Une domestique loyale a perdu la tête. Un fils loyal s'est servi de sa position privilégiée à la banque familiale pour faire plaisir à sa mère.

— Madame Evensong, vous êtes merveilleuse, déclara Charles.

Elle avait résolu l'affaire en moins de vingt-quatre heures. Avec l'aide de Louisa, qui pointait maintenant le revolver sur Hugh. Il n'y avait plus qu'à espérer qu'il n'était pas chargé.

— Suis-je... ren... renvoyée ? bredouilla Mme Lang.

— Oui, confirma Louisa.

— Non, dit Charles. Ce qui se passera ici importe peu. Ma femme et moi partons pour l'Amérique.

Louisa cilla.

— Ah bon ?

— Oui, acquiesça-t-il avec fermeté.

Il s'empara du revolver, le confia à Mme Evensong qui l'enfouit dans son réticule sans broncher. Il le récupérerait plus tard. Il avait pris sa décision ce matin, en se rasant. Louisa ne serait jamais heureuse à Rosemont, où subsistaient trop de mauvais souvenirs. Plus tard peut-être, quand ils auraient fondé une famille, ils pourraient revenir, se fabriquer des souvenirs heureux. Mais pour l'heure, Louisa méritait d'avoir son propre foyer.

— L'un de mes amis vient d'investir dans l'industrie automobile. Il m'a demandé de superviser l'implantation de sa filiale à New York. J'y vois une occasion en or pour vous, ma chérie. Nous pourrons partager le même bureau. Vous vous y connaissez mieux que moi en voitures et en dandys de la haute société. Votre expérience me sera précieuse. J'imagine déjà les réclames dans les magazines de luxe : vous en manteau de fourrure, non, en manteau de laine, les mains sur le volant. Vous allez devenir un exemple pour les jeunes Américaines, conclut-il en adressant un sourire de connivence à Mme Evensong.

— Êtes-vous en train de proposer un *travail* à ma nièce ? hoqueta Grace, horrifiée.

De son côté, Louisa semblait ravie.

— Je pourrai essayer les nouveaux modèles ?

— Bien sûr. Et nous aurons besoin de l'expertise de Robertson. Kathleen et lui peuvent nous accompagner, s'ils le souhaitent. C'est un excellent mécanicien, vous savez. Et même un inventeur dans sa partie.

— Charles, je veux dire Max, se reprit Louisa en jetant un rapide coup d'œil autour d'elle, vous êtes un vrai despote ! Que faites-vous de mon avis ? Vous aviez pourtant juré de ne jamais me donner d'ordres.

— Vous pouvez rester ici si vous préférez, Louisa. Mais je compte sur vous pour m'accompagner et commencer une nouvelle vie. Notre vie. Que nous construirons ensemble, sans que votre famille ou la société et ses satanées règles interfèrent. Là-bas, à New York, nous serons davantage sur un pied d'égalité – l'Amérique est un pays démocratique, vous savez.

Louisa se tourna vers Grace dont les joues s'étaient marbrées de rouge.

— Vous vouliez vraiment me ramener à la maison, ma tante ?

— Je me faisais du souci pour toi, petite sotte. Comme d'habitude. Tu es une écervelée. Regarde donc qui tu as épousé ! Un homme qui veut t'emmener en Amérique, te faire travailler dans un *bureau* et mettre ta photo dans les journaux. Quelle déchéance !

— Mère, je travaille dans un bureau ! lui rappela Hugh.

— Certes, mais à la banque familiale. Et seulement à temps partiel. C'est tout à fait respectable. Après tout, mon père faisait de même.

— Alors vous tenez un peu à moi ? demanda Louisa d'une petite voix.

— Évidemment ! J'ai passé une partie de ma vie à tenter de faire de toi une personne respectable. En vain. Je pensais que tu finirais par épouser Hugh. Il t'aime depuis toujours, bien que cela dépasse l'entendement. Tu n'as cessé de nous décevoir et cela continue.

Charles serra les poings, stoïque. Cela ne se faisait pas de frapper une dame. Grace Westlake estimait avoir fait de son mieux. Et peut-être l'avait-elle fait, dans la limite de ses capacités. Il jeta un coup d'œil à Hugh, qui était aussi rouge que sa mère, et ne prononça pas un mot pour nier cet amour auquel elle avait fait référence.

Était-il possible qu'à leur manière ces deux-là aient vraiment aimé Louisa ? Certaines familles étaient étranges, il le savait d'expérience. Ses frères l'avaient battu comme plâtre, et pourtant, alors même qu'il était au plus bas, il pensait leur laisser un pécule pour leur faciliter l'avenir.

— Je crois qu'il faut que je m'asseye, murmura Louisa.

— Ici, ma chère, dit Mme Evensong qui prit place sur le canapé et tapota la place près d'elle.

Louisa s'y laissa tomber, le visage pâle, l'air un peu désorienté. Cela faisait beaucoup à digérer d'un seul coup. Elle venait d'apprendre que sa tante et son cousin avaient de l'affection pour elle, même s'ils avaient une curieuse façon de le montrer, et un homme qu'elle connaissait à peine lui proposait de l'accompagner de l'autre côté de l'Atlantique pour entamer une nouvelle vie avec lui. Non, c'était faux, durant la semaine passée, Charles et elle avaient traversé ensemble des épreuves qui construisent un couple. Elle l'avait vu délirer, vomir, elle l'avait vu en sang, et elle n'avait pour ainsi dire pas sourcillé, ou si peu. Alors oui, s'ils s'en donnaient la peine, ils pouvaient réussir. Elle en était persuadée.

— Réfléchissez, Louisa. Je peux ne partir qu'en janvier, ainsi nous passerons les fêtes de Noël à Rosemont.

Le visage toujours empourpré, les yeux rivés sur ses doigts chargés de bagues, Grace déclara d'un ton sec :

— Cela me conviendrait, bien que je ne puisse vous blâmer si vous décidez finalement de partir sans délai. Quant à vous, madame Lang, vous ne me laissez d'autre choix que de vous renvoyer.

Elle leva la main pour réduire au silence la gouvernante qui faisait mine de se défendre.

— Je sais que vous pensiez agir dans mon intérêt. Mais les conséquences de vos actes auraient pu être dramatiques pour le bonheur de ma nièce. Elle semble sincèrement éprise de cet homme. Cela me déroute aussi, je l'avoue. Je le trouve assez étrange, et pas seulement parce qu'il ne porte pas de caleçon. Madame Lang, votre mère vous a légué une chaumière, m'avez-vous dit. Vous n'êtes pas à la rue, et je vous allouerai une pension généreuse pour des années de bons et loyaux services auprès de notre famille. Vous avez mérité de prendre votre retraite.

— B... bien, madame, bredouilla la gouvernante. J'ai commis une terrible erreur. Je... je n'avais pas l'intention de blesser qui que ce soit. Je voulais juste faire peur à Mlle Louisa et à son mari pour qu'ils s'en aillent et vous laissent vivre en paix à Rosemont.

— Rosemont est ma maison, lui rappela Louisa.

— Nous commettons tous des erreurs un jour ou l'autre, déclara Grace. Faites votre malle, madame Lang. M. Baxter vous donnera votre chèque. Je ne vous félicite pas non plus, Percy, enchaîna-t-elle. Vous auriez dû surveiller les comptes d'un peu plus près. On ne peut jouer ainsi avec la réputation de Stratton & Fils. La banque pourrait faire faillite et Hugh serait ruiné si l'on apprenait ce qu'il a fait.

— Je suis désolé, mère.

— Tais-toi, Hugh. Tu m'as déçue, toi aussi. Mais maintenant que Louisa part de son côté, il est temps que tu trouves une jeune fille convenable à épouser. Une qui saura comment se tenir en société.

— Oui, mère.

Charles se demanda combien de temps Hugh Westlake réussirait à jouer le rôle du fils docile avant que le vernis se craquelle.

Cela n'avait pas vraiment d'importance. Louisa ne risquait plus rien, et il était quasi certain qu'elle serait avec lui sur le vapeur qui mettrait bientôt le cap sur New York.

# Épilogue

*1er juin 1904, New York,*

*Chère tante Grace,*

*C'est le cœur bien lourd que je vous écris pour vous annoncer que Maximilian, mon époux bien-aimé, est mort, et que j'ai épousé Charles Cooper…*

Sapristi, ce n'était pas possible. Sauf si le Dr Fentress se trouvait dans les parages, prêt à ranimer sa tante lorsqu'elle lirait cette lettre.

Louisa ajusta la pince à cheveux que Charles lui avait offerte en cadeau de mariage, une orchidée en émail incrustée de petits joyaux. Elle aurait pu passer des heures à la contempler. Il valait donc mieux qu'elle l'ait sur la tête pour ne pas se laisser distraire. S'il lui avait fait cadeau d'une broche ou d'un bracelet, elle n'aurait plus rien fait de ses dix doigts.

Or elle avait du pain sur la planche.

D'ici une demi-heure, elle avait rendez-vous avec l'architecte, à qui elle devait donner son aval pour l'aménagement du magasin d'exposition. Quelques modèles de Pegasus étaient censés arriver par bateau d'ici deux semaines, et elle avait un cocktail d'inauguration à organiser. Il lui restait aussi quelques meubles à acheter pour finir d'aménager leur maison. Et il fallait également dénicher un joli tableau pour décorer le mur au-dessus de la table de travail de Charles, dans le bureau qu'ils partageaient. Depuis qu'il s'était plongé dans la lecture de cette encyclopédie de l'art, ses goûts s'étaient affirmés. Il était même devenu difficile à satisfaire. Alors, le samedi après-midi, ils couraient ensemble les galeries.

Depuis leur arrivée aux États-Unis, ils n'avaient pas eu une minute à eux. Il avait fallu se marier, puis écumer les agences immobilières pour trouver une demeure, et des locaux dignes d'abriter l'entreprise.

Charles n'avait même plus le temps de faire des cauchemars. De fait, ceux-ci se raréfiaient et, lorsqu'ils survenaient, Louisa le serrait contre elle jusqu'à ce qu'il se réveille tout à fait et s'apaise.

La cérémonie de mariage s'était déroulée à l'hôtel de ville, où personne n'avait entendu parler de la scandaleuse Louisa Stratton ni du sémillant Maximilian Norwich, hormis leurs témoins, M. et Mme Robertson. La famille de Charles n'était pas présente. Louisa l'avait rencontrée juste avant leur départ pour l'Amérique. Durs à la tâche et méritants, ces gens étaient tombés des nues quand M. Baxter avait établi un capital au nom de chacun de leurs enfants. Les frères de Charles n'auraient jamais accepté qu'on leur fasse la charité, mais il était plus difficile de refuser de l'aide pour leur progéniture, d'autant que Louisa avait su se montrer charmeuse et, une fois de plus, très persuasive.

Le mariage avait donc eu lieu en petit comité. Sous peu, tout le monde entendrait parler de Charles Cooper et de la Pegasus Motor Company. En ce moment même, il inspectait un champ de pommes de terre du côté de

Long Island, pour y implanter éventuellement leur future usine.

Charles avait invité Louisa à l'accompagner en train, mais il fallait *vraiment* qu'elle écrive cette lettre à sa tante. Elle n'avait déjà que trop tardé, et les quelques lignes gribouillées jusqu'à présent ne racontaient pas le quart du tiers de l'histoire.

Ayant sorti une feuille vierge dans le tiroir du secrétaire, elle recommença.

*Chère tante Grace,*

*Je risque de vous surprendre, aussi prenez la peine de vous asseoir et de garder un flacon de sels à portée de main, avant de poursuivre la lecture de cette lettre. Et n'hésitez pas à faire appeler le Dr Fentress. Je pense que sa place est auprès de vous, et je vous prie de le saluer de ma part dès que vous le verrez. Vous n'avez, à mon sens, aucune raison de rejeter son affection, d'autant qu'il vous est tout dévoué. Je vous conseille de faire de lui le plus heureux des hommes sans plus tarder, car la vie est pleine d'incertitudes et chacun se doit d'ouvrir son cœur à toute possibilité de bonheur. Et, pardonnez ma franchise un peu brutale, ni vous ni lui ne rajeunissez.*

*Une fois de plus je m'égare. Vous savez comme je suis bavarde, avec les meilleures intentions du monde toutefois, n'en doutez pas une seconde.*

*Vous aviez raison à mon sujet. Je suis une enfant terrible, têtue et impulsive. Et j'ai encore fait une bêtise qui, contre toute attente, s'est révélée être la meilleure chose qui me soit jamais arrivée.*

*En décembre dernier, j'ai engagé par l'intermédiaire de l'agence Evensong un héros de guerre médaillé, le capitaine Charles Cooper, pour jouer le rôle de mon mari imaginaire, baptisé par mes soins Maximilian Norwich.*

*Oui, j'ai bien dit « imaginaire », ma tante. Cet époux, je l'ai inventé pour vous faire croire que j'étais sous bonne garde. J'ai prétendu que Maximilian était un parangon de vertu, mais il se trouve que Charles a encore plus de qualités. Nous sommes désormais mariés pour de bon, et je nage dans le bonheur. J'espère que vous voudrez bien me pardonner de vous avoir menti, et je dois dire que nous avons été suffisamment punis durant notre séjour à Rosemont.*

*Je sais que vous trouvez indigne pour une femme de travailler, et pourtant je me suis rendu compte que je pouvais être très utile à mon époux. Pour une raison que j'ignore, les Américains adorent l'accent anglais et nous croient d'une intelligence supérieure. Je peux parler des heures durant, ils restent suspendus à mes lèvres !*

*Charles est un homme brillant. Il sort de Harrow, et c'est un génie des chiffres. Un génie dans d'autres domaines aussi, mais bref, ne nous dispersons pas.*

*Vous n'aimez pas beaucoup la musique moderne, je crois, cependant vous avez sûrement entendu la chanson intitulée* Un oiseau dans une cage dorée. *C'est le lot de tant de femmes, ne trouvez-vous pas ? Nous nous retrouvons toujours prisonnières d'un cocon familial ou conjugal, isolées des réalités du monde, « dans notre propre intérêt », paraît-il. Et le soir, on jette une couverture sur notre cage.*

*Charles ne veut pas me mettre en cage. Il voit en moi davantage qu'un ornement à son bras. Certes, il m'apporte sa protection, mais surtout il m'accorde la liberté et le respect dont j'ai besoin pour m'épanouir – même si, contrairement aux Américains, il pense que je parle un peu trop.*

*Réjouissez-vous de notre bonheur, ma tante. Et si vous êtes d'accord, nous viendrons vous rendre visite à Rosemont à Noël prochain.*

*Transmettez mon affection à tout le monde autour de vous,*

*Votre nièce affectionnée,*
*Louisa Stratton Cooper*

Voilà. Ce n'était pas trop épouvantable. Et puis, elle ne serait pas là pour entendre les hurlements de Grace.

En revanche, il serait sans doute judicieux de ne pas ouvrir son courrier en provenance de Rosemont pendant les quelques semaines, voire les quelques mois à venir, le temps que la poussière retombe.

Louisa posa un buvard sur le feuillet, qu'elle glissa ensuite dans une enveloppe. Elle ferma les yeux, s'efforçant d'imaginer ce qui allait se passer au cours des prochains mois. Pour une fois, son imagination lui fit défaut. Se contenter d'inventer les faits ne lui semblait plus aussi drôle qu'autrefois.

Elle allait devoir s'armer de patience pour savoir de quoi demain serait fait, comme n'importe quelle héritière ordinaire mariée à un homme extraordinaire.

# AVENTURES & PASSIONS

## 4 mars

Caroline Linden

***Scandales - 1 - Un infréquentable vicomte***

*Inédit*

Joan Bennet désespère de trouver l'amour. Lorsque ses parents s'absentent pour raisons de santé, ils la confient à sa tante Evangeline et à son frère Douglas. Au contact de ces deux personnalités, elle va enfin oser être elle-même et imposer ses choix, notamment celui de Tristan, un infréquentable vicomte, comme époux.

✦

Zoë Archer

***Les justiciers - 2 - Séduction à risques***

*Inédit*

La Némésis a reçu une lettre anonyme dénonçant les conditions inhumaines qui règnent dans une mine de Cornouailles. Chargé d'enquêter, Simon rencontre Alyce Carr, l'une des ouvrières de la mine, une forte tête. Intrigué, il est séduit par la jeune femme, mais un monde les sépare.

✦

Brenda Joyce

***Une enquête de Francesca Cahill - 3 - Un cadavre sous la neige***

New York, 1902. Francesca Cahill désespère ses parents qui lui impose un prétendant. Mais la jeune fille ne pense qu'au préfet de police, Rick Bragg, déjà marié. Justement, ils vont devoir traquer ensemble un tueur en série.

## 18 mars

### Mary Wine

***La saga McJames - 2 - Dans le lit d'un guerrier***

*Inédit*

Cullen McJames n'accepte pas que son honneur ait pu être sali par le plus vieil et farouche ennemi de son clan, le laird Erik McQuade. Aussi, lorsque celui-ci prétend devant la cour royale que Cullen a volé la vertu de sa fille, Cullen se venge en enlevant sa fille pour l'épouser.

✦

### Sabrina Jeffries

***Les hussards de Halstead Hall - 3 - La provocatrice***

*Inédit*

Sommée par sa grand-mère de se marier, Minerva Sharpe, qui adore choquer la bonne société, publie une petite annonce pour recruter un mari. Elle n'avait pas prévu que Giles Masters, amoureux d'elle depuis des années, postulerait.

✦

### Elizabeth Hoyt

***Les trois princes - 3 - Le dernier duel***

Au détour d'un chemin, Lucinda trébuche sur ce qu'elle croit être un cadavre… qui se révèle pourtant bien vivant. Ce bel Apollon laissé pour mort a sans doute été attaqué par des brigands. Qui est-il, au juste ? Un vagabond ou une canaille, comme le redoute le père de Lucinda, qui craint pour la vertu de sa fille depuis l'arrivée de cet inconnu sous son toit.

# PROMESSES

**4 mars**

Lisa Kleypas

***La saga des Travis - 1 - Mon nom est Liberty***

La vie lui a pris son père à quatre ans, sa mère à dix-sept, la laissant seule avec sa petite sœur de deux ans. Pourtant, Liberty Jones s'accroche à ses rêves. De son village de mobile homes aux quartiers chics de Houston, d'épreuves en victoires, elle trace son chemin et croise celui d'un richissime homme d'affaires, nanti d'un fils aîné aussi glacial que séduisant. Ce dernier lui fera-t-il oublier Hardy Cates, le garçon qui a marqué son cœur d'adolescente au fer rouge ?

**18 mars**

Debbie Macomber

***Retour à Cedar Cove - 2 - Un printemps à la Villa Rose***

Installée depuis peu à Cedar Cove, Jo Marie commence à s'y sentir chez elle. Avec l'arrivée du printemps, elle va pouvoir réaliser la roseraie qu'elle a conçue en souvenir de Paul, son mari disparu. Sa maison d'hôtes, la Villa Rose, affiche complet. Derrière les portes de sa jolie demeure, Kent et Julie, Anny, Mary. Autant de personnages en quête d'amour et de rédemption. Et dans le jardin, Mark, l'homme à tout faire, dont Jo Marie commence à apprécier la compagnie… Ce roman chaleureux et bouleversant sur les destinées humaines met en lumière la grande fragilité de l'âme mais aussi l'immense force qui sommeille en chacun d'entre nous.

# *Passion intense*

**4 mars**

Erin McCarthy
***Carrément craquant***
*Inédit*

Ève est LA professionnelle des courses automobiles, en tant que représentante des relations publiques. Aussi, quand une affaire défraie la chronique, la voilà plus impliquée que jamais surtout quand une vidéo indécente fait sensation sur la toile ; celle des fesses nues de Nolan Ford lors d'une course hyper médiatisée. Or, malgré son sérieux exemplaire, Ève doit bien avouer qu'elle a, elle aussi, un petit faible pour le corps sensuel de ce pilote rebelle…

# CRÉPUSCULE

**18 mars**

Kresley Cole

***Les ombres de la nuit - 12 - Sombre convoitise***

*Inédit*

Enfant, Thronos, le prince de Skye Hall, était amoureux de Lanthe. Cette petite sorcière s'intéressait avec malice à son clan, les Vrekener. Un amour pourtant vain car les deux adolescents se sont retrouvés piégés par les terribles querelles qui divisaient leurs familles. Des siècles plus tard, Thronos ne peux oublier Lanthe, la belle enchanteresse qui a marqué son âme et qui est devenue son ennemie...

# Romantic Suspense

**18 mars**

Cindy Gerard

***Black OPS - 6 - Imprudente***

*Inédit*

Après son divorce avec un célèbre sénateur, Valentina s'est enfuie quelque jours incognito en Amérique latine. Mais lors d'une petite promenade dans les montagnes, la balade vire au cauchemar quand un inconnu tente de l'assassiner. La seule personne à même de pouvoir l'aider semble bien être Luke Colter, un ancien militaire. Mais Valentina peut-elle lui faire confiance et laisser sa propre vie entre ses mains… expertes ?

*Et toujours la reine du roman sentimental :*

# Barbara Cartland

« Les romans de Barbara Cartland nous transportent dans un monde passé, mais si proche de nous en ce qui concerne les sentiments. L'amour y est un protagoniste à part entière : un amour parfois contrarié, qui souvent arrive de façon imprévue.
Grâce à son style, Barbara Cartland nous apprend que les rêves peuvent toujours se réaliser et qu'il ne faut jamais désespérer. »

*Angela Fracchiolla, lectrice, Italie*

**Le 4 mars**
*La prisonnière du vieux moulin*